KiWi

1665

Das Buch

Im zweiten Fall seiner fulminanten Krimireihe um Leander Lost führt uns Gil Ribeiro in einen äußerst spannenden Fall, dessen Hintergründe um die koloniale Vergangenheit Portugals kreisen.

»Ich habe das Gefühl, ich bin jetzt angekommen«, hatte Leander Lost schwer verletzt, aber glücklich zu seinen neuen portugiesischen Kollegen gesagt, nachdem sie in ihrem ersten gemeinsamen Fall den schmutzigen Geschäften eines Wasserversorgers an der Algarve auf die Schliche gekommen waren – und nachdem Lost endlich verstanden hatte, wie man einen gelungenen Witz macht. So stürzt sich der schlaksige Deutsche und Asperger-Autist gemeinsam mit den Sub-Inspektoren Graciana Rosado und Carlos Esteves in die Ermittlungen um eine verschwundene Kollegin – zumal er fasziniert ist von der Tochter der Verschwundenen, die ähnlich eigenwillig auf die Welt zu blicken scheint wie er …

Der Autor

Gil Ribeiro, geboren 1965 in Hamburg, landete 1988 während einer Interrail-Reise quer durch Europa nur dank eines glücklichen Zufalls an der Algarve und verliebte sich umgehend in die Herzlichkeit und Gastfreundschaft der Portugiesen. Seitdem zieht es ihn immer wieder in das kleine Städtchen Fuseta an der Ost-Algarve, wo ihm die Idee zu »Lost in Fuseta« kam.

In seinem deutschen Leben ist Gil Ribeiro alias Holger Karsten Schmidt seit vielen Jahren einer der erfolgreichsten Drehbuchautoren Deutschlands. 2011 erschien sein Mittelalter-Thriller »Isenhart« bei Kiepenheuer & Witsch, 2017 folgte der erste Band von »Lost in Fuseta«, 2018 mit »Spur der Schatten – Lost in Fuseta« Band 2.

Holger Karsten Schmidt lebt und arbeitet in Asperg in Baden-Württemberg.

Gil Ribeiro

LOST IN FUSETA

Spur der Schatten

Ein Portugal-Krimi

Kiepenheuer
& Witsch

MIX
Papier aus verantwortungsvollen Quellen
FSC® C083411

Verlag Kiepenheuer & Witsch, FSC® N001512

1. Auflage 2019

Umschlaggestaltung: Rudolf Linn, Köln
Umschlagmotiv: © wemm/Fotolia.com
Karte: Oliver Wetterauer
Gesetzt aus der Berkeley
Satz: Buch-Werkstatt GmbH, Bad Aibling
Druck und Bindung: CPI books GmbH, Leck
ISBN 978-3-462-05305-0

Der Mensch ist nichts an sich.
Er ist nur eine grenzenlose Chance.
Aber er ist der grenzenlos
Verantwortliche für diese Chance.

– ALBERT CAMUS –

TAG EINS

1.

Man war schon zum wiederholten Male mit dem Wunsch an ihn herangetreten, er möge jemanden verschwinden lassen. Einmal hatte er dieses Ansinnen ausgeschlagen, aber mehrfach schon mit seiner Moral vereinbaren können.

Moral war etwas sehr Anpassungsfähiges. Sie war stets Produkt einer Epoche, einer Zeitströmung, einer Kultur, der Tradition und vieler, vieler Faktoren mehr. Beständig wandelte sie ihre Gestalt. Moral war ein großer Opportunist. Man konnte sie seinen Bedürfnissen anpassen.

Auch Nélsons Moral war früher eine andere gewesen als heute. Den Mord, der vor ihm lag, hätte er noch vor zehn Jahren nicht begangen. Heute, als er auf dem *Aeroporto de Faro* landete, schon.

Nélson hatte sich für einen hellgrauen Anzug und ein Hemd ohne Krawatte entschieden – ein Geschäftsreisender unter vielen. Dazu passte, dass er nur Handgepäck bei sich hatte. Den Blick der Zollbeamtin konnte er durch seine Brille reinen Gewissens erwidern, er schenkte ihr sogar ein Lächeln. Sein Handgepäck war sauber, es existierte auch kein versteckter Hohlraum im Deckel. Sie kontrollierte ihn nicht, sondern prüfte nur seine Papiere und winkte ihn dann freundlich durch.

Zwei Dinge waren ihm von seinem Vater mit auf den Weg gegeben worden, die Nélson so sehr verinnerlicht hatte, dass sie Teil seines Wesens geworden waren.

A dor é o melhor professor. Schmerz ist der beste Lehrmeister – deswegen hatte sein Vater es auch nicht verhindert, als er mit drei Jahren groß genug war, um seine kleine Hand auf die Herdplatte zu legen. Dass der Vater seine Hand danach in Eiswasser tauchte, mit Brandsalbe behandelte und seine Tränen trocknete, all das sollte er vergessen. Aber nicht den Schmerz.

Das andere bestand darin, Dinge zu einem Ende zu führen: Dass ein gegebenes Wort ein gegebenes Wort war und bei Männern wie Nélsons Vater und in den Kreisen, in denen er verkehrte, hoch im Kurs stand. Ein Mann, der etwas auf sich hielt, agierte souverän und diszipliniert. Und die Selbstdisziplin gebot es, ein gegebenes Versprechen zu halten. Koste es, was es wolle.

Daran dachte er, während er gegenüber vom Flughafengebäude bei Hertz auf seinen Mietwagen wartete und ihm die warme Mai-Sonne ins Gesicht schien.

Belmiro und Pepe waren nur zehn Minuten vor ihm in Faro gelandet. Sie waren nicht direkt geflogen. Nélson hatte sie sicherheitshalber mit einem Gabelflug über Paris hierher gelotst. Und natürlich waren Belmiro und Pepe nicht ihre richtigen Vornamen, sondern diejenigen, die in ihren gefälschten Papieren standen.

Nélson bestand grundsätzlich darauf, dass sie sich gegenseitig mit ihren falschen Namen anredeten und sie auch möglichst in ihren Gedanken verwendeten. Die Namen sollten ihnen für die Dauer des Einsatzes in Fleisch und Blut übergehen.

Mit Pepe arbeitete er schon lange. Und obwohl er Geschäftliches und Privates ansonsten rigoros trennte, waren sie so etwas wie Freunde geworden. Belmiro hingegen war erst vor zwei Jahren zu ihnen gestoßen. Und Nélson wusste, dass der junge Mann über seine Sicherheitsmaßnahmen wie den Umweg über Paris heimlich den Kopf schüttelte.

»Wen kümmert es später, wenn die Sache vorbei ist, ob wir alle drei in einer Maschine angekommen sind oder in zweien?«, hatte er gefragt, als Nélson ihm die Tickets übergeben hatte.

»Nur mich«, hatte Nélson wahrheitsgemäß geantwortet.

Denn natürlich würden sie sich absetzen und ihre Spuren verwischen, man würde sehr wahrscheinlich niemals herausfinden, wie sie nach Faro gekommen waren. Und selbst wenn, hätte es für sie keine Konsequenzen, denn hinter ihren Namen verbarg sich … nichts. Sie waren wie Geister, wie *Schatten*. Nur Abbilder echter Personen.

Möglicherweise hatte Belmiro also recht, aber Nélson schloss Fehler im Vorhinein durch zwei- und dreifache Absicherung aus. Wem ein Fehler unterlief, hatte sich nicht ausreichend vorbereitet.

Natürlich hätten sie auch denselben Wagen nehmen können, aber hier griff Nélsons nächste Sicherheitsvorkehrung. Er nahm den Mietwagen, sie den Shuttlebus nach Faro.

Auf einem Feldweg kurz vor der Autobahn, über die er nach Lagos fahren wollte, fand er wie vereinbart das Wohnmobil vor. Er hatte einen Kontaktmann in Portugal, der alle logistischen Dinge für ihn erledigte. Das Anmieten einer Wohnung etwa, den Einkauf von Lebensmitteln, Kleidung, Medikamenten und allerlei mehr – oder eben das Organisieren eines toten Briefkastens wie dieses Wohnmobil. Er nannte seinen Kontaktmann João, einfach, weil es der am weitesten verbreitete männliche Vorname im Land war.

Das Wohnmobil war ein kleines, älteres Modell mit deutlichen Gebrauchsspuren. Es stand im Schatten eines violett blühenden Jacarandabaumes, dessen verschwenderischer Pracht Nélson durchaus Aufmerksamkeit schenkte. Mit einem Zweitschlüssel öffnete er die Tür und klappte die Sitzfläche der Dinette hoch. In dem Stauraum darunter fand er – in drei grobe Decken eingewickelt – das, mit dessen Beschaffung er João beauftragt hatte. Eine kleine Pistole, geladen, dazu drei Ersatzmagazine. Die »Damenpistole«, wie sie manchmal von Laien tituliert wurde, verschwand beinahe gänzlich in seiner Hand, so klein war sie. Und dazu federleicht. Nélson verstaute sie problemlos in der Innentasche seines Jacketts. In der zweiten Decke fand er die Einzelteile des Wintores-Präzisionsgewehres, das er mit verbundenen Augen zusammensetzen konnte. Er hatte es beim letzten Mal nicht benötigt und auch jetzt wieder lediglich als Reserve dabei, für den Fall, dass er kurzzeitig umdisponieren musste. Die dritte Decke war eher ein Tuch. Es umhüllte eine kleine weiße Schachtel, der Nélson einen Flakon entnahm. Darin schimmerte eine klare, gelblich grüne Flüssigkeit, die an einen Chardonnay-Wein erinnerte.

Nélson betrat das kleine Bad. Dort entledigte er sich der grauhaarigen Perücke, deren Locken ihm bis auf den Kragen hinabgefallen waren. Die Brille mit Fensterglas warf er in den Müll und rasierte sich den grau gefärbten Vollbart fein säuberlich ab. Anschließend spreizte er die Augenlider mit Daumen und Zeigefinger auseinander und nahm die hellblauen Kontaktlinsen heraus, die der Brille folgten.

Nachdem er das Wohnmobil abgeschlossen und die Einzelteile des Gewehrs beim Reserverad unterhalb des Kofferraums in seinem Mietwagen verstaut hatte, warf er einen Blick auf seine Armbanduhr. Zum jetzigen Zeitpunkt sollten Belmiro und Pepe bereits die wendige Motorjacht, die João auf Nélsons Weisung gechartert hatte, aus der Marina von Faro manövriert und Kurs nach Westen genommen haben. Wenn alles planmäßig verlief, würden sie unabhängig voneinander operieren und sich erst im Anschluss im Four Seasons in Rabat wiedersehen.

TAG ZWEI

2.

Später, als alles vorüber war, fragten sich sämtliche portugiesischen Tageszeitungen von der *Correio da Manhã* bis zur *Público*, ja selbst Abgeordnete des Lissaboner Parlaments, wann und wo all das seinen Anfang genommen hatte.

Antworten gab es viele.

Die Wahrheit war: am 15. Mai 2017.

Als der Frühling an der Algarve dem Frühsommer gewichen und der Himmel von einem intensiven Azur gekennzeichnet war. Ein Azur – da waren sich alle hier unten an der Küste einig –, das es nirgendwo sonst gab. Die Landschaft war in ein kräftiges Grün getaucht, die Olivenhaine blühten in zartem Weiß, und seit ein paar Wochen standen wieder Tische und Stühle vor den kleinen Bars, den Restaurants und den Pastelarias mit ihren süßen Versuchungen. Jung und Alt bevölkerten die Lokale und tauschten Neuigkeiten aus oder schmunzelten einfach in die Sonne und genossen eine filterlose Zigarette und einen kräftigen Bica. All das fegte die Saudade, jene tiefe Melancholie und Teil der portugiesischen Seele, nicht gänzlich hinweg, aber immerhin ließ sie sich eine Weile nicht allzu sehr blicken.

Am 15. Mai jedenfalls, als die Angelegenheit ihren Anfang nahm, herrschten noch am späten Nachmittag angenehme 24 Grad. Und es begann in dem schwarzen Volvo Kombi, der auf dem Weg von Faro zu dem kleinen Küstenstädtchen Fuseta auf der Nationalstraße N 125 am Abend jenes Tages trotz Gegenverkehrs zwei Laster überholte.

Gelenkt wurde der Wagen von Graciana Rosado, Sub-Inspektorin der Polícia Judiciária, die an Holly Hunter erinnerte. Ihre geringe Körpergröße hatte sie dazu veranlasst, den Sitz in die vorderste Position zu bringen, die möglich war. Graciana hatte die schulterlangen Haare wie immer im Dienst zu einem praktischen Pferdeschwanz gebändigt. Sie trug weiße Turnschuhe, eine hellblaue Jeans und eine weiße Bluse.

Neben ihr saß ihr Kollege Carlos Esteves in einem beigen, wie immer zerknitterten Leinenjackett und knabberte an einem Hähnchenspieß, die Sonnenbrille ins halblange, lockige Haar geschoben. Er hatte aufgehört, sich bei den Überholmanövern Gracianas Sorgen um seine nähere Zukunft zu machen. Irgendwie hatte sie es immer fertiggebracht, sie lebend da durchzubringen. Und wenn er sterben sollte, weil er an ihrer Seite verunglückte, dann wenigstens mit einem nichts ahnenden Lächeln und etwas zu essen in der Hand. Es gab schlimmere Möglichkeiten zu sterben.

Aber natürlich gelang Graciana Rosado das Überholmanöver auch dieses Mal, was beide Lkw-Fahrer mit einem lang gezogenen Hupen quittierten. »Was dagegen, wenn wir für morgen noch die Post aus Moncarapacho mitnehmen?«, fragte sie.

Er schüttelte den Kopf. »Ich bin sowieso mit den Jungs da verabredet.«

Sie runzelte die Stirn. »Nicht in der Bar Fuzeta?«

Für gewöhnlich traf Carlos Esteves sich mit den *Jungs* jeden Montagabend in der Bar Fuzeta, deren Besitzer sein kleines, von leckeren Küchendünsten durchwehtes Lokal trotzig mit der ursprünglichen Schreibweise des Ortes versehen hatte.

»Uns war nach Abwechslung.«

Sie warf ihm einen wissenden Seitenblick zu. »Abwechslung?«

Ihre Intuition war einfach untrüglich. Aber Carlos Esteves machte das Gesicht einer Sphinx, während die weißen Häuser mit ihren gelb, blau und grün umrahmten Fenstern an ihnen vorbeiflogen. Und mit ihnen die Cafés und Bars mit den alten Männern auf Plastikstühlen davor, die sich mit Schiebermütze und einem Bier in der Hand von früher erzählten. Oder schwiegen und der Luft beim Vorbeiwehen zusahen.

»Außerdem hat mit dem neuen Besitzer das Essen nachgelassen«, schob Carlos nach.

Das stimmte – in die Bar Fuzeta verirrten sich überwiegend nur noch Touristen, die Fuseta das erste Mal besuchten. Alle anderen bevölkerten das benachbarte Capri.

In Fuseta kannte noch jeder jeden – was natürlich nicht immer einen Vorteil barg –, aber meistens schon. Die Familien von Graciana Rosado und Carlos Esteves waren hier seit Generationen tief verwurzelt. Jede Hausecke, jede Bar, jeder Hund hatte hier seine ganz eigene Geschichte, mit der die beiden Sub-Inspektoren seit Kindesbeinen an groß geworden waren. Ja, Fuseta hatte sogar seinen eigenen Geruch und sich seine Ursprünglichkeit bewahrt. Denn während andere Orte an der Westalgarve von Bettenburgen und Golfplätzen heimgesucht worden waren, blieben Fuseta und andere Orte an der Ostalgarve bis heute verschont. Kein einziges Hotel, keine Strandpromenade, nur ein Campingplatz. Die Ria Formosa, die gigantische Lagunenlandschaft mit den vorgelagerten Inseln, die sich während des verheerenden Bebens 1755 aus dem Atlantik erhoben hatten, lag wie ein schützender Gürtel vor Fuseta und dem östlichen Teil der Algarve.

Von ihrer Dienststelle in Faro trennten Graciana Rosado und Carlos Esteves rund 30 Minuten Autofahrt, eine Dauer, die Graciana selbstredend noch nie benötigt hatte. Nur wenige Kilometer weiter nördlich befand sich Moncarapacho, das mit seinen 8000 Einwohnern das Fischerdorf an der Küste um das Vierfache übertraf. Hier befand sich der nächste Posten der GNR, der *Guarda Nacional Republicana*.

Beide hatten dort ihre Laufbahn begonnen und sich mit kleineren Gesetzesübertretungen herumgeschlagen: Fahren ohne Führerschein etwa, Ladendiebstahl oder Ehekrach. Verkehrsunfälle, entlaufene Hunde, Körperverletzung. Seit ihrem Wechsel zur Kripo in Faro bearbeiteten sie Kapitalverbrechen: schwere Körperverletzung, Betrug, Raub, Mord und dergleichen. Ihr Zuständigkeitsbereich erstreckte sich über die östliche Algarve, das sogenannte *Sotavento*.

Doch wenn es sich ergab, schauten sie gerne in ihrer alten Wirkungsstätte vorbei, plauderten mit den früheren Kollegen und nahmen die Post mit, die für die Polícia Judiciária bestimmt war.

Also nahm Graciana Rosado die N 398 nach Norden, eine schmale, zweispurige Straße, die sie an grünen Wiesen und sandigen Äckern entlangtrug. Hier und da grasten Pferde oder ein Esel, und im Juli, spätestens August, würden sich die Wiesen unter der sengenden Hitze in Steppen aus gelben Halmen verwandeln.

Nach drei Kilometern führte sie ihr Weg vorbei am örtlichen Friedhof mit seinen verwitterten und neuen Gruften mitten auf die Hauptstraße des Ortes, vorbei an der Galp-Tankstelle mit ihren drei knapp überdachten Zapfsäulen und den baufälligen, verlassenen Gebäuden, die sich mit modernen abwechselten. All das von Bäumen flankiert, die in den Bürgersteigen aus Pflastersteinen eingefasst waren.

Am Ende der Hauptstraße führte eine enge Gasse weiter zum Revier der GNR. Das Gebäude selbst war ein zweigeschossiger, pinkfarbener Eckbau mit weißen Fensterläden und einem maurisch geschwungenen Bogen über dem Eingang, auf dem in grüner Schrift auf weißem Grund das Kürzel GNR prangte. Umgeben war das Gebäude von weiß getünchten Häusern mit flachen Dächern aus Tonziegeln – oder mit Dachterrassen, auf denen die Wäsche flatterte.

Gleich im ersten Raum trafen sie Luís Dias an, dessen mangelnde Reflexe das Solitaire-Spiel auf seinem Monitor nicht rechtzeitig verschwinden ließen.

»Olá, Luís.«

»Olá.«

Luís Dias schob mit seinen 62 Jahren eine ruhige Kugel bis zu seiner Pensionierung. Damit hatte er bereits vor dreißig Jahren begonnen und seitdem an Leibesumfang kräftig zugelegt. Was ihn aber damals wie heute nicht daran hinderte, sich bevorzugt vor blonden Touristinnen aufzuspielen.

Ana Gomes hingegen, die sich die Schichten mit Luís und ihrer Nagelfeile teilte, war in Gracianas Alter. An ihrem ersten Tag hatte sie ihre Uniform so umgenäht, dass sich die männlichen Verkehrsteilnehmer gerne Knöllchen von ihr an den Scheibenwischer heften ließen. Ana patrouillierte bevorzugt mit dem Wagen durch das Städtchen und die Umgebung, hielt hier und da einen Plausch und verteilte die erwähnten Knöllchen, wenn es nicht gelang, sie rechtzeitig mit einem Bica umzustimmen. Oder einem Kompliment.

»Ist Ana noch unterwegs?«, fragte Carlos.

»Nein, sie ... ähm, sie ist ...«

Luís wird wirklich alt, dachte Graciana, früher hätte er schneller eine Ausrede parat gehabt. Seine Kollegin hatte augenscheinlich ihren Dienstschluss ein wenig vorgezogen. »Ihre alte Mutter, hm?«, baute Graciana ihm daher eine Brücke.

»Genau«, bestätigte Luís erleichtert.

Graciana nickte verständnisvoll, während Carlos eine Augenbraue hochzog und ihr einen vielsagenden Blick zuwarf.

Luís stand auf und schob den Stuhl geräuschvoll unter den Schreibtisch. Um dann einen demonstrativen Blick auf die Uhr an der Wand zu werfen. »*Meu deus*, schon drei nach sechs«, sagte er mit schlecht gespielter Verwunderung, »seid ihr noch einen Moment hier?«

Dabei vermied er den Blickkontakt mit Carlos, der ihm gegenüber nicht so nachsichtig auftrat wie Graciana. Carlos fand nämlich, Luís und Ana überspannten bisweilen den Bogen. Wobei *bisweilen* eine gutherzige Untertreibung war.

Graciana nickte: »Geh ruhig. Wer hat Nachtschicht? Teresa?«

»Sim.«

»Gut. Ich warte hier, bis sie kommt.«

Luís schnappte sich seine Jacke, bevor Graciana es sich anders überlegte oder Carlos sich doch noch einmischte, wünschte im Vorbeigehen ein flüchtiges *boa tarde* und war schon verschwunden.

Graciana wandte sich den Postfächern in der Ecke des Raumes zu: verwitterte, offene Holzschubladen, an denen die Namen der Polizisten prangten. Und eines, dessen Inhalt für die Weiterleitung an das Kommissariat in Faro bestimmt war. Sie blätterte die Kuverts durch, ein Brief war an sie persönlich gerichtet. Der Absender trug den Stempel des Lissabonner Innenministeriums. Graciana verstaute den Brief in der Innentasche ihrer Jacke, die so weit hinabreichte, dass sie die Glock 26 verdeckte, die sie im Gürtelholster trug.

»Ich wusste es«, sagte Carlos mit vollem Mund. Sie schaute über ihre Schulter: Er kam gerade mit zwei Blätterteigpastetchen aus der Teeküche. Dabei strahlte sein Gesicht von innen mit so kindlicher Freude, dass sie einfach lächeln musste.

»Auch?« Er hielt ihr eine der Pasteten entgegen.

Diese Geste rührte Graciana. Selbst wenn sie beide auf einem eisigen Berggipfel am Verhungern wären, würde er das letzte Stück Brot mit ihr teilen. »Obrigada«, lehnte sie ab und schaute hinaus in den Himmel, in den sich das spezielle Azur mischte, mit dem sich die beginnende Dämmerung ankündigte. *Azul* – das portugiesische Wort für Farbe klang viel sinnlicher.

Dieses *Azul* war unvergleichlich. Sicherlich, das gab es auch in Lissabon oder weiter oben in Porto, aber hier unten an der Algarve, war es … anders. *Weicher. Satter. Vertrauter.*

Fünf Minuten später hatte Carlos die Pasteten verputzt. Sie schauten beide hoch zur Uhr an der Wand: zehn nach sechs. Carlos seufzte, stand auf und verschwand erneut in der Küche. Graciana fragte sich, wo er all die Kalorien ließ. Er machte schließlich einen großen Bogen um jedes Fitnessstudio und ging nie schneller als unbedingt nötig. Ein großer, in sich ruhender Kerl. Massig, aber nicht übergewichtig. Einer, mit dem man sich nur ungerne anlegte. Außerdem ging Carlos einem Streit sowieso nicht aus dem Weg. Er kehrte aus der Küche mit einem Sagres zurück, dessen Kronkorken er mit einem Feuerzeug öffnete.

Ein Bier und zehn Minuten später war Teresa Fiadeiro immer noch nicht im Revier erschienen. Graciana ging hinüber zum Flur, von wo aus sie einen Blick auf den Innenhof der GNR hatte, wo sich der Parkplatz befand. Aber der kleine blaue Renault der Kollegin war dort nicht zu sehen.

Teresa Fiadeiro war 57 Jahre alt und hatte vierzig davon in den Diensten der Guarda Nacional verbracht. Wenn Graciana sich recht entsann, war sie äußerst selten krank gewesen. Auf jeden Fall hätte sie in so einem Fall entweder angerufen oder ihren Mann vorbeigeschickt, als der noch lebte.

»Ich ruf Teresa an«, sagte Carlos. Graciana nickte und ging hinaus vor die Tür, von wo aus sie einen freien Blick in die *Rua João Filipe Mendonça Vargues* hatte, was ein langer Name für eine kurze Straße war, über die Teresa üblicherweise von ihrer Wohnung zu Fuß hierherkam. Bis auf eine Podenco-Hündin, die die Straßenseite wechselte, und einen Mopedfahrer, der ihr routiniert auswich, war niemand sonst auf der Rua Vargues unterwegs.

Teresa würde nicht kommen. Es war etwas passiert, das *spürte* Graciana. In ihrem Bauch. Und es würde ihr keiner glauben, auch das war Graciana klar. Denn im Augenblick hatte sich bei Licht betrachtet eine Kollegin lediglich um 20 Minuten verspätet.

Hinter ihr näherten sich Schritte, die neben ihr abstoppten: Carlos. Sie fing einen dezenten Duft von Parfüm auf. Er musste es gerade aufgetragen haben. Herb, frisch. Es passte zu ihm. Aber sie hatte noch nie erlebt, dass er sich eines Parfüms bediente, wenn er die *Jungs* traf.

»Sie geht nicht ran.«

»Handy oder Festnetz?«

»Beides.«

Sie ließen diese Tatsache beide für einen Augenblick sacken – um dann unterschiedliche Schlüsse daraus zu ziehen.

»Vielleicht ist sie krank.«

»Nein.«

»Oder sie steckt irgendwo im Stau oder ...«

»Dann hätte sie sich gemeldet«, unterbrach Graciana ihn, »du kennst Teresa. Ich geh rüber zu ihr.« Sie wartete seine Reaktion nicht ab, sondern machte sich auf den Weg.

Ein Räuspern hinter ihr, das sie zu einem Blick über ihre Schulter veranlasste. »Ich bin im António, falls du mich suchst«, sagte Carlos. »Ich schließe hier ab.«

»Euer neuer Treffpunkt?«

Carlos Esteves nickte.

Die Wohnung von Teresa Fiadeiro lag nur rund dreihundert Meter vom GNR-Posten entfernt. Im ersten Stock über einem kleinen Supermarkt, *Loja Fresca,* der sein frisches Obst in blauen Plastikkästen auf dem schmalen Gehweg anbot.

Von unten konnte man die zwei großen verglasten Türen sehen, die aus Teresas Wohnung auf einen Balkon mit einem bauchigen schwarzen Metallgeländer führten. Die Rollläden waren hochgezogen.

Über eine abgewetzte, massive Steintreppe erreichte Graciana Rosado die unscheinbare, weiß gestrichene Wohnungstür, klingelte und lauschte. Drinnen war die Wohnung mit dunklen Holzdielen ausgelegt, wie sie wusste, aber kein Knarren drang an ihr Ohr. Nichts. Ein nochmaliges Klingeln ging auch ins Leere.

Für ein paar Augenblicke wusste Graciana nicht, was zu tun war. Aber dann erinnerte sie sich an Teresas Handy. Für ihre Generation sehr ungewöhnlich trug sie es immer bei sich. Teresa und ihr Handy an zwei verschiedenen Orten – unmöglich. Also zückte Graciana ihr eigenes und wählte die Mobilnummer von Teresa Fiadeiro.

Tatsächlich ertönte hinter der Wohnungstür der Beginn eines Liedes, das in Portugal jedes Kind kannte: *Grândola, Vila Morena*. Das geheime, über Rundfunk verbreitete Zeichen, auf das hin sich die Menschen 1974 gegen die Diktatur erhoben hatten. Das verbotene Lied war das Startsignal für einen Putsch linker Armeeeinheiten, der von der Bevölkerung gefeiert wurde und den Weg in die Demokratie ebnete. Die begeisterten Menschen schmückten ihre Soldaten mit roten Nelken, und in der Folge dieser »Nelkenrevolution« sagten sich auch Portugals letzte Kolonien vom Mutterland los.

Graciana wartete, bis das Lied zum fünften Mal begann. Beim sechsten Mal schlug sie mit dem Knauf ihrer Dienstwaffe das Glas oberhalb der Türklinke ein, griff hindurch und öffnete sich selbst.

Über den Flur, dessen Dielen unter ihrem Leichtgewicht knarrten, folgte sie dem Klingeln von Teresas Handy. Vorbei am Schlafzimmer und hinein in die kleine Küche mit dem winzigen Balkon zum Hinterhof. Auf einem kleinen Holztisch lag das Handy und spielte unablässig den Anfang von *Grândola, Vila Morena*.

Graciana brach den Anruf ab, sodass das Mobiltelefon verstummte. »Teresa?«

Keine Antwort.

Es kostete Graciana keine drei Minuten, die kleine Wohnung zu durchforsten und festzustellen, dass Teresa Fiadeiro nicht zu Hause war.

Aber ihr Handy war es.

Das passte nicht zusammen.

Das António war ein kleines, mit dunklen Stühlen und ebensolchen Holztischen ausgestattetes Lokal. Um etwas Platz hinzuzugewinnen, hatten die Besitzer einfach ein Holzdeck zimmern lassen, das um eine Wagenbreite in die Straße ragte, was hier naturgemäß niemanden störte. Darauf fanden noch einmal rund zehn Tische samt der obligatorischen Sonnenschirme Platz und verdoppelten so die verfügbaren Sitzplätze.

Trotz der schönen Abendstimmung befanden Carlos Esteves und die Jungs sich aber nicht draußen, was Graciana Rosado kurz stutzen ließ. Die Erklärung dafür trug einen kurzen schwarzen Rock, und die dunklen Haare fielen ihr bis hinab zu den Schulterblättern. Sie versprühte eine ansteckende Fröhlichkeit.

»Wer ist das?«, fragte Graciana so beiläufig wie möglich, als sie sich zu Carlos, Adrien und Gonçalo setzte, die dem Fußballspiel der Erzrivalen Benfica Lissabon und FC Porto nur mit geteilter Aufmerksamkeit folgten. Dass ihr Kollege seinen Blick auch nur für eine Zehntelsekunde von dem großen Flachbildschirm abwandte, war für Graciana weit mehr als ein Indiz.

Fußball war in Portugal Religion *und* Wissenschaft zugleich. Und heilig sowieso. Gestandene Männer wie ihr Vater schämten sich ihrer Tränen nicht, wenn ihr Lieblingsverein scheiterte. Jede Flanke, jedes persönliche Hoch oder Tief eines Spielers, jede Bemerkung auf einer Pressekonferenz wurde in fachmännischen Gesprächen seziert, von allen Seiten beleuchtet und heiß diskutiert.

Dass also Carlos Esteves, glühender Anhänger des FC Porto, seine Augen *während* des Spiels auf etwas richtete, was kein Fußball war, kam eigentlich nur vor, wenn man gerade von seiner Frau verlassen oder die Diagnose einer unheilbaren Krankheit erhalten hatte.

»Hm?«, merkte Adrien, der Fischer, auf und hob dabei nicht mal den Blick.

»Wer das ist«, wiederholte Graciana.

»Soares«, brummte Gonçalo, der dachte, sie frage nach dem Namen des Mittelstürmers, der gerade den Ball um einen Verteidiger von Benfica Lissabon herumzirkelte, um im Anschluss gegen die gegnerische Latte zu schießen.

Ein resigniertes Raunen ging durch das Lokal, das überwiegend von Männern frequentiert war. Jung und Alt saßen einträchtig nebeneinander und fieberten mit.

»Ich glaube, sie heißt Rúbia«, sagte Carlos schließlich mit jener leichten Überdosierung Gleichgültigkeit, die ihn entlarvte.

Graciana schätzte Rúbia auf Anfang dreißig. Diese trug ein paar Pfunde mit sich herum, und da sie sich unübersehbar wohl in ihrer Haut fühlte und es ihr Lächeln nicht schmälerte, war es auch ihrer Umgebung einerlei. Auf Carlos, so kombinierte Graciana, hatte sie zumindest Eindruck genug gemacht, um den Treffpunkt mit den Jungs nach immerhin vier Jahren ins António zu verlegen und Rasierwasser aufzutragen.

»Teresa ist nicht zu Hause, ihr Autoschlüssel fehlt«, brachte Graciana unvermittelt hervor.

Carlos, der zusammen mit den Jungs gerade Pastéis de bacalhau, kleine Kroketten aus Kabeljau, aß, seufzte. »Bitte, sie könnte überall sein.«

»Ihr Handy liegt auch zu Hause. Aber bleib du ruhig hier, wenn du meinst.«

Carlos blies die Wangen auf und atmete geräuschvoll aus. Sein Blick ging zu Rúbia. Seit ziemlich genau zwölf Tagen arbeitete sie als Kellnerin im António. Der Zufall wollte es, dass sie in Fuseta lebte. Eine kleine Anfrage beim Einwohnermeldeamt – angeblich wegen Falschparkens – hatte nicht nur ihre Adresse zutage gefördert, sondern auch ihre Steuerklasse. Ledig. Er hatte mindestens den halben Abend lang gelächelt.

Sein zweiter Blick galt dem Match auf dem Bildschirm. »Du weißt schon, wer da spielt?«

Erst als er keine Antwort erhielt, bemerkte er, dass Graciana das Lokal schon verlassen hatte. »Merda«, grummelte er und stapfte hinter ihr her. Sie wusste eben, welche Knöpfe sie bei ihm drücken musste.

Kurz vor dem Parkplatz der GNR holte er sie ein. »Gut, ihr Handy. Das ist nicht normal«, räumte er ein. »Sonst noch was?«

Graciana deutete ein Kopfschütteln an. »Ich habe eine Vermisstenmeldung aufgegeben. Und eine Fahndung nach ihrem Renault eingeleitet.«

Carlos war, als liefe er plötzlich gegen eine Wand. »Eine Fahndung? Überziehst du nicht etwas?«

Sie hatten den Volvo erreicht. Graciana öffnete die Fahrertür. »Nein«, antwortete sie bestimmt und machte dazu dieses Gesicht, das Carlos nur allzu gut kannte. Ihre Nasenflügel wurden dann schmal, die vollen Lippen verwandelten sich zu einem Strich, dazu blinzelte sie nervös. Das letzte Mal hatte sie es aufgesetzt, als sie ihm mitgeteilt hatte, dass ihr Bruder Elias ums Leben gekommen war. Es war ein Ausdruck der Not, etwas nicht erklären zu können. Die Unfähigkeit, eine Gewissheit in Worte zu kleiden. Eine quälende Ohnmacht.

»Es ist ihr etwas passiert.«

Carlos Esteves war das Gegenteil von überzeugt, aber da sie ohne eine weitere Erklärung einfach einstieg, nahm er neben ihr Platz. »Wo wird nach ihrem Auto gefahndet?«, fragte er, als sie in der hereinbrechenden Nacht Moncarapacho hinter sich ließen.

»Im ganzen Land«, antwortete Graciana. Sie schloss für einen Augenblick die Augen und sog die Luft durch die Nase ein. »Hier riecht's nach Fisch«, stellte sie fest.

Carlos nickte. Er zog ein Knäuel aus Servietten aus seiner Jacketttasche, formte aus Zeigefinger und Daumen eine kleine Spitzzange und zog auf diese Weise eine Krokette Bacalhau aus den Servietten. »Hab mir was einpacken lassen. Wohin fahren wir?«

»Zu Senhor Lost.«

Carlos warf ihr einen irritierten Blick zu. »Was hat der damit zu schaffen?«

»Ich hab mir eine Einzelverbindungsübersicht für Teresas Handy kommen lassen – das letzte Gespräch hat sie mit Leander Lost geführt.«

3.

Als Carlos Esteves und Graciana Rosado an der ausladenden Terrasse und an Flechten, Agavengewächsen und Johannisbrotbäumen vorbei zum zwölf Meter langen Swimmingpool gingen, der rundherum eingefriedet war und sich auf diese Weise neugierigen Blicken von außen entzog, begleitete sie das dutzendfache Zirpen der Grillen.

Zuerst sahen sie die schlaksige Gestalt des Deutschen, der in schwarzer Anzughose, weißem Hemd und Espadrilles am Beckenrand stand und mit einem Kescher Fliegen, Wespen und andere Insekten vor dem Ertrinken rettete. Hinter ihm glitzerte die aufgehende Venus am Abendhimmel. Und am Horizont gab sich eine überschaubare Anzahl an Lichtern ein Stelldichein – Fuseta.

Leander Lost hob den Blick, als sich seine portugiesischen Kollegen dem Pool näherten und ins indirekte Licht traten. »Boa noite«, begrüßte er sie.

»Boa noite, entschuldigen Sie die Störung, bitte«, gab Graciana zurück.

Sie und Carlos bemerkten jetzt die beiden Frauen unter dem Sonnenschirm, der immer noch aufgespannt war, obwohl sich langsam die Sterne gegen das Restlicht der Dämmerung durchsetzten.

Es waren Soraia Rosado und Zara Pinto, die dort im Schein einer Kerze saßen, sich unterhielten und an Oliven und Sardinen knabberten, die auf einem Grillrost schmorten.

»So«, sagte Graciana leise, die Koseform ihrer Schwester benutzend.

Diese stand auf und kam ihnen entgegen, die beiden nahmen sich kurz in den Arm, während Carlos sich dem Grill zuwandte.

»Darf ich?«

»Klar«, antwortete Zara. Sie waren sich vertraut. Trotzdem spürte Carlos, wie sich das Mädchen innerlich mit Siebenmeilenstiefeln von ihm entfernte und inzwischen eine Distanz zwischen ihnen klaffte, die ihn auf den Platz eines guten Bekannten verwies.

Die Villa Elias fand man nur, wenn man sich entweder verlief oder exakt wusste, wohin man wollte. Um sie zu erreichen, musste man von der zweispurigen Nationalstraße N 125 in einen unscheinbaren Feldweg abbiegen und ihm mehrere Hundert Meter vorbei an Schafwiesen und kleinen Hügeln folgen.

Sie bestand aus zwei Gebäuden: auf der einen Seite ein kleines Besucherhaus, das lediglich ein Schlafzimmer und ein Badezimmer beherbergte. Weiß getüncht und mit einer Dachterrasse, die sich über die gesamte Grundfläche erstreckte. Auf der anderen Seite das Hauptgebäude, das vier überschaubare Räume umfasste: Wohn-, Schlaf-, Esszimmer und Küche. Doch es bot darüber hinaus eine riesige überdachte Terrasse, in deren Ecke zwei Bänke und ein Tisch aus Stein einzementiert worden waren. Mit breiten Kissen ausgestattet, bot es eine herrliche Ecke zum Essen, Trinken, Lesen, Debattieren, Schlafen und Faulenzen. Es gab im Grunde nichts, was man in dieser vom Wind geschützten Ecke nicht tun konnte.

Hier hatte bis vor sieben Jahren Gracianas älterer Bruder Elias gelebt, der wie sie GNR-Polizist war, aber bei einem Raubüberfall erschossen worden war. Gracianas Eltern und ihre jüngere Schwester Soraia hatten das Anwesen in Schuss gehalten, aber nicht vermietet. Ein Verkauf wäre keinem von ihnen in den Sinn gekommen. Es blieb alles so, wie Elias es an jenem Morgen verlassen hatte.

»Irgendwann kommt der Punkt«, hatte ihr Vater gesagt, »dann fügt es sich.«

Und wie so oft bei ihrem Vater schwang da etwas Ungesagtes mit, was alle Mitglieder der Familie Rosado wie mit einem gesonderten Sinnesorgan wahrnahmen – nämlich, dass sie es spüren würden, wenn es so weit war.

Und so kam es.

Als im September des vergangenen Jahres im Zuge eines europäischen Austauschprogrammes der Hamburger Kommissar Leander Lost als Verstärkung der Polícia Judiciária zu ihnen stieß und die für ihn vorgesehene Wohnung wegen eines Wasserschadens kurzfristig ausfiel, fügte es sich. Alle Rosados spürten es. Ein Gefühl, das schwer in Worte zu fassen war. Soraia umschrieb es als die intuitive Ahnung, dass Elias damit einverstanden gewesen wäre. Und die anderen nickten.

So zog erst Lost hier ein und wenig später die Vollwaise Zara Pinto. Die widerspenstige Jugendliche, die in ihrem ersten gemeinsamen Fall die entscheidende Zeugin war, war anfangs so angenehm wie ein Schlangenbiss. Eine unbarmherzige Wut brodelte in ihr und lag in jedem Blick und ergoss sich in ihre Sätze – ein vernichtender Zorn auf ihre Mitmenschen, die ganze Welt und vor allem darüber, welch mieses Blatt das Leben ihr zugeschanzt hatte. Wie ein getretener und in die Enge getriebener Hund schnappte sie nach allem, was sich ihr näherte.

Und alle waren zurückgezuckt – nur der Deutsche nicht, der Alemão.

Die Unerbittlichkeit seiner Logik machte auch vor ihr nicht halt. Es gab nichts, was er beschönigte. In seiner Art zu denken und die Welt zu betrachten, gab es das Wort Rücksicht nicht. Noch dazu stellte Zara Tag um Tag fest, dass er sie niemals belügen würde.

Und so hatten zwar Gracianas Eltern offiziell die Vormundschaft für Zara übernommen – sie hatte vor einem Monat ihren 17. Geburtstag gefeiert –, aber ihr Zuhause war seitdem die Villa Elias.

Lost. Leander Lost. Ein überkorrekter, pedantischer, humorloser Deutscher – das nennt man einen Pleonasmus, hatte Antonio Rosado gesagt –, der es fertiggebracht hatte, im ausgehenden Hochsommer in einem schwarzen Anzug mit Krawatte hier aufzutauchen. Seine eingefrorene Mimik ließ sein blasses Gesicht mangels Falten jungenhaft wirken. Dazu kam die unangenehme Angewohnheit, seinem Gegenüber in die Augen zu starren.

Allerdings war nichts davon auf sein Herkunftsland zurückzuführen, sondern auf den Umstand, dass er gebürtiger Asperger-Autist war. Blind für nonverbale Kommunikation. Überfordert damit, die Mimik seiner Mitmenschen richtig zu deuten. Ohne Verständnis für Humor oder gar Ironie. Obendrein war er der Lüge unfähig – was die ersten gemeinsamen Ermittlungen von Graciana Rosado, Carlos Esteves und ihm durchaus erschwert hatte. Und als Leander Lost im Zuge einer Geiselnahme eine freie Schussbahn auf den Täter dadurch herstellte, dass er zunächst der Geisel ins Bein schoss, kam das nicht überall gut an. Insbesondere nicht bei der Geisel Carlos Esteves.

Aber als sie alle drei schließlich beim jeweils anderen das ehrliche Bemühen entdeckten, aufeinander zuzugehen und ein echtes Team zu bilden, brach das Eis. Spätestens als Leander Lost beim Abschluss ihres ersten Falles selbst schwer angeschossen worden war und die Lider schloss, bevor der Rettungswagen eintraf, konnten die portugiesischen Sub-Inspektoren an ihrem Entsetzen ablesen, wie sehr er schon einen festen Platz in ihrem Leben eingenommen hatte.

Mehr jedenfalls, als sie vermutet hätten.

Es war seine bisweilen kindlich anmutende Aufrichtigkeit, mit der er geradewegs in ihre Herzen marschiert war.

Aber Losts kleine *Marotten,* die das alltägliche Miteinander gehörig verkomplizieren konnten, sorgten verlässlich dafür, dass sich diesbezüglich keine trügerische Sentimentalität einschlich.

So hatten Graciana und Carlos ihn über den Dienst hinaus auch vorsichtig in ihr Privatleben eingebunden, siezten ihn aber nach wie vor, da er darauf Wert zu legen schien. Mittlerweile hatten sie so etwas wie einen normalen Umgang miteinander gefunden, der von Vertrauen und Wertschätzung geprägt war.

Und nicht nur sie – auch Soraia, Gracianas Schwester, die ihren Platz unter dem Sonnenschirm verlassen hatte und über die Ecke des Pools zu ihnen balanciert war. »Ich habe Zara etwas Nachhilfe gegeben«, erklärte Soraia und errötete dabei.

»Das ist gut«, sagte Graciana und bemühte sich, ihrer Stimme einen neutralen Klang zu verleihen. Soraia hatte vor Kurzem bei einem Aufbauprojekt für Kinder in Brasilien geholfen. Eigentlich hatte sie sich dort für ein Jahr engagieren wollen, war aber nach ziemlich genau vier Wochen wieder an ihre alte Arbeitsstelle im örtlichen Kindergarten zurückgekehrt.

Seitdem war Soraia wieder häufig in der Villa Elias anzutreffen, räumte auf, schnitt die Pflanzen zurück oder gab besagte Nachhilfe. Eine Unterstützung, die Zara dringend nötig hatte, immerhin hielt sie den Rekord im Schulschwänzen und hatte fächerübergreifend einiges nachzuholen.

»Lecker«, gab Carlos zu, als Leander Lost zu ihm trat. Er schnappte sich noch eine weitere Sardine. »Schöne Nacht«, fügte er hinzu.

Der Deutsche nickte, sah kurz in den Sternenhimmel und bestätigte dann Carlos' Feststellung. »Wir haben eine Regenwahrscheinlichkeit von 17 Prozent.«

Carlos sah, wie Zara im Halbdunkel grinsen musste. »Gut zu wissen, Senhor Lost.«

Ja, das Wissen. Leander wusste, dass die Menschen üblicherweise Regen nicht mit schönem Wetter verbanden. Er schon. Wenn er in seinem Bett lag, die Regentropfen gegen das Fenster trommelten und bei ihrem Aufprall einen Singsang auf dem Dach erzeugten, gab es für ihn nichts Beruhigenderes auf der Welt. Denn dann war er zurück im Bauch seiner Mutter. Weit weg von den Fallstricken, Boshaftigkeiten und Rätseln des menschlichen Miteinanders.

Graciana stellte sich ebenfalls neben den Grill und suchte den Blickkontakt mit ihm.

Aus ihrem mangelnden Blinzeln, der Andeutung jener senkrechten Sorgenfalte, die zwischen den Brauen ihren Ursprung nahm und die kurze Strecke bis hinunter zur Nasenwurzel verlief, sowie der leicht aufeinandergepressten Lippen dechiffrierte Leander, dass es eine ernste Angelegenheit war, die seine Vorgesetzte nach Dienstschluss bei ihm auftauchen ließ.

»Wir müssen Sie kurz sprechen«, eröffnete sie ihm. »Unter vier Augen.«

Lost hatte inzwischen begriffen, dass sie keinen Platz aufsuchen wollte, über dem vier Augen hingen, sondern dass es sich um eine Redewendung für ein *vertrauliches Gespräch* handelte. Ein vertrauliches Gespräch zwischen zwei Menschen, die durch jeweils ein Augenpaar repräsentiert wurden. Wendete man es auf Einäugige an, konnten damit sogar bis zu vier Personen gemeint sein. Zyklopen, zum Beispiel.

»Teresa Fiadeiro von der GNR in Moncarapacho ist verschwunden. Und den letzten Telefonkontakt hatte sie mit Ihnen.«

»Verschwunden? Wie meinen Sie das?«

»Sie ist nicht zum Dienst erschienen, sie ist nicht zu Hause und ihr Auto ist nicht da.«

»Sie könnte weggefahren sein«, sagte Leander Lost.

Carlos realisierte, dass er selbst kaum merklich nickte. Sie standen inzwischen in der Küche der Villa Elias.

»Ihr Handy liegt in ihrer Wohnung.«

»Warum sollte sie das am Fahren hindern?«

Sie erzählten ihm, wie vernarrt Teresa Fiadeiro in ihr Smartphone war. Genauer: in dessen Fähigkeit, ihre Schritte zu zählen, samt der Stockwerke, die sie täglich zurücklegte. Teresa Fiadeiro war eine Sportbesessene, für ihre 57 Jahre daher außergewöhnlich fit – sie hatte in den letzten fünf Jahren regelmäßig am Mai-Marathon in Lissabon teilgenommen und auch dieses Jahr wieder für ihn trainiert, Startnummer 249 am 21. Mai 2017 – und niemals ohne ihr Handy anzutreffen.

»Niemals?«, fragte Lost.

»Niemals«, bestätigte Carlos.

»Gibt es in ihrer Wohnung Anzeichen für ein gewaltsames Eindringen?«

»Nein.«

»Dann«, so Lost, »sollten Sie umgehend eine Fahndung nach ihr auslösen.«

»Das hat Senhora Graciana schon veranlasst«, sagte Carlos, »eine verdeckte Fahndung nach ihrem Wagen läuft.«

»Das letzte Telefongespräch, das Senhora Teresa geführt hat, hatte sie mit Ihnen«, knüpfte Graciana Rosado an ihre Bemerkung am Pool wieder an, »und zwar heute um kurz nach zwölf. Worum ging es da?«

Lost, der üblicherweise keine Sekunde mit seinen Antworten zögerte, suchte nach einer passenden Formulierung. »Sie hat mir ein paar Ratschläge gegeben.«

»Ob es klug ist, in der Hitze schwarze Anzüge zu tragen?«, konnte Carlos sich nicht verkneifen und grinste.

Graciana warf ihm einen vorwurfsvollen Blick zu, aber der Spaß war es wert gewesen. Zumal er bei Lost nichts dabei riskierte. Ironie war dem Mann schließlich fremd, er nahm jede Frage für bare Münze.

»Nein. Was bei der Anbahnung einer Vaterschaft zu berücksichtigen ist.«

Die Neugier nagte sich die ganze Nacht quer durch ihre Köpfe und wieder zurück. Vaterschaft? Wie kam er darauf? Und mit wem? Gab es denn überhaupt schon eine »sie«? Und wenn es sie gab, wusste sie schon von ihrer Rolle in seinem Vorhaben? Oder würde Senhor Lost wie gewohnt erst alles haarklein planen und sich dann die Frau für dieses *Unterfangen* suchen? Oder hatte er eine Adoption im Sinn?

Diese und viele weitere Fragen konnten Carlos Esteves und Graciana Rosado zu ihrem Bedauern leider nicht gemeinsam erörtern, denn sie durchforsteten bis fünf Uhr morgens in getrennten Fahrzeugen die Algarve auf der Suche nach Teresa Fiadeiro. Oder ihrem Auto, einem Renault Clio mit dem Kennzeichen 23-06-IZ. Und die Funkdisziplin zwang Carlos und Graciana, ihre Handys währenddessen nicht zu benutzen – für den Fall, dass die Vermisste versuchen sollte, Kontakt mit ihnen aufzunehmen.

Rund zwei Dutzend Beamte waren es, die bis zum Morgengrauen nach Teresa Fiadeiro suchten. Die GNR-Stationen aus Tavira, Olhão, Loulé und anderen Ortschaften rückten aus und suchten Planquadrate ab, die Graciana Rosado ihnen zugeteilt hatte. Sie begannen in Moncarapacho und breiteten sich dann kreisförmig immer weiter aus.

Aber neben diesen zwei Dutzend gab es über hundert andere, die sich mehr oder minder intensiv an der Suche beteiligten. Teresa Fiadeiro war in der Gegend bekannt. Ob es um einen platten Reifen ging, eine suizidgefährdete Tochter, einen entlaufenen Hund – immer war die Frau von der GNR zur Stelle, Tag und Nacht und wenn es die Situation erforderte, auch am Wochenende.

Moncarapacho war für sie nicht nur ein Ort, in dem sie lebte. Der Supermercado an der Ecke, die Kirche, das António, die Galp-Tankstelle – für Fremde sicherlich keine besonderen Orte, aber für Teresa waren sie angefüllt mit Erinnerungen, ihr ganzes Leben war an ihnen ablesbar. Sie waren ihre Heimat. Und diese Heimat – »Schon gehört? Teresa wird vermisst!« – kam gegen halb elf am Abend auf die Beine und beteiligte sich an der Suche.

Lost hingegen, der sich nach einem knappen halben Jahr zwar sehr gut in Fuseta und Umgebung zurechtfand, hier aber eben nicht aufgewachsen war, fügte währenddessen die GPS-Daten von Teresa Fiadeiros Handy mit jenen Orten, an denen sie in der letzten Zeit mit ihrer Kreditkarte gezahlt hatte, zu einem Profil zusammen. Auf diese Weise konnte er bestimmte auffällige Orte, die sie nach Dienstschluss aufgesucht hatte, an Sub-Inspektorin Rosado weiterleiten, die daraufhin die verfügbaren Kollegen in die entsprechenden Planquadrate abkommandierte.

Vergeblich.

TAG DREI

4.

Um sechs Uhr morgens vollzog sich auf den Revieren der GNR der Schichtwechsel. Die Kollegen der Tagschicht wurden in die aktuellen Fälle eingewiesen.

Diese Zeit nutzten Carlos Esteves und Graciana Rosado für einen doppelten Bica. Den nahmen sie im Farol, dem achteckigen Holzbau an Fusetas Mole. Im Rücken die kleinen Holzkabinen, aus denen die Fischer ihre Netze und Taue holten, vor ihnen der Kanal, der nach hundert Metern in die Ria Formosa führte, das riesige Naturschutzgebiet vor Fusetas Küste, das ihnen die Schwemme an Touristen vom Leib hielt, weil es den Zugang zum Strand erschwerte. Und dahinter die vorgelagerten Inseln, während im Osten die Sonne über den Horizont kletterte und die Wasserbecken, in denen Salz gewonnen wurde, zum Glitzern brachte.

Fuseta erwachte langsam und widerwillig. Die Einwohner, die noch den Schlaf in Gestalt des Abdrucks der Kopfkissenkante im Gesicht trugen, kamen aus ihren Häusern und Wohnungen. Selbstverständlich bestens gekleidet, redeten sie sich bei einem Bica in einer Pastelaria mit den anderen Bewohnern ihres Viertels warm. Über dieses und jenes, das Wetter, die Hochzeiten, die Toten, aber stets auch über die Tore, Flanken und Fouls des Vorabends. Und in ihren Herzen hielten sich Pessimismus und Gelassenheit die Waage.

Fuseta am Morgen war ungeschminkt und rau. Abfälle wurden entsorgt, Zweiräder fuhren lärmend durch die Gassen und verpesteten die Luft. Und wenn ein Hund über die Straße trottete, hielten alle geduldig an und warteten, ja seufzten: Meu deus, was soll man machen?

Aber der Ort war am Morgen auch betörend schön – die Vögel, die in der frischen Meeresbrise knapp über der Wasseroberfläche vorbeisegelten, die Schulkinder, die sich auf den Weg machten, die Nachbarinnen, die von Fensterbrett zu Fensterbrett ein Schwätzchen hielten – und die Katzen, die sich irgendwo im Schatten schlafen legten.

Das Farol öffnete erst um 10 Uhr, aber Agnes, Gracianas Freundin aus Schweden, die als Twen mit einem Rucksack hier hängen geblieben war, beseitigte jeden Morgen schon früh die Reste der Nacht, wischte die Böden und die Theke, räumte die letzte Ladung des Geschirrspülers aus und brachte auch sonst alles auf Vordermann.

»Bom dia«, begrüßte sie Graciana Rosado und Carlos Esteves. »Bica?«

»Einen doppelten«, bestätigte Carlos dankbar, während die beiden Frauen sich flüchtig umarmten. Er zündete sich eine Zigarette an und gähnte herzhaft.

Keine Minute später hörten sie drinnen die Arbeit des Mahlwerks, das die Kaffeebohnen zerkleinerte.

»Es ist schon merkwürdig«, räumte Carlos ein, »dass sie nirgends zu finden ist.«

Graciana nickte. Gestern hatte ihr Kollege geglaubt, sie übertreibe. Graciana hatte es gespürt, aber da Carlos alle ihre Maßnahmen ohne zu murren unterstützt hatte, hatte sie kein Wort darüber verloren.

Zwei Fischer passierten sie, die Ärmel schon hochgekrempelt, die Schiebermützen als Sonnenschutz auf den Köpfen. Die Nacken der Fischer sahen alle gleich aus: ein tiefes, braun gebranntes Netz aus Falten, die viele kleine Rauten ergaben. Sonne und salzige Luft hatten sich in den Jahren auf See in die Haut gegraben. Und wenn sie abends in der Bar saßen und die Köpfe in die Nacken legten, um das Fußballspiel auf dem Monitor an der Wand zu verfolgen, dann waren diese Nackenfalten wie die Jahresringe der Bäume. Graciana konnte recht exakt benennen, wer von ihnen sich wie viele Jahre draußen vor der Küste befunden hatte.

Agnes brachte ihnen die doppelten Bicas und Gläser mit Wasser. Während sie Zucker in dem Kaffee versenkten und ihn gleichmäßig verrührten, warfen sie sich einen Blick zu. Und im gleichen Augenblick wusste Graciana, dass ihr Kollege auf die Vaterschaft zu sprechen kommen würde.

»Entschuldige, es war eine lange Nacht. Aber … das mit der Vaterschaft, hat Lost das wirklich gesagt?«

»Das hat er.«

»Und dazu spricht er mit Teresa?«, hakte Carlos nach.

Graciana nickte. Auch sie konnte sich keinen Reim auf den Umstand machen, weshalb Leander Lost diesbezüglich ausgerechnet den Rat von Teresa Fiadeiro eingeholt hatte. Dann schoss Carlos' Handfläche hoch und klatschte laut gegen seine Stirn, die sich kurz darauf rötlich färbte, was ihm aber nichts weiter auszumachen schien. Zu begeistert war er von seiner Lösung des Rätsels: »Meu Deus – dass ich da nicht vorher drauf gekommen bin. Es liegt so auf der Hand!«

»Was?«, fragte Graciana und schämte sich ein wenig, weil die Schnelligkeit der Frage den hohen Grad ihrer Neugier spiegelte.

»Ist doch klar«, antwortete Carlos, »der gute Senhor Lost hat irgendeine Portugiesin geschwängert. Tja, stille Wasser sind tief.« Er musste lächeln. Und das Lächeln wurde zu einem breiten Grinsen, bis sich seine Heiterkeit den Weg vom Bauch hinauf bahnte und in Form eines herzhaften Lachens aus ihm herausbrach.

Graciana lächelte auch, aber ihre Augen teilten das Lächeln nicht. Ihre jüngere Schwester Soraia hatte ein Faible für den Alemão. Wenn sein Name fiel, spitzte sie die Ohren, äußerte man Kritik an ihm (was so gut wie nie vorkam), reagierte sie ungewöhnlich dünnhäutig.

Soraia war es auch gewesen, die die Teambildung letztes Jahr überhaupt erst ermöglicht hatte. Denn So, wie sie von Graciana und ihrer Mutter genannt wurde, hatte zügiger als sie erkannt, warum Senhor Lost mit seiner schmerzhaften Ehrlichkeit alle Welt vor den Kopf stieß: weil er nicht anders konnte.

Jedenfalls errötete Soraia in Losts Beisein auffällig schnell, etwa, wenn er sie ansah oder das Wort an sie richtete. Und von Zara, der das nicht verborgen geblieben war, hatte sie erfahren, dass Leander Lost dafür eine medizinische Erklärung hatte: gute Durchblutung.

Was, fragte Graciana sich, während Carlos immer noch lachte – ein wenig überdreht angesichts der langen Nacht – was, wenn es sich bei der schwangeren Portugiesin um So handelte?

Nein, auszuschließen war das nicht. Ganz im Gegenteil, wenn man sich die Ereignisse der letzten Wochen unter dieser Prämisse noch einmal ins Gedächtnis rief. Ihre plötzliche Rückkehr aus Brasilien vor gut einem Monat. Der Abbruch ihres Auslandsjahres gepaart mit dem Umstand, dass sie ihre Beweggründe eher streifte. Als wisse sie sie selbst nicht allzu genau zu benennen. All das ergab plötzlich Sinn.

Ein schwerer Kloß bildete sich in Gracianas Hals. Warum hatte So nichts gesagt? Sich ihr nicht anvertraut? Und was bedeutete das für ihr Verhältnis zueinander, den Schwestern, zwischen die nie ein Blatt gepasst hatte?

Das Röhren einer Ducati Scrambler riss sie aus ihren Gedanken. Die gelbe Retro-Maschine schwenkte von der Avenida 25 de Abril auf die namenlose Zufahrt zum Farol und dem Ablegepunkt der Fähren ein. Darauf eine Gestalt, die aus den Sechzigern zu stammen schien: schwarzer Anzug, weißes Hemd und eine schwarze Krawatte, die ihr im Fahrtwind über der Schulter flatterte. Der schwarze Motorradhelm komplettierte das Bild.

Obwohl Leander Losts Anblick mittlerweile zum Stadtbild gehörte, schauten die Leute doch immer noch auf, wenn er auf seiner gelben Ducati an ihnen vorbeirauschte. Weniger wegen der Espadrilles, die Lost zum Anzug trug, mehr wegen des schwarzen Anzugs selbst, mit dem er auch bei 30 Grad im Schatten zum Dienst erschien.

Lost stoppte neben dem Farol, stieg ab, entledigte sich seines Helmes und fischte eine große Rolle Papier aus der Satteltasche. »Bom dia«, grüßte er in einwandfreiem Portugiesisch. »Gibt es Neuigkeiten?«

»Nein«, sagte Graciana, »setzen Sie sich doch.«

»Nein, danke.«

Sie betrachtete ihn von der Seite, während er die Papiere, die sich als eine überdimensionale Landkarte entpuppten, vor ihnen ausrollte. Die stoppelkurzen Haare, deren Schwärze mit denen der auffallend langen Wimpern korrespondierte. Die sinnlichen Lippen und die dunklen, klaren Augen. Dazu nicht unbedingt ein durchtrainierter Körper – Graciana hatte ihn im Meer schwimmen sehen –, aber die schmale Sehnigkeit eines Langstreckenläufers. Wäre er bald ihr Schwager? Und sie die Tante seines Kindes?

»Haben Sie etwas von den Kollegen gehört? Haben sie das Auto inzwischen lokalisieren können?«, wollte Carlos Esteves wissen.

»Nein. Es ist im Übrigen ein Renault Clio.«

»Ist das nicht auch ein Auto?«, fragte Carlos mit Unschuldsmiene.

»So sehr wie ein Rabe ein Vogel ist und ein Portugiese ein Europäer«, antwortete Leander Lost, »alles trifft zu, aber nichts davon ist spezifisch. Angewandt auf unseren Fall suchen wir nach Senhora Teresa Fiadeiro und nicht nach einer portugiesischen Frau. Ich denke, die Vorteile der Präzisierung sind für eine Fahndung augenscheinlich.«

»Ich dachte, wenn wir untereinander so reden, dann ist klar, dass mit dem Auto der Clio gemeint ist«, schob Carlos halbherzig nach.

»Das ist es«, räumte Lost zu Esteves' Überraschung ein. »Ohne Frage eine semantische Transferleistung, die zumutbar ist. Wenn ein Auto ein Renault Clio ist, ist das eindeutig.«

»Das meinte ich«, bestätigte Carlos.

»Aber sobald zwei oder drei Autos ins Spiel kommen, nimmt die Verwirrung im Quadrat zu«, stellte Lost ruhig fest. »Und je mehr Personen an der Suche beteiligt sind, desto weniger absolut ist die Gewissheit, dass jeder Beteiligte unter Auto diesen spezifischen Renault Clio versteht.«

Dass Graciana nun schmunzeln musste, gestaltete die rhetorische Niederlage für Carlos nicht eben süßer.

»Also Renault Clio«, lenkte er mit einem Seufzen daher schnell ein und orderte bei Agnes mit einem Handzeichen noch einen doppelten Bica.

»Das ist das Bewegungsmuster von Senhora Teresa außer Dienst«, kommentierte der Alemão das, was er auf dem Tisch ausgebreitet hatte. Eine Landkarte der Algarve. Mit Hunderten feiner schwarzer Linien, die sich mal kreuzten, mal mutterseelenallein verliefen und sich hier und da zu regelrechten Liniennestern bündelten. Das Ergebnis einer stundenlangen, haarkleinen Visualisierung der Handy- und Kreditkartendaten auf ihren geografischen Ursprung.

Die Sub-Inspektoren waren beeindruckt. Graciana beugte sich weiter vor und überflog die »Nester«. An jedem dieser Orte hatten sie schon entweder von sich aus nachgesehen oder waren von Leander Lost dorthin »geschickt« worden. »Die Plätze, an denen Teresa sich am meisten aufgehalten hat, haben wir alle abgegrast«, konstatierte sie daher.

Carlos nickte und deutete auf ein paar andere Punkte: »São Brás de Alportel, der Strand hier bei Tavira, den Cais Club … keine Spur. Alle Zeugen haben sie irgendwann in der letzten Woche gesehen. Aber eben nicht gestern.«

Leander Lost deutete ein Nicken an. »Das bereitet mir Sorge«, sagte er ruhig. »Wenn Senhora Teresa seit zwölf Stunden an keinem dieser Plätze aufgetaucht ist, an denen sie sich nach Dienstschluss in den letzten sechs Monaten aufgehalten hat, dann ist vermutlich etwas Ernstes vorgefallen.«

Was der Austauschkommissar aus Hamburg aussprach, hatte Graciana die ganze Nacht hindurch begleitet. Wie ein Unfall, den man nicht mehr verhindern kann. Ganz gleich, wie schnell und wie stark man auf die Bremse tritt, die Kollision ist unvermeidlich.

Und mit dem nächsten Klingeln ihres Handys wurde das abermals wahrscheinlicher.

»*Estou.* Ich bin's«, meldete sich Graciana mit der portugiesischen Begrüßungsformel.

»*Bom dia*«, antwortete Marisa Veiga, die Sekretärin des Kommissariats in Faro. Mädchen für alles, Vertraute in allen Lebensfragen und Cousine eines Konditors in Personalunion. Ihre Stimme war belegt: »Wir haben ihren Wagen. Er steht in Lagos. In der Tiefgarage unter dem Sklavenmarkt.«

»Und Teresa?«

»Es gibt bis jetzt leider keinen Hinweis. Die Spurensicherung ist auf dem Weg.«

5.

Als sie in der Tiefgarage eintrafen, gab es einen Hinweis und der verhieß nichts Gutes. Gerichtsmedizinerin Doutora Oliveira, graues Brillengestell zu grauem Haar, hockte neben ein paar Blutflecken auf dem Beton und nahm eine Probe. Wie immer gab sie einen sportlichen, sehnigen Eindruck ab.

Graciana Rosado wusste, dass sie Yoga betrieb und außerdem jeden Morgen eine halbe Stunde lang joggte. »Olá, Doutora.«

»Olá, Graciana … Carlos … Senhor Lost.« Sie nickte allen kurz zu.

»Teresas Blut?«, fragte Carlos Esteves.

»Ich sage euch so schnell wie möglich Bescheid. Habt ihr eine Probe, ein paar Haare?«

»Nein«, bekannte Graciana. In Teresas Wohnung in Moncarapacho hatte sie kurz mit dem Gedanken gespielt, sich ein paar Haare aus der Bürste im Bad zu sichern, aber wie der Großteil der Menschen aus Fuseta war sie abergläubisch. So wie ihre Schwester Soraia. Und ihre Mutter. Nur ihr Vater nicht.

So manches Mal hatte sie den Kopf über den Aberglauben in der weiblichen Linie der Familie geschüttelt – doch es war ihr wie ein böses Omen erschienen, in Teresas Wohnung sicherheitshalber DNA-Material mitzunehmen. Ganz so, als würde sie damit den Lauf der Geschichte festschreiben und Teresas Tod besiegeln. Also hatte sie es gelassen (und war immer noch froh darüber).

»Gut, kein Problem«, antwortete die Ärztin, stand aus der Hocke auf und blickte hinüber zu dem Parkplatz, auf dem der Renault Clio von Teresa Fiadeiro stand.

Dort arbeiteten vier Personen: die Mitarbeiter der Spurensicherung aus Portimão. Graciana Rosado hatte deren Unterstützung gerne angenommen, damit sie nicht auf die KTU aus Faro warten mussten. Zu viert und durch ein Absperrband vor Schaulustigen abgeschirmt, verrichteten sie ihre Arbeit in ihren weißen Kunststoffanzügen, die unweigerlich an Astronauten erinnerten.

Doutora Oliveira schulterte ihre Arzttasche und nickte Graciana zu: »Ich besorg mir eine Vergleichsprobe aus dem Auto.« Damit machte sie sich auf den Weg zum Clio.

»Ich hab die Stelle im Video.«

Graciana, Carlos und Leander wandten sich zu einem kleinen, weißhaarigen Mann um, dessen klapprige Gestalt in einem grauen Kittel steckte, der ihm bis zu den Knien reichte: der Parkwächter. Seine fahle Haut sah aus, als habe kein Sonnenstrahl sie je heimgesucht.

»Da steigt sie aus ihrem Auto.«

»Einem Renault Clio.«

»Wie bitte?« Senhor Jesus Fernandes sah über die Schulter. Der Kommissar im schwarzen Anzug hatte ihn gleich irritiert, weil er irrtümlich angenommen hatte, es sei der Cangalheiro, der Bestatter. Es gab doch noch gar keine Leiche, außerdem ging es, obwohl so früh am Morgen, bereits auf die 20 Grad zu.

»Ich sagte, der Wagen von Senhora Fiadeiro ist ein Renault Clio.«

Jesus Fernandes musterte den jungen Mann. Er selbst war 82 Jahre alt und seit über fünfzig Jahren Parkwächter. Erst in Porto, dann in Lissabon, und nun in Lagos. Mit einem Büro, in dem sich ein alter Schreibtisch, ein abgewetzter Drehstuhl samt Kissen befand sowie ein Wasserkocher, drei Überwachungsmonitore und ein Waschbecken.

Nachdem er 17.404 Kreuzworträtsel gelöst und in die Pension entlassen worden war – die Betreibergesellschaft hatte ihm zu diesem Anlass einen Portwein spendiert und vergessen, das Preisschild von 7 Euro 99 zu entfernen –, kam er zu Hause ins Stocken. Das Sonnenlicht hatte viel mehr Kelvin als das Neonlicht an seinem Arbeitsplatz. Niemand schaute vorbei, der sich wegen irgendetwas bei ihm beschweren wollte und den er dann zurechtweisen konnte (seine Frau war vor einer Weile gestorben). Auch das Zwitschern der Vögel vor dem Balkon und das Plätschern, Seufzen und Mahlen des Geschirrspülers brachte ihn aus dem Takt. Die Kreuzworträtsel gingen ihm plötzlich gar nicht mehr locker von der Hand.

Dabei hielten Kreuzworträtsel den Kopf fit. Sie verhinderten Demenz. Da war er sich sicher, und um alles in der Welt wollte Senhor Fernandes nicht an Demenz sterben (sein Herrgott hatte Erbarmen, Fernandes würde in ein paar Monaten versuchen, bei Gewitter den Blitzableiter zu reparieren), also hatten ihn die Betreiber des Parkhauses wieder eingestellt.

Nun befand er sich mit den drei Inspektoren der Polícia Judiciária an ebendiesem Arbeitsplatz in der Tiefgarage unter dem *Mercado de Escravos* von Lagos. Etwas über eine Stunde von

Fuseta entfernt – eine Fahrtzeit, die Graciana Rosado unter Einsatz von Blaulicht und Sirene weit unterboten hatte.

Jedenfalls wusste Fernandes mit der Einlassung des jungen, etwas bleichen Mannes nichts anzufangen. »Ja, ein Clio«, echote er deshalb und besah sich dessen Aufmachung. »Sind Sie in Trauer?«

»Nein. Sie?«

»Ja.«

»Os meus sentimentos«, sagte Leander schnell, um nicht das Schlusslicht zu bilden, und das gelang ihm auch. Sub-Inspektorin Rosado und Sub-Inspektor Esteves waren nicht so zügig. Letzterer erschien Leander sogar etwas lahm, seine Stimme hatte etwas Leierndes.

Mein Beileid. Leander wusste, die Menschen sagten so etwas zu jemandem, der kürzlich einen nahestehenden Menschen verloren hatte. Es gehörte zum *guten Ton,* ihm zu versichern, dass man Anteil an seiner Trauer hatte, auch wenn das möglicherweise gar nicht stimmte. Sogar dann – Leander schüttelte innerlich den Kopf –, wenn man selbst froh darüber war, dass dieser Nahestehende nicht mehr unter den Lebenden weilte. Auch dann, wenn es einem völlig gleichgültig war, ob dieser Jemand existiert hatte oder nicht. Oder dann, wenn man wusste, dass der Hinterbliebene die verstorbene Person gar nicht vermisste und hinter seiner bewegungslosen, angeblich so gebeutelten Miene innerlich vielleicht sogar jubilierte.

Menschen wussten oder ahnten, was genau davon zutraf. An einer Betonung, einer Geste, meist aber an dem Blick. Oder an dem Zusammenspiel all dieser und noch weiterer Faktoren. Und Leander? Er konnte noch so sehr in die Augen seines Gegenübers starren, ihm erschloss sich all das nicht. Eine für andere durchlässige und ihn selbst undurchdringliche Barriere.

»Schon gut, ist schon eine Weile her«, sagte Fernandes und deutete wieder auf die Überwachungsmonitore, bevor er das Band erneut startete. Darauf sah man, wie der besagte Renault

Clio einparkte, eine Frau – zweifelsfrei Teresa Fiadeiro – ausstieg und die Tiefgarage verließ.

»Das war gestern um 15:36«, ließ Fernandes sie wissen.

Lost schätzte Präzision. »Wohin ist sie gegangen?«, fragte er.

Fernandes deutete auf den zweiten Monitor, auf dem er eine andere Aufzeichnung startete. Sie zeigte den Aufgang der Tiefgarage. Hier erschien Teresa Fiadeiro und wandte sich nach links. Kurz konnte man sie noch sehen, wie sie Kurs auf das kleine Gebäude mit den Arkaden nahm – den ehemaligen *Sklavenmarkt*.

Ein kleines, unscheinbares Gebäude, das sich neben eine Gasse schmiegte, beinahe schüchtern und leicht zu übersehen. Dabei kam ihm eine kolossale historische Bedeutung zu. Nachdem Gil Eanes im 15. Jahrhundert von einer Expedition mit all jenen Schwarzafrikanern, die auf der Schiffsreise nicht umgekommen waren, in seine Heimatstadt zurückgekehrt war (knapp die Hälfte), sorgte er für großes Aufsehen. Schwarze Menschen!

Die leisteten sich zunächst einige wohlhabende Portugiesen als eine Art Kuriosität wie ein seltenes Tier, das eingehend bestaunt wurde und an dessen Seite einem die ungeteilte Aufmerksamkeit aller Umstehenden gewiss war.

Doch schon bald begriffen die Seefahrer und vor allem die Kaufleute und der königliche Hof, worauf Eanes gestoßen war – auf eine nie versiegende, im Überfluss vorhandene Geldquelle! Ganze Flotten an Karavellen wurden ausgesandt, um Menschen einzufangen, nach Lagos zu transportieren und auf dem Sklavenmarkt zu versteigern.

Stammten die Ersten noch aus dem Senegal, trieb man sie später zu Zehntausenden hauptsächlich an Nigerias Küste zusammen und verschiffte sie von einer Küstensiedlung, die zunächst Lago de Curamo getauft, aber später in Anlehnung an den zentralen Umschlagplatz für Menschenhandel in *Lagos* umbenannt wurde. Während in der portugiesischen Mutterstadt etwas über 20.000 Menschen wohnten, war ihre unselige Kolonie inzwischen zu einem 18-Millionen-Einwohner-Moloch angewachsen.

»Um 15:51 ist sie zurück«, fuhr der Parkwächter fort und deutete auf den dritten Monitor, wo Teresa Fiadeiro mit einer Plastiktüte den Fahrstuhl verließ und auf ihr Auto zuging. Aber wie Kamera eins zeigte, kam sie dort nicht an.

»Da müsste sie jetzt auftauchen«, kommentierte Fernandes und zeigte auf den ersten Monitor, auf dem noch immer ihr geparktes Auto zu sehen war.

»Das heißt«, wandte Carlos Esteves sich erstmals an den Pensionär, »es gibt im Parkhaus einen Bereich, der nicht von den Kameras erfasst wird?«

»Ja.«

»Und wie weit erstreckt sich dieser Bereich?«, schaltete Leander Lost sich ein. »Wenn man sich eine Linie denkt zwischen dem Fahrstuhl und ihrem Renault Clio …«

»Wie?«, fragte der Parkwächter, bevor Lost seine Frage überhaupt vollendet hatte.

Die Tiefgarage im Zentrum von Lagos verfügte über zwei Parkebenen. Zusammen mit Jesus Fernandes standen sie auf der unteren Ebene vor einer Reihe geparkter Autos. Weiter hinten arbeitete die Spurensicherung der Kripo aus Portimão immer noch an dem Clio der vermissten GNR-Kollegin Fiadeiro.

»Da ist der Fahrstuhl«, sagte der Parkwächter.

»Wo endet der Überwachungsbereich von Kamera eins?«, fragte Graciana.

Fernandes ging auf den Clio zu, bis ihn noch zwanzig Meter von ihm trennten. Er deutete auf die kleine Kamera, die oben links hinter einer Ecke angebracht war. In ihrem Einfallswinkel befand sich die Einfahrt samt Kassenautomat. Und auch jene Treppe, über die sie Teresa Fiadeiro hatten weggehen sehen.

»Also bis hier etwa?«, fragte Carlos, der plötzlich neben Fernandes stand und grob die virtuelle Linie bemaß, die die Kamera noch zu erfassen in der Lage war. Der alte Mann nickte.

Graciana wunderte sich nicht weiter darüber, dass ihr Kollege aus den Tiefen seiner Jacketttasche ein Stück weiße Kreide hervorzauberte und eine Linie als Markierung über den Boden zog. Carlos' Taschen hatten magische Ausmaße. Von außen wirkten sie unscheinbar, aber sie beherbergten Notizzettel, Stifte, Bonbons, manchmal ein halbes Sandwich und vielerlei mehr.

»Und die andere Kamera?«, fragte sie.

Fernandes ging mit einer Zügigkeit, die man ihm gar nicht zugetraut hätte, in die entgegengesetzte Richtung auf den Fahrstuhl zu und stoppte etwa in fünfzehn Metern Entfernung. Carlos zog erneut eine Linie über den Boden.

Sie wiederholten den Vorgang mit Kamera drei. Dann besahen sie sich den toten Winkel der Überwachungskameras. Er war knappe sechs Parkbuchten lang. Rund zwanzig Meter. Und ziemlich exakt in deren Mitte befanden sich die Blutflecken.

»Warum ist hier keine Kamera?«, fragte Graciana.

»Da war wohl keine vorgesehen«, meinte Fernandes mit einem Achselzucken.

»Die haben sie eingespart«, sagte Carlos und sprach damit den Gedanken aus, den Graciana hatte. Sie nickte.

Leander Lost sah zu beiden Seiten. »Keine Tür, durch die sie hätte gehen können«, stellte er fest.

»Sie kann doch nicht einfach so verschwunden sein«, seufzte Carlos.

»Eigentlich nicht«, gab Jesus Fernandes zu, »aber es ist … sie ist wie vom Erdboden verschluckt.«

Das Unbehagen, das er offensichtlich empfand, beschlich auch die beiden Sub-Inspektoren. Kein Gully im Boden, keine Luke in der Decke, kein Seitenausgang, sondern überall nur Beton.

Leander Lost sah sich die Parkbuchten an. »Sie muss mit einem der Autos, die im toten Winkel gestanden haben, aus der

Tiefgarage gefahren sein«, sagte er unvermittelt. »Sechs Parkbuchten links, sechs rechts – zwölf mögliche Fahrzeuge. Maximal.« Und zu Fernandes gewandt: »Gibt es mehr als eine Ausfahrt?«

»Äh, nein.«

»Gut«, befand Lost, »wir brauchen die Überwachungsaufnahmen. Alle Autos, die bei der Einfahrt in Ebene null und auf einer Parkbucht zu sehen sind, fallen aus. Alle anderen kommen infrage. Und von diesen zwölf – sofern alle Plätze belegt waren – gibt es zwangsläufig zwei Aufnahmen.«

»Eine beim Reinfahren, eine beim Rausfahren«, schloss Graciana. Sie war zwar dankbar für Losts Kombinationsgabe, seine Schnelligkeit überraschte sie aber immer noch. Ihr Freund João, der für die angesehene Zeitung *Público* arbeitete, hatte zunächst erfreut reagiert, als er erfahren hatte, dass Lost wie er auch Schach spielte. Aber dann bald die Lust an den eher einseitigen Spielen mit dem Alemão verloren.

»Können Sie uns eine Kopie der Bänder zur Verfügung stellen, Senhor Fernandes?«

»Sicher. Sie können sie aber auch bei mir ansehen«, antwortete er und nahm unwillkürlich Haltung an. Über 50 Jahre lang, *ein halbes Jahrhundert,* hatten Menschen stets nur ein- und ausgeparkt und traurige Geschichten von verlorenen Parktickets erzählt (oder wahlweise von verlorenem Kleingeld) – teilweise höchst erfinderisch, auch das wusste er zu würdigen –, aber das heute stellte alles in den Schatten: eine verschwundene Frau. In *seinem Parkhaus!* Endlich war Leben in der Bude. Sicher käme bald die Presse. Er sah sie schon vor sich, die Schlagzeile in der Boulevardzeitung *Correio de Manhã: Frau spurlos verschwunden!* Und daneben ein Foto von sich: der Mann, der sie zuletzt gesehen hatte. Am Ende würde sich vielleicht sogar das Fernsehen ein Stelldichein geben. Nicht auszudenken.

»Ich besorg Stühle und Getränke«, hörte Fernandes sich sagen.

»Ich nehm eine Cola und Pastéis de Belém«, meldete Carlos sich. Der erste vernünftige Vorschlag des freudlosen Parkwächters mit der blassen, wächsernen Haut.

Der schenkte ihm ein dankbares Lächeln.

»Wir nehmen die Bänder mit«, ließ Graciana ihn und Carlos wissen.

»Warum das?« Carlos machte sich gar nicht die Mühe, den Missmut aus seiner Stimme zu bannen. Er war seit mehr als 24 Stunden auf den Beinen. Von all den vergebenen Chancen bei Rúbia im António mal ganz zu schweigen. Er hatte sich eine Pause redlich verdient.

»Ja, warum?«, wollte auch Fernandes wissen und reckte das Kinn kämpferisch vor.

»Weil wir die an unseren Rechnern interpolieren können«, erklärte Graciana. »Ich will nämlich wissen, was das für ein Logo auf der verschwundenen Plastiktüte ist, die Senhora Teresa mit sich trägt. Und bei der Auflösung auf Ihrem Monitor, Senhor Fernandes, ist das leider nur ein Pixelhaufen.«

6.

Belmiro sammelte im Bauch des Bootes noch etwas Proviant zusammen. Pepe war bei den Geiseln im Haus geblieben.

Einem Staufach entnahm er zwei Gaskartuschen, die mitzubringen ihm Pepe aufgetragen hatte. Dabei war die Gasflasche im Haus noch nahezu voll.

Die Jacht war voll von diesen großen und kleinen Ablagefächern, nahezu in jedem Winkel und in jeder Nische fand sich eine Möglichkeit, etwas zu verstauen. Beim Bau eines modernen Bootes hätte man die meisten davon aus Gründen der Symmetrie oder Raumästhetik verschlossen.

Belmiro hatte die Jacht gestern auf den offenen Atlantik manövriert. Sie war ein in die Jahre gekommenes Boot, das jemand aufgekauft, liebevoll restauriert und mit einem stärkeren, rundüberholten Motor ausgestattet hatte. Sie schaffte jetzt beeindruckende 23 Knoten, wenn es sein musste.

Der alte Name, Maria II, war nur halbherzig mit einem Schleifgerät abgetragen und anschließend mit *Ovelha Negra* überpinselt worden. Nun konnte das *Schwarze Schaf*, wie es jetzt hieß, von Touristen für private Touren gemietet werden. So, wie Nélsons unsichtbarer Freund João es getan hatte. Belmiro hatte keine Sekunde geglaubt, dass João dessen richtiger Name war.

»Wie er wohl wirklich heißt?«, hatte Belmiro Pepe gefragt, während die Ovelha Negra sich durch sanfte Wellentäler unbeirrbar den Weg nach Lagos bahnte und hin und wieder die Gischt über sie hinwegjagte.

Pepe war über eins neunzig groß, sein schwarzgraues, volles Haar trug er halblang und meist zu einem Zopf gebändigt. Eine große, knollenförmige Nase ließ ihn gutmütig wirken – und auf den ungeübten Beobachter bisweilen auch simpel. Jedenfalls zeichnete ihn eine geradezu olympische Ruhe aus.

»Keine Ahnung.« Pepe fuhr sich mit den Fingern über den Vollbart am Hals, der langsam von hellgrauen Härchen dominiert wurde. Er deutete noch ein Schulterzucken an, während er weit vorne in kurzen Jeans an Deck saß und übers Meer blickte. Sein kakifarbenes Hemd flatterte im Wind.

»Der heißt doch niemals João«, insistierte Belmiro.

Pepe musterte ihn. »Und wenn? Was ist, wenn du seinen richtigen Namen kennst? Was ändert sich dann, hm? Genau: nichts.«

»Hältst du nach was Ausschau?«

»Nach Glück.«

Belmiro musste grinsen, und kurz griff die Belustigung auf Pepe über. Sie schmunzelten. Der Wellengang war sanftmütig, der Himmel fast wolkenfrei, weiter hinten näherte sich die imposante Steilküste von Lagos mit ihren Brücken und Torbögen aus purem Fels, der aus dem Meer aufragte.

»Wie lange kennst du Nélson schon?«

»Lange.«

In Pepes belustigten Augen lag auch die Warnung für Belmiro, kein weiteres Wort über sein Verhältnis zu Nélson zu verlieren.

Belmiro war Ende zwanzig, ein geschmeidiger, wacher Kerl, der zwar immer mehr von seiner ungestümen Art ablegte, aber dem immer noch alles zu langsam ging und zu umständlich war. Nélsons Sicherheitsvorkehrungen brachten ihn zum Gähnen. Den Flug über den Umweg Paris hatte er nur murrend hingenommen. Nélsons Prinzip, das sie alle im Zweifelsfall schützte – jeder wusste nur das, was er unbedingt wissen musste, um seinen Teil der Angelegenheit zu erfüllen –, erschien Belmiro wie ein überkommenes Relikt aus einer Generation, die den Anschluss verpasst hatte.

Das, wozu Nélson sie mitgenommen hatte, hatte sich als Kinderspiel erwiesen.

Mit den Fotos von Mutter und Tochter ausgestattet, hatten sie die beiden zunächst an einem Verkaufsstand unten an der Hafenpromenade von Lagos identifiziert, dann hatten sie sie angesprochen und sich mit täuschend echt aussehenden Dienstausweisen als GNR-Polizisten vorgestellt.

Senhora Rhona, Ihr Mann war in einen Unfall verwickelt, ihm geht es so weit gut, aber er ist im Augenblick nicht transportfähig. Wir sind hier, um Sie schnellstmöglich zu ihm zu bringen.

Ein klassischer, perfider Trick, der die Sorge um den Ehemann mit Obrigkeitshörigkeit und dem Wunsch, den Angehörigen so schnell wie möglich zu sehen, verband.

Auf dem Boot angekommen, hatten sie Mutter und Tochter unter Deck betäubt und waren anschließend mit der Orvelha Negra wieder ostwärts verschwunden.

7.

Das Gebäude in der Rua do Município 15, in dem die Polícia Judiciária in Faro untergebracht war, unterschied sich kaum von den anderen in dieser Straße, die mit mittlerweile abgewetzten Pflastersteinen ausgelegt war. Es war weiß getüncht, hatte Fensterläden und -umrandungen im kräftigen Grün und eine sehr massive, hölzerne Eingangstür.

Ansonsten fügte es sich nahtlos in die anderen, zweigeschossigen Wohngebäude ein und bildete mit ihnen eine beidseitige Fassade. Aneinandergereihte Gebäude, Wand an Wand, zwischen denen es keinen Durchlass gab. Die Farben der Außenwände wechselten, die Farben der Umrandungen an den Fenstern – die waren gegen böse Geister. Natürlich, darüber lächelte man etwas schamhaft und schob es auf den Aberglauben der früheren Generationen, verzichtete bei Renovierungen aber doch nicht darauf. Man konnte ja nie wissen.

Letztlich ergab sich zu beiden Seiten eine durchgängige Mauer, die alle paar Meter die Farbe, Höhe, Struktur wechselte und aus der ihre Bewohner durch die Türen und Fenster ins Stadtleben blickten. Und sich Katzen auf den Simsen sonnten oder Nachbarinnen die Neuigkeiten austauschten – über die Gesundheitszustände der Familie, anstehende Hochzeiten, Schwangerschaften, ein (weiteres) Rezept für Stockfisch und allerlei mehr.

Im Erdgeschoss versah Marisa Veiga, das Mädchen für alles, ihren Dienst. Im internen Jargon *Selva* genannt – der Urwald. Was dem Umstand Tribut zollte, dass Marisa es fertiggebracht hatte, in dem nicht eben großen Büro der Flora Portugals in Form etlicher Topfpflanzen eine Heimat zu geben.

Zwei Türen weiter versah Isadora Jordao ihren Dienst. In Latzhose, Shirt und kurz geschorenen Haaren herrschte sie über Reagenzgläser, Schusskanäle und DNA-Expertisen. Sie liebte Autorennen, Boxkämpfe und Revolverhelden. Letzteres war auch eines der Steckenpferde von Leander Lost, über das sich auszutauschen den beiden nicht langweilig wurde. Im Augenblick wertete sie die ersten eintreffenden Ergebnisse der Spurensicherung aus Lagos aus – und stellte dem Trio im ersten Stock die interpolierten Videos zur Verfügung, die ihr Hochleistungsrechner ausspuckte.

Die erste Etage, mit gleichmäßig knarrenden Holzdielen ausgelegt und an den Wänden weiß getüncht, bestand aus drei Büros. Ein größeres, das sich Graciana Rosado, Carlos Esteves und Leander Lost teilten. Dann ein kleineres schräg gegenüber, in dem Sub-Inspektor Miguel Duarte seinen Aufgaben nachging und das stets picobello aufgeräumt war. Er hatte es noch unter dem früheren Chef durchgesetzt, sein eigenes Reich zu bekommen. Und seine eigenen Fälle.

Schließlich lag auf dieser Etage auch noch das größte Büro, und das war dem Leiter der Polícia Judiciária von Faro vorbehalten.

Dieser Raum stand seit der Verhaftung und dem Prozess gegen ihren früheren Vorgesetzten Raul da Silva leer. Er war Gracianas beruflicher Ziehvater und persönlicher Freund gewesen. Umso schmerzhafter hatte es sie getroffen, als sie ihn festnehmen musste. Sie hatte geweint. Vor Wut und Enttäuschung darüber, dass er sich hatte schmieren lassen.

Natürlich drückten Carlos und Graciana bei kleinen Vergehen hier und da ein Auge zu. Aber immer nur, um ihr Netzwerk an Informationsquellen damit zu erhalten. Oder wenn der langjährige Hausarzt mal ein wenig zu schnell fuhr. Machte es die Welt besser, wenn man ihn deswegen anzeigte? Und wollte man im Zweifelsfall nicht auch, dass er so schnell wie möglich zu einem kam, wenn man ihn brauchte? Eben.

Aber Raul da Silva hatte zwei Morde begangen. Den ersten, weil er sich erpressbar gemacht hatte. Und den zweiten, um den ersten zu vertuschen.

Seitdem war die Kripo in Faro führungslos. Das heißt: Als

dienstälteste Beamtin hatte man Graciana Rosado den Posten kommissarisch übertragen, bis ein Ersatz gefunden war. Etwas, was Miguel Duarte reserviert zur Kenntnis genommen hatte. Schließlich war er in allen Belangen um Längen geeigneter, aber selbstverständlich zu höflich, um das ihr gegenüber zu artikulieren. Pures Glück, dass Sub-Inspektorin Rosado der Laden im letzten halben Jahr noch nicht um die Ohren geflogen war.

Als sie sich die interpolierten Aufzeichnungen ansahen – jetzt mit einem viel größeren, maschinell errechneten Detailreichtum –, entsann Graciana Rosado sich des an sie adressierten Briefs aus dem GNR-Posten in Moncarapacho, den sie gestern heimlich eingesteckt hatte. »Bin gleich wieder da«, entschuldigte sie sich und überließ es Carlos und Senhor Lost, das Logo auf der Plastiktüte in Teresas Hand zu identifizieren.

Sie ging ans Ende des Flurs zum letzten Fenster, von wo aus man einen freien Blick auf die Gasse vor dem Kommissariat hatte, und öffnete den Brief, den das Innenministerium in Lissabon auf ihren Wunsch hin nicht an die Adresse der Polícia Judiciária in Faro versandt hatte, wo er vielleicht den Kollegen aufgefallen wäre.

Sehr geehrte Sub-Inspektorin Rosado, las sie, *mit Bedauern haben wir Ihre persönlichen Gründe zur Kenntnis genommen, die Sie gegen Ihre Beförderung zur Inspektorin und zur Versetzung in die Lissabonner Polícia Judiciária angeführt haben. Wie Sie richtig vermutet haben, wird mit der Leitung der Dienststelle in Faro auf Wunsch des Innenministers eine Inspektorin betraut, die in die Ermittlungen gegen Ihren Vorgänger Senhor da Silva nicht involviert war.*

Sollten Sie sich doch noch dazu entscheiden, zu uns nach Lissabon zu wechseln, stehen Ihnen unsere Türen jederzeit offen. Weit offen.

Erlauben Sie mir die persönliche Anmerkung, dass Ihr unerschrockenes Vorgehen gegen alle – auch internen – Widerstände hier niemanden unbeeindruckt gelassen hat.

Martim Teixeira (stellvertretender Polizeipräsident)

Graciana atmete einmal tief durch. Steckte das Schreiben ein. Wartete, was für ein Gefühl einsetzen würde. Und als es einsetzte, war es gut.

Graciana war tief verwoben in dieses Geflecht aus Plätzen und Menschen, dem Geruch des Meeres, der Venusmuscheln, wenn ihre Mutter sie zubereitete, dem Tabakqualm von Carlos' Zigaretten. Sie liebte es, wenn die Bewohner Fusetas ihr zunickten oder -winkten, dazu dieses tiefenentspannte Lächeln, das in Lissabon oder Porto undenkbar wäre, weil es die Leute dort zu viel Zeit kostete. Jeder Strauch und Briefkasten entlang der N 125, wenn sie an ihnen vorbeiraste, die Barkassen, die zur Ria Formosa ausliefen, sich abends auf der Couch von So die verspannten Schulterblätter massieren lassen – all das kam ihr in den Sinn und noch viel mehr das, was sie gar nicht benennen konnte. Nämlich an welchen Tausenden Einzelheiten es lag, dass sie sich so unendlich aufgehoben fühlte.

Um nichts in der Welt hätte sie der Gegend und den Leuten hier den Rücken gekehrt.

Während Leander Lost den Namen des Logos der Plastiktüte auf einem Zettel notierte – *Livraria Dom Henrique* –, erinnerte sich Carlos Esteves an die Frage, die ihn seit Stunden umtrieb, und warf Leander einen neugierigen Seitenblick zu. »Kinder sind was Schönes, hm?«,

»Das hängt vom Kind ab.«

»Natürlich«, antwortete Carlos mit einer Spur Ernüchterung.

»Warum haben Sie keine, Senhor Esteves?«

»Tja … wie fasst man das zusammen? Es hat sich nicht ergeben, bis jetzt, würde ich sagen.«

Leander nickte und lockerte seine Krawatte ein wenig: »Es ist ja auch eine Frage der Partnerwahl.«

»Sie sagen es.«

Sie nickten und schwiegen.

Eine Weile. In diesem Fall ein Dutzend Augenblicke.

Wieso hatte der Alemão sich ausgerechnet mit Teresa Fiadeiro über eine Vaterschaft unterhalten? Wäre ein Gespräch von Mann zu Mann – beispielsweise mit ihm – nicht viel naheliegender gewesen? Ja, beinahe zwingend? Wenn es um so etwas ginge, dann würde er jedenfalls eher zu João gehen als zu Graciana, obwohl es wohl niemanden gab, dem er so sehr vertraute wie seiner Kollegin. Und obwohl es kaum jemanden gab, mit dem er so wenige Gemeinsamkeiten hatte wie mit João, dem Feingeist.

Je länger Carlos darüber nachdachte, desto mehr ärgerte ihn diese Zurücksetzung. Hatte er Leander Lost nicht die Hand gereicht, letztes Jahr, obwohl der ihm in einem Akt der Nothilfe ins Bein geschossen hatte? Und wenn Lost sich schon an eine Frau hatte wenden müssen, wäre es nicht viel einleuchtender gewesen, sich Soraias Rat einzuholen? Die suchte schließlich auffallend oft die Gesellschaft des deutschen Austauschkommissars. Schon während ihres ersten Falls hatte sie seine Nähe gesucht und …

Und dann war es, als stünde er nachts alleine am Strand und es würde ihn plötzlich das Scheinwerferlicht eines Autos erfassen. Unvermittelt und blendend. So traf ihn die Erkenntnis. Natürlich – es ging um Soraia!

Wenn Losts Fragen bezüglich der Vaterschaft sie betrafen – hatte Soraia nicht auch ihren Aufenthalt in Brasilien abgebrochen? –, dann hatte er sich ja schlecht an sie selbst wenden können. Und ebenso folgerichtig auch nicht an ihn, Carlos. Denn Lost würde sicherlich nicht zu Unrecht vermuten, dass er umgehend Graciana von diesem Gespräch erzählt hätte.

Der Missmut, den er eben noch empfunden hatte, war schlagartig verraucht und wich erst einem Verständnis für die Situation des Deutschen und dann sogar echtem Mitleid. Man musste schon einen gewissen Grad an Verzweiflung erreicht haben, wenn man sich in puncto Vaterschaftsfragen ausgerechnet an Teresa Fiadeiro wandte. Der arme Kerl in seinem warmen schwarzen Anzug.

Er räusperte sich so vernehmlich, dass Leander Lost den Blick von den Aufzeichnungen der Überwachungskameras löste und ihn ansah.

»Ich komme auf vier Autos, die in der fraglichen Zeit in den zwölf zur Verfügung stehenden Parkplätzen gestanden haben«, stellte Lost fest.

»Oh, sehr gut. Sagen Sie … haben Sie heute Abend schon was vor?«

»Ich werde duschen, eine Runde im Pool schwimmen und dann Gambas in Weißweinsoße essen. Mit Baguette und einem Salat. Danach werde ich eine Stunde in ›Die Rückkehr der Götter‹ lesen. Und in Anbetracht meines Schlafdefizits früher zu Bett gehen als geplant.«

Carlos nickte. Lost plante immer alles haarklein im Voraus. Unvorhergesehenes brachte ihn mitunter aus dem Takt. Dass er aber augenscheinlich nach und nach alle Werke des portugiesischen Nationalheiligen Fernando Pessoa las, rechnete Carlos ihm hoch an.

»Wie wäre es, wenn wir mal zusammen einen trinken, hm? Heute Abend. *De homem para homem.* Von Mann zu Mann. Zum Beispiel im António?«

Zwei Fliegen mit einer Klappe.

Wozu?, wollte Leander im ersten Moment fragen, unterließ es aber. Die Gesichtsmuskulatur von Carlos Esteves war nämlich entspannt, die Mundwinkel hatte er ganz leicht hochgezogen – die Andeutung eines Lächelns. Die Augenbrauen bildeten eine Linie, die Augen waren ein wenig verengt. Leander dechiffrierte eine gefällige, ihm zugewandte Mimik. Und daraus schloss er, dass das Angebot eine freundliche Geste war.

Seit dem letzten September war er zwar oft Gast bei den Rosados, Gracianas und Soraias Eltern, gewesen und hatte auch den ein oder anderen Abend nach Dienstschluss mit seinen neuen Kollegen in einem Restaurant gegessen. Aber mit Carlos alleine hatte er bis jetzt noch keine private Minute verbracht. Und in Hamburg, in seinem alten Kommissariat, war es schließlich auch hin und wieder vorgekommen, dass die Kollegen sich noch auf ein Bier in einer Bar trafen. Meist hatte er aus einem Gespräch am nächsten Tag davon erfahren.

»Gerne«, sagte er deshalb, »das ist wirklich sehr nett von Ihnen.«

Bevor Carlos etwas erwidern konnte, war Graciana zurück. »Gibt es Neuigkeiten?«

»Ja«, sagte Leander, »das Logo auf der Plastiktüte trägt den Namen *Livraria Dom Henrique*.«

»Das ist der kleine Buchladen in der Rua da Vedoria«, ergänzte Carlos.

Graciana nickte. Die schmale Gasse lag in der Altstadt von Lagos und war wie die gesamte Altstadt mit kaum handtellergroßen Pflastersteinen versehen. Hunderttausende an Sohlen, barfuß oder aus Leder, aus Kunststoff, Bast und vielem mehr, hatten jede Unebenheit und jede Kante weggeschliffen. Sie waren von einer Glätte, die die Fußsohle angenehm umschmeichelte, wenn man sie barfuß betrat. Und alle zwei Meter waren zwei oder drei winzige Stufen eingearbeitet worden, um die Steigung für die Bewohner möglichst sanft zu gestalten.

Lagos – die Perle der westlichen Algarve. Eine auf vom Meer sanft ansteigenden Hügeln erbaute Stadt mit engen, verwinkelten Gassen, tief hängenden Stromleitungen und Wäscheleinen, schmalen Balkonen und maurisch geprägten Schornsteinen. In vielerlei Pastellfarben gingen die Häuserwände ineinander über, die mit einem Dach aus rötlichen Ziegeln oder ausgedehnten Dachterrassen abschlossen.

Die Altstadt war von einer gelblich braunen dicken Stadtmauer umschlossen, die die Mauren im 10. Jahrhundert zu diesem Bollwerk errichtet hatten. In diese Artefakte der Geschichte mischten sich Graffitikünstler mit beeindruckenden Wandmalereien, und neben traditionellen Restaurants boomten moderne Bars, die manchmal erst mit den ersten Sonnenstrahlen die Türen schlossen. Auf wundersame Weise gab Lagos den Puls der Zeit vor, ohne dabei sein uraltes Wesen zu verleugnen.

»Und wir haben vier Autokennzeichen«, antwortete Lost weiter, »die in der fraglichen Zeit im toten Winkel geparkt haben. Und Senhor Esteves und ich gehen heute Abend im António zusammen etwas trinken. De homem para homem.«

Carlos fühlte sich von Gracianas Lächeln ertappt.

»Ich sage Marisa Bescheid, sie kann ...«

»Schon zur Stelle«, hörte Graciana hinter sich, und dann betrat Marisa den Raum. Während sie sprach, waren ihre Hände die ganze Zeit in Bewegung und beschrieben unvorhersehbare, kleine Ellipsen.

»Unsere neue Chefin ist auf dem Weg hierher«, sagte sie, »das Innenministerium hat gerade angerufen.«

»Chef-*in*?«

Alle Blicke richteten sich auf den Mann im hellgrauen Anzug und tadellosen weißen Hemd, der mit einem Glas Wasser ins Büro trat: Miguel Duarte. Ein Scheitel wie mit dem Lineal gezogen. Ihr früherer Chef hatte ihm seinen Spitznamen gegeben: *Pavão*. Der Pfau. Eine längliche Falte des Ärgers erhielt gerade frische Nahrung und vertiefte sich weiter in Höhe der Nasenwurzel.

»Sim«, bestätigte Marisa, »sie heißt Cristina Sobral und soll jeden Moment hier sein.«

Alle bis auf Lost eilten ohne jede Scham zu den Fenstern und starrten die Gasse hinunter bis zum Parkplatz.

»Was wissen wir über sie?«, fragte Duarte schmallippig.

»Ihr Vater arbeitet bei der Polícia Judiciária in Porto.«

»Aber nicht *Polizeipräsident* Sobral aus Porto?«, vergewisserte Miguel Duarte sich.

»Genau der«, bestätigte Marisa.

»Ah«, sagte Duarte verächtlich, »diese Vetternwirtschaft hier.«

»Hier?«, hakte Carlos nach und gab sich keine Mühe, seinen Ärger über diese Anspielung zu verbergen.

»Ach, komm schon, Esteves, du weißt, was ich meine.«

»Verstehe, verstehe. Das ist in Spanien natürlich ganz anders.«

»Das stimmt nicht«, meldete Leander Lost sich zu Wort, »der Nepotismus und die Korruption in Spanien sind …«

»Sie hat niemand gefragt, Senhor Lost«, bürstete Duarte ihn ab. »In Spanien zählt berufliche Kompetenz und sonst nichts.«

Obwohl Duarte im zarten Alter von sieben Jahren mit seinen Eltern von Sevilla hierhergezogen und in Fuseta aufgewachsen war, betrachteten die anderen ihn als *Espanhol*. Was unter anderem daran lag, dass er keine Gelegenheit ausließ, die Vorzüge und die Überlegenheit seines Geburtslandes zu betonen (»Was meinst du, Esteves, warum spielt Ronaldo eigentlich für Real Madrid?«).

Da die Spanier sich Portugal und seine Besitzungen in Übersee im ausgehenden Mittelalter unter den Nagel gerissen und damit den Niedergang einer Weltmacht eingeleitet hatten, war man in Portugal bis heute nicht sehr gut auf den übergroßen Nachbarn zu sprechen. Zumal dessen Einwohner hier im Sommer in Horden einfielen und die Portugiesen wie ärmliche, gestrauchelte Verwandte behandelten, von denen sie sich bedienen ließen.

»Ich sag dir mal was, Duarte …«, setzte Carlos Esteves an.

»Da. Das ist sie«, unterbrach Marisa.

Schon klebten die Nasen an den Fenstern.

Sie sahen eine durchschnittlich große Frau mit blonden langen Haaren, die in einer Kombination aus hellblauem Rock und weißer Bluse auf hochhackigen Schuhen über die Pflastersteine stöckelte. Und bei jeder Haustür die Sonnenbrille anhob, um die Hausnummer abzulesen. Sie machte einen gepflegten und auf den ersten Blick etwas unbedarften Eindruck. Wie sie so gegen die Sonne anblinzelte oder auf dem unebenen Pflaster hin und wieder einen Stützschritt an den Tag legen musste, fiel es schwer, sie sich auf einem Schießstand oder beim Verhör eines Schwerkriminellen vorzustellen.

»Die Haare sind doch gefärbt«, mutmaßte Duarte.

»Ist das über ihrer Schulter eine Handtasche?«, fragte Marisa.

»Sieht so aus«, sagte Graciana.

»Aber die ist aus … was ist das für ein Material … Bast?«

»Nein, das … ich glaube, es ist Plastik, das ist … eine recycelte Handtasche. Ist in Lissabon gerade der letzte Schrei.«

Miguel Duarte wandte sich mit einem Seufzen ab. »Die hat ihr eigener Vater aus Porto weggelobt«, stellte er fest, »die hat man uns aufs Auge gedrückt. Schöne Scheiße. Wir sollten uns alle zusammentun und Beschwerde beim Innenministerium einlegen. Wer ist dabei?« Er zückte den Kamm aus der Hosentasche, tauchte ihn kurz in das Wasserglas in seiner Hand und zog sich seinen Scheitel nach.

Niemand meldete sich.

»Vielleicht warten wir erst mal ab, wie Senhora Cristina sich schlägt«, warf Graciana Rosado ein.

Während für Graciana die Stelle der Kripo-Chefin nicht infrage gekommen war, weil sie in die Ermittlungen gegen Raul da Silva involviert war, und sie eine Beförderung nach Lissabon abgelehnt hatte, hatte Miguel Duarte sich für die Leitung der Polícia Judiciária hier in Faro mit dem Gesamtverantwortungsbereich Ostalgarve in Position gebracht. In der falschen Annahme, man würde die Position Graciana antragen, hatte er seine eigene Bewerbung mit subtiler Kritik an seiner Kollegin garniert. Die indessen keinerlei Zweifel daran ließ, dass Graciana Rosado für den leeren Platz, den Raul da Silva ihretwegen hinterlassen hatte, die denkbar schlechteste Option darstellte.

8.

»Ich möchte, dass sich alle hier wohlfühlen und wir so etwas wie eine große Familie werden.«

Cristina Sobral stand vor dem Schreibtisch ihres Vorgängers und lächelte sie der Reihe nach an. Ihr Kopf ruckte rhythmisch immer einen Zentimeter nach rechts, sodass sie jeden einzeln kurz ins Visier nahm – das ganze Team, das sich in ihrem Büro in einer lockeren Linie aufgereiht hatte: Marisa, Isadora aus der KTU, Duarte, Graciana, Carlos und Leander Lost, auf dem ihr Blick endete.

»Ihnen muss warm sein, mein Lieber. Sie sind?«

»Mir ist nicht warm. Mein Name ist Leander Lost.«

Ihr Lächeln wich vorsichtiger Verzückung, sie trat zwei Schritte näher und musterte ihn wie ein seltenes Insekt. Eines, von dem sie augenscheinlich schon gehört hatte.

»Sie können den Whooscher anmachen«, fügte Lost hinzu und deutete auf den entsprechenden Schalter, der sich direkt neben Cristina Sobral an der Wand befand.

Sie beugte sich etwas irritiert vor. »Wie?«

»Senhor Lost meint den Deckenventilator«, erklärte Graciana Rosado.

Die neue Chefin schaute hinauf zum Deckenventilator, der mit stattlichen Rotoren auf einen Durchmesser von über zwei Metern kam. Dann betätigte sie den Schalter. Langsam, geradezu majestätisch setzten die Rotoren sich in Bewegung, durchschnitten die dicke Luft und produzierten ein vierstimmiges, tiefes *whoooooscb* dabei.

Jetzt lächelte Inspektorin Sobral wie jemand, der ein Aha-Erlebnis hatte. Ihre Augen wanderten zurück zu Lost. Sie nickte ihm freundlich zu und wandte sich anschließend wieder ans gesamte Team: »Sie können jederzeit mit Problemen oder Anliegen zu mir kommen. Ich schätze Offenheit ebenso wie beruflichen Ehrgeiz.«

Ihr Blick wanderte von Marisa über Isadora zu Graciana, auf die sie zwei Schritte zuging. »Sie sind Sub-Inspektorin Graciana Rosado?«

»Sim.«

Cristina Sobral schenkte ihr ein freundliches Lächeln: »Ich möchte Sie bitten, mir in den nächsten Tagen die Amtsgeschäfte zu übergeben. Offene Fälle, Prozesse, Dienstpläne … all das. Und ganz wichtig: Wo ist die Kaffeemaschine?«

Sie lächelte in die Runde, und die Runde lächelte auf Kommando zurück.

»In der Küche, zweite Tür links«, sagte Leander.

Sobrals Lächeln wurde etwas hölzerner: »Muito obrigada, Senhor Lost. Ich bringe Ihnen allen auch schon eine Aufgabe mit. Für morgen hat das Innenministerium einen Begleit- und Fahrdienst für eine Besucherin aus Angola angeordnet, eine …«, sie warf einen kurzen Blick auf einen kleinen Zettel, »… eine Flores Yola. Sie besucht in Lagos das Geburtshaus ihres Vaters und seine Grabstätte. Übermorgen gibt es dann noch ein Essen mit dem Presidente da Câmara, dem Bürgermeister, danach muss sie nach Faro zum Flughafen gefahren werden.«

»Wer ist sie?«, wollte Miguel Duarte wissen.

»Sie ist eine Journalistin aus der angolanischen Hauptstadt.«

»Maputo«, sagte Duarte.

»Luanda«, korrigierte Lost.

»Ah … ja, *die* Hauptstadt … ja, natürlich. Luanda. In Angola.«

»Und deshalb so ein Aufwand auf Anweisung des Innenministeriums?«, hakte Carlos Esteves nach.

»Sie wird in Lissabon einen Vortrag über das postkoloniale Zeitalter unseres Landes halten.«

»Das klingt mitreißend«, meinte Carlos.

Die neue Chefin wandte sich an ihre bisherige Stellvertreterin: »Sub-Inspektorin Graciana, könnten Sie sich um Flores Yola kümmern?«

»Gerne. Allerdings arbeiten wir gerade mit Hochdruck an einem Vermisstenfall.«

Cristina Sobral hob interessiert den Blick: »Ein Kind?«

»Eine Kollegin von der GNR in Moncarapacho.«

»Oh, die arme Familie. Sie ist einfach verschwunden?«

»Wir haben eine Spur«, beruhigte Carlos sie und stellte sich gleich vor: »Sub-Inspektor Esteves.«

»Sehr erfreut«, entgegnete sie und wandte sich wieder an Graciana. »Dann bleiben Sie dran. Ich brauche bloß die nächsten Tage jemanden aus dem Team, der …«

»*Ich* könnte das machen«, unterbrach Duarte, trat vor und deutete ein Nicken an: »Sub-Inspektor Miguel Duarte.«

Sobral betrachtete ihn mit einem wohlwollenden Blick. Duarte war eine attraktive Erscheinung (wenn auch die nah beieinanderliegenden Augen diesen Eindruck etwas schmälerten), ein modebewusster Mann, der sich beim Bleaching stets für Keramikweiß entschied.

»Ist diese Angolanerin vielleicht doch irgendwie gefährdet?«, fragte er und blickte entschlossen drein.

»Nein, ich … nein, meines Wissens nach nicht. Es ist nur eine freundliche Geste der Regierung, weil Senhora Flores diese Rede vor dem Auswärtigen Ausschuss des Parlaments in Lissabon halten wird.«

»Aber, ich meine … wenn selbst das Innenministerium anruft … das sieht mir doch nach einer hohen Gefährdungslage aus. Dann brauche ich eine Schutzweste, eine MPi und einen gepanzerten Wagen.«

Sobrals wohlwollende Miene wich Irritation.

»Kennedy ist schon tot!«, erinnerte Esteves den Kollegen, der seufzte und seinen Ärger über diese Bemerkung kaschierte.

»Ich weiß, meine Kollegen werden den Aufwand für übertrieben halten, und nun ja, vielleicht ist er das auch. Aber nur, wenn alles glattgeht. Nur dann. Aber wer weiß? Vielleicht plant ja jemand ein Attentat auf sie. Auf Flores …«

»Yola«, half die neue Chefin aus.

»Yola«, nickte Duarte, »genau. Und dann? Sub-Inspektorin Graciana, Sie erinnern sich doch bestimmt an die Sache mit dem Wohnungsbrand und dem Hund. Wie oft habe ich auf meine Nachbarin eingeredet und sie von dem Sinn eines Feuerlöschers im Haus zu überzeugen versucht. Vergeblich. Und dann, eines Tages, brannte es natürlich. Und die alte Dona Mafalda hatte ihren Hund noch drinnen. Ich musste also hinein – mich ohne Feuerlöscher der Feuersbrunst stellen …«

Es war ein Schwelbrand im Dachstuhl. Mit viel Rauchentwicklung. Von Flammen war außen nichts zu sehen, erinnerte Graciana sich. Und der Hund befand sich im Hof. Ein klassischer Kettenhund, der sein Leben in zwei Meter im Quadrat zubrachte.

»Das haben Sie getan? Für den Hund?« Sobrals Nasenflügel erzitterten leicht.

»Eigentlich für Dona Mafalda. Ich wusste ja, wie sehr sie an dem Tier hängt.«

Sie hing gar nicht an dem armen Geschöpf, wusste Graciana, denn der Hund war eine Anschaffung ihres verstorbenen Mannes gewesen. Sehr zum Verdruss von Dona Mafalda, die fand, dass das Tier stank. Und ihre Ärmel vollsabberte.

Nein, Duarte hatte vielmehr die Enkelin beeindrucken wollen, die sich gerne im knappen Bikini auf der Dachterrasse sonnte.

»Ich musste dann mit Anlauf von Dach zu Dach springen.«

»Mit dem Hund in den Armen?«, erkundigte Sobral sich. Ihrem Gesicht nach zu urteilen verfehlte die Erzählung die beabsichtigte Wirkung nicht.

»Mit dem Hund in den Armen«, bestätigte Miguel Duarte.

Er vergaß selbstredend zu erwähnen, dass er den Hund extra in den ersten Stock geschleppt hatte, um von dort aufs Garagendach zu springen. Ein Wagnis von einem Meter Höhe.

»Und dann bin ich mit den Feuerwehrleuten noch mal …«

»Ist das eine längere Geschichte?«

Die Frage des Alemaõ kam wie eine kalte, unerwartete Dusche

über Duarte und verursachte für einen Augenblick die stillste Stille, die in diesem Raum bisher geherrscht hatte. Leander richtete seine Worte unbeirrt an die neue Vorgesetzte: »Wir vermissen seit 18:30 gestriger Zeit die Kollegin Teresa Fiadeiro von der GNR in Moncarapacho. Aus zahlreichen empirischen Daten wissen wir in Deutschland, dass die Chance, eine vermisste Person lebend wiederzufinden, nach 48 Stunden einen signifikanten Einbruch erlebt. Dieses ist von der Datenlage her kein deutsches Phänomen, sondern lässt sich 1:1 nach Portugal übertragen. Die Situation verfügt außerdem über einen verschärfenden Faktor: Senhora Fiadeiro ist in dem Parkhaus am Sklavenmarkt in Lagos verschwunden. Das können wir per Überwachungsmaterial nachweisen. Die Umstände deuten auf die Entführung durch einen organisierten Täter hin. Es liegt kein Indiz auf einen unstrukturierten Täter vor, ganz im Gegenteil: Hier wusste jemand sehr genau, was er tut. Das heißt, die These einer Entführung ist momentan die wahrscheinlichste.

Betrachtet man nun alle Fälle der jüngeren europäischen Kriminalgeschichte im Hinblick auf Zeitpunkt der Entführung und Zeitpunkt der Kontaktaufnahme durch den Entführer, um seine Forderung für eine Übergabe der Geisel zu stellen, ergibt sich ein maximaler Zeitraum von sechs Stunden. Die sind bei Weitem überschritten. Ein Entführer, der keine Forderung stellt, stellt sie entweder nicht, weil die Geisel bereits tot ist – auch davon gibt es Ausnahmen – und er sich auf der Flucht befindet, oder … weil es sich nie um eine Entführung gehandelt hat. Wie auch immer, Inspektorin Sobral, ich schlage vor, die Übernahme der Amtsgeschäfte zu vertagen und alle verfügbaren Beamten auf die Suche nach Senhora Fiadeiro zu konzentrieren. Und zwar umgehend.«

Selbst die Lachmöwen, die mit ihrem quäkenden Meckern über der Stadt kreisten, verstummten für einige Augenblicke. Der Spanier sah aus wie ein Fünfjähriger, dem man den Lolli weggenommen hatte. Und Carlos wäre um ein Haar zu Leander gegangen, um ihm in dankbarer Begeisterung die Hand zu schütteln.

»Dem schließe ich mich an«, sagte Graciana in die Stille hinein. »Und wenn der Kollege Duarte die Dienste für den Besuch aus Angola übernimmt, ist für alles gesorgt.«

Ende des Doppelpasses, dachte Carlos.

Cristina Sobral war von Losts analytischer Einlassung immer noch wie leicht betäubt, deshalb brachte sie zunächst nur ein Nicken zustande. Seine Kausalketten waren zwingend wie ein fugenloser Korridor ohne Abzweigung. Natürlich, alles, was er gesagt hatte, konnte man sich als Kriminalist selbstverständlich auch alleine zusammenreimen. Lost hatte nur aus vorliegenden Fakten und empirischen Daten die logischen Schlüsse präsentiert. Aber immerhin.

»Sie haben vollkommen recht«, sagte sie deshalb. »Sie machen sich bitte umgehend wieder an die Arbeit. Wie kann ich Sie unterstützen?«

»Im Augenblick gar nicht«, antwortete Graciana Rosado, »wir müssen einigen Fahrzeugen deren Halter zuordnen und sie zu der Sache vernehmen. Und ein Geschäft in Lagos überprüfen.«

»Ich verstehe. Aber wenn Sie auch nur irgendwo eine helfende Hand benötigen … lassen Sie es mich bitte wissen.«

9.

Während Marisa Veira sich mithilfe der Zulassungsstelle um die Namen und Wohnsitze der Halter der vier Fahrzeuge bemühte, die Leander Lost aus den Überwachungsbändern gefiltert hatte, machten sie sich zu dritt auf den Weg zurück nach Lagos. Dieses Mal nahmen sie den deutschen Austauschkommissar auf der Rückbank des Volvos mit.

Angesichts der Tatsache, dass sie sich seit etwa dreißig Stunden auf den Beinen befand und keinen Unfall verursachen wollte, jagte Graciana Rosado mit Blaulicht und Sirene über die A 22 in Richtung Lagos. Die Mautstellen alle paar Kilometer, Gerüste mit Hightech-Kameras, die sich über die Fahrbahnen spannten wie der Vorbote eines Überwachungsstaates, sorgten bei der Erkennung des Mautgeräts im Auto für ein dezentes Piepsen. Bei den knapp zweihundert Stundenkilometern, die Graciana fuhr, ergab sich daraus eine Melodie, wenn auch eine recht monotone.

»Angenommen, Teresa hat in dieser Buchhandlung etwas gekauft, die Tüte spricht ja dafür, fährt sie deswegen extra von Moncarapacho nach Lagos? Über hundert Kilometer?«

»Vielleicht wollte sie weiter«, sagte Carlos, der neben Graciana fast in sich selbst versunken war, so tief hing er im Beifahrersitz und knabberte an einem Schinkencroissant. »Ansonsten macht es wohl kaum Sinn, für ein Buch nach Lagos zu fahren.«

Losts Augen nahmen die vorbeiziehende Landschaft wie ein verwischtes Bild wahr, ein Gemälde, das stets von links Nachschub erhielt und sich nach rechts ins Nichts verflüchtigte. Darin dominierten die Farben Grün (Sträucher), Beige (Sand), Weiß (Häuser) und Blau (Himmel). Die Art ihrer Zusammensetzung ging gegen unendlich, wie er mathematisch überschlug. Wer Geschmack an so etwas fand, würde sich nie mit Langeweile konfrontiert sehen.

»Es gibt einen Punkt, über den wir noch nicht gesprochen haben«, sagte Graciana. Weil das französische Wohnmobil vor ihr beim Überholen eines Lasters zu langsam war, schoss sie auf der Standspur an beiden Fahrzeugen vorbei. »Was ist, wenn Teresa Fiadeiro beschlossen hat, einfach zu verschwinden?«

Leander Lost verlegte sich darauf, die Hinweisschilder mit den Entfernungsangaben zu fixieren, die sehr spät in sein Blickfeld gerieten. Zu spät, um sie bei dieser Geschwindigkeit lesen zu können. Deshalb ruckte er mit dem Kopf jeweils schlagartig nach rechts, um die Lesbarkeit zu erhöhen – was ihm immer besser gelang.

»Zu verschwinden?«, echote Carlos und ärgerte sich im gleichen Augenblick über seine ungelenke Nachfrage: »Warum sollte sie abtauchen?«

»Keine Ahnung. Aber warum lässt sie ihr Handy liegen, hm?«

»Um nicht geortet zu werden.«

»Du meinst, *sie* hat den Platz zum Verschwinden gewählt? Teresa?«

»Ja.«

Leander begann jetzt die Ecken der Hinweisschilder zu zählen. Eigentlich tat er das nur, wenn er Unruhe in sich spürte. Dann zählte er Ecken. Das beruhigte. Zum Beispiel, wenn die beiden Kollegen vorne sich über etwas unterhielten, dessen Ausgang ihm bereits bewusst war, er aber aus Gründen des guten Tons darauf verzichten wollte, sie darauf hinzuweisen. Dann zählte er einfach Ecken.

Und um nicht aus der Übung zu kommen. Wenn er es sich selbst etwas kniffliger gestalten wollte, zählte er Maurits Cornelis Escher. Auch für einen geübten Eckenzähler eine echte Herausforderung. Denn Escher hatte unmögliche Figuren gezeichnet. Unmögliche Figuren mit unmöglichen Ecken.

»Jeder weiß es, eine Polizistin sowieso«, fuhr Carlos fort, »über ihr Smartphone hätten wir ihre GPS-Spur. Sie hat also vorsätzlich ihre digitalen Spuren verwischt. Erst über ihr Handy, dann über ihr Auto, zuletzt, indem sie sich aus dem toten Winkel in der Tiefgarage abgesetzt hat.« Seit Stunden schon hatte Carlos das Gefühl, sich durch widerspenstigen Morast zu bewegen, der ihm bis zum Hals reichte. Jede Bewegung erschien unendlich kräfteraubend. Jeder Gedanke benötigte das Doppelte bis Dreifache an Zeit. Aber er wollte sich keine Pause gönnen, er wusste, Graciana kämpfte ebenso stumm gegen die Müdigkeit an. Doch jetzt, mit dieser neuen These, dass Teresa freiwillig verschwunden war, fügten sich die Indizien. Ja, es ergab plötzlich alles einen Sinn. Und das befeuerte ihn mit neuer Energie, fast hätte er sein Croissant fallen lassen. »Aber warum? Schulden?«

Graciana hatte aus den Augenwinkeln bemerkt, wie Carlos mit einem Mal im Sitzen Haltung angenommen hatte, seine Bewegungen dieses Bleierne abwarfen und dynamisch wirkten und voller Reserven. »Ich glaube zwar nicht, dass Teresa Schulden hat. Aber ich sage Marisa Bescheid, dass sie das überprüfen soll«, entgegnete sie.

»Ja«, stimmte ihr Kollege zu, »gut. Wenn nicht Schulden, was dann? Es muss ja einen Grund geben, sich einfach so aus seinem alten Leben zu verabschieden. Sagte ich ›einfach so‹? Eben genau das nicht. Sie verwischt dabei ihre Spuren.« Carlos nickte sich selbst zu. Er war hellwach, als sie von der A 22 südlich nach Lagos abbogen.

Graciana musterte Leander Lost kurz im Innenspiegel. Der Alemão blickte hinaus in die Landschaft.

Sie sparten sich den Abstecher zu Jesus Fernandes und überquerten die Tiefgarage am Rande der Altstadt von Lagos – bestehend aus einer weitläufigen Fläche aus dunkelroten Holzbohlen. Die Tiefgarage ging von der kerzengeraden und von hohen Dattelpalmen flankierten Avendia do Descobrimentos ab, die an der Mündung des Flusses Bensafrim lag. Der Fluss mit seinem Trinkwasser hatte neben den Fischgründen dafür gesorgt, dass bereits die Phönizier hier erste Siedlungen gebaut hatten.

Auf der Ebene oberhalb der Tiefgarage existierten vier Aufbauten. Zwei Fahrstühle mit gläsernen Kabinen, einer davon mit Graffiti verziert. Außerdem ein Bistro, das sich Lenda-Bar nannte, ein Flachbau mit Speisen aus ganz Europa, windgeschützte Außenplätze, junge Musik und damit eine Bar, die in Genua, Helsinki, Madrid, Dublin oder sonst wo in Europa ebenso wenig ins Auge gefallen wäre wie hier. Austauschbar.

Das vierte Gebäude war eine quietschorangefarbene Hüpfburg, in der man die Kinder zwar nicht sah, aber deren Lachen und belustigtes Kreischen schon von Weitem hören konnte. Von den gewölbten Kunststoffwänden strahlten den kleinen Besuchern Comic-Delfine entgegen.

»Sollen das Delfine sein?«, hörte sie Lost fragen.

»Ja«, antwortete ihm Carlos.

»Freuen die sich über hüpfende Kinder?«

»Ich weiß es nicht.«

»Warum lächeln die dann?«

»Das ist Marketing, Senhor Lost. Die Kinder sollen sich wohlfühlen.«

»Aber Delfine lächeln nicht.«

»Das wissen die Kinder nicht.«

»Man täuscht sie absichtlich, damit sie sich wohlfuhlen? Ich sage das ohne jede Wertung, ich möchte es nur verstehen.«

»Genau.«

Leander Lost nickte dieses Nicken, vor dem sie einen gesunden Respekt entwickelt hatten. Die scheinbare Einsicht. Das scheinbare Zurückweichen – das sich dann später oft als ein längerer Anlauf des Deutschen herausstellte, die jeweilige Angelegenheit doch noch mal grundsätzlich auszufechten, und der sie damit regelmäßig kalt erwischte. Den Blick nach unten, konzentriert, der Sache verhaftet – so ging Lost mechanisch weiter.

Gracianas Handy meldete sich – Marisa.

»Sim?«

»Wir haben zwei von vier Haltern.«

»Wo wohnen sie?«

»In Olhão und Portimão.«

»Vorbestraft?«

»Nein. Die Halterin aus Olhão heißt Maria Lopes. Sie ist Jahrgang 1934.«

Damit war Maria Lopes für Graciana als Tatverdächtige raus – aber nicht als Zeugin. »Schick Ana und Luís zu ihr. Zeugenvernehmung.«

»Gut. Der Halter aus Portimão heißt Teofilo Moreira. Er ist 30 Jahre alt und hat einen Eintrag im Vorstrafenregister wegen Körperverletzung.«

»In welchem Zusammenhang?«

»Nach einem Fußballspiel.«

Da es in Portugal keine Hooligans gab – niemand käme hier auf die Idee, seiner Verehrung für einen Verein oder einen Spieler dadurch Ausdruck zu verleihen, einem ähnlich begeisterten Anhänger eines anderen Klubs den Schädel einzuschlagen –, musste die Körperverletzung von Senhor Moreira einen anderen Kontext haben.

»Gut, sims mir die Adresse, wir sehen ihn uns an. *Tchau.*«

»*Tchau.*«

Sie hatten das Ende des Parkdecks erreicht. Direkt hinter den Fahrstühlen und den Treppen, die zu den Parkebenen hinabführten, sprangen die Gebäude an die sechs, sieben Meter hoch, um sich von dort aus ins Stadtinnere fortzusetzen. Sie befanden sich auf der Ebene der früheren Stadtmauer, die Lagos' Altstadt seit über tausend Jahren umschloss.

Und genau dort, neben dem ehemaligen Sklavenmarkt, befand sich die Buchhandlung, in der Teresa Fiadeiro ihren bisher letzten Einkauf getätigt hatte: die *Livraria Dom Henrique*. Zwei im Schatten liegende kleine Schaufenster, eingekeilt zwischen einem Trödelladen mit ausladender, bauchiger Markise und einer Snackbar, vor der sich ein Surfer mit blonden Rastalocken und seine braun gebrannte Begleiterin mit Jeansrock und Bikinioberteil eine Pizza teilten.

Tadeu Quaresma war ein kleiner älterer Herr, der so aussah, als habe er den Buchdruck noch mit erfunden. Zerbrechlich, aber gleichzeitig zäh. Trotz der Wärme trug er einen dünnen Pullover über dem Hemd, eine Schiebermütze über dem nahezu kahlen Haupt und eine altertümliche Hose, die nach unten durch zwei vorbildlich geputzte Schuhe abgerundet wurde. All das ein, zwei Kleidergrößen zu groß, sodass er achtgeben musste, auf Dauer nicht von seiner Kleidung verschluckt zu werden. Tadeu Quaresma befand sich in einer Altersklasse, in der man nicht mehr in etwas hineinwuchs, sondern aus etwas herausschrumpfte. Eigentlich führte den Laden längst seine Enkelin, aber die steckte noch in ihrer Mittagspause irgendwo in der Altstadt.

Graciana hielt kurz inne, und obwohl sie aus einem bestimmten Grund gekommen war, genoss sie für ein paar Augenblicke diese kultivierte Geborgenheit, die in allen guten Buchhandlungen zu Hause war.

Quaresma war ebenso freundlich wie zuvorkommend. Und leider mit zunehmender Taubheit geschlagen. *Aber man liest ja mit den Augen,* ließ er sie grinsend wissen.

Bei 70 Dezibel erfuhren sie, dass er Teresa Fiadeiro gestern bedient hatte – die Frau auf dem Foto, das Graciana ihm zeigte, erkannte er sofort. Es bestand also kein Zweifel daran, dass Teresa hier am Vortag »Die Pest« von Albert Camus erstanden hatte.

»Es hat jemand telefonisch zurücklegen lassen«, ließ der Buchhändler sie wissen.

»Wer war das?«, fragte Leander Lost, den Quaresma schon die ganze Zeit über mit einer kaum verhohlenen Neugier gemustert hatte.

»Na, sie selbst«, sagte Carlos.

Der Buchhändler schüttelte den Kopf: »Nein, es war ein Mann.«

Lost wiederholte seine Frage: »Quem era?«

»Er hat seinen Namen nicht genannt. Er hat gesagt, Senhora Fiadeiro holt das Buch in zwei Stunden ab. Und dass sie es beim Abholen auch bezahlt. Hat sie auch.«

Die drei Kriminalbeamten tauschten kurz Blicke. Lost wusste, dass ihm dabei der Subtext entging, aber da er um die positive Verstärkung eines gemeinschaftlichen Nickens wusste, tat er seinen Kollegen diesen Gefallen und nickte dreimal. Wie auch immer: Hier lag vielleicht ein wichtiger Schlüssel, um Teresa Fiadeiro wiederzufinden. Jemand – nicht sie selbst, sondern ein Mann – hatte zwei Stunden vorher angekündigt, was Senhora Teresa zwei Stunden später tun würde. Und auf dem Rückweg zu ihrem Auto hatte sie sich nahezu buchstäblich in Luft aufgelöst.

»Hat sie mit sonst jemandem außer Ihnen gesprochen?«, fragte Lost.

»Nein. Sie ist direkt zu mir gekommen, hier an die Theke. Da, wo Sie jetzt stehen.«

»Es gibt eine Verbindung zwischen dem Anruf und dem Verschwinden von Teresa«, mutmaßte Graciana, als sie aus dem Halbdunkel des Buchladens auf die sonnengeflutete Gasse davor getreten waren, die die in den Pflastersteinen gesammelte Wärme noch bis weit nach Mitternacht abstrahlen würde. Sie hatte es schon auf dem Hinweg eilig gehabt, jetzt konnte man kaum Schritt mit ihr halten. »Irgendeine Idee?«

Ihr erster Blick galt Carlos, der ein Kopfschütteln andeutete. »Camus … die Pest … nein, mir fällt einfach niemand ein, der das für sie hätte reservieren sollen. Und warum.«

Graciana nickte. Per Kurzwahltaste erreichte sie Marisa im Kommissariat: »Olá Marisa. Ich brauche die Einzelverbindungsübersicht der Livraria Dom Henrique in Lagos. Speziell gestern. Aber besorg sie mir sicherheitshalber einen Monat rückwirkend. Obrigada.«

»Ich habe die anderen beiden Halter«, sagte Marisa, bevor Graciana auflegen konnte, »Sofia Martins und Vasco Sousa. Martins hat angeblich mit ihren beiden Kindern ihren Vater besucht. Sie wohnt in Vila Nova de Milfontes.«

Eine kleine Stadt am Atlantik auf halber Strecke hoch nach Lissabon. Graciana erinnerte sich vage. Junge Backpacker, die mit ihren Surfbrettern in die hohe Brandung gingen. Der Ort verfügte über einen eigenen GNR-Posten, das wusste sie. »Die GNR soll sie festsetzen und eine Zeugenbefragung durchführen – nichts weiter. Und was hast du zu diesem Senhor Sousa?«

»Der hat vorgestern den Wagen am Flughafen in Faro bei Hertz angemietet. Ich habe mit der Filiale telefoniert, sie haben das Formular mit allen Daten gemailt, die er bei der Abholung eingetragen hat. Seine Adresse hier in Lagos ist die *Beco dos Eucaliptos No. 17.*«

»Beco dos Eucaliptos 17?«, fragte Graciana in Richtung Carlos, der kurz in die Luft blickte, als sei dort ein Hologramm des Stadtplans von Lagos erschienen, um sich zu konzentrieren. Dann nickte er Graciana zu: Ja, er kannte den Weg dahin.

Eine bevorzugte Lage auf dem riesigen Plateau, das sich zwischen den malerischen Klippen der Steilküste bei Lagos erstreckte und das nach und nach mit prächtigen Häusern erschlossen wurde. Von dort erreichte man binnen zehn Minuten fünf verschiedene Strände und Buchten.

»Marisa, mail uns auch die Ausschnitte aus der Überwachungskamera zu, por favor.«

»Sind in einer Minute da. Und …«

»Ja?«

»Wie sieht es aus mit einer Ablösung für euch?«

»Nicht, bevor wir Teresa haben.«

»Aber … Graciana, ich misch mich nie ein, das weißt du, aber jetzt … ihr seid seit gestern Abend auf …«

»Nicht, bevor wir Teresa haben«, unterbrach Graciana ruhig und klar.

Da lag diese Bestimmtheit in den Worten, die in der Familie Rosado nur allzu bekannt war. Andere Kinder hatten früher wütend mit dem Fuß aufgestampft oder sich mit einem zornigen Heulen zu Boden geworfen. Aber die kleine Graciana hatte nur die Tonlage geändert. Ihr Vater hatte sich die Haare gerauft, ihre Mutter hatte versucht, sie mit Engelszungen zu erweichen – aber nichts, wirklich gar nichts konnte die Tochter von einer einmal getroffenen Entscheidung wieder abbringen.

Não antes de encontrar a Teresa.

Es gab Leute, die meinten, eine gewisse Dickköpfigkeit oder einen Stoizismus hinter diesem Wesenszug entdeckt zu haben. Aber Carlos wusste es besser. Graciana blieb einer Überzeugung treu. Auch dann, wenn das Unannehmlichkeiten hervorrief.

»Natürlich«, meldete Marisa sich am anderen Ende, »aber ihr müsst trotzdem mal Pause machen. Ich habe Pasteis gemacht und Sandwiches für Carlos und Senhor Lost. Für Senhor Lost mit Salatblättern, das mag er. Etwas Honigmelone und Presunto. Und ich setze euch den härtesten Bica auf, den es gibt. Für Carlos mit Schuss.«

Graciana musste kurz schlucken. »Du bist ein Schatz, Marisa, ich …« Kurz versagten ihr die Worte.

»Schon gut«, antwortete Marisa und legte auf, damit keine Pause entstand, die Graciana als unangenehm empfinden könnte.

Graciana steckte das Smartphone ein und wischte sich beiläufig über das linke Auge.

»Ist was passiert?«, fragte Carlos.

»Nur was ins Auge bekommen«, sagte sie und straffte sich. »Beco dos Eucaliptos 17.«

10.

Sobald sie die Altstadt hinter sich gelassen hatten, veränderte Lagos oben auf den Hügeln sein Aussehen. Aus engen, gepflasterten Gassen wurden übergangslos breite, asphaltierte Straßen. Windschiefe, bunte, eingeschossige Hausreihen wurden von mehrgeschossigen modernen Bauten abgelöst, die aus den Neunzigern des letzten Jahrhunderts stammten. Hier wohnten viele der Portugiesen, die morgens hinab in die Altstadt liefen, um ihrem Beruf nachzugehen. Und die abends hierher zurückkehrten. In *ihr* Viertel. Mit *ihren* Bars und *ihren* Restaurants.

Wenn sich Touristen hierher verliefen, behandelte man sie freundlich. Niemand grenzte sie aus den Restaurants und Bistros aus, aber es ließen sich eben nicht viele blicken. Ganz so, als bilde jene die Altstadt umspannende Stadtmauer ein magisches Band, das alle Touristen im Zentrum hielt.

Die Beco dos Eucaliptos hingegen war eine relativ neue Straße, die in einer Kehre mündete und die neu errichteten Häuser vom Durchgangsverkehr verschonte. Die Nummer 17 hatte freien Blick auf den Atlantik. Ein schmiedeeisernes, halbhohes Tor versperrte die Auffahrt. Linker Hand befand sich eine Garage, und nach einem kleinen Spalier aus betörend duftenden Orangenbäumen schloss sich das Haus selbst an.

Es war im portugiesischen Stil errichtet worden, eine im Grundriss einfache Struktur, die hier und da verfeinert worden war. Weiße Wände, gelb umrandete Fenster. Eine schöne, geschwungene Treppe führte hinauf zur Dachterrasse, und an der Seitenwand der Garage fand sich ein großes, aufwendiges Bildnis einer Karavelle, blau auf weiß, das sich über Dutzende Azulejos erstreckte. Die Rollläden vor den Fenstern waren hinabgelassen, auch parkte kein Auto auf der Auffahrt.

Graciana Rosado hatte den Volvo direkt vor dem Tor abgestellt. Das Haus mit seiner exponierten Lage bot ihnen nicht die Möglichkeit, so zu tun, als würden sie zufällig vorbeilaufen. Wie bei der Villa Elias tauchte man hier nur auf, wenn man zur Nummer 17 wollte oder zu den Nachbarhäusern. Und deswegen benutzte sie nicht etwa die Klingel an der breiten Pforte, sondern stieg einfach darüber hinweg.

Leander Lost und Carlos Esteves sahen über die Schulter, während sie Gracianas Beispiel folgten, die inzwischen auf den Eingang zuging: eine mannshohe weiße Tür aus Metall. Fensterlos.

Leander blieb stehen und betrachtete die Orangen, die in der Sonne glänzten. Sie machten ihm Appetit auf einen Obstsalat.

»Was wird das?«, fragte Carlos, der ebenfalls stehen geblieben war und die Fäuste in den Hüften abstützte.

»Das wird mal ein großer Orangenbaum. Jetzt ist es ein kleiner«, antwortete Leander wahrheitsgemäß. Manchmal hatte Senhor Esteves die Tendenz, ihn Offensichtliches zu fragen.

»Wir sind hier, um einen Verdächtigen zu befragen.«
Oder auszusprechen.
»In der Tat«, antwortete Leander Lost.

In der Tat. Leander hatte herausgefunden, dass die Trägheit der menschlichen Kommunikation nicht nur durch missverständliche Äußerungen verursacht wurde, deren Aufklärung Zeit kostete und das Gespräch unnötig umständlich gestaltete, sondern durch den schlichten Umstand, dass es oftmals gar nicht primär um den Austausch von Informationen ging.

Sondern um das Äußern von Selbstverständlichkeiten *(Schönes Wetter, heute)*, rhetorischen Fragen zur Bestätigung der eigenen Haltung *(Krebs ist schon eine Geißel der Menschheit, hm?)*, Erzwingen von Notlügen (Findest du mich zu dick?) und sonstigen Belanglosigkeiten *(Ich glaub, ich bin müde)*, die man ebenso gut hätte für sich behalten können.

Denn aus alledem folgte für niemanden ein Erkenntnisgewinn. Man verplemperte nur Lebenszeit.

Gleichwohl wusste Leander, dass er als Außenseiter nicht alleine die Herkulesaufgabe stemmen konnte, die weltweite Kommunikation zu reformieren. Aber immerhin konnte er vermeiden, sich ernsthaft mit diesen Äußerungen auseinanderzusetzen, die ihn und die anderen doch nur in Fettnäpfchen zu führen schienen. Und da die Menschen des guten Tons wegen auf eine Antwort warteten, die ihrer Haltung nicht widersprach, hatte Leander sich um ein Sortiment gefälliger Repliken bemüht.

Und siehe da – er hatte sich diese Mühe gar nicht selbst machen müssen, sondern war in einem Antiquariat auf die Werke eines gewissen Dan B. Tucker gestoßen. Insbesondere auf ein in der öffentlichen Wahrnehmung unterschätztes Werk mit dem Titel *Kompendium sinnloser Sätze.*

Nachdem Leander Lost sich die ersten drei Seiten mittels seines fotografischen Gedächtnisses eingeprägt hatte, machte er schon am ersten Abend die Erfahrung, wie sehr ihm diese Floskeln die Kommunikation mit Menschen erleichterten. Und Dan B. Tuckers schier unerschöpfliches Repertoire ging ihm spielend von der Hand:

»Und der hat die Nerven mir zu sagen, dass sein Onkel Staatssekretär in Madrid ist und ich mich warm anziehen kann, wenn ich ihn dafür anzeige, dass er den Kühlschrank aus seiner Ferienwohnung in der Ria Formosa entsorgt hat«, echauffierte sich Carlos Esteves.

Graciana und Carlos hatten ihn nach Dienstschluss aus einer Laune heraus in die neu eröffnete Tapasbar in Fuseta eingeladen. Von der Terrasse aus blickten sie bei untergehender Sonne hinüber zu den Salinen. Die letzten Arbeiter, die bis zu den Oberschenkeln in Gummistiefeln steckten, schaufelten das rohe Salz auf die riesigen Ladeflächen von 5-Tonnern. Und langsam kam die Flut und verwandelte das matschige Gebiet um das Restaurant herum in kleine Tümpel.

»Sagen Sie bloß.«

»Ich schwör's, Senhor Lost. Ich schwör's Ihnen. Spanier eben.«

»Das ist ja ein Ding.«

So in etwa. Leanders Redebeiträge waren bei Licht betrachtet purer Wortmüll, aber das hatte das wohlige Gefühl, für einige Augenblicke einer der ihren zu sein, nicht schmälern können.

Leander erinnerte sich gerne an den Abend mit den beiden Kollegen, denn dieses war der Tag, an dem er auf das *Kompendium sinnloser Sätze* gestoßen war. Hin und wieder begnügte er sich dabei auch lediglich mit einem Nicken, Dan B. Tuckers nonverbale Universalantwort.

Dan B. Tucker hatte noch andere Werke verfasst, die nach ihrer Publikation praktisch den direkten Weg in die Antiquariate antraten. *Warteschleife des Geistes* etwa oder *Der Schnürsenkel ist sein halbes Ebenbild*.

Dan B. Tucker hieß in Wahrheit Christian Busz, ein (einem Foto nach zu urteilen) teigiger Mittfünfziger mit einer Brille aus wenigstens minus fünf Dioptrien, der sich in der Einsamkeit einer kleinen Kölner Mietwohnung die Wut über eine Gesellschaft von der Seele schrieb, die ihm keine Beachtung schenkte. Was Busz wiederum über die Jahre zu einem waschechten Misanthropen geformt hatte.

Wie auch immer – für Leander stellte das *Kompendium sinnloser Sätze* eine wahre Fundgrube dar.

Für den Fall, dass sie Vasco Sousa nicht antreffen würden, hatte Marisa die Vermieterin des Hauses kontaktiert, die in wenigen Minuten mit einem Hausschlüssel da sein sollte.

Graciana hob den Zeigefinger und klingelte. Zu ihrer Überraschung erklangen zwei Töne gleichzeitig. Ein fremder und ein bekannter. Der bekannte war ihr Handy. Die Nummer von Marisa auf dem Display. »Sim?«

»Seid ihr schon da?«

Marisas Stimme klang dünn und gehetzt.

»Ich hab gerade geklingelt«, antwortete Graciana und wich wegen Marisas Tonlage einen Schritt von der Tür zurück. Mit ihrer freien Hand bedeutete sie Carlos, sich Deckung zu suchen. Der legte die Hand auf die 19er Glock an seinem Hosenbund.

Lost verstand das Zeichen, es war kristallklar. Kein *Schön, Sie zu sehen*, obwohl man das Gegenteil empfand. Kein *Das wäre doch nicht nötig gewesen*, obwohl man das Fehlen des Blumenstraußes als grobe Unhöflichkeit aufgefasst hätte. Und kein *Es war ein netter Abend, Leander, vielleicht wiederholen wir das mal,* wenn genau das nicht erwünscht war. Sondern ein Zeichen, das keinerlei Spielraum für Interpretation ließ. Ein Zeichen wie in der Gebärdensprache: eindeutig und absolut. Eindeutig in seiner Konnotation und absolut in seiner Abgrenzung zu anderen Zeichen und deren Bedeutungen.

Und nun folgte, während Graciana weiter Marisa lauschte, der nach unten ausgestreckte rotierende Zeigefinger von Carlos. Das bedeutete Eigensicherung.

All das, was Sprache für die Menschen offensichtlich reich machte und für Leander ermüdend und unnötig kompliziert – ihre Uneindeutigkeit und ihr Interpretationsspielraum –, fand in der nonverbalen und außermimischen Kommunikation keinen Platz.

Graciana Rosado beendete das Telefonat. »Der Mietwagen dieses Senhor Sousa ist ausgebrannt«, ließ sie die beiden wissen, ohne den Blick von der Eingangstür zu nehmen, »vom Fahrer fehlt jede Spur.«

»Wo?«, fragte Carlos mit gesenkter Stimme.

»In einer Senke im Wald in Vale do Bensafrim. Da hat man auch eine angebrannte Tüte und das Buch gefunden.«

Bensafrim war 15 Autominuten von hier entfernt.

»Senhor Lost, Sie sichern rechts den Weg nach hinten ab. Carlos, wir gehen rein.«

Leander zückte die Dienstwaffe und richtete sie grob auf den Weg, der zwischen Haus und Garage nach hinten führte – zum Pool. Er stützte sich an einen Orangenbaum, um den Rückstoß eines möglichen Schusses besser abfangen und rasch einen zweiten, gezielten Schuss abgeben zu können.

Zwischen Carlos und Graciana brauchte es keine Worte. Die Tür war verschlossen, und Carlos zückte die Kreditkarte.

»Wie wollen Sie die Tür öffnen?«, fragte Lost gedämpft.

»Schauen Sie mal, die Möwe«, erwiderte Carlos und deutete rechts hinter Lost, der sich wie gewünscht nach dem vermeintlichen Vogel umsah. Die zwei Sekunden genügten Carlos, um die Tür mit der Karte zu öffnen und sie mit einem sanften Schub der rechten Hand aufschwingen zu lassen.

Leander blickte nun wieder zu ihnen.

»War angelehnt«, ließ Graciana den Alemão wissen.

Da er nicht lügen konnte, hatte er sie gleich zu Beginn ihres ersten gemeinsamen Falls bei Miguel Duarte denunziert – einfach, indem er dessen Fragen wahrheitsgemäß beantwortet hatte. Um also dienstliche Probleme zu umgehen oder schon im Keim zu ersticken, gingen sie seitdem bewusster mit dem Umstand um, dass ihr Kollege der Lüge unfähig war.

Etwa mit besagter Möwe. Denn was Senhor Lost nicht gesehen hatte, davon konnte er auch nicht berichten.

Er hatte sich in den letzten Monaten schon häufiger nach Geistermöwen umgewandt.

Graciana und Carlos betraten das Haus nacheinander mit vorgehaltener Dienstwaffe, sie rechts, er links. Sie befanden sich praktisch sofort in einem riesigen Raum, weiß gefliest, ein Ecksofa mit einem Tisch aus altem Holz, dahinter eine komplett verglaste Fensterfront, die einem nicht nur den ausladenden Pool, sondern auch den tiefblauen Atlantik präsentierte. Die Aussicht war schlicht atemberaubend, sodass Graciana und Carlos trotz der angespannten Situation einen kurzen Moment stocken mussten.

In dem Raum befand sich linker Hand eine offene Küche mit einer modernen Kochinsel und einer steinernen Anrichte, in Grau mit dunklen Einsprengseln. Es folgte ein beinhoher gusseiserner Ofen, dessen schwarzes Rohr in zwei Metern Höhe mittels eines Knicks in der weißen Wand verschwand. Gegenüber der Couch hing ein Flachbildfernseher. Von hier gingen das Bad ab und das Schlafzimmer, in dem sich ein Moskitonetz von der Decke über das Doppelbett erstreckte. Das Schlafzimmer wiederum grenzte zusammen mit dem Wohn- und Essbereich an die große Terrasse, auf der Liegestühle neben einem gemauerten Grill standen und der Sonnenschirm eingezogen war.

»Bad ist leer«, hörte Graciana aus dem Nebenraum, während sie zum Bett ging, das gemacht schien. Aber hier hatte trotzdem jemand geschlafen, sie sah es an dem leicht verzogenen Laken und legte die Hand darauf. Nein, es war nicht mehr warm. »Senhor Sousa?«

Graciana fragte, obwohl sie ahnte, dass keine Antwort erfolgen würde. Und es erfolgte auch keine.

Sie öffnete den Kleiderschrank, als Carlos zu ihr stieß. Wie vermutet war der Schrank bis auf ein paar Bügel leer. Sie fing Carlos' fragenden Blick auf. »Er hat sich abgesetzt«, sagte sie und schloss den Schrank wieder.

Carlos nickte.

Graciana Rosado kehrte zur Haustür zurück. Leander Lost stand immer noch an dem Orangenbaum. Wenn die Situation nicht so ernst gewesen wäre, sie hätte lächeln müssen. Lag es daran, dass er Deutscher war, dass er weiterhin dort stand und vielleicht bis Ostern die Position nicht verändern würde, es sei denn, sie hob ihre Anweisung auf? Oder lag es daran, dass er als Asperger alles wörtlich nahm?

»Ele nâo esta.«

Leander erfasste dieses Mal den Subtext, indem er ihn aus dem Satz logisch ableitete: Wenn jemand nicht da war, benötigte es auch keine Sicherung mehr. Und damit entfiel auch die Notwendigkeit der Waffe. Also verstaute er die Pistole wieder, und zwei Nachbarsjungen, die eben noch auf der Straße gebolzt hatten, sahen ihm dabei mit weit geöffneten Mündern zu. Die Blicke hin- und hergerissen zwischen Furcht und Bewunderung.

»Ich möchte, dass Sie sich die Wohnung ansehen«, wandte Graciana sich an Lost, »nehmen Sie sich alle Zeit, die Sie brauchen.«

Leander nickte und machte sich auf den Weg ins Haus.

»Das Bad ist akribisch geputzt«, ließ Carlos sich vernehmen und trat nach draußen. Die Sonne, die durch die Orangenbäume fiel, warf tanzende Kreise auf ihn.

»Isadora wird dennoch etwas finden«, entgegnete Graciana, »ruf sie an, bitte, sie findet immer etwas.«

Eine Hautschuppe, ein Haar, eine Wimper. Der Täter von heute konnte nicht mehr anonym bleiben. Ein Partikel reichte, um ihn genetisch zuzuordnen. Wenn er klug und professionell agierte, war sein genetischer Fingerabdruck noch nicht hinterlegt und er blieb für die Ermittler eine Person ohne Gesicht und ohne Namen. Aber mittlerweile gingen den Behörden die meisten früher oder später ins Netz. Oftmals bei einer Banalität, einer Verkehrskontrolle etwa mit anschließender Blutentnahme auf dem Revier, oder wenn bei der Person selbst eingebrochen wurde und diverse Abstriche in die DNA-Überprüfung gingen; darunter auch einige von ihm selbst. Es gab inzwischen die verrücktesten Geschichten, wie Verbrechen selbst nach vielen Jahren noch aufflogen. Und dass sie es hier mit einem zu tun hatten, darüber bestand für Graciana Rosado keinerlei Zweifel mehr.

»Er hat das Fahrzeug in Brand gesetzt, um Spuren zu vernichten«, stellte sie fest und zückte gleichzeitig ihr Smartphone und tippte Marisas Nummer ein. Carlos deutete ein Nicken an, während Lost schon wieder zu ihnen stieß.

Die beiden portugiesischen Polizisten wunderten sich nicht über die kurze Zeitspanne, die Lost im Haus verbracht hatte. Sie waren sich sicher, dass ihr deutscher Kollege sich alle Räumlichkeiten eingeprägt hatte.

Denn er war Eidetiker. Sein fotografisches Gedächtnis hatte ihnen in ihrem ersten gemeinsamen Fall im vergangenen September zum Durchbruch verholfen. Ein Blick auf eine Buchseite genügte ihm, um sich jedes Wort darauf zu merken. Er speicherte praktisch das Bild davon in seinem Gedächtnis ab. Er fror, so hatte er es einmal beschrieben, den Augenblick ein. Wenn also jemand nach ihnen irgendeine Kleinigkeit in dem Haus änderte, würde Leander Lost es bemerken.

»Marisa, gib sofort eine Fahndung nach Vasco Sousa raus. Wahrscheinlich ist er bewaffnet. Ich will wissen, ob er die Algarve per Flugzeug wieder verlassen hat. Und ich will wissen, woher er gekommen ist.«

»Aus Braga. Ich hab mich schon informiert. Er ist mit Ryanair von Porto nach Faro geflogen.«

»Gut. Gib mir bitte die Nummer der Kollegen in Braga.«

»Such ich dir raus. Was ist mit den anderen Zeugen, ich meine den anderen Autobesitzern …«

Graciana schüttelte leicht den Kopf, obwohl Marisa sie nicht sehen konnte: »Nein, nicht nötig. Befragung ja, vielleicht hat einer was im Parkhaus gesehen. Aber der Mann, der mit Teresas Verschwinden zu tun hat, ist Vasco Sousa. Ich möchte, dass du mir alles zusammenstellst, was du über ihn finden kannst.«

»Ja.«

Es war ein verhaltenes Ja. Wie abgehackt. Graciana kannte Marisa lange genug, um zu wissen, dass sie ihr etwas verschwieg. »Ist Teresa tot, Marisa?«

»Was? Nein … wie kommst du darauf?«

»Ich kenn dich eben«, sagte Graciana und konnte die Müdigkeit nicht ganz aus ihrer Stimme verbannen, »da ist noch etwas, was du mir sagen solltest, richtig?«

Eine kurze Pause auf der anderen Seite der Leitung. »Ja.«

»Und?«

»Ich soll dir von Doutora Oliveira ausrichten, dass die DNA-Proben einen hundertprozentigen Treffer ergeben haben.«

»Das Blut ist von Teresa.«

»Ja, und … und es gibt Spuren von Knochensplittern und … Hirnflüssigkeit.«

Graciana atmete einmal tief durch und setzte sich dann neben den Orangenbaum auf eine kleine Stufe, weil sie befürchtete, ihr könnten die Knie weich werden. »Also hat sie eine … schwere Kopfverletzung«, stellte sie kraftlos fest.

11.

Rein rechnerisch ist es möglich, das hatte die Kollegin Graciana Rosado aus Faro ihm am Telefon gesagt. Ihn darauf hingewiesen, dass sich vielleicht – an dieser Stelle hatte ihre Stimme belegt und hoffnungslos geklungen – eine Kollegin der GNR in Moncarapacho in der Gewalt von Vasco Sousa befand. Dass dieser möglicherweise nicht alleine arbeitete, daher also Vorsicht geboten sei. Dies und das und viele weitere Details: Dass es ratsam sei, sich über den Mann vor Ort schnellstens schlauzumachen. Dass er Sousa – wenn sie Glück hätten und er seine Wohnung verlassen würde – abpassen könnte und …

Hugo Faria hatte schon gar nicht mehr genau hingehört, die Hinweise der Frau aus dem Süden waren zu einem Hintergrundrauschen geworden, während er auf seinem Stuhl der Kripo in Braga in Nordportugal, genauer gesagt, im braunen, kastenförmigen Bau der *Departamento de Investigação Criminal de Braga da Polícia Judiciária,* saß und seine Chance gekommen sah.

Er war im Februar bei der Festnahme eines Rings von Autodieben ein klein wenig übereifrig gewesen. Hatte klare Kante zeigen wollen. Und seinen Namen in der Zeitung sehen. Na ja, eigentlich nicht er, sondern sie.

»Immer liest man nur von David Brandao«, hatte seine Frau Mercedes gequengelt. Ihre Miene schwankte dabei noch unentschlossen zwischen Wut und persönlicher Verletzung. Dazu dieses nervöse Blinzeln, das sie in letzter Zeit immer öfter an den Tag legte, hoffentlich wuchs sich das nicht noch zu einem Tic aus.

Selbst der Lebensmittelhändler von gegenüber machte jetzt Urlaub in Thailand. Alle schwärmten davon. Ihr Cousin, ihr Friseur, die Nachbarinnen. Nur sie, die Familie Faria, fuhr noch nach Porto. *Porto!* Ihr brüchiges Lächeln konnte kaum die Scham verdecken, die sie empfand, wenn sie auf die Frage der anderen antwortete, wo sie die Ferien verbringen würden.

»Ich muss auch noch so tun, als würde es mir gefallen«, warf sie ihrem Mann vor. »Wieso kommt Brandao in eine höhere Gehaltsklasse als du? Ihr seid gleich alt, Hugo. Mir geht es nicht ums Geld, das weißt du, du kennst mich. Nicht wahr?«

Sie lächelte jetzt, kam zu ihm und gab ihm einen Kuss auf die Wange, begutachtete ihn wie eine Rarität, eine in die Jahre gekommene, etwas ramponierte, aber trotzdem.

»Es ist nur … wieso berichtet man nie von dir? Du leistest doch mindestens so viel wie Brandao, ach was, mehr … du hättest es verdient. Das ist alles. Du hättest es verdient. Wir.«

»Er hat Verbindungen zur Presse«, seufzte Hugo Faria.

Also hatte er zum Befreiungsschlag angesetzt. Im Februar. Hatte zwei Kontaktleuten bei der Zeitung gesagt, wo sie zuschlagen würden. Die beiden waren zur Stelle. Pünktlich, leise, diskret. Mit Blitzlichtern.

Und ja, die Kripo aus Braga hatte vier Männer verhaftet, aber wovon berichteten die Zeitungen am nächsten Morgen einhellig? Genau: vom vierten Mann. Vom *Neffen des Bürgermeisters.* Ausgerechnet. Und dann auch noch wegen einer Verwechslung. Der Mann war völlig unschuldig, wie sich binnen einer halben Stunden herausstellte.

Am liebsten hätte Hugo Faria sich ein Jahr lang in einer Höhle verkrochen.

Verpatzen Sie es dieses Mal nicht, hatte sein Vorgesetzter ihm heute eingebläut, bevor er mit seinem Assistenten Daniel in die Rua Dom Pedro V, Nr. 68 gefahren war, wo Sousa gemeldet war. In Zivil, versteht sich.

Wenn es eine Geisel gab, noch dazu eine Kollegin, und es ihnen gelingen würde, sie zu befreien, dann wäre er nicht nur in der Zeitung, sondern pünktlich zu den Abendnachrichten im Fernsehen. Und da in Portugal immer und überall irgendwo ein Fernseher lief, wäre er morgen früh landesweit bekannt. Mercedes würde platzen vor Stolz.

Vasco Sousa lebte im ersten Stock. Daniel hatte vom Vermieter einen Schlüssel organisiert, mit dem sie die Haustür an der Straße öffneten und unbehelligt in die erste Etage gelangten. Leise!

In dem Augenblick, in dem jemand die Tür öffnete, würde Hugo Faria ein Funksignal an die *Grupo de Operações Especiais* schicken. Eine Spezialabteilung der Polizei, die auf den Plan trat, wenn es heikel wurde. Drei Bankräuber mit automatischen Waffen und zwölf Geiseln in einer Bank – diese Kategorie. Aber Faria wollte um Himmels willen keinen Fehler machen und hatte deshalb die »Kavallerie« für diesen Zugriff einbestellt. Mit denen gab es einfach keine Missverständnisse.

Die Wohnung, vor der sie standen, verfügte über zwei Dachfenster. Die bis an die Zähne bewaffneten Männer der Grupo de Operações Especiais würden sie einschlagen, eine Nebelgranate werfen und sich abseilen. Eine Sache von ein, zwei Sekunden.

Da, der Türknauf drehte sich!

Faria umfasste den münzgroßen Sender in seiner Jacketttasche fester, der Daumen schob sich auf den Knopf.

Die Tür schwang auf.

Und vor ihnen stand ein Hüne von gut zwei Metern Größe. Den Schädel glatt rasiert, ein Tattoo auf dem imposanten Bizeps.

Faria gab das Signal.

Praktisch zeitgleich hörte man das Geräusch berstenden Glases. Der Kopf des Hünen ruckte herum. Faria schlug zu. Er wog hundertzehn Kilo und war nicht besonders trainiert. Eigentlich überhaupt nicht. Er hob und senkte nur manchmal die Mülltüte beim Runtertragen, wenn es niemand sah. Er legte alles Gewicht in den Schlag auf den Solarplexus des Mannes vor ihm. Auf den Punkt, an dem die Rippenbögen zusammenliefen. Der Punkt, der durch keinen durchtrainierten Muskel zu schützen war. Hundertzehn Kilo.

Treffer.

Während es in der Wohnung dreifach aufblitzte und sowohl der Hüne, der japsend zu Boden ging, als auch Assistent Daniel, der nichts verpassen wollte, von den Blitzen der Nebelgranaten geblendet wurden, landeten die vermummten und mit Splitterwesten geschützten Kollegen der Operações Especiais auf dem Boden. Rote Strahlen, dünn wie Bindfäden, glommen im hellen Rauch auf: die Laserpointer, mit denen sie ihr Ziel schneller ins Visier nehmen konnten.

Faria sah ihn vor den Mitgliedern der Spezialeinheit – ein Schatten an einem Tisch, der dort wie festgenagelt saß. Aus dem Nebenraum tastete sich durch den dichten Nebel eine Gestalt heran. Eine Frau vielleicht. Die Spezialkräfte rissen sie mit einem unerbittlichen Unterarmhebel zu Boden, dass es krachte. Ein heller, spitzer Schrei gellte durch die Wohnung, der binnen eines Sekundenbruchteils gedämpft wurde.

Die Männer der Grupo de Operacões Especiais hatten keinen Blick für den Mann am Tisch.

Faria riss die Glock 19 hoch und visierte den Mann mit den lockigen grauen Haaren und der Brille am Tisch an: »Mostra a tuas mâos? Polizei! Zeig mir deine Hände! Wo ist die Geisel?«

Nichts.

Der Mann starrte ihn nur aus seinen blauen Augen an. Weder hob er die Hände noch sagte er etwas.

Überlegte er, ob er das Feuer auf Faria eröffnen sollte? Ob er schneller war? Ob er zu seiner versteckten Waffe greifen sollte?

»Zeig deine Hände, du Scheißkerl!«

Wieder keine Reaktion.

Oder hatte er einen Sprengsatz bei sich?

Vielleicht hätte er der Frau aus Faro doch mehr zuhören sollen. Hatte die ganze Nummer vielleicht einen islamistischen Hintergrund, und ein religiöser Spinner wollte so viele wie möglich von ihnen mitnehmen? Diesen Idioten war schließlich alles zuzutrauen.

»Zeig mir deine Hände, oder ich schieße!«

Immer noch keine Bewegung. Faria musste die anderen und sich schützen. Und den Mann am Tisch so verletzen, dass er später noch vernehmungsfähig war – sollte er im letzten Augenblick nicht doch noch einen Sprengsatz zünden.

Hugo Faria zielte genau und drückte ab.

Das Projektil traf und durchschlug den Mann an der rechten Schulter und riss ihn vom Stuhl zu Boden.

Faria war mit vier, fünf Schritten bei ihm. Aber etwas stimmte nicht. Der Stuhl hatte kein Bein, sondern ein Rad.

Es würde doch wieder auf einen Urlaub in Porto hinauslaufen. Aber nur sechs Stunden später war er in den Abendnachrichten.

12.

Graciana und Leander gingen zurück zu dem Volvo, und die beiden Nachbarjungs, die eben noch miteinander Fußball gespielt hatten – jeder ein kleiner Cristiano Ronaldo – wälzten sich jetzt auf der Wiese nebenan in einem spielerischen Ringkampf.

Es hatte eine Weile gedauert, bis Leander begriffen hatte, dass andere Menschen nicht nur da waren, um sein Leben zu bevölkern – sondern es sich tatsächlich um selbstständige Wesen handelte. Da war er fünf Jahre alt.

Sie alle führten ein eigenes Dasein, eine von ihm losgelöste Existenz. Und als er zehn war, wurden sie bestimmend in seinem Leben. Alles schien sich nach ihnen und ihren Bedürfnissen zu richten.

Wenn er etwas nicht sofort begriff oder falsch interpretierte, schubsten sie ihn oder boxten ihm schmerzhaft auf den Oberarm oder in den Bauch. Hin und wieder gab es auch eine Kopfnuss.

»Müssen wir dich wieder *dissen,* Leander?«

»Das heißt disziplinieren. Das Verb dissen gibt es nicht.«

Mit diesem Hinweis versuchte er, Teil der Gruppe zu werden. Mehr wollte er nicht. Er wollte nur dazugehören. Nicht abseitsstehen.

Während sie seinen Kopf unter Wasser drückten oder ihm zu ihrem Vergnügen das volle, leicht gelockte Haar millimeterkurz abschoren, interpretierte Leander das als eine Art Aufnahmeritus. »Du darfst nur mit kurzen Haaren mit«, sagten sie und lächelten dabei – so weit hatte er die menschliche Mimik schon dechiffriert. Aber er hätte auf seinen Bauch hören sollen. In Wirklichkeit lächelten sie nicht, in Wirklichkeit bleckten sie die Zähne.

Es waren merkwürdige Bedingungen, die er erfüllen musste, damit sie ihn mitnahmen. Damit er Teil der Gruppe sein durfte. Aber bei Licht betrachtet, hatte das alles keinen Sinn. Bei Licht betrachtet quälten sie ihn nur.

»Es hat keinen Sinn, Leander«, hatte auch Herr Winterberg gesagt, der Leiter des Kinderheimes, in dem Leander Lost lebte. Da war er schon krank und versank mehr und mehr in seinem alten Tweed-Sakko. Es sah aus, als verschlucke es ihn bald, wenn man nicht aufpasste.

Leander war schon fast 14 Jahre alt und hatte das Eckenzählen für sich entdeckt. Herr Winterberg, der ihn durch die Doppelbrille betrachtete – unten nah, oben weit –, hatte ihm eine Woche zuvor die sieben Wächter übergeben, aus Speckstein geschnitzte Figuren und Symbole, eingewickelt in ein altes Ledertuch. Das einzige Vermächtnis seiner Mutter, die bei einem Verkehrsunfall ums Leben gekommen war und Leander im Alter von vier Jahren zum Vollwaisen gemacht hatte.

Sieben Figuren, die ihn seitdem durchs Leben begleiteten und ihm Sicherheit verliehen. Den wichtigsten davon, den Ring, trug er stets an einem dünnen Lederband um den Hals. Die anderen verteilte er im Haus und dort, wo er schlief.

»Es hat keinen Sinn«, hatte Herr Winterberg wiederholt, und zeit seines Lebens sollte Leander verborgen bleiben, warum der Mann sich so um ihn gesorgt hatte. Als seien sie durch eine familiäre Bande verknüpft.

»Du wirst nie einer von ihnen sein. Hör auf, dich demütigen zu lassen. Sie werden dich nie als einen der ihren akzeptieren. In hundert Jahren nicht.«

Das war schlimmer als der schlimmste vorstellbare Schlag durch die anderen. Und auch deshalb so schmerzhaft, weil es zutraf. Der Wahrheit, das begriff er damals, der Wahrheit konnte man nicht ausweichen. Entrinnen schon gar nicht. Wer meinte, sich vor ihr wegducken oder verstecken zu können, den erwischte sie später mit noch größerer Wucht.

»Ich sage dir etwas, Leander«, fügte Winterberg hinzu, und in seinem Blick, der auf Leander ruhte, lag etwas, was er damals nicht zuordnen konnte. Wenn seine Erinnerung ihn nicht trog, dürfte es höchstwahrscheinlich eine Mischung aus Zuneigung und Mitleid gewesen sein. Winterbergs Stimme wirkte so zerbrechlich, als könnte eine Brise sie in Stücke wehen.

»Ich sage dir etwas: Die Menschen haben Angst vor allem, was sie nicht kennen. Und es ist immer einfacher, dem Fremden auszuweichen, als darauf zuzugehen. Je dümmer die Leute sind, desto mehr weichen sie aus. Und je klüger sie sind, desto mehr gehen sie auf das Fremde zu. Du wirst in deinem Leben überwiegend mit der dummen Sorte zu tun haben.

Es gab da diesen schwarzen Musiker in den USA, der sich die krausen Haare mit Pomade geglättet und sich ganze Dosen voller Bleichmittel ins Gesicht einmassiert hat – am Ende war er eine jämmerliche Persiflage seiner selbst. Und warum? Weil er dazugehören wollte.«

»Michael Jackson?«

»Nein, einer aus den Zwanzigerjahren. Das ist auch nur ein Beispiel.«

Hier legte Herr Winterberg eine kurze Pause ein, um an einer seiner geliebten filterlosen Gauloises zu ziehen.

»Keine Gruppe, die als Preis ihrer Zugehörigkeit verlangt, dass du deine Persönlichkeit aufgibst, meint es gut mit dir, Leander. Du bist anders. Das ist kein Stigma, sondern ein rares Gut. Bewahr dir deine Andersartigkeit. Um jeden Preis. Sonst bist du nur einer von vielen.«

Also nahm Leander Abschied von denen, die ihn immer noch *dissten.*

Herr Winterberg kehrte heim zu seinem Herrn, und seitdem

Leander nach dessen Beisetzung gesagt worden war, wie gut ihm der schwarze Anzug stand, trug er ihn. Tagein, tagaus.

Kurz vor seinem Tod hatte Herr Winterberg Leander noch mit Tom Li zusammengebracht. Tom Li war schmaler, kleiner, älter und listiger. Wenn er sich an einen jungen Baum presste und sich mit ihm im Wind wiegte, konnte er sich nahezu unsichtbar machen.

»*Kara te*«, sagte er, »das heißt ›leere Hand‹. Es ist ein Bild für die Verteidigung ohne Waffen. Und nie für den Angriff.«

Tom Li gab ihm zwei Jahre lang Unterricht, bevor sein Vater starb und er zurückmusste in seine Heimat. Leander nahm Grundtechniken mit. Fußstellungen. Theorie der kraftvollen Mitte. Schlag- und Trittfolgen. Schmerzhafte Gelenkhebel. Ausweichen, Kontern, Fallen. Nichts davon bis zur Vollendung. Aber genug, damit ihn niemand mehr gegen seinen Willen *dissen* konnte.

Und vorsorglich trug er die Haare seitdem millimeterkurz.

In Fuseta allerdings hatte man ihn nicht ausgegrenzt, sondern war auf ihn zugegangen. Stück für Stück hatten sie sich angenähert, und er war ein echter Teil eines Teams geworden, das einen respektvollen Umgang mit ihm gefunden hatte. Noch nie in seinem Leben hatte er sich unter Menschen so aufgehoben gefühlt. Man tolerierte seine Eigenarten nicht nur, sondern akzeptierte sie als unverzichtbaren Teil seiner Persönlichkeit, ja, man brachte ihm sogar aufrichtige Wertschätzung entgegen.

All das hatte er in seinem Team in Hamburg nicht erfahren. Hatte er früher die Kollegen um seinen Vorgesetzten Lehmann als eine Art Familie betrachtet, hatte er sich hier in Portugal eingestehen müssen, dass man ihn in Wirklichkeit gemieden hatte. Die zahlreichen Fortbildungen, auf die er geschickt worden war, hatten vielleicht gar nicht seinem beruflichen Fortkommen gedient, sondern waren einfach ein probates Mittel, um ihn so oft und so lange wie möglich loszuwerden.

Denn nicht nur Graciana Rosado hatte offizielle Post erhalten, sondern auch er. Von Herrn Lehmann persönlich. Nachdem dieser sich in ein paar dürren Zeilen nach seinem Befinden erkundigt hatte (Dan B. Tucker ließ grüßen), setzte er ihn davon in Kenntnis, dass das europäische Austauschprogramm nun auch weltweit Schule machen würde und deshalb die australischen und neuseeländischen Behörden an Europol herangetreten seien, um ein internationales Pilotprojekt auf die Beine zu stellen. Und er, Lehmann, habe sich überlegt, dieses Privileg (so nannte er es), zuerst Leander anzutragen. Er könne gleich im September, sobald seine Zeit an der Algarve endete, den Flug nach Auckland nehmen.

Der Volvo schoss mit hundertsechzig Sachen Richtung Faro. Die sanften Hügel des Hinterlandes der Algarve zogen an ihnen vorbei und wuchsen an zu einer Bergkette, vor der sich die warme Luft aufstaute, die übers Meer kam. Windkrafträder rotierten weithin sichtbar neben den hoch aufragenden Handymasten.

Die A 22, größtenteils mit europäischen Geldern finanziert, war ein Paradebeispiel für die Weltfremdheit der Bürokraten in Brüssel. Der Straßenbelag war sensationell, die Leitplanken brandneu, das Mautsystem zukunftssicher. Alles perfekt. Nur leider war die Maut so teuer, dass die meisten Portugiesen sie sich nicht leisten konnten und munter weiter die N 125 bevölkerten, zu deren Entlastung die Autobahn gebaut worden war. Was sich für die Fahrt von Graciana Rosado und Leander Lost zum Flughafen in Faro jetzt immerhin als zeitlicher Vorteil erwies.

Graciana hatte Carlos in Lagos zurückgelassen und ihn mit der Absicherung des Hauses und anderer Dinge beauftragt. Denn er war todmüde und am Ende seiner Kräfte.

»Du denkst, ich kann nicht mehr.« Carlos wäre nicht Carlos, wenn er das nicht weit von sich weisen würde.

Aber genau das dachte Graciana. Carlos, der immer etwas zu

essen in der Hand hielt oder zumindest griffbereit in seiner Jacketttasche mit sich herumtrug (Hähnchenschenkel, ein Sandwich, wenigstens ein paar Kekse), hatte seit vier Stunden nichts angerührt. Als hätten Außerirdische ihn über Nacht durch ein genügsameres Modell gleichen Aussehens ersetzt. Ein untrügliches Zeichen dafür, dass er neben sich stand.

»Und es macht keinen Sinn, wenn wir zu dritt auf dem Zahnfleisch gehen«, fügte Graciana noch hinzu, »also bleib hier, bitte, und nimm mir ein paar Telefonate und Kleinkram ab.«

Schließlich hatte Carlos ein Einsehen gehabt – ohne Verdacht zu schöpfen. Und so kam es, dass Graciana alleine mit Leander Lost zum Flughafen von Faro unterwegs war. Im Gegensatz zu ihrem Freund João griff der Deutsche nicht intuitiv nach dem Haltebügel über der Tür, um sich in den Kurven festzuhalten. Ganz im Gegenteil: Er wirkte ausgeglichen.

»Ich hoffe, die Geschwindigkeit beunruhigt Sie nicht?«

»Nein. Ab hundert sind die Airbags ohnehin nutzlos. Ob wir bei 120 oder 160 Stundenkilometern verunglücken, ist dann nur noch von statistischem Interesse.«

»Sie … ähm … möchten Sie, dass ich langsamer fahre?«

»Nein, die Sache eilt doch, oder?«

»In der Tat.«

Graciana konnte sich nur an wenige Augenblicke erinnern, in denen sie mit Leander alleine gewesen war. Wenn es um Privates ging, nach Feierabend und an Wochenenden, dann hatten sie bei ihren Eltern auf der Dachterrasse gesessen oder bei So und ihr in der Küche oder in einer Bar mit Carlos oder eben zum Grillen in der Villa Elias. Immer in der Gruppe. Ausflüge an den Strand oder ins Hinterland hatten sie auch stets zu mehreren unternommen. Und wenn sie beide mal unter sich gewesen waren, hatten sich ihre Gespräche hauptsächlich um Dienstliches gedreht.

Und das, obwohl er vielleicht bald ihr Schwager sein würde – sie musste unbedingt mit Soraia sprechen. Ob Soraia ein Kind großziehen konnte, die Frage stellte sich Graciana nicht. Aber Leander Lost? Konnte er ein ganz normaler Vater sein?

Vielleicht nicht wie jeder andere. Aber er war klug, herzlich, immer ehrlich, höflich und interessiert. Äußerst belesen, ein ungeschlagener Analytiker, pragmatisch und so kollegial, wie ihm das möglich war.

Das waren eine Menge Attribute, die viele Männer nicht in ihrer Gesamtheit aufweisen konnten. Aber könnte er in der Mimik seines Kindes lesen? Und das Kind in seiner? Würde es ihn am Ende nachahmen und alle Welt anstarren?

Für einen kurzen Moment musste Graciana schmunzeln bei dem Gedanken an dieses miesepetrig wirkende Kind. Aber bei der Vorstellung, es könnte ihre Schwester zur Mutter haben, verflüchtigte sich das Schmunzeln wieder.

Ja, Leander Lost wäre sicherlich ein guter Vater. Aber würde er einer kindlichen Sorge auch sein Ohr schenken können und statt einer rationalen Antwort, mit der ein Vierjähriger nicht viel anfangen konnte, eine tröstende Umarmung parat haben? Hätte er überhaupt ein Ohr? Oder würde das Kind schon früh mit den Möglichkeiten der Marskolonialisierung überschüttet werden?

Andererseits waren Kinder auch nicht fähig zu lügen und verstanden keine Ironie. Wie Lost.

Aber das würde sich ab einem gewissen Alter ändern. Konnte man überhaupt mit der Wahrheit aufwachsen? Der ungeschminkten? Jede Mutter und jeder Vater steigerten schließlich das Selbstwertgefühl des Kindes, indem sie es lobten und mit Anerkennung bedachten. Wenn es mit einer Zeichnung ankam, Gesicht und Hände bunter als das Blatt Papier, auf dem Striche und Kreise etwas bilden sollten, was nur dem Kind selbst bekannt war, und sie sagten: »Das hast du aber schön gemacht.« Und Lost? Würde fragen: »Was soll das sein?«

»Mögen Sie Soraia?«

»Ja.«

Aha. Graciana musste unwillkürlich schlucken, während sie die Ausfahrt nach Faro nahm. Sie musste sich in Bezug auf die Vaterschaftsfrage jetzt etwas beeilen.

»Und Sie?«

»Ich? Äh, ich auch. Was mögen Sie denn an ihr, Senhor Lost?«

»Verschiedenes«, wich er aus.

Ja, er konnte nicht lügen, aber er konnte die Wahrheit sagen, ohne dabei konkret zu werden. Er hatte viel gelernt im letzten halben Jahr.

»Und was genau?«

»Dass sie sich um das Haus kümmert.«

Ein Romantiker ist er wirklich nicht, dachte Graciana.

»Und ihre Grübchen.«

Die Worte waren wie ein feiner Sonnenstrahl, der sie im Nacken kitzelte. Unerwartet und warm. Sie musste lächeln. »Sie mögen Grübchen?«

»Ja. Ich weiß, es ist unvernünftig.«

»Aber nein.«

»Doch.«

Schweigen.

»Es ist vielleicht unvernünftig, aber es ist schön, dass Ihnen Soraias Grübchen gefallen.«

Als er aus dem Fenster sah, schaute sie in den Innenspiegel und lächelte breit. Nein, sie hatte keine Grübchen. Auch nicht, wenn sie besonders breit lächelte.

»Sie ist klug und interessiert sich für das Weltall.«

Ja und nein, wusste Graciana. Ja, Soraia war klug. Aber nicht so klug wie *Senhor Léxico*, wie sie ihn manchmal nannten, wenn er außer Hörweite war. Und nein, ihre Schwester interessierte sich nicht die Bohne für das Weltall. Insbesondere nicht für die mannigfaltigen Möglichkeiten der Kolonialisierung des Mars und die noch viel zahlreicheren Faktoren, an denen so eine Mission scheitern könnte. Soraia lieh Leander Lost nur ihr Ohr, weil sie wusste, dass er gerne darüber sprach. Wobei »darüber sprechen« eine gelinde Untertreibung darstellte für den halbstündigen Vortrag, den man auf eine unüberlegte Frage hin bei ihm auslöste.

»Sie ist weich und riecht gut.«

Olala! »Weich?«

»Ja. Das ist Ihnen sicher auch schon aufgefallen, wenn Sie sie zur Begrüßung in den Arm nehmen.«

Ach so, das meinte er.

»Und Soraias Parfüm gefällt Ihnen?«

»Nein, wie sie riecht. Nach Paprika.«

Da wusste Leander Lost mehr als sie über ihre Schwester. Sie warf ihm einen prüfenden Seitenblick zu – war das etwa der Versuch eines Scherzes? Nein, seine Miene war unbeweglich wie so oft. Maskenhaft. Aber der Blick aufmerksam und zugewandt. Nur die Augen etwas kleiner als sonst.

Die Silhouette des Flughafens von Faro zeichnete sich hinter dem Kreisverkehr ab, auf den sie zusteuerte. Jetzt aber: »Haben Sie mit Senhora Teresa in Ihrem Gespräch über Vaterschaft auch … über Soraia gesprochen?«

»Natürlich, ja.«

Natürlich?

Bevor Soraia nach Brasilien geflogen war, hatte Graciana viel mit ihrer Schwester über den Alemão mit dem Asperger-Syndrom gesprochen. Und als sie einmal die Formulierung, Lost leide unter dem Syndrom, verwendet hatte, war Soraia ihr überraschend barsch über den Mund gefahren: »Sag das nie wieder, bitte. Kein Aspie würde sagen, er leide unter dem Syndrom. Es ist eine Beeinträchtigung, die ihm die Kommunikation mit uns erschwert, speziell die nonverbale. Aber wir sind genauso beeinträchtigt für seine Welt.«

»Aber er leidet unter seiner Andersartigkeit. Er versucht so zu sein wie wir«, widersprach sie ihrer Schwester, die daraufhin die Augenbrauen zusammenzog und kurz zu Boden blickte.

Ein untrügliches Zeichen dafür, dass sie mit ihrer Einschätzung recht hatte.

Soraia nickte und schluckte den Kloß herunter, der sich in ihrem Hals gebildet hatte. »Leander fühlt genauso wie wir. Er empfindet Freude, Trauer, Mitleid – er sehnt sich nach Anerkennung, Zärtlichkeit, Freundschaft. Er kann das nur nicht so ausdrücken wie wir. Also … sprich bitte nie wieder so über ihn.«

»Versprochen, So.«

»Gut.«

Das gelbe Hertz-Logo schoss ihnen entgegen. Vor dem kastenförmigen Gebäude, das sich in die Vertretungen anderer Anbieter einreihte, stand sich eine Reihe von Touristen die Beine in den Bauch. Graciana Rosado stoppte den Volvo auf der Höhe der Filiale und schaltete das Blaulicht aus. Zusammen mit Leander Lost passierte sie die Touristen, die ihnen neugierig nachschauten, und traf in dem erstaunlich weitläufigen Büro zwei Mitarbeiter an, einen Mann um die fünfzig und eine junge Frau.

Wie sich schnell herausstellte, war es die Frau, die den Wagen an Vasco Sousa vermietet hatte: Filipa de Andrade. Und wie Graciana sofort merkte, waren Reaktionsvermögen und Dynamik nicht ihr Steckenpferd. Man musste ihr mühsam alles aus der Nase ziehen. Nebenbei verzehrte sie Unmengen an Fruchtgummis.

Das Einwohnermeldeamt in Braga hatte ihnen eine Kopie des Passfotos von Vasco Sousa gemailt. Den Ausdruck legte Graciana vor ihr auf den Tisch. »Erkennen Sie ihn wieder? Das ist Vasco Sousa.«

»Ich weiß nicht. Könnte sein.«

»Sehen Sie bitte genau hin, Senhora Filipa.«

Sie beugte sich vor und studierte das Konterfei. Aber sie tat es halbherzig. Als wäre ihr alles zu viel. Die Kunden, die Arbeit, die Luft, das Leben.

»Es ist wirklich wichtig«, legte Graciana nach und unterdrückte dabei erfolgreich ihren Ärger.

»Wissen Sie, wie viele Kunden wir hier täglich haben?«, fragte Filipa de Andrade vorwurfsvoll. Selbst dem Vorwurf fehlte die Kraft.

»Arbeiten Sie auch am Wochenende?«, fragte Leander Lost.

»Nein. Jeden zweiten Nachmittag«, sagte die junge Frau, »von 14 Uhr bis Mitternacht.«

»Immer zu zweit?«, hakte Lost nach.

Sie nickte.

»Vasco Sousa hat den Wagen vorgestern gemietet. Das macht einen Nachmittag mit zehn Arbeitsstunden.«

Filipa de Andrade kniff die Augen zusammen. Sie musste sich offenbar konzentrieren, um den Ausführungen des blassen Mannes zu folgen.

»Sie brauchen pro Kunde 30 Minuten. Das heißt, in zehn Stunden schaffen Sie 20 Kunden. Dieser Mann hier«, Lost tippte dreimal mit dem Zeigefinger auf den Ausdruck mit dem Foto von Sousa, »ist daher einer der 20 Kunden von vorgestern gewesen. Die meisten Mieter«, er deutete vage in die murrende Warteschlange hinter sich, »sind Paare, richtig?«

»Äh, ja … schon.«

»Sagen wir, nur jeder Vierte ist Einzelmieter.«

»Wenn überhaupt«, meinte Filipa de Andrade fast dankbar. Denn jetzt kam sie wieder mit. Zu hohe Zahlen machten sie nämlich nervös.

Lost nickte: »Senhor Sousa ist also einer von vier Einzelpersonen, die vorgestern ein Auto bei Ihnen gemietet haben. Es *muss* Ihnen möglich sein, ihn zweifelsfrei wiederzuerkennen.«

Filipa de Andrade hatte das Gefühl, hinter ihr wäre plötzlich eine Falle zugeschnappt. Ihre Miene bekam etwas Weinerliches, während sie sich vorbeugte und sich das Gesicht des Mannes noch einmal – oder besser gesagt: *zum ersten Mal* – genau ansah.

»Doch, ja«, brachte sie schließlich hervor, »der Mann war hier.«

»Ist das absolut sicher?«

»Ich glaube … ja, vermutlich.«

Graciana Rosado blies die Wangen auf.

»Wir benötigen eine eindeutige Aussage, Senhora Filipa. Hat dieser Mann vorgestern bei Ihnen ein Auto angemietet? Ja oder nein?«

»Ja.«

»Und Sie sind sich sicher?«

Sie nickte und sah beide etwas verkniffen an: »Nein.«

»Sie machen doch eine Ausweiskopie Ihrer Kunden, bevor Sie denen den Mietwagen aushändigen, oder?«, fragte Graciana.

Sie erntete einen freudig-erstaunten Blick von Filipa: »Ja, natürlich, Sie haben recht. Dass ich da nicht draufgekommen bin.«

Sie klatschte sich mit der flachen Hand etwas stärker als beabsichtigt gegen die Stirn.

Plötzlich von einer Welle Energie erfasst – keiner allzu kräftigen, allerdings –, beugte sie sich hinab zu den Fächern mit den Unterlagen, in denen sie wühlte. Eine halbe Minute später kam sie mit dem schemenhaften Abdruck von fünf Fingern auf der Stirn wieder hoch und legte die Ablichtung auf den Tisch.

Vasco Sousa aus Braga. Halblanges Haar, Brille, Vollbart.

Graciana legte die Ablichtung neben jene, die sie von Marisa erhalten hatte – die Kopie des Originaldokuments.

Sie und Leander verglichen sie akribisch.

»Das ist eine ziemlich gute Arbeit hinsichtlich der Qualität der Urkundenfälschung«, stellte Lost fest.

»Ja, aber die Nase stimmt nicht ganz. Und der echte Senhor Sousa hat angewachsene Ohrläppchen. Sein Doppelgänger nicht. Aber … ja, da haben Sie recht, die sehen sich zum Verwechseln ähnlich.«

Lost drehte beide Kopien um und sah sich die behördlichen Angaben genauer an. Sie waren identisch.

»Ich halte das für professionelle Arbeit.«

»Ich auch«, antwortete Graciana und wandte sich erneut an Filipa: »Wo wohnen Sie?«

»In Faro.«

»Gut. Sie verlassen Faro die nächsten drei Tage bitte nicht. Können Sie das einrichten?«

»Ja.«

Sie wandten sich zum Gehen, als Leander Lost in der Bewegung innehielt. »Hat er bar bezahlt – dieser Senhor?«

Filipa de Andrade schaute in Zeitlupe im Rechner nach. Dann nickte sie.

Das Aufatmen der Warteschlange begleitete sie als mehrstimmiges Seufzen nach draußen. Ein sanfter Nordwestwind hatte die letzten Wolken vom Himmel vertrieben. Aus einigen Oleanderblüten zog satter, schwerer Duft herüber, und Graciana Rosado merkte plötzlich, wie müde auch sie mittlerweile war.

Leander Lost hingegen wirkte wach. Nur der sanfte Bartschatten, der sich nun langsam von der hellen Haut abhob, zeugte davon, dass er ebenso lange auf den Beinen war wie sie.

Genau in diesem Augenblick meldete sich Marisa Veira aus dem Kommissariat. Graciana betätigte die Lautsprecherfunktion, sodass Leander Lost mithören konnte.

»Hier stimmt was nicht«, kam Marisa umgehend zur Sache und war bemüht, ihre Stimme im Zaum zu halten. Dennoch vibrierte die vor Erregung: »Sie haben in Braga zugegriffen. Aber der Vasco Sousa dort hat seit vier Jahren seine Wohnung nicht mehr verlassen. Der Zugriff war wohl ein Desaster. Der Pfleger von Herrn Sousa ist niedergeschlagen worden. Ein Kommissar hat einen bis zum Hals Querschnittgelähmten aus seinem Rollstuhl geschossen – nämlich Senhor Sousa. Und dem Assistenten des Kommissars wurde der Arm ausgekugelt.«

»Es gibt eine entscheidende Frage«, sagte der Alemão ruhig. »Hat Senhor Sousa seine Papiere noch?«

»Das habe ich gefragt – ja, hat er.«

»Gut, Marisa«, lobte Graciana, weil das geistesgegenwärtig gewesen war.

»Danke«, antwortete Marisa. »Ich bekomme hier gerade einen Anruf rein, ich melde mich wieder«, ließ sie die beiden wissen.

»Ist gut.«

Klack. Die Verbindung war beendet.

»Vasco Sousa ist eine Tarnidentität«, stellte Lost fest. »Die Tarnidentität eines Mannes, der unter diesem Namen das Auto hier angemietet hat und damit in der Tiefgarage in Lagos gewesen ist.«

Graciana horchte auf. »Tarnidentität? Das hört sich nach Nachrichtendienst an.«

»Er hat sich den Namen eines Mannes geliehen, der sich mit hundertprozentiger Sicherheit nicht zur selben Zeit wie er an der Algarve aufhalten wird, weil er seit vier Jahren seine Wohnung nicht verlassen hat.«

Graciana schluckte. »Ein großer Aufwand, um ein Auto zu mieten«, warf sie ein.

Leander schüttelte den Kopf: »Das war nur Mittel zum Zweck.«

»Und der wäre?«

»Das weiß ich nicht. Auf jeden Fall müssen wir davon ausgehen, dass er Senhora Fiadeiro getötet hat.«

Fast wirkte es befreiend, dass endlich jemand aussprach, was als Befürchtung ohnehin die ganze Zeit in der Luft lag.

»Niemand verschwindet einfach spurlos«, führte Leander Lost fort. »Um ungesehen aus dem toten Winkel des Parkhauses zu kommen, gab es nur eine Möglichkeit: eines der vier Autos. Wie es aussieht, das Auto des Mannes, der sich der Ausweisdaten von Senhor Sousa aus Braga bedient. Würde es sich um eine Entführung handeln, hätte der Entführer Kontakt aufgenommen, denn das Ziel jeder Entführung ist die Erzielung eines Gegenwerts im Austausch mit der Geisel. Und das ist bis jetzt unterblieben.«

»Vielleicht wollte er sich erst in Sicherheit bringen.«

»Möglich.«

»Oder es ist etwas dazwischengekommen.«

»Nicht auszuschließen. Vermutlich hat er den Mietwagen in Brand gesteckt, um Spuren zu verwischen. Das bedeutet nicht, dass Teresa Fiadeiro nicht mehr am Leben ist.«

»Aber Sie glauben das nicht.«

»Ich halte es für sehr unwahrscheinlich.«

»Ihre Logik ist unerbittlich«, stellte Graciana fest, und ihre Stimme war frei von jedem Vorwurf.

»Das ist das Wesen der Logik, ihr ist Parteilichkeit fremd.«

Wieder meldete Marisa sich auf ihrem Handy. »Estou?«

Zuerst hörten sie ein Seufzen. »Ihr könnt jetzt heimkommen und euch ausruhen«, sagte Marisa, so sanft sie konnte.

Graciana musste sich auf die Steinbank vor der Hertz-Filiale setzen, die Schultern sanken ihr ein. »Wo, Marisa?«

»In einem ... alten Brunnen. In einem Restaurant ... heißt *Cachoa*. In Lagos. Am Westrand der Stadt.«

»Wann?«

»Die Meldung ist vor drei Minuten reingekommen. Sie bergen sie gerade.«

Graciana hatte Teresa Fiadeiro nicht nahegestanden. Die Kollegin und ihr Mann hatten sich selbst genügt. Und als ihr Mann gestorben war, hatte auch Teresa Fiadeiro sich selbst genügt. Sie hatte niemanden und nichts gebraucht. Außer vielleicht die Besuche ihrer Tochter Eva, die oben in Coimbra lebte. Aber wenn jemand Rat oder Hilfe benötigte, war Teresa zur Stelle gewesen.

Jetzt, im Rückblick, erschien es Graciana ein einseitiges Verhältnis gewesen zu sein. Sie wusste viel zu wenig über Teresa Fiadeiro, wie sie nun feststellte. Wenn jemand starb, war das häufig einer der ersten Gedanken: dass man zu wenig wusste über diesen Menschen. Dass man es versäumt hatte, rechtzeitig nachzufragen. Ein Schwätzchen zu halten. Sich zu erkundigen. Sie gehörte einfach zum GNR-Posten in Moncarapacho und war in Gracianas Vorstellung regelrecht mit dem Revier verwachsen.

Und nun hatte jemand ihren Körper in einen alten Brunnen geworfen wie ein Stück Abfall.

13.

Marcos stand vor ihnen und wusste nicht genau, wohin mit seinen Armen. Er trug ein Jeanshemd, die dunklen Haare fielen ihm auf die Schultern, in seinem Gesicht dominierte die Nase. Sein Blick war eigentlich gutmütig. Aber jetzt, anderthalb Stunden nach dem Fund der Leiche, waren die Pupillen immer noch vergrößert, wie Leander Lost mit einem Blick feststellte.

Carlos Esteves saß am kurzen Tresen, der gerade mal zwei Meter maß, und trank einen doppelten Bica. Draußen, auf der verwinkelten Terrasse des Cachoa, auf dem sich hier und da ein liebevoll dekorierter Tisch befand, untersuchte Doutora Oliveira die Leiche von Teresa Fiadeiro. Die Kollegen vom Rettungsdienst hatten die Tote auf eine schwarze Plane gebettet. Bis auf die Hämatome am Kopf und die wässrige Blässe der Haut wirkte sie überhaupt nicht tot. Sondern wie eine bleiche Frau im Tiefschlaf.

Die Zufahrt zu dem Lokal war mit Polizeiband abgesperrt. Drei Polizeifahrzeuge und ein Rettungs- und Leichenwagen parkten im sandigen Hof.

Das Cachoa war ein abgelegenes Restaurant in einem ebenerdigen alten Bau, der mit kenntnisreicher Hand restauriert worden war. Heute eine der ersten kulinarischen Adressen in der Nähe von Lagos.

»Ich komme immer mittags vorbei und schaue nach dem Rechten. Wässere die Pflanzen, überprüf die Bestände, falls vielleicht noch was fehlt. Oliven, Wein, Servietten – so etwas«, erklärte Marcos, dessen Blick immer wieder an einer bestimmten Stelle am Boden hängen blieb.

Das Cachoa gliederte sich in einen großen, nahezu quadratischen Raum, von dem die Küche abzweigte, und einen länglichen Vorraum mit vier Tischen und der Theke. Davor die ausladende Terrasse mitten im Grünen – das nächste Haus lag einen knappen Kilometer entfernt. Wer im Cachoa landete, kam hier nicht zufällig vorbei.

Dezente Kronleuchter, ein Klavier, beige Wände und zeitgenössische Fotografie an den Wänden. Und im scheinbaren Gegensatz dazu die Böden aus grobem Stein, die farbigen Fensterumrahmungen und Stühle aus Bast.

An der Theke, hinter der er jetzt stand, rechnete Marcos jeden Abend mit einer Selbstgedrehten im Mundwinkel die Küchenkräfte ab und zahlte ihnen aus dem gemeinschaftlichen Topf ihren Anteil am Trinkgeld aus.

»Was ist das?«, fragte Leander, der sich über ein Loch im Boden beugte.

»Das ist der Brunnen«, sagte Marcos und gesellte sich zu ihm, froh darüber, sich bewegen zu können, »ein verstopfter, alter Brunnen.«

Leander Lost blickte weiter hinab.

Das Loch war normalerweise durch ein durchsichtiges Stück massiven Glases abgedeckt, das nun neben der Öffnung lag. Es hatte die Ausmaße eines Straßengullys. Doch direkt danach öffnete sich der Schacht nach unten zu allen Seiten, als schaue man von oben in den Korpus einer bauchigen Flasche hinab, die sich weiter unten wieder nach innen verjüngte.

Der Lichtschein der zwei Lampen, die den Schacht erhellten, reichte nicht bis an den Grund hinab. Sie spiegelten sich nur diffus in einer dunklen Brühe am tiefsten Punkt.

»Wie tief ist das?«

»Das sind dreißig Meter.«

»Und warum haben Sie das verglast?«, fragte Leander.

»Also … nun ja, es wäre schade gewesen, das einfach abzudecken.«

»Ja?«, fragte Lost ehrlich interessiert.

Marcos sah den Kommissar irritiert an. Aber bevor er seine Irritation in Worte kleiden konnte, war Graciana Rosado hinzugetreten.

»Wie lässt sich die Glasabdeckung öffnen?«

»Man muss nur die beiden Schrauben da lösen.«

Marcos kickte zur Veranschaulichung leicht mit der Schuhspitze dagegen.

»Und das haben Sie heute getan?«

»Na ja, meine Chefin hat sich darüber beschwert, dass man Spinnweben sehen kann. Deswegen wollte ich die mit dem Besen beseitigen, und dann … dann eben … ich hab die Kleidung der Frau in dem Wasser gesehen und die Polizei gerufen.«

»Ist heute nicht Ruhetag?«, fragte Leander. »Ich hab im Vorbeigehen das Schild an der Tür gesehen.«

»Ja«, räumte Marcos ein, »das stimmt. Aber wir hätten heute Abend außer der Reihe für eine Jubiläumsfeier geöffnet.«

Graciana nickte: »Also haben Sie die Abdeckung geöffnet, die Spinnweben beseitigt und …«

»Nein. Die Spinnweben waren eben nicht mehr da. Und das hat mich gewundert. Ich glaube, sonst hätte ich die … Frau gar nicht entdeckt.«

Doutora Oliveira hatte die grauen Haare wie immer zu einem Pferdeschwanz gebändigt. Sie verstaute ihr Arbeitswerkzeug wieder in der schwarzen ledernen Arzttasche, während die Kollegen vom Rettungsdienst Fiadeiros Leiche in den Wagen verfrachteten. Graciana trat zwischen die Gerichtsmedizinerin und die Sonne, und Oliveira blickte auf.

Die beiden hatten sich vorhin bereits begrüßt, nun kam auch Leander Lost hinzu. Oliveira nickte ihm mit einem Lächeln zu.

Sie hatte etwas übrig für den Mann, was sie allerdings nie in Worte fasste. Und das, obwohl sie darum sicher nicht verlegen gewesen wäre.

»Ich hab die Freigabe zur Autopsie bei der Staatsanwaltschaft beantragt. Das ist eigentlich eine reine Formsache«, sagte Doutora Oliveira und stand auf.

»Heute Abend haben Sie die Ergebnisse, spätestens morgen früh.«

»Sie ist erschossen worden?«

Die Ärztin deutete ein Nicken an: »Ja, das ist praktisch sicher.«

»Schuss in die linke Schläfe«, meldete Leander Lost sich zu Wort. »War der aufgesetzt?«

Doutora Oliveira wischte ihre Überraschung mit einem anerkennenden Lächeln weg: »Die Verbrennungsspuren rund um die Eintrittswunde lassen das vermuten. Aber ich lege mich jetzt noch nicht fest.«

14.

Die große Erschütterung blieb aus. Vielleicht, weil allen am Ende die Kraft dafür fehlte. Vielleicht, weil mit jeder neuen Erkenntnis während ihrer Suche ohnehin alles auf dieses Ende gedeutet hatte und alle Beteiligten sich innerlich längst damit auseinandergesetzt hatten (abgefunden wäre pietätlos, aber nicht unzutreffend gewesen), bevor die Gewissheit eintrat.

Leander Lost war auffällig still während der Rückfahrt ins Kommissariat. Er machte sich seine eigenen Gedanken.

Marisa Veira war neben drei Kaffeetassen und drei Tellern und Kuchengabeln eingeschlafen. Ihr Kopf hing nach hinten über die Stuhllehne, den Mund hatte sie weit geöffnet. Ein leises, beruhigend wirkendes Schnarchen drang durch den Empfangsraum. Natürlich – sie war zwar nicht mit ihnen unterwegs gewesen, aber doch die ganze Zeit über ihr ansprechbares Kommunikationszentrum und ihr Ruheanker gewesen. Carlos Esteves schlich auf Zehenspitzen hinein und zog so leise wie möglich den Rollladen zu, sodass das Sonnenlicht ihre Träume nicht störte. Sie schlossen behutsam die Tür und gingen hinauf in den ersten Stock, wo ihnen heiteres Lachen entgegenschlug.

»Nein, das ist erfunden«, gluckste eine Frau – das musste Cristina Sobral sein.

»Bei meinem Leben«, entgegnete jemand nicht weniger amüsiert, »er dachte, es sei *sein* Schlafzimmer.«

Cristina Sobral saß hinter ihrem Schreibtisch. Miguel Duarte stand davor und grinste breit. Mit zwei Fingern fuhr er zärtlich über seinen schmalen Schnurrbart. Sobral sah die drei, die plötzlich in der Tür standen, zuerst. »Oh«, sagte sie. Duarte folgte ihrem Blick. Sein Lächeln nahm etwas ab, verlor sich aber nicht ganz. In seinem Blick lag ein leiser Triumph, den Graciana Rosado nicht einzuordnen wusste.

Cristina Sobral kam den dreien entgegen. »Entschuldigen Sie unsere unpassend erscheinende Stimmung, aber Senhor Duarte und ich haben gerade festgestellt, dass wir im gleichen Viertel aufgewachsen sind.«

»Wir waren sogar in derselben Schule«, fügte Miguel Duarte hinzu und musste sich zwingen, nicht zu breit zu grinsen.

Carlos Esteves und Graciana Rosado waren umgehend im Bilde. Während sie mit wachsender Hoffnungslosigkeit nach Teresa und ihrem mutmaßlichen Mörder gefahndet hatten, war Duarte nicht untätig geblieben und hatte sich bei der Frau, gegen die er gestern noch Beschwerde einreichen wollte, eingeschmeichelt. Zu allem Überdruss war sie offenbar auch noch gebürtige Spanierin. Eine Verbindung, auf die sich Duarte, der sein Profil gerade beiläufig im Spiegel prüfte, ab jetzt berufen würde.

»Unsere Eltern kannten sich und Miguel … Senhor Duarte war häufiger bei uns zum Schwimmen.«

Auch das noch.

»Es war ein großartiger Pool«, merkte Duarte an, »die Fliesen, die Einfassung – ein Traum.«

»Danke«, sagte Cristina Sobral und lächelte dabei mit der schüchternen Freude eines Mädchens, das sein erstes Kompliment bekommen hatte.

»Schade«, legte Duarte nach, »dass wir uns so lange aus den Augen verloren haben.«

Vor Leander Lost entstand das Bild zweier Miniaturausgaben von Cristina Sobral und Miguel Duarte, die dem jeweils anderen am unteren Lidrand aus den Augen kippten und mit wedelnden Armen ins Nichts hinabsegelten.

»Diese Phase ist ja jetzt zum Glück beendet«, merkte Carlos trocken an.

»Genau«, antwortete der gebürtige Spanier. »Und ich habe Inspektorin Sobral wissen lassen, wie froh wir sind, dass die Polícia Judiciária hier in Faro wieder eine Führung hat.«

Als wäre sie unter ihrer eigenen Leitung kopflos gewesen, dachte Graciana.

»Ich habe gehört, dass Senhora Fiadeiro gefunden worden ist«, lenkte Sobral das Gespräch auf den Fall.

»Leider«, bestätigte Graciana Rosado. »Jemand hat sie erschossen und ihre Leiche in einem alten Brunnen entsorgt.«

Cristina Sobral nickte in einer Form, die vermuten ließ, dass sie das schon wusste. »Es tut mir sehr leid für Sie alle. Sie müssen todmüde sein«, fügte die neue Chefin hinzu.

Graciana und Carlos nickten, während Leander sich Eigenarten ihres Gesichts einzuprägen versuchte, damit er sie in Zukunft zügig erkennen würde. Sie hatte angewachsene Ohrläppchen.

Cristina Sobral fuhr sich mit den Fingern möglichst beiläufig über das rechte Ohr. Der deutsche Austauschpolizist starrte dorthin, als habe sich dort etwas verfangen, was dort nicht hingehörte.

»Wollen Sie mit den Zeugenbefragungen fortfahren?«, fragte sie, um etwas zu sagen.

»Erst, wenn wir die Ergebnisse der Rechtsmedizin haben«, informierte Lost sie und sprach dabei zu einem Punkt über ihrer Augenbraue, »denn die Einzelheiten des Mordes sind Täterwissen, das wir in die Befragung miteinbeziehen sollten.«

»Natürlich, ich verstehe.«

Sie wischte sich jetzt über die Augenbraue. Und zwar genau dort, wo Leander den puren Glücksfall für seine eindeutige Zuordnung von Gesichtsmerkmalen zu Personen entdeckt hatte. Fünf dunkle Pigmente, die zusammen mehr oder minder die Form des Sternzeichens Cassiopeia annahmen: ein ungelenkes »W«, dessen Verbindungslinien man sich dazudenken musste.

»Gibt es denn schon irgendeinen Hinweis auf ein Motiv?«

Damit traf Cristina Sobral praktisch aus der Hüfte ins Schwarze.

Nein, gab es nicht. Das heißt: Es gab ganz bestimmt eines, aber keines, das in irgendeiner Form auf der Hand lag.

Daher schüttelte Graciana Rosado den Kopf: »Wir haben noch nicht genügend Informationen.«

Cristina Sobral deutete ein Nicken an und ließ den Blick zu Carlos Esteves schweifen, dann zu Senhor Lost, um schließlich wieder bei Graciana zu landen. »Ich schlage vor, Sie drei machen jetzt Schluss und ruhen sich aus«, schlug Sobral vor und drehte ihre rechte Seite so von den dreien weg, dass der Alemão nicht mehr auf ihre Augenbraue starren konnte. »Die Sache mit der Übergabe der Amtsgeschäfte können wir morgen erledigen, oder was meinen Sie?«

»Ich halte das für einen ausgezeichneten Vorschlag«, antwortete Graciana und erntete ein Lächeln der neuen Chefin. »Ich habe außerdem eine Nachrichtensperre erlassen und sowohl den Parkwächter als auch das Personal des Cachoa entsprechend instruiert, nur für den Fall, dass die Presse von dem Mord doch Wind bekommt und sich hier meldet.«

»Das erscheint mir sehr vernünftig«, lobte Sobral die Maßnahme und wandte sich an Duarte: »Hast du alles, was du für deinen Fahrdienst morgen benötigst?«

Miguel Duarte stieß sich von dem Schreibtisch ab, an dem er mit dem Hintern gelehnt hatte. Mit drei schnellen Schritten war er bei ihr. »Aber klar, ich hab alles im Griff. Ich habe eine Splitterweste angefordert und mir die hier besorgt.«

Mit diesen Worten zog er eine Sonnenbrille aus der Brusttasche seines Jacketts, deren Gläser orangefarben getönt waren, und setzte sie auf. Er sah aus wie ein Schwachkopf.

»Die Legierung mildert die Blendwirkung von Mündungsblitzen«, stellte Leander Lost fest. Vier erstaunte Augenpaare richteten sich auf ihn.

»Das stimmt«, kam es dem spanischen Pavão, dem Pfau, verblüfft über die Lippen. Und dann an alle gerichtet: »Falls wir unter Beschuss geraten, kann ich dann zügiger das Feuer erwidern.«

»Was denn für ein Beschuss?«, fragte Graciana verärgert. »Du sollst Senhora Yola zu einem Essen fahren und dann zum Flughafen.«

»Ja«, mischte Carlos sich ein, »das ist natürlich ziemlich riskant. Da ist ein Kugelhagel nie weit. Wir sollten uns schnell alle so eine Brille kaufen. Woher hast du die, Duarte?«

»Ja, lach nur, Esteves, lach nur. Denk mal an die Sache mit dem Hund.«

»Was hat der denn damit zu tun, hm? O que tem de fazer com isso?«

»Da denk mal drüber nach.«

»Hält die Brille Lichtschwerter ab?«

15.

Die Insel.

Sie war sieben Kilometer lang, nur einen Kilometer breit und bot insgesamt tausend Einwohnern in drei Siedlungen eine Heimat. Sie war drei Kilometer Luftlinie vom Festland entfernt und ausschließlich über Fähren und Wassertaxis erreichbar. Es gab nur ein paar befestigte Wege zwischen den flachen, einstöckigen Häusern. Eine Schule, Restaurants, einen Leuchtturm und jede Menge Boote im geschützten Hafenbecken.

Die meisten Einwohner lebten vom Fischfang oder erledigten Arbeiten, die mit dem Leuchtturm zu tun hatten. Und mittlerweile existierten schon einige Häuser, die an Touristen vermietet wurden. An solche, die hierherkamen, weil sie ihre Ruhe haben wollten. Denn wem Abgeschiedenheit zusetzte, floh nach drei Tagen entsetzt vor Ruhe und Muße zurück aufs Festland. Die anderen blieben. Und manche verliebten sich für immer.

Wer Überschaubarkeit suchte, wurde hier aufs Reichhaltigste belohnt. Möwen, Dünengras, das Meer. Und mittags oder abends ein paar Stabmuscheln, die die einheimischen Männer in der dem Festland zugewandten Seite, der Lagune, sammelten. Die Beine durch hüfthohe Neoprenhosen geschützt, die Sonne im Nacken. Oder ein Fisch direkt aus dem Netz, die Haut scharf angebraten, die Röststoffe mit einem feinen Schuss Weißwein abgelöscht, Knoblauch, etwas Thymian oder Koriander, mit Zitronensaft benetzt und dazu Salat vom Festland.

Das Leben konnte so einfach sein. Und wem langweilig wurde, studierte die Strömung an der Küste, bis er den Moment vorhersagen konnte, wann eine Welle brach. Auch das eine Wissenschaft für sich. *Die Muße hat hier Tausende Gesichter,* wie eine Reisende mal in einem Gästebuch hinterlassen hatte, *und jedes davon ist schön.*

Hier hatten sie in einem kleinen Haus direkt an der Lagune und mit Blick auf den Fähranleger Rhona und ihre neunjährige Tochter Imani untergebracht. »In vier Tagen«, hatte Pepe der Mutter ruhig erklärt, »werden wir wieder gehen.«

Sie hatten sich dabei in der kleinen Küche gegenübergesessen, in der sie zuvor Getränke und Lebensmittel verstaut hatten. Auf diese Weise waren Belmiro und Pepe weder auf einen Supermarkt noch ein Restaurant angewiesen. Sie bunkerten sich einfach für vier Tage hier ein.

Mutter und Tochter kamen in einem fensterlosen und abschließbaren Raum unter, in dem zwei Stockbetten vier Schlafgelegenheiten boten.

Direkt nach ihrer Ankunft hatte Pepe die Mutter mit auf die Terrasse genommen, von wo aus er die Ovelha Negra im Blick hatte und sich vergewisserte, dass die beiden Nachbarhäuser zur Linken und zur Rechten leer waren, ganz so, wie Nélson es versprochen hatte. Er hielt der Schwarzafrikanerin eine Zigarette hin, die sie annahm. Zusammen rauchten sie und schauten über die gelb getünchte, halbhohe Begrenzungsmauer, die die Terrasse vor dem allgegenwärtigen Sand schützte, aufs Wasser.

Die Fähre benötigte 45 Minuten. Das Wassertaxi überbrückte die Distanz von knapp sechs Kilometern bei voller Fahrt in zehn Minuten.

Imani tauchte auf. Sie hatten dem Mädchen gesagt, dass ihr Vater in einer höchst wichtigen Angelegenheit für die Regierung unterwegs sei. Eine bunte Räuberpistole, bei der Belmiro angesichts von Pepes Fantasie die Augen übergingen. Der Vater wurde zu einem Helden, dessen einzige Achillesferse ihre Verschwiegenheit und die ihrer Mutter war. In vier Tagen nur würden sich alle glücklich in die Arme fallen.

»Hol uns doch ein paar Gambas zum Abendessen – magst du Gambas?«

Imani nickte mit einem scheuen Lächeln, während Pepe ein

paar Euronoten aus der Brusttasche seines Hemdes fischte und ihr drei der zerknüllten Scheine in die Hände drückte.

»Kauf ein Kilo, ja? Und hol dir auf dem Rückweg ein Eis.«

Mit einem ungläubigen Lächeln in Richtung ihrer Mutter zog sie los. Als Belmiro ihm deshalb einen Blick zuwarf, deutete Pepe ein Kopfschütteln an: Nein, eine Bewachung der Kleinen war nicht nötig.

Und so saßen sie auf der Dachterrasse, und Belmiro überließ Pepe das Reden und sah sich lieber Rhona genauer an. Die hohen Wangenknochen, die lockige Haarpracht, die langen Beine. Ihm wurde dabei fast schmerzhaft bewusst, dass auf ihn zu Hause keine Frau wartete.

Sie hatte ein schmales, vorgestrecktes Kinn, das Selbstbewusstsein und Entschiedenheit signalisierte. Und Stärke.

Rhona bemerkte seinen Blick und erwiderte ihn – Belmiro wollte nicht, aber er schluckte.

Und während er sich abwendete, damit Pepe es nicht auffiel, hatte der es bereits erfasst. Belmiro sah es an seinem Blick, an dem lautlosen Seufzen, bevor er sich wieder Rhona zuwandte: »In vier Tagen reisen wir ab, und dann sehen wir uns in diesem Leben nie wieder. Mein Partner und ich bekommen viel Geld dafür, dass Sie und Ihre Tochter uns nicht davonlaufen. Ich bin nicht mehr so jung, ich werde mir eine Wohnung davon kaufen, noch etwas anlegen und mich zur Ruhe setzen.«

»Das … das muss eine Verwechslung sein«, brachte Rhona hervor. Die Anspannung ließ ihre Stimme an bestimmten Stellen vibrieren – und keine einzige davon entging Pepe. »Wir haben kein Geld. Wir haben kein Vermögen, wir … wir kommen geradeso über die Runden und …«, hier lächelte sie kurz, allerdings hatte das Lächeln eine verzweifelte Note, »es gibt auch niemanden, der uns mit einer hohen Summe auslösen würde.«

Pepe beugte sich mit versöhnlicher Miene zu ihr vor: »Sie sind genau diejenige, die wir brauchen. Wir werden dafür bezahlt, vier Tage mit Ihnen in diesem Haus zu verbringen und dann zu gehen. Die Bezahlung ist nur an eine Bedingung geknüpft, Senhora Rhona – die, dass weder Sie noch Imani in dieser Zeit Kontakt zu Dritten aufnehmen. Das ist alles. Wenn Sie beide vier Tage lang die Füße stillhalten, tun wir das auch.«

Rhona stutzte und schöpfte gleichzeitig Hoffnung: »Aber wenn Sie uns … festhalten und kein Geld wollen, dann … dann wollen Sie etwas von meinem Mann.«

Pepe nahm einen tiefen Zug und nickte.

»Und was?«

»Das weiß ich nicht. Ich kann Ihnen nur sagen, dass man ihn in vier Tagen gehen lassen wird. So wie Sie. Sie werden sich wiedersehen. Das ist das, was ich Ihnen garantieren kann. Wir könnten Sie jetzt für die nächsten vier Tage an die Betten fixieren – aber ich will das wegen Ihrer Tochter nicht. Von uns aus spielen wir vier Tage Urlaub am Meer. Sie haben Ihr Zimmer, Sie haben Ihr Bad, Sie können sich im Haus frei bewegen. Und Sie sind beide frei von Übergriffen aller Art. Das sind eine Menge Zugeständnisse, die signalisieren sollen, dass Sie nichts zu befürchten haben, solange Sie sich an die Regeln halten.«

Er legte eine Pause ein und zündete sich mit der letzten Glut der Zigarette eine neue an. »Aber machen Sie nicht den Fehler, mich täuschen zu wollen, Senhora Rhona. Machen Sie den bloß nicht.«

»Aber wir haben Sie gesehen.«

Pepe hatte genickt, als habe sie ihn auf irgendeine Belanglosigkeit hingewiesen. »Das ist kein Problem«, hatte er ihr versichert, »wir verschwinden einfach, wir tauchen ab. Und selbst wenn man uns irgendwann später findet, wird nichts passieren.«

16.

Was die Mitte von etwas ist, da gab es für Fuseta eine klare Antwort – die Praça da República, der Platz der Republik mit seinen Zeitungsläden, den Pastelarias mit ihren feinen Leckereien aus Milch, Sahne, Mandeln, manchmal mit Zitrone, manchmal mit Schokolade, aber immer mit Eiern und viel Zucker; die Bank in der Mitte, auf der sich Jung und Alt einfanden und interessante Muster in die Luft starrten und um die Wette qualmten, die umliegenden Restaurants, allen voran das Capri und die Bar Fuzeta, die unter dem neuen Besitzer leider keine *Petiscos*, die portugiesischen Tapas, mehr anbot (ein großer Fehler, darüber herrschte hier Einvernehmen).

Hier befand sich Fusetas Zentrum.

Die Fischer und Muschelsammler allerdings, die hinter dem Farol ihre kleinen hölzernen Kabinen hatten, mit uralten Vorhängeschlössern versehen, in denen sie ihre Netze und Reusen oder Neoprenanzüge verstauten und am Abend die Netze flickten oder andere Ausbesserungen vornahmen und den Rentnern beim Boule zusahen, sie würden sagen: der Hafen. Der natürlich keiner war, sondern eher ein Kanal, in dem die Boote an Tauen an der Kaimauer lagen und die Barkassen die Touristen über die Lagune zur Ilha da Armona übersetzten.

Dass es sich nicht um einen Hafen im ursprünglichen Sinne handelte, darüber sahen sie großzügig hinweg – aber warum noch gleich hatten sich ihre Vorväter und Urahnen hier angesiedelt? Natürlich wegen der Fische, wegen des Meeres. Das ihnen nicht nur die Teller füllte, sondern auch die Börse. In seinem Herzen war Fuseta ein Fischerdorf, und deswegen war Fusetas Zentrum am Wasser – und nicht am Platz der Republik.

Die Gläubigen, die sich auch gerne auf dem Platz der Republik einfanden oder Boule am Kanal spielten oder ein Schwätzchen in einer der Gassen hielten, die sahen die Mitte des Ortes dort, wo die Mutter Gottes ihr Haus hatte – in der Kirche neben der Bahnlinie.

Die Kirche war ohne Zweifel das, was den Ort zusammengehalten hatte. Ja, man hatte über die Jahrhunderte viel von den Muslimen gelernt, die ab 711 das Wissen der Griechen zurück nach Europa, auf die iberische Halbinsel, gebracht hatten, aber im Zuge der Reconquista hatte man sie zurück über das Meer geworfen. Und wie? Mit Gottes Hilfe natürlich. Als geschlossene Christenheit.

Und so war der gemeinsame Glaube auch das gemeinsame Dach, unter dem sich die Einwohner Fusetas versammelten. Denn egal, ob sie auf dem Platz aßen und tranken oder zum Fischen rausfuhren oder sich vielleicht eines der neuen Apartments in einem der zwei- oder dreistöckigen neuen Prachtbauten leisten konnten, die im Westen unter dem hochtrabenden Namen Del Mar Village entstanden waren und deren Terrassen sich so nah an der Lagune befanden, dass die Sektkorken bei Flut gegen die Fischerboote flogen – das Leben in Fuseta begann mit der Taufe in der Kirche. Und es endete dort auch auf der Bahre. Hier begann der Kreis, hier schloss er sich.

So hatte nahezu jeder seine eigene Meinung, was als Mitte Fusetas galt. Doch wollte man dorthin, wo das Herz schlug, wo sich alle Bahnen früher oder später kreuzten und man schneller an Informationen kam als in sozialen Netzwerken, dann musste man in die Virgílo Inglês No. 5. Eine Gasse in der Altstadt, in der die Häuser links und rechts eine durchgehende Fassade mit vielen Türen und Fenstern und unterschiedlich gestalteten Rahmen, Eingängen und Dächern bildeten.

In der Virgílo Inglês gingen die Leute ihren Erledigungen nach und die Jungen fuhren mit Skateboards über das holprige Pflaster. Andere spazierten hier längs und hielten einen Plausch mit jenen, die ihre Stühle vor die Tür gestellt hatten und dort aßen oder lasen oder telefonierten oder in der Sonne vor sich hindösten.

Hier, hinter der Tür mit der Nummer 5, wohnten Raquel und Antonio Rosado, die Eltern von Soraia und Graciana. Raquel Rosado bereitete Petiscos in einer Kombination aus Einfachheit und Raffinesse zu, dass es eine Freude war. Nachbarn und Freunde rieten ihr seit Jahren, ein kleines Restaurant zu eröffnen, nur eine Bar und drei Tische. Der Laden wäre immer zum Bersten voll. Die kleinen Leckereien auf Kommando herstellen zu müssen, hätte Raquel Rosado jedoch die Leidenschaft daran genommen, und Petiscos ohne Leidenschaft schmeckten eben wie … nun, wie Petiscos, die jemand zubereitet hatte, weil er musste und nicht weil er Freude daran gehabt hatte. So winkte sie ab. Ruhig, mit einem warmen Lächeln und der Bestimmtheit einer Frau, die vom Leben schon zu schwerwiegenderen Entscheidungen gezwungen worden war.

Antonio Rosado, der nach einem Schusswechsel mit fünf Schwerkriminellen in seiner damaligen Funktion als GNR-Leiter im Rollstuhl saß, meisterte sein Leben, als liefe er noch immer auf zwei Beinen herum. Er hatte ein männlich-herbes Gesicht und zugewandte, aber unbestechliche Augen. Für große Worte war er nicht bekannt. Aber wenn er etwas sagte, verstummten die anderen und hörten zu.

Dabei sprach Antonio Rosado die Dinge meist nie direkt aus. Wenn die Leute ihm zum Beispiel versicherten, er wäre als Bürgermeister für Fuseta ein großer Glücksfall, sagte er: »Ich mache lieber was mit Händen.« Und wenn jemand für irgendeine Lebenslage seinen Rat suchte – und das kam oft vor (oder wie er sagen würde: *nicht unhäufig*) –, etwa wenn ein junger Fischer nicht flüssig genug war, um sein Boot über den Winter komplett in Schuss zu halten, verwies er darauf, dass die Sonne sein Boot nicht fluten würde, worauf der junge Mann sich um die Unterseite des Rumpfes kümmerte.

Das hatte nichts Larmoyantes oder Gekünsteltes, Antonio Rosado hatte schon als Kind merkwürdig gesprochen.

Graciana Rosado, Carlos Esteves und Leander Lost saßen mit dem Rücken zur Wand genau neben dem Eingang der Inglês No. 5 und genossen die Mai-Sonne. Sie hatten beschlossen, vor dem wohlverdienten Schlaf einen kurzen Stopp einzulegen, um sich mit Raquels Petiscos verwöhnen zu lassen.

Das Verschwinden von Teresa Fiadeiro war den Einwohnern von Fuseta nicht verborgen geblieben. Obwohl sie aus Moncarapacho stammte. Aber ihr »Revier« als GNR-Beamtin umfasste auch Fuseta, das über keinen eigenen Posten verfügte.

»Sie ist tot«, ließ Carlos Esteves sie wissen, nachdem die Nachbarin, Dona Maria, seine Zunge mit einer selbst gemachten Thunfischpastete (noch lauwarm!) gefügig gemacht hatte.

»Meu deus«, raunten die Zuhörer, eine Traube von etwa einem Dutzend Menschen, der Jüngste drei Jahre alt mit einem Schnuller, der Älteste 89, der sich aus Starrköpfigkeit auf seinen hübsch geschnitzten Spazierstock stützte, statt sich hinzusetzen.

Einige bekreuzigten sich.

Soraia Rosado half ihrer Mutter, ein paar Kleinigkeiten rauszutragen und Carlos, ihre Schwester und Leander zu versorgen. Man konnte den dreien die Wegstrecke ansehen, die sie hinter sich hatten. »Wo habt ihr sie gefunden?«

»In Lagos«, antwortete Carlos mit halb vollem Mund. In der Rechten schon die nächste Portion Thunfischpaste auf der Gabel balancierend. Die Augenpaare, die auf ihn gerichtet waren, wie sie an seinen Lippen hingen, das gefiel ihm. Schon immer. »Ihr könnt euch nicht vorstellen, wo«, fügte er hinzu. Scheinbar galt sein Interesse vornehmlich dem letzten Drittel Pastete, aber in Wirklichkeit waren seine Ohren gespitzt und alle Sinne bei seinem Publikum, das er absichtlich auf die Folter spannte. »Da muss man erst mal draufkommen«, schob er nach und wusste, dass er es ihnen jetzt verraten musste: »Sie hat in einem …«

»Das ist Täterwissen!«, unterbrach Leander Lost ihn.

Graciana, der Raquel gerade kurz die Hand gedrückt hatte,

merkte auf. Ja, der Brunnen war Täterwissen. Das Cachoa war es. Der Fundort. Der Kopfschuss. Die Todesursache. All das.

»Ah, Lost, kommen Sie …«, sagte Carlos.

»Wohin?«

»Ich meine: Ja, das ist Täterwissen … im weitesten Sinne.«

»Bei Täterwissen gibt es keine Grauzone«, belehrte Leander ihn.

»Das ist doch Ermessenssache. Niemand hier ist der Täter.«

»Woher wissen Sie das?«

»Eu sei isto. Ich weiß es.«

»Und woher?«

»Weil ich die Leute kenne, ich …«

Carlos unterbrach sich selbst. Und die Umstehenden erfassten, dass der Austauschkommissar drauf und dran war, ihre sprudelnde Quelle zu versiegeln.

»Sie wissen es nicht«, stellte Lost klar. »Sie verringern nur die Wahrscheinlichkeit, den Täter zu finden. Täterwissen ist eine eindeutige Kategorie: ja oder nein. Eine Information gehört zum Täterwissen oder sie gehört nicht dazu. Ein Mittelding gibt es nicht.«

Carlos seufzte und schob die letzten zwei Bissen Thunfischpastete demonstrativ von sich weg.

Stille.

Ja, Leander Lost hatte geholfen, den ein oder anderen Fall in Fuseta und Umgebung aufzuklären. Und er hatte Zara, die rotzfreche Waise, bei sich aufgenommen und es geschafft, ihr einige zivilisatorische Grundregeln beizubringen. Er hatte Carlos ins Bein geschossen, um ihm das Leben zu retten. Er lachte praktisch nie, sein Gesicht war faltenfrei und blass, der Blick fokussiert. Manche nannten ihn auch stechend. Und er hatte zwar eine Neigung zum Klugscheißen *(Senhor Léxico)*, aber man konnte sich mit ihm gut amüsieren, weil er nicht imstande war zu lügen.

Und jetzt das.

Fátima de Figo, 29 Jahre alt, die Tochter der Nachbarn gegenüber (Virgílo Inglês No. 6), beugte sich vor und präsentierte dabei ein pralles Dekolleté, an dem sich die Blicke von Carlos und Leander kurz verhedderten. Sie hatte an dem Deutschen Gefallen gefunden, das war offensichtlich, denn wann immer es sich ergab, suchte sie das Gespräch mit ihm. Und wischte sich dabei auffallend oft eine Strähne aus der Stirn.

Fátima hatte volles, dunkelbraunes Haar, das ihr bis auf die Schultern fiel und ihr Gesicht hübsch einrahmte. Bis auf einen Leberfleck oberhalb der Lippe war es symmetrisch, und spätestens wenn sie lachte, drehten die Männer sich nach ihr um. Denn ihr Lachen war herzerfrischend und echt, und die Augen blitzten dabei auf. Eine Frohnatur. Manche sagten, die Reihe ihrer Verehrer reiche bis Olhão. Wenn sie dicht an dicht standen, fügten andere hinzu.

»Senhor Leander«, wandte sie sich an ihn und bemerkte nicht den kühlen Blick, den Soraia ihr dabei zuwarf. Seit wann nannte Fátima ihn denn beim Vornamen?

»Senhor Leander, war es innerhalb der Stadtmauern?«

»Nein.«

»Ist sie erdrosselt worden?«

»Nein.«

»Erstochen?«, fragte der Alte mit dem Spazierstock, der wie die anderen das Prinzip der Befragung verstanden hatte.

»Nein.«

»Das ist Täterwissen«, konnte Carlos sich nicht verkneifen.

»Stimmt«, bestätigte Leander.

»Ertränkt?«

»Schluss jetzt«, sagte Graciana ruhig und klar, und die Aufmerksamkeit wechselte von Lost zu ihr. Nicht ganz, denn alle sahen, wie Soraia den Augenblick nutzte, um dem Alemão eine Tonschale mit *Almôndegas* zuzuschieben. Ganz beiläufig. Fleischbällchen in Tomatensoße. Mit Thymian. Seine Lieblingspetiscos.

Leander hatte am Rand Platz genommen und wirkte die ganze

Zeit über sehr angespannt. Soraia nahm an, dass er Ecken zählte, um sich zu beruhigen (was nicht der Fall war). Wenn er sich auf die Hackbällchen konzentrieren könnte, würde ihm das vielleicht helfen, seine Umwelt auf ein erträgliches Maß auszublenden. Ein Maß, das ihn nicht überforderte. Denn er musste über hundert Gesichtsfragmente zu ganzen Gesichtern anordnen und aus diesen noch die emotionale Befindlichkeit ihrer Träger ableiten – das alles, *während* sie mit ihm sprachen. Dabei behalf Leander sich mit kleinen Eselsbrücken wie jenen Pigmenten nach Cassiopeia-Muster bei Cristina Sobral.

Antonio Rosado hatte sich zum Beispiel gleich neben den Alemão manövriert, um ihm Sicherheit zu vermitteln. Quasi, um dessen linke Flanke zu schützen, was ihm auch gelang. Senhor Rosado war für Leander Lost einfach zu erkennen – an seinem Rollstuhl. Dona Maria hatte ein blaues und ein braunes Auge. Und Senhor Rossi fehlte der linke Eckzahn. Außerdem hatte er einen leichten Überbiss. Ganz leicht zu erkennen, weil er bevorzugt durch den Mund atmete. Kombiniert mit dem Umstand, ihn hier in Fuseta anzutreffen, ergab sich aus diesen drei Faktoren eine valide Trefferwahrscheinlichkeit.

Aber das waren die simpleren Fälle. Fünf, sechs, sieben Eigenarten kombinieren zu müssen, bis sich ein Alleinstellungsmerkmal ergab (braune Augen, Mittelscheitel, Lipgloss, durchstochene Ohrläppchen, Stupsnase und Leberfleck über der linken Oberlippe etwa ergaben mit ziemlicher Sicherheit das Gesicht von Fátima de Figo), konnte bei einer Gruppe von einem Dutzend Menschen, die inzwischen auch noch Zulauf erhielt, mitunter anstrengend sein.

Die Almôndegas kamen also wie gerufen, und nun reichte jemand – Senhor Rosado – ihm auch noch Brot. »Obrigado«, sagte Leander leise und aß das erste Bällchen. Einfach hervorragend.

Kurz nur warf Antonio Rosado seiner jüngeren Tochter Soraia einen Blick zu, die so tat, als bemerke sie ihn nicht. Und dass sie nur so tat, das wusste er natürlich, der alte Fuchs.

Le-an-der – wenn Soraia seinen Namen aussprach, klang es wie eine Melodie. Wie ein Streicheln. Und bei jedem, wirklich *jedem anderen* hätte es Antonio einen leisen Stich versetzt, selbst bei Carlos, den er als einen der ganz wenigen als Schwiegersohn ohne großes Murren akzeptiert hätte. Aber bei Leander … nein. Leander war …

Antonio Rosado konnte es kaum beschreiben. Leander Lost war nicht berechnend. Arglos wie ein Kind und dabei schonungslos wie ein Raubtier. Genau diese Mischung aus Aufrichtigkeit und Konsequenz bis in den Tod machte für Antonio das Unfassbare Leanders aus – und für Raquel auch. Sie hatten so manches Mal im letzten halben Jahr über Leander Lost gesprochen. Geschmunzelt. Den Kopf geschüttelt.

»Kommt Senhor Lost heute mit?«, hatte Raquel Rosado auf Soraias Drängen, bei Graciana anzurufen, gefragt, weil Soraia selbst es schon dreimal getan hatte.

»Gut möglich«, hatte Graciana geantwortet.

»Wo bist du, Grace?«

»Noch im Kommissariat.«

»Du klingst müde.«

»Mir geht es gut.«

Und kaum hatten sie aufgelegt, rollte Antonio näher.

»Und?«

»Sie ist müde.«

»Verstehe. Und Leander, kommt er?«

Wenn andere dabei waren – das schloss auch ihre Töchter ein – sprachen sie immer von Senhor Lost. Aber unter vier Augen war das etwas anderes.

»Vermutlich«, antwortete Raquel. »Ich finde, er sieht immer aus wie ein Spatzenjunges, das aus dem Nest gefallen ist.« Gerade sie, die den Fremden aus Deutschland anfangs nicht hatte einordnen können und deshalb auf Abstand geblieben war, sagte das.

»Er ist Mitte dreißig«, antwortete Antonio. »Das Spatzenjunge hat es irgendwie bis hierhin geschafft, hm? Ganz ohne uns.«

Während er, Antonio, mit seiner Gunst und Liebe haushaltete, überschüttete Raquel alles, was ihr Wohlgefallen fand, als sei ihr Reservoir an Zuneigung unerschöpflich. Und dann, eines Abends, seine Frau hatte gerade die Wäsche auf dem Dach abgehängt, er sie auf dem Holztisch gefaltet, da hatte Antonio Rosado begriffen, dass es nicht seine Ratschläge waren, nicht ihre Petiscos, nein, es war das große Herz von Raquel Rosado, das die Virgílo Inglês No. 5 zum Herzen des Ortes machte.

»Er ist so schutzlos«, sagte sie, »wenn er mitkommt, hat er bestimmt Hunger.«

Eine Stunde später war eine Pfanne voller Almôndegas fertig. Antonio hatte sie höchstpersönlich angebraten. Anderthalb Minuten pro Seite, mehr nicht. Raquel hatte sie gewürzt und abgeschmeckt und die Tomatensoße zubereitet: Zwiebeln, Olivenöl, Knoblauch, Stufe drei. Nur ausreichend von der Sonne verwöhnte ungehäutete Tomaten, das war das halbe Geheimnis.

»Schluss«, wiederholte Graciana ruhig.

Die um sich greifende Ernüchterung war beinahe spürbar.

»Ich verstehe eure Neugier«, setzte sie an.

»Neugier? Wir sind nicht neugierig«, widersprach Dona Maria, die die letzten Happen Thunfischpastete nun selbst aß, »wir wollen nur informiert sein.«

»Ja, nur informiert«, wiederholten die meisten wie in einem antiken Chor.

»Und teilhaben«, ergänzte der Alte mit dem Stock, sein Name war Jorge.

Die anderen nickten: »Partilhar.«

»Ja«, schloss Fátima sich an, »was ist denn mit Verwandten?«

»Ihr Mann ist tot«, wusste Senhor Rossi.

»Ja. Er ist vor sechs Jahren einfach umgekippt.«

»Er hat gerade die Tomaten hochgebunden.«

»Stimmt. Die Tomaten … er ist draufgefallen.«

»Auf die Tomaten.«

»Ja.«

»Hat auch nichts mehr gesagt, dann.«

»Nein.«

»Waren es nicht Zucchini?«, fragte Jorge.

»Nein, Tomaten.«

»Es gibt die Geschichte auch mit Zucchini«, beharrte Jorge, der Spazierstock erzitterte.

»Ganz sicher waren es die Tomaten«, stellte ein Mann mittleren Alters fest, er hieß Francisco, aber die Leute in Fuseta nannten ihn bei seiner Koseform: Chico.

Chico fuhr Taxi. Tagsüber auf dem Wasser, nachts auf dem Asphalt. Klein, schmal, blass wie ein Vampir. An dem Tag, an dem er das Leben hinter sich lassen würde, würden die Aktienkurse von Reemtsma für einen Tag absacken – meist steckte er seine Zigarette an der Glut der vorherigen an.

Leander Lost erkannte ihn an dem weit heraustretenden Adamsapfel, der bei jedem Schlucken auf und ab sauste –, und an der gebrochenen Nase. Sie stammte aus einem Unfall aus den Achtzigerjahren in einem Ford Fiesta. Denn dort, wo einen heute bei einem Frontalzusammenstoß ein Airbag erwartete, um das Nasenbein in letzter Zehntelsekunde abzufedern, war ihm das Lenkrad entgegengerast, das er in einem Anflug jugendlicher Stilunsicherheit mit einem Nietenband überzogen hatte.

»Jetzt haben sie sich wieder, Teresa und ihr Mann«, meinte jemand.

Alle nickten und keiner glaubte das wirklich.

»Hat aber noch eine Tochter«, fügte Chico hinzu, der sich gerne die Personalpronomen sparte, »wohnt in Coimbra.«

»Sie heißt Eva und ist die einzige Verwandte, die Teresa hat«, stellte Graciana fest. »Sie kommt morgen.«

»Um wie viel Uhr?«, fragte Leander Lost plötzlich und sah unvermittelt von den Almôndegas auf.

Mit der Frage erwischte er sie auf dem linken Fuß. »Ich weiß nicht genau, ich muss nachsehen. Ich glaube, es ist ein Flug, der am späten Vormittag in Faro ankommt.«

»Ich kann sie abholen«, bot der Alemão an, was Graciana irritierte.

»Passend angezogen sind Sie ja schon«, merkte Carlos trocken an.

Die Zuhörer schmunzelten und grinsten. Lost sah ihn fragend an.

»Wegen der Beisetzung«, half Soraia ihm aus.

Jetzt erfasste Leander Lost den Sinn von Carlos' Bemerkung – aber nicht, dass es sich um eine Anspielung auf seine Kosten handelte.

»Sie kann nicht vor dem Ergebnis der rechtsmedizinischen Untersuchungen beigesetzt werden«, entgegnete er und ließ die allgemeine Erheiterung wegen der Bemerkung schal wirken.

»So ist es«, bestätigte Graciana, bevor sich das zu einem Exkurs auswuchs. »Es gibt übrigens etwas, was zwar auch Täterwissen darstellt, was ich euch aber erzählen darf.«

Augenblicklich war es mucksmäuschenstill, die meisten beugten sich intuitiv ein wenig vor, um nichts zu verpassen.

»Wir suchen …«

Sie brach ab, weil sie jetzt erst realisierte, dass Soraia schon die dritte Gewürzgurke aß. Aß? Sie schlang sie nahezu am Stück herunter. Und erstarrte jetzt wegen des Blicks, den ihre Schwester ihr zuwarf, mitten in der Bewegung.

»Hab ich was im Gesicht?«

»Was? Nein …«

Auch Carlos fiel jetzt Soraias Heißhunger auf Gewürzgurken auf. Und Lost? Saß daneben, als könne ihn kein Wässerchen trüben. Ihn und die Almôndegas.

Graciana wandte sich wieder an die anderen: »Wir suchen ein Phantom.«

Sie hatte sich diese Wortwahl sehr genau überlegt. Die Aufmerksamkeit der hier Versammelten steigerte sich jedenfalls.

»Ein Phantom, das den Namen Vasco Sousa benutzt hat. Er ist der Mörder von Teresa Fiadeiro.«

Die Zuhörer tauschten aufgeregte Blicke.

»Wieso ein Phantom?«, stellte ihr Vater die naheliegende Frage.

»Weil der Mörder den Namen und die gesamte Identität eines querschnittgelähmten Mannes aus Braga benutzt hat, um sich zu tarnen.«

»Es geht also um einen Unbekannten«, stellte Jorge mit knarziger Stimme fest.

»Ganz genau. Er hat am Flughafen bei Hertz ein Auto angemietet. Wir kennen seinen richtigen Namen nicht«, sagte Graciana, »und vermutlich nennt er sich jetzt anders.«

Und vermutlich ist er längst außer Landes, fügte Carlos in Gedanken hinzu.

»Aber möglicherweise hat er sich vor dem Mord an Teresa als Vasco Sousa hier an der Algarve bewegt … ist mit jemandem ins Gespräch gekommen. Hat etwas gekauft. Oder in irgendeinem anderen Zusammenhang seinen Tarnnamen genannt. Ich möchte euch bitten, dass ihr die Ohren offen haltet und diese Information weitergebt: *Vasco Sousa.* Nach ihm wird im Augenblick in Portugal gefahndet. Auch Krankenhäuser und Taxifahrer sind informiert.«

»Wenn er in Faro ein Auto gemietet hat, könnt ihr doch durch den Hertz-Angestellten eine Zeichnung von ihm anfertigen lassen«, schlug Antonio Rosado vor.

»Wir haben seine Ausweiskopie, aber der Täter weiß, wie der echte Sousa aussieht, und hat sich entsprechend präpariert. Und die Arbeit mit der zuständigen Mitarbeiterin war auch nicht ganz einfach.«

»Heißt sie Filipa?«, fragte Dona Maria.

»Ja«, sagte Carlos, »wieso?«

»Sie ist meine Großnichte und … nicht die hellste Kerze auf der Torte.«

Graciana nickte: »Ja. Aber sie gibt sich Mühe. É uma menina boa, ein gutes Mädchen.«

»Und warum«, bohrte Jorge nach, »warum hat dieses Phantom Teresa ermordet? Hatten sie ein Verhältnis, ja? Eine Affäre mit heimlichen Treffen in verschwiegenen Hotels?«

»Wir wissen es nicht«, bekannte Graciana Rosado. »Aber wir kriegen's raus.«

Das Phantom.

Sofort hatten sich drei, vier aus der Menge gelöst – mit gewichtigen Blicken auf die Uhr oder leicht übertriebenen Verabschiedungsgesten. Vielleicht nicht schneller, aber doch zuverlässiger als jedes Netz aus Glasfaserkabeln würden sie diesen Namen wie Multiplikatoren weitertragen: *Vasco Sousa.* In einer Stunde würden sie es mindestens zehn anderen erzählt haben. Und selbst wenn es nur zehn Zuhörer in der Virgílo Inglês No. 5 sein würden, die den Namen weitertrugen, hätte sich der Name des Phantoms in 60 Minuten um den Faktor 100 verbreitet, wie Lost überschlug. Und dann natürlich exponentiell über die Grenzen Fusetas hinaus.

Spätestens morgen Abend würde der Name jedem an der Algarve ein Begriff sein.

17.

»Denken Sie, Senhor Quaresma von der Livraria Dom Henrique hat die Wahrheit gesagt in Bezug darauf, dass Senhora Teresa ausschließlich mit ihm gesprochen hat?«, fragte Leander, während sie mit dem Volvo zur Villa Elias fuhren.

Er teilte sich dabei die Rückbank mit Soraia. Graciana steuerte den Wagen über die N 125 nach Westen, Carlos saß neben ihr und knabberte an einem Hähnchenschenkel. Sie hatten vor,

Leander Lost abzuliefern und sich dann ihrerseits schlafen zu legen. Soraia fuhr mit, weil sie etwas mit Zara zu erledigen hatte, wie sie sagte. Was das genau sein sollte und warum es keinen Aufschub duldete, darüber verlor sie natürlich kein Wort.

Carlos warf Graciana beim Fahren einen Seitenblick zu. Als er sicher war, dass sie ihn wirklich wahrnahm, zauberte er ein Glas Gewürzgurken hervor. In dem Augenblick war unausgesprochen klar: Er hatte bezüglich Soraia dieselben Schlüsse gezogen wie sie.

»Warum fragen Sie das?«, stellte Carlos Lost eine Gegenfrage, damit die Stille im Volvo nicht zu laut wurde.

»Weil es in Bezug auf den Täter entscheidend ist.«

Graciana warf ihm über den Innenspiegel einen kurzen Blick zu. Und dabei sah sie nicht nur ihn, sondern auch ihre Schwester. Sie beide. Zusammen. »Erklären Sie es uns bitte, wenn wir in der Villa angekommen sind.«

Soraia zog ein Gesicht, als hätte sie mit dieser Bitte gerade einen Plan durchkreuzt. Aber Graciana konnte sich nicht aufs Fahren und auf Losts Ausführungen gleichzeitig konzentrieren. »Könnt ihr euch noch an die Tochter von Teresa erinnern?«, fragte sie stattdessen Carlos und ihre Schwester.

Carlos schaute aus dem Fenster und an einen weit entfernten Punkt, um seinem Gedächtnis auf die Sprünge zu helfen. Auch Soraia machte ein Gesicht, als horche sie tief in sich hinein, um dann den Kopf vage hin und her zu bewegen: »Ich hab sie nur ein paarmal gesehen, um ehrlich zu sein. Ziemlich verschlossen.«

Carlos nickte und wandte sich ihnen zu. Offenbar hatte Soraias Einlassung einige Erinnerungsfetzen bei ihm zum Vorschein gebracht. »Sie war so eine Kleine, Verstockte …«

»Ja«, bestätigte Graciana. »Sie ist doch dann in ein Internat gekommen, oder?«

»Stimmt. Sie war so eine Neunmalkluge.«

»Es war die Nobel International School«, fügte Soraia hinzu.

Graciana wirkte erleichtert: »Ja, stimmt! Danke, So, ich hab mich schon gefragt, warum ich kaum Erinnerungen an sie habe. Stimmt. Die Privatschule in Lagoa.« Und an Lost gewandt: »Das liegt an der Westküste, von hier aus gesehen vor Lagos.«

»Ich weiß. Es ist eine Stadt und ein Kreis. Die Stadt hat 7.324 Einwohner, der Kreis 23.504. Die Stadt erstreckt sich auf 27,47 Quadratkilometer.«

»Interessant, Senhor Lost«, ließ Carlos ihn wissen und konnte ein Gähnen nur schwer unterdrücken. »Jedenfalls muss sie irgendwann von da zum Studium in den Norden gezogen sein. Was hat sie gesagt?«

»Dass sie morgen kommen wird und alles zügig hinter sich bringen will.«

»Urne?«

»Nein, Sarg. Damit wäre Teresa für medizinische Untersuchungen … zugänglich. Deswegen spricht auch nichts gegen eine baldige Trauerfeier. Später will sie ihre Mutter dann nach Coimbra überführen lassen.«

Graciana Rosado hatte Eva Fiadeiro noch von der Terrasse des Cachoa aus angerufen, um sie vom Tod ihrer Mutter zu informieren. Sie hatte in ihrer beruflichen Laufbahn zum Glück noch nicht allzu vielen Familienangehörigen die Nachricht vom Tod einer nahestehenden Person überbringen müssen. Die Reaktionen waren einerseits verschieden und glichen sich andererseits in einem bestimmten Punkt auf frappierende Weise. Die Fassungslosigkeit, die direkt auf die Mitteilung folgte, war bei allen identisch. Sie resultierte aus der Unfähigkeit des menschlichen Bewusstseins, diese Information als Wahrheit zu akzeptieren, obwohl die betreffende Person wusste, dass es wahr war. Dann wurden einige still, andere wimmerten, wieder andere zertrümmerten etwas. Und die meisten reagierten wie Eva Fiadeiro – sachlich. Wie Unbeteiligte stellten sie Fragen. Aber sie waren nicht unbeteiligt, sie standen unter Schock: Wann ist es passiert?

Wie? Haben Sie den Täter? Warum ist es passiert? Hat sie leiden müssen?

All das hatte auch Eva sie gefragt und parallel einen Flug nach Faro herausgesucht, den sie morgen nehmen würde. Und trotzdem – da war noch eine Kleinigkeit mehr gewesen. Etwas mehr in der Sachlichkeit, etwas, was Graciana nicht benennen konnte. Etwas Unterkühltes, auch wenn das Wort nicht exakt das traf, was Graciana gehört zu haben meinte. Aber vielleicht war dieser Eindruck einfach nur einer langen Nacht geschuldet und sie hatte Dinge zwischen den Zeilen gehört, die dort gar nicht standen.

»Super.« Zara strahlte, als sie erfuhr, dass die vier etwas Zeit in der Villa Elias zubringen würden. »Ich probier ein Rezept aus – ihr seid die Versuchskaninchen«, ließ sie sie wissen und verschwand Richtung Küche. Soraia folgte ihr.

»Ich sehe kurz nach den Tieren«, sagte Leander Lost und machte sich auf den Weg zum Pool.

Die »Tiere« waren Insekten. Überwiegend Fliegen und Wespen, die im Pool ihrem Ende entgegenzappelten und mit Flügeln und Beinen einen hoffnungslosen Kampf fochten. Leander ging jeden Tag schon frühmorgens zum Pool, um sie mit dem Kescher zu retten. Langsam wuchs sich das zu einer handfesten Marotte aus.

Graciana sah Zara hinterher, die mit fransigen Hotpants und einem schwarzen bauchfreien Shirt im Haus verschwand.

Carlos folgte ihrem Blick. »Wenn man bedenkt, dass sie uns vor sechs Monaten noch den Mittelfinger gezeigt hat«, sagte er und gähnte herzhaft.

Sie nahmen den Weg vorbei am Johannisbrotbaum. Kleine Pflastersteine bildeten einen Weg durch Sträucher, Bäume und Kakteen, bis die Bepflanzung zur Seite wich und den Pool offenbarte. Carlos setzte sich in einen der neuen Stühle, bei denen man Waden und Füße in die Waagerechte heben konnte, was er umgehend tat. Er seufzte so leise, dass die anderen es nicht hörten. Die Sonne setzte sich auf seine Brust und Oberschenkel und wärmte ihn. Er zündete sich eine Zigarette an und blies den Rauch in den tiefblauen Nachmittagshimmel. Manchmal brauchte es so wenig.

Graciana nahm am leicht erhöhten Rand des Pools Platz und sah dem Hamburger Austauschkommissar dabei zu, wie er den Kescher in exakten Bahnen durchs Schwimmbecken zog. Sie entledigte sich ihrer Schuhe und tauchte die Füße ins Wasser, um mit ihren Zehen ein unhörbares Klavierkonzert zu geben. Was für eine Wohltat!

Und Lost? Hatte nur die Krawatte gelockert und sein Jackett über einen Stuhl geworfen.

»Sie werden nicht alle retten können«, sagte sie in einem mitfühlenden Ton.

»Das ist korrekt. Ich will nur nicht untätig bleiben, wenn ich im überschaubaren Maß helfen kann.«

»Aber es sind nur Insekten«, warf Carlos ein. Er hätte ein Königreich für ein paar sauer eingelegte Sardellen und ein eisgekühltes Sagres gegeben. Zum Glück besaß er kein Königreich.

»Sie haben sich ihre Erscheinungsform und Größe nicht ausgesucht«, antwortete Lost, »ihr Leben ist nicht weniger wert als Ihres oder meines, nur weil sie einfacher strukturiert sind. Gerade aus unserer Überlegenheit sollte Rücksicht, Verständnis und Fürsorge für niedere Lebensformen resultieren, denke ich. Warum sollte ich kein Leben retten, wenn es mich ein Lächeln kostet, wie man so schön sagt?«

»Die Wespe, die Sie retten, könnte Sie stechen.«

»Wenn Ihr Leben bedroht wäre, würden Sie und ich auch alles aufbieten, um es zu erhalten. In diesem Sinne sind wir uns nicht unähnlich, die Wespe und wir.«

Soraia kam mit einem Tablett voller Besteck und Getränke an den Pool und richtete ein paar Teller auf dem Tisch an, um sich dann zu setzen und ihnen Mineralwasser und Vinho Verde einzugießen.

»Erzählen Sie doch mal, Senhor Lost«, wandte Graciana sich daraufhin an Leander, »was Sie im Auto sagen wollten. Sie wollten wissen, ob Senhor Quaresma uns die Wahrheit gesagt hat – ob Teresa Fiadeiro ausschließlich mit ihm gesprochen hat.«

»Ja«, sagte Lost.

»Glauben Sie, Senhora Teresa hat noch mit jemand anderem gesprochen?«

»Das hängt davon ab, was sie aus dem Gespräch mit Senhor Quaresma mitgenommen hat. Und ob das ihrem Mörder bekannt war.«

»Ich verstehe nicht«, sagte Carlos.

Da ließ auch Zara sich wieder am Pool blicken, überprüfte kurz mit einem Blick, ob alles da war, was sie brauchten, und richtete dann das Wort an alle: »Es dauert noch zehn Minuten. Fehlt was?«

»Nein, bis jetzt nicht«, ließ Graciana sie wissen.

Kurz hatten sie Blickkontakt. Ihr hatte Zara maßgeblich ihre neue Existenz hier in der Villa statt im Waisenhaus zu verdanken. Und Leander. Und natürlich Carlos, zu dem sich Zara gerade beugte: »Vielleicht ein eiskaltes Sagres?«

»Du hast eine telepathische Ader.«

Sie nickte und ging zurück zur Villa.

»Ich habe mir ein paar Gedanken gemacht«, sagte Lost. »Hatte Senhora Teresa einen Freund? Einen Lebensgefährten?«

»Keinen Lebensgefährten. Ob sie einen Freund hatte, weiß ich nicht«, antwortete Graciana.

»Warum fragen Sie?«

»Weil ich den Mord in der Tiefgarage korrekt klassifizieren möchte: Ein Liebhaber tötet überwiegend im Affekt. Ob er entdeckt wird oder nicht, ist ihm im Zweifel egal. Das ist ja die entscheidende Frage: Warum in der Tiefgarage?«

»Sie meinen, wegen der möglichen Zeugen?« fragte Graciana.

Lost nickte: »Ja. Affekt oder nein. Was meinen Sie?«

»Gegen den Affekt spricht, dass er die Tatwaffe bei sich hatte«, merkte Carlos an. Zara kam zurück und stellte ihm sein kaltes Sagres hin, das er mit einem Lächeln bedachte und mit seinem Feuerzeug öffnete.

»Ja«, sagte Leander. Er legte den Kescher ab und befreite sich von seiner Krawatte. Graciana war, als könne sie endlich frei atmen. Der Alemão faltete sie sorgfältig und legte sie – mittlerweile siebenlagig – auf einer Liege neben der Außendusche ab. Im Anschluss rettete er eine Wespe und eine Hummel.

»Alles bis auf den Tatort spricht gegen einen Mord im Affekt«, führte Leander weiter aus, während Soraias Blick an seinen Wimpern hängen blieb. Lange, feine Wimpern. Beinahe schon feminin, was aber durch die Bartstoppeln ausgeglichen wurde.

»Ich glaube, wir können den Affekt ausschließen«, sagte Graciana und hob und senkte ihre Füße im Pool.

»Ja«, stimmte Carlos zu und wollte noch etwa sagen. Aber dann stürzte eine Schwalbenmutter hinab, drei ihrer Kinder im Gefolge. Große Trockenheit konnte sie nicht hierhergeführt haben. Vermutlich also Gewohnheit, vielleicht tranken sie sonst immer früher und waren heute spät dran. Wie auch immer: Die Schwalbenmutter schoss trotz der Menschen hinab und beschrieb eine enge Kurve, die sie in eine Waagerechte über den Pool führte. Sie schnappte mit ihrem Schnabel zweimal Wasser aus dem Pool auf, bevor sie wieder steil in den Himmel aufstieg. So auch die kleinen Schwalben, die ihr mit ungelenken Flugbewegungen folgten und die Manöver der Mutter nachahmten. Leander spannte sich, falls eine der Schwalben havarieren sollte und auf seine Hilfe angewiesen war – aber sie schafften es alle aus eigener Kraft.

Soraia und Graciana warfen sich ein Lächeln zu.

»Wenn Vasco Sousa nicht im Affekt im Parkhaus stand«, stellte Carlos fest, »dann stand er mit Absicht da.«

»Er hatte keine Wahl«, sagte Leander Lost, »er war großem psychologischen Druck ausgesetzt.«

»Das klingt gut«, meinte Carlos, »aber wie kommen Sie darauf?«

»Wenn es kein Affekt war, war es Absicht. Das war Ihre richtige Schlussfolgerung. Das bedeutet, er hatte vor, Teresa Fiadeiro umzubringen.«

»Deswegen die Tarnexistenz alias Vasco Sousa?«, fragte Graciana.

»Das ist ein anderer Punkt«, vertröstete er sie, »ob die Tarnexistenz Vasco Sousa und der Mord an Senhora Teresa zwingend miteinander verbunden sind, das können wir ohne weitere Informationen nicht klären.«

»Wenn er vorhat, sie zu töten, warum dann in der Tiefgarage?«, entgegnete Graciana. »Es gibt eine Menge Orte, wo ihm das ohne Kameraüberwachung und das Risiko von Zeugen möglich gewesen wäre.«

»Sie vertreten also doch die These, dass er im Affekt gehandelt hat?«, fragte Leander.

Graciana wog den Kopf hin und her, da sie sich nicht ganz schlüssig war. Und als ihr einfiel, dass er das möglicherweise nicht richtig zu deuten wusste, wollte sie es aussprechen. Aber ihre Schwester kam ihr zuvor: »Sie ist sich nicht sicher.«

Graciana nickte. Und unterzog die Bauchgegend Soraias einer unauffälligen Musterung: Wölbte sich da etwa was? Oder resultierte das einfach aus der Sitzhaltung am Pool, in dem der Kescher als feinmaschige Arche Noah seine Bahnen zog?

»Das würde bedeuten, dass Vasco Sousa, wenn wir ihn vorläufig so bezeichnen, durch Glück oder Zufall den Mord im toten Winkel der Überwachungskameras begangen hat. Ist das Ihr Ermittlungsansatz?«, hakte Leander Lost nach.

»Ich weiß es nicht. Es passt nicht. Ich kann Ihnen nicht genau sagen, warum.«

»Mir geht es auch so«, ließ Carlos sich vernehmen.

Zu ihrer beider Überraschung strahlte Leander Lost beglückt. Er vergaß sogar für ein paar Augenblicke seinen Fimmel mit dem

Kescher. »Eben. Es ist ein *Widerspruch,* aber daraus kann man einen Schluss ziehen. Darf ich kurz ausführen?«

Graciana musste unwillkürlich lächeln: »Ich bitte darum.«

»Wie Sie wissen, unterscheidet die Kriminalpsychologie Täter in geordnete und ungeordnete. Der geordnete plant seine Tat, der ungeordnete nicht. Wir haben es mit einem Täter zu tun, der Zeit und Sorgfalt darauf verwendet, seine wahre Identität zu verschleiern. Er hat mit großer Sorgfalt sein Äußeres verändert. Er besitzt falsche Papiere, zumindest einen Personalausweis und einen Führerschein. Beides in einer Qualität, die eine Mitarbeiterin, die täglich Dutzende davon sieht, täuscht.«

»Wobei die optischen Fähigkeiten der Hertz-Mitarbeiterin nicht sehr ausgeprägt waren.«

»Damit konnte der Täter aber nicht rechnen.«

»Richtig«, bestätigte Leander Lost, »und daraus resultiert, dass er entweder selbst Erfahrung darin hat, Dokumente zu fälschen, oder das Geld und die Kontakte, sich welche anfertigen zu lassen. Er sucht sich den Namen eines Mannes aus, der mehr oder minder an seine Wohnung gefesselt ist, um damit den nahezu ausgeschlossenen Zufall, sie könnten sich beide am gleichen Ort aufhalten, noch weiter zu minimieren. Er mietet in Lagos über ein Internetportal ein Haus an, dessen Schlüssel in einem Fach neben der Tür hinterlegt und über einen vierstelligen Code zugänglich ist. Der Mieter mit der Tarnidentität Vasco Sousa und die Vermieterin begegnen sich nicht, weshalb sie ihn uns auch nicht beschreiben kann.

Das alles deutet auf einen überlegten, erfahrenen Täter hin. Er hat den Mietwagen in dem kleinen, von den Kameras nicht überwachten Bereich abgestellt und auch den Mord dort begangen. Zwei Zufälle? Die Wahrscheinlichkeit dürfte, gerade auch in Anbetracht der anderen Faktoren, so gering sein, dass ein Zufall auszuschließen ist.

Und hier kommen wir zum entscheidenden Punkt. Die Planung im Vorfeld passt nicht zu der Tat im Parkhaus.«

»Du denkst«, mischte Soraia sich ein, »es sind zwei Personen? Einer mit der falschen Identität und einer, der Teresa Fiadeiro ermordet hat?«

»Nein. Ich denke, er musste sie aufgrund einer neuen Information sofort ausschalten. Er wollte ganz offensichtlich verhindern, dass Senhora Teresa das Parkhaus verlässt.«

»Aber wieso?«, fragte Carlos.

»Das sollten wir herausfinden«, antwortete Lost, »auf jeden Fall hätte ihr Verlassen des Parkhauses den Täter so sehr unter Druck gesetzt, dass er es vorgezogen hat, sie sofort an einem öffentlichen Platz zu ermorden. Statt ihr etwa zu folgen und sie an einem einsamen Platz oder in ihrer Wohnung umzubringen.«

Carlos und Graciana wechselten einen Blick und lasen in den Augen des jeweils anderen Zustimmung. Auch wenn es mitunter eine Menge Konzentration erforderte, Leander Lost in seinen verwickelten Gedankengängen zu folgen, waren sie meistens sehr hilfreich. Jetzt war der Alemão in Fahrt, das war typisch für ihn, wenn er etwas analysierte: Leander Lost würde ausführlich alle relevanten Details berücksichtigen – und ansprechen.

Carlos fiel die Sache mit dem vermissten Jungen vom letzten Oktober ein, dessen Tod seine Eltern um ein Haar zu beklagen gehabt hätten. Sie alle hatten an der falschen Stelle gesucht, und letztlich war es Leanders Kombinationsfähigkeit zu verdanken, dass sie den Jungen ganz woanders – beim Ertrinken in einem Abflussbecken nämlich – fanden.

Die Ausführlichkeit, mit der Leander sie damals schon an den vielen einzelnen Schritten teilhaben ließ, die ihn zu der Lösung führten, hätte dem Jungen zwar beinahe das Leben gekostet. Aber eben nur beinahe.

Mit großem Gleichmut zwang Carlos sich daher, Leander weiter … zuzuhören.

»Es ist wie eine mathematische Gleichung«, fuhr dieser fort und bemerkte nicht, wie Carlos und Graciana instinktiv den Kopf einzogen, »man kann sich das Verhältnis zwischen Senhora Teresa und ihrem Mörder wie eine Gleichung vorstellen, in der eine Art Schwebezustand herrscht. Ausgeglichenheit. Irgendwann kommt eine Komponente x dazu. In dem Moment, in dem x in die Gleichung kommt, ist die Balance vorbei. Ohne x hat der Täter nichts unternommen, um Teresa Fiadeiro zu töten. Oder anders gesagt: Warum hat er sie nicht ermordet, als sie in der Tiefgarage das erste Mal den nicht überwachten Bereich durchquert hat?«

»Vielleicht, weil er noch nicht da war«, gab Graciana zu bedenken.

Lost wiegte den Kopf einmal um 45 Grad nach rechts und wieder hoch – eine Geste, die er sich bei Senhor Esteves abgeschaut hatte. Sie bedeutete: möglich, aber unwahrscheinlich.

»Wenn es Sousa war, der in der Buchhandlung angerufen hat«, wandte Carlos ein, »wusste er zwei Stunden im Voraus, wo sie sein würde.«

»Der Augenblick, in dem Teresa Fiadeiro die Tiefgarage verlässt, unterscheidet sich nur in zwei Dingen von demjenigen, in dem sie sie wieder betritt. Sie hat erstens das Gespräch mit Senhor Quaresma geführt und sie hat das Buch von Camus dabei. Vielleicht gibt es noch weitere Unterschiede. Aber das sind zumindest die beiden, von denen wir Kenntnis haben. Vermutlich hat einer davon dazu geführt, dass Sousa sie sofort ermordet hat. Sie hat vielleicht eine Information bekommen. Aus dem Gespräch mit Senhor Quaresma, oder sie hat sie bei sich getragen – in dem Buch. Wie auch immer: Vasco Sousa wollte unter allen Umständen verhindern, dass diese Information einen Dritten erreicht.«

»Der Roman war es nicht«, sagte Graciana, »ansonsten hätte er ihn mitgenommen. Oder vernichtet.«

»Also Tadeu Quaresma«, schloss Carlos.

»Der aber noch am Leben ist«, gab sie zu bedenken.

»Die entscheidende Frage lautet«, so Leander: »Woher wusste Vasco Sousa, dass Senhora Teresa in der Buchhandlung die Information erhalten hat, die sie das Leben gekostet hat?«

»Er könnte es gehört haben«, meinte Graciana.

»Aber Sie haben es eben selbst gesagt – der Buchhändler lebt noch. Das alles weist darauf hin, dass die Information von ganz woanders kam.«

Leander schaute in zwei ratlose Gesichter.

»Wir haben uns das jetzt alles angehört, um am Ende zu erfahren, dass von den aufgezählten Möglichkeiten vermutlich keine zutrifft?«, fragte Carlos Esteves.

»Richtig«, sagte Leander. »Man sollte Senhor Quaresma sicher noch einmal befragen. Und das Buch genauer untersuchen. Aber wenn die Information weder von ihm kam noch aus dem Buch stammte, dann hat Vasco Sousa sie von anderer Seite erhalten.«

Zara balancierte ein weiß gebeiztes Holztablett zu ihnen an den Pool. »Die Gambas sind noch lauwarm«, ließ sie sie wissen und strahlte. Sie versorgte Carlos mit dem ersten Teller.

»Ah, Mango an Gambas, spannende Kombination«, sagte Soraia und verleitete die Siebzehnjährige zu einem stolzen Lächeln.

Sie rückten die Stühle um Carlos herum und spannten den Sonnenschirm auf.

»Hmmm«, kam es Carlos mit leichter Inbrunst über die Lippen, »die Gambas sind auf den Punkt, Zara. Und erst der Oktopussalat.«

»Obrigada.«

»Wie hast du das hingekriegt?«

Zara strahlte, als hätte sie auf diese Frage gewartet und sprudelte drauflos: »Frischer Lula.«

Lula war der beste Oktopus, den man kaufen konnte. War er fangfrisch, gab es keine kulinarische Steigerung.

»Dazu *gambas da costa*«, fuhr Zara fort.

Das waren die kleinen, sehr zarten Garnelen.

»Den Lula habe ich erst mariniert: Olivenöl, dazu ohne Ende *coentro, salsa* und etwas *alho* reingepresst.«

Koriander, Petersilie und Knoblauch.

»In die Marinade kommt noch der Saft einer Limette und etwas Salz. Aber wenig. Die Gambas haben ja schon einen ziemlichen Salzgehalt. Etwas weißer Pfeffer dazu, das alles ein paar Stunden abgedeckt in den Kühlschrank.«

»Es schmeckt zum Niederknien, Zara.«

Es war anatomisch unmöglich, dass ihr Strahlen sich noch steigerte, aber alle konnten bezeugen, dass es das tat.

»Dann hab ich den Lula in Ringe geschnitten und mit wenig Öl angebraten, so zehn Minuten vielleicht, den Deckel drauf und nachher mit einem großen Glas weißem Portwein abgelöscht.«

»Der ist aber gut eingezogen«, sagte Soraia, die auf einem Stück *Polvo* kaute, das butterweich war.

»Ja«, sagte Zara, »ich hab's noch mal zehn Minuten auf der Flamme gelassen, bis der Wein fast verkocht war. Mit den Gambas musste es schneller gehen, damit sie nicht austrocknen. Nur ganz kurz, dazu noch etwas Knoblauch und ein paar Schoten Piri-Piri.«

»Wie hast du dir das alles angeeignet, Zara?«, fragte Graciana in ehrlicher Verblüffung.

Für ein paar Sekunden erlosch das Strahlen und es musste kurz schlucken, das kleine, harte Mädchen, das viel zu schnell hatte erwachsen werden müssen. »Leander hat gesagt, er baut mir eine Küche ins Gästehaus ein, wenn ich volljährig bin und bleiben möchte. Aber dafür muss ich kochen lernen.«

Bevor jemand nachfragen konnte, war sie schon wieder auf und davon.

Die Blicke wanderten zu Leander. Jeder, der es wissen wollte – und auch jene, die es nicht wollten und es von Zara trotzdem erzählt bekommen hatten –, wusste eigentlich um Zaras Pläne: mit 18 Jahren raus in die Welt, weit weg von allen lästigen Verpflichtungen, Vorschriften und Verboten. Selbstbestimmt und frei. Von Hierbleiben und Kochen war ihr nie auch nur ein Sterbenswörtchen über die Lippen gekommen.

»Was denn, sie will hierbleiben?«, fragte Graciana erstaunt.

»Möglicherweise«, sagte Leander. »Ich stelle mich lieber vorher auf Sachen ein.« Und zu Graciana gewandt: »Mit Ihren Eltern habe ich das mit der Küche natürlich vorher abgestimmt.«

Niemand sprach es aus, aber es herrschte stumme Anerkennung dafür, wie es Leander Lost binnen sechs Monaten gelungen war, aus einer widerspenstigen Kratzbürste ein empathisches, höfliches Individuum zutage zu fördern, ohne Zara dabei den Eigensinn oder die Kanten zu nehmen. Im Gegenteil, auf deren Erhaltung und Pflege legte er allerhöchsten Wert.

»Zara hat sich sehr zu ihrem Vorteil verändert«, stellte Graciana fest. »Und das hat auch mit Ihrem Einfluss zu tun, Senhor Lost.«

»Meinen Sie?« Dan B. Tucker, zweites Kapitel. Eine Zeile unter *Die Zeit heilt alle Wunden*.

»Ja«, befand auch Carlos. »Wie haben Sie das hingekriegt?«

»Ich habe versucht zu verstehen, was ihr fehlt, und diesen Mangel zu beheben«, antwortete Leander Lost.

Da saß er wie ein Zen-Buddhist in schwarzer Hose, makellosem weißem Hemd und mittlerweile barfuß und verschonte sie mit langen Abhandlungen, um es stattdessen präzise auf den Punkt zu bringen.

Es war, als wären sie am Ende einer langen, entbehrungsreichen Wanderung angekommen. Das gemeinsame Essen, der Wein, die Friedlichkeit der Umgebung, die Vertrautheit – all das trug zu ihrer Entspannung bei.

Nach dem Essen streckten sie sich auf den Liegestühlen aus und stellten fest, dass die Zeit sie links und rechts überholt und auf fünf Uhr nachmittags vorgeprescht war. Graciana gab sich eine Stunde, dann würde sie noch einmal ins Kommissariat fahren.

Die Sonne, die mit langsamer List den Rand des Schirms umgangen hatte, erfasste sie mit einladender Wärme, eine Decke aus Behaglichkeit umhüllte sie mit einer Sanftheit, der man sich nur ergeben konnte. Um fünf Uhr waren sie alle in einen tiefen Schlaf gefallen. Entspannt lagen sie unter einem Firmament aus Azur, so ruhig, dass die Schwalbenfamilie erneut im Flug aus dem Pool nippte – und das Zirpen der Grillen umspülte ihre Träume.

Um halb acht vibrierte Gracianas Handy ausdauernd genug, um sie zu wecken. Sie öffnete die Augen. Nur einen Stuhl weiter lag Leander Lost, der zu blinzeln begann. Und neben ihm Soraia. Wach bis in die Fingerspitzen.

Graciana setzte sich auf und schaute aufs Display: Doutora Oliveira. Sie ging ran. Carlos zu ihrer Linken begann sich zu strecken und herzhaft zu gähnen. »Doutora?«

»Sim. Die Autopsie ist beendet. Es hat etwas gedauert, weil ich sichergehen wollte und einen Kollegen von der Ballistik hinzugezogen habe. Es war ein aufgesetzter Schuss mit einer Beretta 21A Bobcat. Kaliber 6,35 mm.«

»Richtet eigentlich nicht viel Schaden an«, merkte Graciana an und bezog sich damit auf das kleine Kaliber.

»In diesem Fall schon. Der Täter hat ein Hohlraumgeschoss verwendet. Das Projektil hat sich nach dem Durchschlagen des Schädels hinterm Ohr aufgeblasen und das Stammhirn zertrümmert. Senhora Teresa war auf der Stelle tot. Die Kugel ist jetzt in der Ballistik. Morgen gegen Mittag bekommen wir das Ergebnis, ob die in Europa schon mal zum Einsatz gekommen ist.«

Graciana ließ die Informationen einen Augenblick sacken. »Obrigada. Bis morgen.« Sie legte auf, bevor sie die Neuigkeiten weitergab. Weder ihr noch Senhor Lost war die 21A Bobcat ein Begriff.

Aber Carlos legte die Stirn in Falten. »Beretta Bobcat, das sagt mir was«, meinte er, schien aber selbst nicht daraufzukommen, was genau es ihm sagte.

Deshalb und angesichts der überlangen Dienstschicht, die ihnen noch in den Knochen saß, verschoben Lost und er ihren ersten gemeinsamen Barbesuch auf den Folgetag. Obwohl Carlos die Geschichte mit der Vaterschaft schon brennend interessiert hätte.

»Bleibst du noch oder soll ich dich bei uns zu Hause absetzen?«, fragte Graciana ihre Schwester.

Soraia blickte nur ganz kurz zu Leander, der gerade ein Gähnen unterdrückte. »Ich komm mit euch mit.«

18.

Erwartungsgemäß stieg Carlos Esteves trotz seiner Müdigkeit nicht vor seiner Wohnung aus, sondern – »die Nacht ist jung« – unten an der Gezeitenmühle, in der die Tapas-Bar untergebracht war.

Er schlug sanft die Tür des Volvos zu und machte sich auf den Weg. Sein Gang wirkte unternehmungslustig. Graciana Rosado steuerte den Wagen von der Lagune weg und die steile Straße hinauf in den oberen Teil des Küstenstädtchens, überquerte auf der schmalen Brücke, die nur einem Fahrzeug Platz ließ, die Bahnlinie und bog die erste links ab. Eine Sackgasse ohne Namen.

Kleine, geduckte Häuser reihten sich hier aneinander, und aufmerksame Hunde kündigten ihr Kommen an, obwohl ihnen der schwarze Volvo hätte vertraut sein müssen. Vor dem letzten Haus, das sich klein und unscheinbar unter einer großen Dachterrasse zu verbergen schien, hielt Graciana. Hier teilten die Schwestern sich das Haus, das direkt oberhalb der Gleise erbaut worden war. Eine sanfte Vibration fuhr durch den Boden, wenn ein Zug der Linho do Algarve auf seiner eingleisigen Strecke passierte. Dafür war der Mietpreis unschlagbar. Der Besitzer hatte es von jemandem geerbt, der dieses kleine Refugium noch selbst hochgezogen hatte. Von hier aus lag den Schwestern Fuseta und die Ria Formosa zu Füßen.

Die Casa bot jeder von ihnen zwei Zimmer und ein eigenes Bad. Die Küche und die Terrasse teilten sie sich. Das Haus war grob in Weiß verputzt, sodass sich bei entsprechendem Lichteinfall unregelmäßige Konturen abzeichneten, die etwas von der Langeweile nahmen, die Gleichmäßigkeit mit sich bringt. Die Fenster hatten die Schwestern Rosado in hellem Blau umrahmt. Ihnen hatte eigentlich Azul vorgeschwebt, nach dem Trocknen war aber Cyan daraus geworden. Oben auf der Dachterrasse wiegte sich die Wäsche vom Morgen in einer frischen Abendbrise.

Soraia zögerte, weil Graciana keinen Ansatz machte, aus dem Wagen auszusteigen.

»Ich fahr noch zur KTU.«

»Reicht das nicht morgen früh?«

»Ich muss es heute wissen. Für mich.«

Soraia wusste um die Sinnlosigkeit eines Widerspruchs, wenn ihre ältere Schwester einen Entschluss gefasst hatte, und griff daher zur Autotür.

»So?«

Soraia verharrte bei der Nennung ihres Kosenamens und sah Graciana an. Die blickte ihr tief in die Augen.

»Ja?«

»Bist du … schwanger?«

»Was?«

Gab es etwas, was man an dieser Frage missverstehen konnte?

»Du weißt schon. Schwanger.«

»Nein, wie kommst du darauf? Bin ich … seh ich so aus?« Sie warf einen kritischen Blick an sich hinab. Auf den Wölbungsgrad ihres Bauches.

Graciana musste lächeln. Und mitten in ihre Erleichterung mischte sich unvermutet Bedauern.

»Wie kommst du darauf?«, fragte Soraia erneut.

»Nun ja«, antwortete Graciana zögernd, denn es galt Zeit zu gewinnen. Wenn Losts Frage bezüglich einer Vaterschaft nicht

Soraia galt – und das erschien nun sehr wahrscheinlich –, würde es ihre kleine Schwester vielleicht verletzen, davon zu erfahren. Ziemlich sicher sogar.

»Ich dachte nur, weil du … so schnell zurückgekommen bist aus Brasilien. Und dann heute bei Mama und Papa …«

»Die Gewürzgurken«, lachte Soraia, die den falschen Schluss ihrer Schwester jetzt verstand.

»Ja«, sagte Graciana und entspannte sich ein wenig, weil es für Soraia offenbar Erklärung genug war.

Die schenkte ihrer Schwester ein warmherziges Lächeln: »Du wärst die Erste, die es erfährt, Grace. Und es würde dein Patenkind sein.«

Diese Umarmung kam so unerwartet und gleichzeitig mit so einer Wucht an Zuneigung, dass Graciana die Tränen in die Augen schossen. Sie griff zu einem Papiertaschentuch und wischte sich über die Augen. »Ich glaube, ich bin heute ein bisschen neben mir, entschuldige.«

Statt einer Antwort legte Soraia ihr die Hand auf den Unterarm und strich beruhigend darüber, vor und zurück. »Du dachtest an Leander als möglichen Vater«, sagte ihre Schwester so beiläufig, dass Graciana gar nicht erst auf die Idee einer Verneinung kam. »Ich hab gemerkt«, fuhr sie fort, »wie du ihn heute angesehen hast. Ihn und mich, aber vor allem ihn.«

»Wie denn?«

»Anders als sonst. Ernster und kritischer … wie einen Schwager in spe.«

»Das hat man mir angesehen?«

»Ich, Grace. Manchmal kann ich in dir lesen wie in einem offenen Buch.«

Stille. Schweigen. Unten ratterte ein Zug vorbei und übertönte die Grillen. Wie der Mensch kurz die Natur eroberte und zurückdrängte und – kaum war er weg – sie sich alles wieder zurückholte. Als sei der Mensch im Weltenplan nur eine kurze, laute Episode.

»Und was ist mit dir und *Leander*?«, fragte Graciana und benutzte das erste Mal nur seinen Vornamen.

»Leander«, sagte Soraia sanft, als erinnere sie sich an etwas Schönes, aber Vergangenes. »Da ist so viel Sorglosigkeit und so ein Mangel an Arglist, dass ich anfangs geglaubt habe, es sei so was wie ein Mutterinstinkt bei mir. Wie bei den Kindern, die ich betreue. Aber Kinder lernen das Lügen und Hintergehen und alles um sie herum schärft ihren Blick für den eigenen Vorteil. Das wird Leander niemals lernen. Das macht ihn vielleicht zu einem besseren Menschen, aber er wird immer ein anderer sein. So wie mit dir hier zu sitzen und … das ist es doch, dass uns die Blicke viel mehr sagen, dass sie uns einander versichern, viel mehr als Worte das könnten, Grace. Dazu ist Sprache viel zu grob und ungenau, nicht?«

Graciana nickte.

»Ja«, fuhr Soraia fort, »diese Momente wird es mit Leander nie geben. Diese Nähe. Dafür gibt es mit ihm eine andere Nähe. Aber man müsste auch stark genug sein, den Rest seines Lebens zu jeder Tages- und Nachtzeit die Wahrheit serviert zu bekommen. Vom Friseur zu kommen, sich hübsch zu machen, etwas Feines anzuziehen – und all das findet keine Erwähnung, fließt nicht ein in ein Kompliment, sondern wird überhaupt nicht wahrgenommen. Aber dann macht er manchmal eine Bemerkung oder ist dieser Kavalier der alten Schule, und dann …«

Ihre Stimme drohte zu brechen, sie presste die Lippen aufeinander. Graciana beugte sich vor und nahm sie fest in die Arme, ganz fest.

»Dann möchte ich ihn umarmen und nie wieder loslassen und … dann hat er etwas tief in mir drinnen berührt und … ich bin glücklich, dann.«

Sie weinte. Graciana strich ihr sanft über den Rücken, nur die Fingerspitzen, ruhige Bahnen.

»Und ich möchte Kinder«, sprach Soraia in die Schulter ihrer Schwester, »und ich … er wäre der beste Vater, er wäre das beste Vorbild. Und gleichzeitig ist er in dieser Welt und die ist ihm nur zum Teil zugänglich. Stell dir einen kleinen Leander in der Schule vor … es wäre die Hölle.«

Jetzt musste sie lachen und nahm etwas Abstand. Graciana nickte bei der schmerzlichen Vorstellung daran, welchem Spießrutenlauf so ein kleiner Mensch ausgesetzt wäre. Sie reichte Soraia ein Taschentuch, in das sie schnäuzte.

Dann hatte ihre kleine Schwester sich wieder einigermaßen beruhigt. »Ich weiß es nicht, Grace. Es spricht so viel dafür und es spricht so viel dagegen.«

Graciana nickte. Sie verstand vollkommen.

Leander wienerte die zwei der insgesamt sieben Wächter aus Speckstein, die er stets in seinem Schlafzimmer platzierte: den Blitz und das Auge. Das Auge mit seiner durchdringend wirkenden Pupille fand seinen Platz immer in einer Ecke, von der aus es den gesamten Raum überschauen konnte. Wie ein Hüter seiner Träume. Den Blitz legte er neben sich auf den Nachttisch. Was immer ihn heimsuchte, musste den Blitz passieren, so hatte er es sich als Jugendlicher nach dem Empfang der sieben Specksteine ausgemalt. Die Wächter verliehen den Räumen, in denen Leander zu Hause war, Stabilität und Struktur. Ohne sie drohten sie einzustürzen und ihn unter sich zu begraben.

Das flache Knattern eines Motors ließ Lost aufmerken. Von all den Fahrzeugen, die seit September hier vorgefahren waren, war dieses nicht darunter gewesen. Er trat hinaus auf den staubigen Platz neben dem Besucherhäuschen. Dort stieg Toninho von seinem Zweirad, das offensichtlich schon viele Feldwege und wenig Wasser gesehen hatte. Jedenfalls musste es Toninho sein, denn er wollte Zara abholen, wie sie ihm mitgeteilt hatte.

Er ist mein Freund.

Beim Näherkommen registrierte Leander die geflickten Kabelstränge an den Bremszügen, das Loch in der Sitzbank, aus dem ein wenig vom Schaumstoffpolster lugte, und das flache Profil der Reifen. Der junge Mann streifte den silbernen Helm ab, auf dem jemand in Rot *Fuck You* gepinselt hatte.

Toninho war ein schlaksiger Kerl mit dunklem, kurzem Haar und zwei silbernen Ohrringen. Die Nase schmal, die Augen dunkel, die Wimpern lang. Leander erschloss es sich nicht, aber Toninho war sein Ebenbild vor fünfzehn Jahren. Er trug schwere Boots, eine löchrige Jeans und eine ausgeblichene Lederjacke. Als er Lost auf sich zukommen sah, lächelte Toninho ihn offen und gelassen an und reichte ihm die Hand, die Leander schüttelte.

»Du musst Lost sein.«

»Und Sie Toninho«, erwiderte Leander ruhig und musterte Zaras Freund kurz.

Das Siezen brachte die Lässigkeit des jungen Mannes etwas ins Wanken, aber er nickte.

»Zara ist im Bad und braucht noch einen Augenblick. Wir könnten am Pool warten.«

»Warum nicht?«, sagte Toninho und nahm seinen Helm mit.

Leander unterdrückte den Impuls, dem jungen Mann eine Liste von Argumenten zu benennen, die gegen einen Gang zum Pool sprachen, erinnerte sich aber rechtzeitig, dass *Warum nicht?* umgangssprachlich einem aufgeschlossenen Ja entsprach.

Sie ließen sich neben dem Grill und dem eingeklappten Sonnenschirm nieder. Das heißt, Toninho wartete, bis Leander ihm mit einer Geste einen Platz anbot, bevor er sich setzte.

»Ich habe die Obhut über Zara, die proteção, ich nehme an, Sie wissen, was das ist.«

»Sie, ähm, sind … Sie bestimmen, dass … Sie sind …«

»Eine Art Vormund«, erlöste Leander ihn. »Stottern Sie oder ist das Nervosität?«

»Das … ich … Nervosität.«

»Aha.«

Lost starrte ihm direkt in die Augen: »Warum sind Sie denn nervös?«

»Nun ja, ich … das ist wohl nie einfach, wenn man das erste Mal seine Freundin von deren Zuhause abholt und ihren Eltern begegnet.«

Lost goss sich einen Schluck Wein ein.

»Oder ihrem Vormund«, beeilte Toninho sich zu sagen.

Leander hätte dieses Gefühl der Nervosität gerne näher ergründet, aber Zara würde bald kommen, und es gab noch ein, zwei Dinge zu besprechen, die seiner Meinung nach Priorität besaßen. Er deutete mit einer Kopfbewegung auf die Weinflasche, mit der er sich eingeschenkt hatte. »Sie auch?«

Toninho erkannte die Falle und deutete ein Kopfschütteln an: »Danke, nein.«

Mit unbewegter Miene – das Pokerface bildete eines der wenigen mimischen Vorteile eines Aspergers – stellte Leander Lost die Flasche ab und nahm einen Schluck. »Sind Sie monogam?«

»Sie meinen, ob ich noch eine andere Freundin habe?«

»Nein, das wäre Bigamie. Ich meinte, ob Sie treu sind.«

Ein Brennen huschte über Toninhos Wangen. »Aber ja.«

»Ist das auch wahr? Sie werden nämlich rot. Manche Menschen werden rot, wenn sie lügen. Andere haben nur eine gute Durchblutung.«

»Nein, es war … ich hab mich kurz geschämt, weil ich nicht wusste, was monogam ist.«

»Ach so.«

»Ja.«

Schweigen. Nur die Grillen.

Und ein Flugzeug aus Nordost, das die Flügel leicht absenkte und so den Sinkflug zum Flughafen in Faro fortsetzte und sie überquerte.

»Obhut«, nahm Leander den ursprünglichen Faden wieder auf, »das bedeutet, ich bin für Zara verantwortlich und verpflichtet, Schaden von ihr fernzuhalten. In welcher Gestalt auch immer dieser Schaden sich ihr nähert.« Bei den letzten Worten richtete sich sein Blick auf Toninho, der schluckte und sich an dem Helm festhielt, den er auf seinen Schoß deponiert hatte. »Ich nehme an, Sie mögen Zara sehr gerne.«

»Ja.«

»Und … sind Sie verliebt?«

»Ja, sehr«, antwortet Toninho mit einem schüchternen Lächeln.

Leander beugte sich vor: »Wie fühlt sich das an?«

»Wie sich das anfühlt?«

»Ja. Spreche ich undeutlich?«

»Nein, ich war nur … nein. Das kennen Sie doch sicher selbst.«

»Nein.«

»Nein?«

»Nein.«

Toninho überlegte ein paar Augenblicke, bevor er dem Alemão antwortete: »Das ist, als wäre man ganz leicht, eine Feder, als würde man ganz sanft durch die Luft schweben und einem jede Richtung gefallen, in die der Wind einen trägt.« Kurz war Toninho von seinen Worten selbst ergriffen. Er wünschte, er hätte es kurz notieren können.

Ein Zustand, den Lost schlagartig beendete: »Eine Feder im Wind, so ist es, wenn man verliebt ist. Ich verstehe. Feder im Wind.«

Toninho nickte. Lost musterte ihn, die Mimik, die Körperhaltung, den Helm, den der junge Mann ganz beiläufig ein wenig so drehte, dass der Schriftzug *Fuck you* aus Losts Sichtfeld verschwand.

»Sicher möchten Sie auch mit Zara intim werden, nehme ich an.«

Der junge Mann lief wieder rot an und hob abwehrend die Hände. »Ich wollte sie nur zu einer Pizza einladen.«

»Wirklich?«

»Großes Ehrenwort.«

Lost kniff die Augen zusammen. »Aber letztlich ist das doch

die evolutionäre Bestimmung von Menschen – die Fortpflanzung. Sich selbst zu reproduzieren und die eigene Art zu erhalten.«

»Man kann ja erst mal mit einer Pizza beginnen«, schlug Toninho vor.

»Ich muss mit Ihnen heute also nicht die Verhütungsfrage durchgehen?«

Das Gesicht des jungen Portugiesen glühte förmlich. »Nein, nein«, beeilte er sich zu sagen.

Leanders Erleichterung brach sich in einem Lächeln. »Da bin ich froh. Ich hatte zwar eine kleine Abhandlung über Verhütungsmöglichkeiten vorbereitet, aber wenn Sie nur Pizza essen gehen …«

»Ich bin auch froh«, bekannte Toninho.

Sie nickten einander eifrig zu.

»Sollen wir uns nicht duzen?«, fragte Leander.

»Sehr gerne.«

Damit war eigentlich alles gesagt. Wenn es nicht den menschlichen Hang geben würde, eine klare Situation hin und wieder zu verkomplizieren. Denn obwohl sie eben beschlossen hatten, sich in Zukunft in der 2. Person Singular anzureden und damit beim Vornamen, den sie beide vom anderen kannten, wollte es der gute Ton, dass man sich einander nochmals vorstellte:

»Ich heiße Toninho.«

»Und ich Leander.«

Während Toninho ein Stoßgebet an diverse Heilige sandte, Zara möge bitte endlich auftauchen, heftete sich der Blick des Deutschen auf den Helm. »Kann ich mal sehen, bitte?«

»Natürlich«, antwortete der junge Mann mit rauer Stimme und reichte Lost etwas widerstrebend den Helm, der ihn so drehte, dass der Schriftzug zu ihm schaute. »Wofür ist das gut?«

»Ähm, das ist … ich wollte damit ausdrücken, dass ich mich … wie sagt man … tja?« Er kratzte sich am Kopf.

»Fuck you ist ja entweder umgangssprachlich eine Beleidigung oder wörtlich übersetzt die vulgäre Aufforderung, mit sich selbst Geschlechtsverkehr zu haben. Ich nehme an, eines von beiden wolltest du damit ausdrücken.«

Toninho wünschte sich in eine ferne Galaxis. »Es ist … eine … eine …«

»Ja?«

Da kam ihm der rettende Einfall: »Es ist gegen das Establishment.«

»Aha.«

»Wenn die Leute in ihren Nobel-SUVs in den Rückspiegel schauen, sollen sie lesen, dass ich nicht so werden möchte wie sie.«

»Aber das können sie nicht. Du musst es spiegelverkehrt draufschreiben«, riet ihm Leander Lost und reichte dem Portugiesen den Helm zurück. »Ich wünsche mir, dass Zara mir später von einem wundervollen Abend berichtet.«

»Ich werde mich bemühen«, versprach Toninho.

»Und zwar nicht später als 1 Uhr.«

»Ich verstehe.«

»Ach, ihr beide habt euch schon angefreundet«, sagte eine Stimme – Zara kam den schmalen Weg zwischen den Agaven zu ihnen herunter. Sie trug schwarze Espadrilles und Hotpants aus Jeans, unten ausgefranst. Darüber eine weiße Bluse, die ihren braunen Teint gut zur Geltung brachte. Die Haare offen. Leander nahm wahr, wie Toninho bei ihrem Anblick einmal schluckte.

Dann hatte Zara sie erreicht. »Olá«, sagte sie und hauchte Toninho, der aufgestanden war, einen Kuss auf die Wange.

»Olá«, erwiderte er. Und verkniff sich im Beisein des Alemão den angedeuteten Kuss.

»Und? Worüber habt ihr euch so angeregt unterhalten?«, fragte sie fröhlich und sah von einem zum anderen.

»Über das Establishment und den Sinkflug von Federn«, antwortete Leander.

»Und über Pizzen«, fügte Toninho hinzu.

Gut gelaunt und ungezwungen ergriff Zara seine Hand: »Ich habe tierisch Hunger. Sollen wir los?«

»Ja«, sagte Toninho schnell, »adeus, Leander.«

»Adeus.«

Zara verabschiedete sich mit einem angedeuteten Winken der Hand. Keine Minute später ertönte wieder das flache Knattern des Motors, das sich bald entfernte.

Leander lehnte sich zurück und atmete einmal tief durch. Keinen Menschen um sich zu haben, kam der Glückseligkeit schon sehr nahe. Keine Mimik, die es zu erkennen galt. Keinen gesprochenen Satz, den er auf versteckte Konnotationen abtasten musste. Keine Miene, die er selbst zur Schau stellen musste, um durch ein völlig regloses Gesicht nicht aufzufallen oder zu stören.

Eine Welle der Entspannung durchlief ihn, erreichte die Zehen und wurde zurückgeworfen, um ihn erneut zu durchqueren. Die Muskeln erschlafften. In seinen Ohren tönte kein Lärm aus Satzungetümen über das Wetter oder andere unabänderliche Dinge. Nur friedvolles Zirpen und ab und zu ein Metall gewordenes Beispiel menschlicher Ingenieurskunst, das Triebwerk eines Flugzeugs.

Er lächelte, weil er in seiner Mitte ruhte. Leander stand auf und zog sich komplett aus. Splitternackt sprang er kopfüber in den Pool und tauchte nicht wieder auf. Er hielt sich am Boden, völlig reglos und umfasst von Lautlosigkeit. Er hätte platzen können vor Glück.

Wie Graciana Rosado erwartet hatte, war das Kommissariat in Faro praktisch leer. Niemand versah hier einen Nachtdienst, dafür hatten sie im Wechsel Rufbereitschaft, die aber sehr selten in Anspruch genommen wurde. Üblicherweise erledigte die GNR, was nachts anfiel. Es sei denn, es ging um ein Kapitalverbrechen.

»Olá«, sagte Graciana, als sie die zweite Tür rechts ins Labor nahm. Der einzige Raum, in dem noch Licht brannte.

Isadora Jordao, die mit einer bequemen Latzhose über ein

Elektronenmikroskop gebeugt war, blickte auf. »Olá«, erwiderte sie freundlich.

Isadora trug die Haare sehr kurz. Sie war 33 Jahre alt, von sehniger Statur und schon jetzt eine Koryphäe auf dem Gebiet der kriminaltechnischen Untersuchung. Wie Graciana wusste, hatte die intelligente junge Frau diversen Abwerbeversuchen aus Lissabon, Porto und sogar Madrid widerstanden. Isadora verbrachte nur selten nach Dienstschluss Zeit mit Kollegen. Sie lebte alleine auf einem Boot im Hafen von Olhão. Letzten August war sie alleine bis zu den Azoren gesegelt. Sie hatte ihren Doktor in Biochemie und machte darum keinerlei Aufhebens. Und sie fühlte sich unter Männern wohler als unter Frauen und nahm kein Blatt vor den Mund.

Graciana trat näher an den Tisch heran. Unter dem Mikroskop hatte die Kriminaltechnikerin fein säuberlich Camus' »Die Pest« arretiert – ihren aktuellen Forschungsgegenstand.

Das Labor war penibel aufgeräumt. Alles hatte seinen festen Platz. Im Gegensatz zu der Kajüte ihres Bootes – ein heilloses Chaos. Graciana hatte es mit eigenen Augen gesehen, als sie der erkrankten Kollegin im Januar *Sopa da Pedra* vorbeigebracht hatte. Natürlich von Raquel Rosado zubereitet. Das Original sozusagen. Und Isadora, die bei aller kollegialen Freundlichkeit stets eine gewisse unverbindliche Distanz gewahrt hatte (Ausnahmen waren nur Hunde und Leander), hatte zunächst vorsichtig wie ein Tier probiert und die Suppe dann ohne Pause bis zum letzten Tropfen leer gelöffelt. Graciana hörte noch heute das Kratzen des Löffels am Grund des Schälchens mit dem marokkanischen Muster.

»Kleiner Gruß aus der Küche«, sagte Graciana und stellte ihr einen kleinen Warmhaltebehälter mit der Suppe, den sie bei ihren Eltern mitgenommen hatte, auf den Tisch. Dazu eine Serviette mit einem Löffel und zwei Weingläser, die sie mit einem Aragones füllte.

Isadora staunte nur kurz, sie war einfach zu klug und lächelte

Graciana direkt ins Gesicht: »Du weißt, wie man jemanden zum Reden bringt.«

Graciana schmunzelte und nippte an dem Rotwein. Fruchtig und voll. Isadora begann zu essen und ließ nach dem ersten Löffel einen unterdrückten Seufzer hören.

»Ich wusste, dass du noch da bist.«

»Ich wusste, dass du noch vorbeikommst«, antwortete Isadora mit halb vollem Mund, »nur auf die Suppe hab ich nicht spekuliert.«

»Ich weiß.«

»Carlos hat mich angerufen und mir gesagt, der Alemão habe sich einmal durch die Sache durchkombiniert. Und dass es nur zwei Ansatzpunkte gebe: das Buch hier und den Buchhändler. Und dass Lost per Logik eigentlich auch beides schon ausgeschlossen hat.«

In der Art, wie die Kriminaltechnikerin *Alemão* sagte, schwang Respekt mit. Schwer zu sagen, wer von den beiden die größere Intelligenzbestie war. Jedenfalls schätzten sie sich gegenseitig für ihre Kenntnisse der Biografien amerikanischer Revolverhelden des 19. Jahrhunderts. Graciana sah noch vor sich, wie Isadora sich eine Zigarettenpause auf dem Dach gegönnt und dabei aufgeschnappt hatte, wie Leander telefonisch eine amerikanische Originalausgabe bestellte.

Entschuldigen Sie, ich habe das gerade ungewollt aufgeschnappt – haben Sie Doc Holliday gesagt?

Ja. Es gibt eine neue Biografie. Und die stützt wohl die These der unerfüllten Todesabsicht.

Nein.

Ja.

Isadora hatte sich direkt neben Lost gesetzt und das Wedeln seiner Hand, mit dem er ihren Zigarettenrauch zu vertreiben versuchte, geflissentlich übersehen.

Glauben Sie das auch, dass ihm das seine Kaltblütigkeit in den Feuerduellen verliehen hat?

Unbedingt. Jemand, der in den Kampf zieht in der Absicht, sein Leben zu geben, wird immer gegenüber dem im Vorteil sein, dessen Ziel es ist, den Kampf zu überleben.

Und dann war es um sie beide geschehen gewesen. Erst eine Regenwand, die eine Stunde später als Vorhut eines atlantischen Tiefs über Faro zog, hatte sie zurück an ihre Arbeitsplätze gezwungen.

Was Graciana einen unauffälligen Blick auf den Bauch der Kriminaltechnikerin werfen ließ – der sich hinter der Latzhose verbarg. Seit wann trug Isadora überhaupt Latzhose? Und Appetit hatte sie auch – als äße sie für zwei.

»Ich habe mir das hier besorgt«, sagte Isadora und deutete auf ein Exemplar von »Die Pest«, das sich in einem aseptischen, transparenten Umschlag befand. »Gleicher Großhandel, gleicher Lieferservice, gleicher Fahrer, gleicher Empfänger. Eine perfekte Doublette des Exemplars, das Senhora Teresa bei sich hatte – dem hier.« Sie deutete auf den aufgeschlagenen Roman des Nobelpreisträgers, der unter dem Elektronenmikroskop lag. »Blut, DNA, biochemische Spuren, Spektralanalyse, geheime Botschaften mit Chemikalien, Codierungen durch gekennzeichnete Buchstaben … ich habe alles überprüft. Bis hin zu toxikologischen Tests. Und radioaktiv ist es auch nicht versetzt. Vielleicht gibt es hier drinnen eine Information, die es erforderlich macht, jemanden zu töten, bevor er sie weiterleiten kann. Aber wenn, dann ist sie mit den Mitteln der Kriminaltechnik nicht aufzuspüren.«

Graciana nickte. »Also Tadeu Quaresma«, folgerte sie.

»Wenn die Information, die Teresa Fiadeiro hatte, ihr Todesurteil war und sie sie von Tadeu Quaresma hatte – warum lebt er dann noch?«

»Das ist ein guter Einwand«, antwortete Graciana. »Der fiel mir natürlich auch zu spät ein. Aber Senhor Lost hat gesagt, dass ein und dieselbe Information in der Hand zweier unterschiedlicher Menschen zu zwei unterschiedlichen Zuständen führen kann: zu einem, bei dem man eingreifen muss, und einem, bei dem das nicht der Fall ist.«

Jetzt schabte der Löffel das erste Mal hörbar über den Grund. Isadora Jordao nickte. »Das stimmt«, sagte sie und schob das Schälchen mit einem zufriedenen Seufzer von sich weg, um sich dann mit ernster Miene an die Sub-Inspektorin zu wenden: »Ich finde, die 21er Bobcat ist eine Erwähnung wert.«

»Wegen des kleinen Kalibers?«

Die Kriminaltechnikerin nickte: »Wird auch gerne als *Damenpistole* tituliert.«

»Du denkst, es war eine Frau?«, fragte Graciana überrascht.

»Nein, obwohl … auszuschließen ist das natürlich nicht. Nein, ich meinte tatsächlich die Größe der 21er Bobcat. Ein großer Mann könnte sie glatt mit einer Hand verdecken. Sie fällt bei dem, der sie trägt, nicht auf. Nichts wölbt sich. Auf eine Entfernung von zehn Metern dürfte es schwer sein, sein Ziel mit einem exakten Schuss zu treffen. Aber auf kurze Distanz spielt sie ihre Größe aus – den Rückschlag aufzufangen ist ein Kinderspiel. Ich habe selbst jemanden gesehen, der sechs Patronen in zwei Sekunden erfolgreich auf ein fünf Meter entferntes Ziel abgefeuert hat. Sie wiegt nur 325 Gramm. Man kann sie sehr schnell hochreißen oder schwenken. Deine Glock 26 wiegt das Doppelte.«

Graciana ließ die Worte kurz nachhallen, während Isadora einen prüfenden Blick in das Schälchen warf, als könne eine gütige Magie sie wieder mit Suppe gefüllt haben.

Die kleinen Informationshappen, mit denen Isadora Jordao sie gefüttert hatte, fügten sich in Gracianas Kopf wie Mosaiksteinchen zusammen zu einem Bild, in das sich ihre eigenen Beobachtungen im Cachoa und die anderen Überlegungen, die sie heute am Pool angestellt hatten, hinzuaddierten.

»Der hat so was nicht zum ersten Mal gemacht. Oder die Schussbahn vom Ohr zum Stammhirn war Zufall.«

»An den Zufall glaube ich nicht. Die 21er Bobcat ist ideal, um sie aufs Ziel aufzusetzen.«

»Er hat den toten Winkel ausgenutzt. Er ist überlegt vorgegangen.«

Isadora deutete ein Nicken an – sie war in ihren Mutmaßungen schon zwei Gedanken weiter.

»Er ist den Umgang mit der Pistole gewohnt. Ein geübter Schütze. Und er ist gewohnt, sich bewaffnet zu bewegen.«

»Jetzt sind wir auf dem gleichen Stand«, stellte Isadora ohne jede Herablassung fest und sprach Gracianas nächsten Gedanken aus: »Es ist jemand, der kein persönliches Motiv für den Mord hatte.«

TAG VIER

19.

Als Leander Lost die Ducati Scrambler vor der Tür der Rosado-Schwestern abstellte, nieselte es etwas. Es schien, als sei das Wetter unentschlossen, ob es aufklaren oder ihnen einen kräftigen Regen schicken sollte. Zara schlief vermutlich noch. Sie war wie versprochen um 1 Uhr nachts von Toninho an der Villa Elias abgesetzt worden und hatte ihre Bluse falsch herum getragen.

Leander wollte nur kurz den Schlüssel zu der Wohnung von Teresa Fiadeiro abholen, um alles für die Ankunft von deren Tochter Eva vorzubereiten, ließ sich von Soraia jedoch zu einem Bica überreden.

Als Asperger waren ihm Abweichungen seines Tagesplanes sehr unwillkommen. Sie brachten ihn wortwörtlich aus dem Takt und ließen ihn die mühsam erlangte Übersicht verlieren. Aber hier war entscheidend, dass er das Haus der Rosado-Schwestern erstens bereits kannte und das Angebot zweitens von Soraia Rosado stammte. Einer Person, die noch nie zu seinem Nachteil gehandelt und – soweit Leander das beurteilen konnte – seine Bedürfnisse am meisten berücksichtigt hatte. Also setzte er sich und genoss den angenehm bitteren Kaffee. Soraia wirkte noch ein wenig müde, obwohl ihre Haare vom Duschen feucht waren, und setzte sich ihm gegenüber hin.

Der Regen trug den erdigen Geruch der Topfpflanzen über das leicht geöffnete Fenster hinein. Die Küche war geräumig und mit hellen Fliesen ausgelegt. Ein Gasherd, eine Abzugshaube, ein zum Bersten gefülltes Gewürzregal. Ein paar Weinflaschen, diverse Olivenöle. Der Esstisch aus massivem Holz bot Platz für sechs (oder acht, die sich gut verstehen, wie Soraia sagte), und Leander hatte schon an ein paar Abenden hier gesessen. Nach der Villa Elias und der Virgílo Inglês No. 5 eindeutig der angenehmste Ort in Fuseta, wo sich Leander aufhalten konnte. Vorausgesetzt, eine der Schwestern war dort oder sogar beide, denn ansonsten war es für Leander nur ein kleines Haus.

Graciana Rosado begrüßte ihn, überreichte ihm den Schlüssel und machte sich auf nach Lagos in die Buchhandlung, um mit Tadeu Quaresma zu sprechen. Nach dem Klappen der Tür dauerte es ein paar Momente, dann sprang draußen der Motor an.

Soraia trug ein sehr großes Shirt, das ihre Mutter vermutlich aus dem Kleiderschrank ihres Vaters ausgemustert hatte. Ein kühler Windhauch sorgte dafür, dass ihre Brustwarzen sich unter dem Stoff etwas aufrichteten und Leanders Aufmerksamkeit auf sich zogen. Ein weiteres Detail an Soraia, das er ihr bei Wiedererkennen zuordnen konnte.

Aber das war nicht alles, wie er mit einiger Verblüffung realisierte – ihm war bewusst, dass sie wie alle Frauen in einer bestimmten Altersspanne eine potenzielle Sexualpartnerin darstellte, aber heute *empfand* er diesen Gedanken das erste Mal.

»Leander, wo schaust du denn hin?«, fragte sie und lächelte ihn überrascht an. Als hätte sie eines ihrer zu beaufsichtigenden Kinder mit der Hand tief in einem Bonbonglas erwischt.

Jetzt kamen auch noch ihre Grübchen besonders vorteilhaft zur Geltung, wie er bemerkte. »Auf dein T-Shirt«, antwortete Leander Lost.

Soraia zog sich das Shirt über die angewinkelten Knie und bis hinab zu den Fußspitzen. Im letzten halben Jahr hatte er einige Fortschritte darin gemacht, bei der Wahrheit zu bleiben und trotzdem knapp auszuweichen, stellte Soraia fest. Sie schluckte. Graciana war weg. Ein Blick zur Uhr an der Wand verriet ihr, dass sie selbst in einer knappen Stunde das Haus verlassen musste.

Wie ernst und ruhig er dasaß mit den langen Wimpern und

den feingliedrigen Händen. Und diesen leicht aufgeworfenen Lippen.

»Was muss ich tun, um das Herz einer Frau zu erobern?«

O coração duma mulher.

Er war eben doch ein Kavalier. Den Blick starr auf sie gerichtet, die Frage war ihm ernst.

Was würde das mit ihnen machen, wenn sie ihn an der Hand nähme – ganz sanft an Ring- und Zeigefinger, am Handgelenk mochte er das nicht – und mit ihm hinüberginge? Bilder schossen Soraia mit der Unvorhersehbarkeit eines Blitzes durch den Kopf. Und mit derselben Dauer. Sich in den warmen Laken an ihn schmiegen, ihre Haut auf seiner. Nur daliegen und die Wärme spüren und ihm mit dem Finger die Wirbelsäule entlangtasten und in seinen Augen versinken. Und den Regen gegen das Fenster prasseln lassen. Nichts sagen.

Und ihn dann mit allen Sinnen erkunden, riechen, schmecken. Langsam.

»Oder was sollte ich vermeiden?«

Sie musste lächeln, ihre Blicke streichelten über sein Gesicht.

»Ich wüsste nicht, warum dir das nicht gelingen sollte, Leander«, hörte sie sich sagen und spürte, wie ihr Gesicht heiß wurde, »ich meine, dass du in meinen Augen, also … aus Sicht einer Frau die wichtigsten Eigenschaften mitbringst.«

»Aber ich bin ein Asperger.«

»Ja, du kannst nicht lügen, und ich mag ehrliche Männer.«

»Wenn ich lügen könnte, wäre ich ein viel normalerer Mann.«

»Schon, ja, aber daran ist nichts erstrebenswert. Selbst eine gut gemeinte Lüge ist immer noch Heuchelei.«

»Ich weiß.«

Aber er sah aus, als tröste es ihn nicht. Denn natürlich änderte es nichts daran, dass er für den Rest seines Lebens zu einem Außenseiterdasein bestimmt war. »Ich meine die kleinen Dinge«, präzisierte Leander. »Die anderen Sachen habe ich gelesen. Von Treue und Intelligenz und diesen Eigenschaften, die bei der Partnerwahl für Frauen entscheidende Kriterien darstellen. Selbstbewusstsein, Humor, finanzielle Sicherheit. Bei Humor habe ich natürlich ein großes Defizit. Aber bei einer Frau ohne Humor würde das ja keine Rolle spielen.«

Sie musterte ihn, ließ die Füße wieder zu Boden sinken und beugte sich zu ihm vor. Soraia legte ihm ihren kleinen Finger auf den Handrücken. »Es spielt auch für mich keine Rolle.«

»Das freut mich, Soraia.«

Er nickte, entzog ihr seine Hand und blickte auf die Zeiger der Küchenuhr.

»Danke für den Bica und das Gespräch. Ich muss jetzt los.«

Leander Lost stand auf und ließ Soraia in ihrem T-Shirt und mit ihren Tagträumen einigermaßen verdattert zurück. Sie grübelte noch einige Minuten darüber, ob sie einen Mann oder einen Jungen verführt hätte, wenn Lost die Situation nicht von sich aus beendet hätte. Und sie fand keine Antwort.

In der Wohnung von Teresa Fiadeiro in Moncarapacho angekommen, sah Leander Lost nach dem Rechten und fertigte in Gedanken eine Liste der Dinge an, die noch zu besorgen waren. Frisches Brot etwa oder etwas Obst, denn das in der Schale auf dem Küchentisch hatte zu lange in der Sonne gestanden. Er überprüfte die Dusche, den Vorrat an Seife, Toilettenpapier und die Funktion der Glühbirnen. Dann das Schlafzimmer und die Bettwäsche, was sich einfach gestaltete, denn die eine Seite des Doppelbettes war benutzt und die andere frisch bezogen. Auch der Herd war funktionstüchtig.

Eine Etage tiefer betrat er mit seiner Liste im Kopf den Mini Mercado der Kette Loja Fresca, der über so wenig Quadratmeter Ladenfläche verfügte, dass er sein Obst und Gemüse in rechteckigen Plastikbehältern auf dem Gehweg vor dem einzigen Fenster anbot. Selbst der schmale, vertikale Spalt neben der Eingangstür diente als Aufbewahrungsort: für allerlei Besen. Kurz, lang, Borsten aus Kunststoff, Reisig oder Tierhaaren, dazu Stäbe aus Holz, Plastik oder Leichtmetall. Ganz oben waren die Kehrschaufeln aufgeknüpft wie fünf gehenkte Revolverhelden.

In dem Laden hatte Susanna das Sagen, eine kräftig gebaute, resolute 24-Jährige, die gerade zwei volle Wasserkisten mit der traumwandlerischen Sicherheit einer Ballerina durch den schmalen Gang jonglierte, ohne anzustoßen. Um sich dann dem Mann im schwarzen Anzug zuzuwenden.

»Bom dia«, sagte Lost.

»Bom dia.«

»Stellen Sie Ihre Produkte oft um?«

»Wie?«

»Ob Sie den Standort der Produkte innerhalb der Regale öfter wechseln?«

»Nein, höchstens aus einem guten Grund, unsere Kunden sollen sich ja zurechtfinden.«

Das war die Antwort, auf die Leander gehofft hatte.

»Können Sie mir sagen, welche Produkte seit dem 3. März einen neuen Platz haben?«

»Darüber führen wir keine Listen, aber lassen Sie mich mal kurz überlegen.«

Susanna schaute zur Decke, als stünde dort die Antwort. Und obwohl Lost wusste, dass sie dort natürlich nicht stand, konnte er seine Neugier nicht unterdrücken und blickte ebenfalls auf: eine weiße Decke mit ein paar Neonröhren.

»Wir haben ein paar Sagres gegen Carlsberg getauscht, die drängen gerade auf den Markt. Die Rasierklingen hatten wir vorne beim Rasierschaum, aber jetzt hier an der Theke.«

Sie deutete auf den extrem schmalen Tisch, auf dem eine Kasse, ein Regal mit Süßigkeiten (und Rasierklingen), eines mit Feuerzeugen sowie ein Kartenleser, ein Einweckglas voller Fruchtgummis und Aufsteller mit Lottoscheinen miteinander wetteiferten, nicht herunterzufallen.

»Außerdem haben wir den Segafredo-Kaffee aus dem untersten Regal nach ganz oben gelegt.

Und neu im Sortiment ist das hier …«, sie deutete mit dem Kopf auf ein Nürnberger Rostbratwürstchen. »Die Touristen, hm?«

Ihr Hinweis auf Touristen erschloss sich Leander nicht, aber er nickte. Man könnte einen trockenen Mund bekommen, wenn man einmal einen Tag lang laut mitzählen würde, wie oft die Leute nickten. Zum Beispiel dann, wenn sie jemandem zuhörten. Das Nicken gehörte zum guten Ton, wusste Leander. Man nickte aus Zustimmung und um den anderen seiner Aufmerksamkeit zu versichern. Auch, wenn man in Gedanken schon ganz woanders war oder dem Gesagten überhaupt nicht zustimmte.

Die Touristen, hm?

Was erwartete sie? Das *Hm* entlarvte die Frage als eine rhetorische. Und die Natur der rhetorischen Frage bestand in ihrem Wunsch nach Zustimmung. Und deswegen nickte jetzt auch Leander Lost. Und um seine Zustimmung noch zu betonen, war es Zeit für eine Dosis Dan B. Tucker: »Sie sagen es.« Als hätte jemand Susanna das Kurzzeitgedächtnis gestohlen und sie sich deshalb nicht erinnern könnte, was sie vor ein paar Sekunden gesagt hatte.

Wie erhofft, nickte sie zufrieden. Um ihr einen Gefallen zu tun, nickte auch Leander noch einmal.

»*Rostbratwürstchen*«, sagte sie und schüttelte den Kopf.

»Das kann man wohl laut sagen.«

Nachdem Leander Lost die Dinge auf seiner Kopfliste eingekauft und sich als Sub-Inspektor der Polícia Judiciária ausgewiesen hatte, half er Susanna dabei, die Produktplatzierungen auf den Stand vom 3. März zu bringen. Er begründete das mit einer wichtigen Angelegenheit, über deren Gründe er allerdings Stillschweigen bewahren müsse.

»Keine Ahnung, ob ich sie wiedererkenne«, murmelte Carlos Esteves an seinem Presunto-Sandwich vorbei, seinem zweiten Frühstück. Er und Leander Lost standen im Ankunftsbereich des Flughafens von Faro. Der hatte früher klein und verschlafen gewirkt. Mit niedrigen Decken und einem einzigen Lokal für Snacks, Getränke, Zeitschriften und Souvenirs. Gedrungen, sagten die einen, überschaubar die anderen. Mittlerweile, nach dem mehrjährigen Umbau, präsentierte er sich hell und luftig, mit einer hohen, durchgängigen Halle, in die normalerweise das Sonnenlicht fiel und die Urlauber empfing. Aber heute war der Himmel immer noch wolkenverhangen.

Als Eva Fiadeiro mit einem kleinen Rollkoffer aus der Gepäckausgabe in die Halle trat, gab es weder für Leander noch für Carlos einen Zweifel, dass es sich um die Tochter ihrer ermordeten Kollegin handelte. Mit ihrem Pagenschnitt, dem schwarzen Kleid samt schwarzem kurzem Jackett und dunkel getönter Sonnenbrille sah sie aus, als würde Audrey Hepburn durch einen Film Noir spazieren.

Die beiden Sub-Inspektoren traten an sie heran.

»Senhora Eva Fiadeiro?«

»Sim?«

»Sub-Inspektor Esteves, mein Kollege Senhor Lost. Os meus sentimentos – mein herzliches Beileid.«

»Obrigada.«

Ihre Miene schien versteinert.

Leander reichte ihr die Hand, die sie schüttelte. Ihre Finger waren kalt, der Händedruck zurückhaltend. »Ich freue mich, Sie kennenzulernen«, sagte er.

Der zivile Dienstwagen der Polícia Judiciária, ein Audi A6 Kombi mit einer speziellen Motorisierung, wurde von Carlos Esteves über die Autobahn gelenkt. Der Regen hatte ausgesetzt, aber hier und da spiegelte sich der Himmel noch in den Pfützen auf dem Asphalt. Im Innenraum war es still. Nur das dezente Rauschen der Räder auf dem dünnen Wasserfilm.

Ihr schweigsamer Fahrgast auf der Rückbank hatte die Brille trotz der Bewölkung nicht abgenommen und den Blick nach draußen gerichtet. Eva Fiadeiro saß dort wie eine Statue.

Lost blickte auf die Straße vor ihnen. Auch er schien an keiner Unterhaltung interessiert zu sein.

Carlos schaltete das Radio ein, um der Stille, die ihm mit jedem weiteren Kilometer drückender erschien, etwas entgegenzusetzen. Nach einer Meldung über einen verheerenden Selbstmordanschlag im Nahen Osten und einer Hungerkatastrophe im Südsudan gab er doch der Stille wieder den Vorzug und drehte die Lautstärke nach zwei Sätzen über eine bevorstehende Transportmission zum Mars herunter.

»Können Sie das wieder anmachen?«, kam es unisono aus den Mündern von Leander Lost und Eva Fiadeiro. Woraufhin die beiden einen aufmerksamen Blick austauschten. Ganz so, als nähmen sie sich erst jetzt gegenseitig richtig wahr.

»Sem problemas«, sagte Carlos und tat ihnen den Gefallen.

Die NASA und die europäische Raumfahrtbehörde ESA, hieß es in der Meldung, eruierten die Möglichkeit des Aufbaus einer gemeinsamen Mondstation als Zwischenstation für den Transfer zum Mars, dessen Kolonialisierung man spätestens Anfang der Dreißigerjahre in Angriff nehmen wolle.

»Was sollen wir bloß auf dem Mars?«, fragte Carlos kopfschüttelnd nach dem Ende der Durchsage, auf die der Sender die »Sultans of Swing« von Dire Straits durch den Äther sandte.

»Der Mars war vor dem Verlust seiner Atmosphäre vermutlich erdähnlich, höchstwahrscheinlich verfügt er über Wasser«, meldete sich die Tochter von Teresa zu Wort. »Wer den Mars untersucht, findet vermutlich etwas über unsere Zukunft auf der Erde heraus. Und außerdem eignet sich der Mars wegen seiner viel geringeren Schwerkraft als Weltraumbahnhof bei der Suche nach einem Exoplaneten.«

Leander hielt es nicht auf seinem Sitz, er musste sich einfach zu Eva Fiadeiro umdrehen, die ihn abwartend ansah: »Sehen Sie das anders?«

»Im Gegenteil«, versicherte Leander ihr – und an Carlos Esteves gewandt: »In ein bis zwei Milliarden Jahren hat sich die Sonne so weit aufgebläht, dass unsere Ozeane verdampfen. Das ist definitiv das Ende unserer Spezies – wenn sie sich bis dahin nicht nach einer neuen Heimat umgesehen hat. Und die muss sie außerhalb unseres Sonnensystems suchen, weil das ebenfalls vernichtet werden wird.«

»Ach so …« Carlos büßte seine unüberlegte Frage mit einem lebhaften Austausch der beiden, der bis zu den letzten Metern vor der Wohnung in Moncarapacho währte, vor der sie ausstiegen. Ganz Gentleman trug er Evas Koffer vor die Haustür und reichte ihr die amtliche Visitenkarte. »Falls Sie etwas benötigen oder Fragen haben.«

»Obrigada. Ich würde gerne wissen, wie es um die Ermittlungen steht. Haben Sie den Täter stellen können?«

»Noch nicht, nein.«

»Ich kann es Ihnen im Detail erzählen«, bot Leander an.

»Das wäre sehr nett«, erwiderte Audrey Hepburns portugiesische Doppelgängerin.

»Es ist nur …«

»Ja, Senhor Esteves?«

»Sie und ich sollen im Kommissariat die anderen Fahrzeughalter durchgehen und bei Bedarf auch aufsuchen.«

»Da das auch von einem Kriminalbeamten alleine zu bewältigen ist, schlage ich vor, dass Sie sich darum kümmern, bis ich alle Fragen von Eva Fiadeiro beantwortet habe. Falls Sie auf etwas stoßen, bin ich telefonisch mobil erreichbar.«

Carlos stutzte – was war denn in den Alemão gefahren? »Schön, ja«, brachte er nur hervor.

So war das eben mit Leander Lost. Immer wenn man glaubte, das Spektrum seiner möglichen Reaktionen abschätzen zu können, erweiterte er es mit einer unvorhersehbaren.

Tadeu Quaresma richtete seinen Blick auf die Regale voller Buchrücken, als stünde dort die Antwort auf die Frage geschrieben, die die feingliedrige, aber dynamische Sub-Inspektorin ihm gestellt hatte.

Graciana sah sich um. Der Buchladen war verwinkelt angelegt. Ein kleiner Vorraum, in dem sie sich im Augenblick befanden, führte über zwei schmale Gänge – die man nur abwechselnd betreten konnte, falls einem ein anderer Kunde entgegenkam – in Nebenräume, in denen ebenfalls jede Menge Bücher untergebracht waren. Samt sehr bequemen rundlichen Sitzkissen aus Leder mit maurischen Motiven, von den umschlungen man spielend die ersten 50 Seiten eines Romans gelesen hatte, bevor man es sich versah.

Aus dem Vorraum führte eine enge Wendeltreppe hinauf in die Galerie, die den Vorraum zu zwei Dritteln überdachte.

Gracianas Blick fiel auf den neuen John le Carré. Sie hatte eine große Schwäche für den britischen Meistererzähler.

»Es dürfte so gegen zwanzig vor vier gewesen sein«, ließ Senhor Quaresma sich vernehmen. Er hatte die Augen von den Büchern genommen und auf Graciana gerichtet. »Ich bereite mir jeden Tag hinten einen Matcha-Tee zu. Immer um halb vier. Den nehme ich mit nach vorne, hierher.«

Dass sich gerade ein Portugiese aus der Generation von Tadeu Quaresma auf eine exakte Zeitangabe bezog, ließ Graciana schmunzeln. *Pontualidade* war in ihrem Land praktisch ein totes Wort. Eine genannte Uhrzeit bei einer Verabredung oder auch die Angabe von Öffnungszeiten an einer Ladentür fungierten lediglich als grobe Richtschnüre. Anhaltspunkte, nicht mehr.

Gracianas Schmunzeln war den aufmerksamen Augen des alten Mannes nicht entgangen. »Ich habe 20 Jahre in Deutschland gearbeitet«, fügte er also erklärend hinzu.

Weiter musste er das nicht ausführen. Den Deutschen haftete in Portugal der Ruf an, sehr sparsam zu sein (mit Lob und Trinkgeld) und es mit der Pünktlichkeit sehr genau zu nehmen. Kein Wunder, dass 20 Jahre unter ihrem Kommando das tolerante Zeitempfinden von Senhor Quaresma vernichtet hatten.

Wie auch immer. Laut der Überwachungskameras im Parkhaus hatte Teresa Fiadeiro dieses um 15:36 verlassen. Von dort zur Buchhandlung waren es vielleicht drei oder vier Gehminuten. Das passte haargenau mit Quaresmas Teestunde zusammen.

»Und wann hat sie die Buchhandlung wieder verlassen?«

Wieder der Blick auf die vielen Buchrücken. Der alte Mann tauchte kurz ab in seine Erinnerungen. Die alten waren ihm noch präsent, in ihnen konnte er lesen wie in einem Buch, aber die jüngeren wurden immer schwerer zugänglich, sie entwanden sich seinem Griff wie ein Fisch, den man mit bloßen Händen aus dem Fluss gezogen hatte. Zurück ins Wasser. Und blitzschnell wieder verschwunden.

Quaresmas Blick fand zurück ins Jetzt, in den Raum, zu Graciana. »Das wird etwa zehn Minuten später gewesen sein. Ich habe das Buch geholt, sie hat bezahlt, ich habe ihr die Tüte gegeben und sie ist gegangen.«

Sieben Minuten später hatte sie wieder das Parkhaus betreten, dachte Graciana, und war mit der Tüte in der Hand ermordet worden. Sie hatte für den Rückweg einige Minuten länger benötigt als für den Hinweg. Aber die zeitliche Differenz war nicht wirklich signifikant. Vielleicht hatte sie eine Minute lang die Sonnenstrahlen auf einer der Stufen neben dem Sklavenmarkt genossen? Oder war am Schaufenster des Schuhgeschäfts quer gegenüber stehen geblieben? Sie würden es wahrscheinlich nie erfahren.

»Worüber haben Sie gesprochen, Senhor Quaresma?«

»Oh, über das Naheliegende – über Camus. ›Die Pest‹.«

»Und was darüber?«

»Über den Sinn des Werkes. Die humanistische Überzeugung, vor dem Unabwendbaren nicht in die Knie zu gehen. Das Trotzdem, wenn Sie so wollen. Das *Trotzdem* ist die DNA unserer Existenz, Senhora Graciana.«

»Ich verstehe. Aber es ging um nichts und niemanden sonst – zum Beispiel um den Mann, der das Buch bestellt hatte?«

»Nein.«

Graciana nickte, obwohl sie es befürchtet hatte. Es gab keinen Anhaltspunkt, und dass der alte Mann sie vorsätzlich belog, schloss sie aus. Weder das Buchexemplar selbst noch das Gespräch zwischen Teresa und Tadeu Quaresma erfüllte das Kriterium, von dem Leander Lost gesprochen hatte – dass es zwei Zustände gegeben haben musste. Denjenigen auf ihrem Hinweg, als Vasco Sousa noch nicht die Notwendigkeit sah, sie umzubringen, und den Zustand bei ihrer Rückkehr. Als er keinen Moment gezögert hatte. Aber wenn es nicht an dem Buch lag und auch nicht an den Informationen, die der Buchhändler und sie ausgetauscht hatten – woran dann? Wie war dann die Information, von der Lost ausging, an Vasco Sousa herangetragen worden? Tatsächlich von außen?

Es dauerte drei, vier Meter durch den Loja Fresca und doppelt so viele Blicke, bevor Eva Fiadeiro sich entspannte. Sie lächelte sogar etwas.

Leander Lost folgte ihr durch die Regale. Bevor sie in die Wohnung ihrer Mutter gingen, hatte Eva noch ein paar Kleinigkeiten einkaufen wollen.

Susanna saß hinter dem schmalen Kassentisch auf einem schmalen Hocker vor einem schmalen Regal mit Zigarettenpackungen, auf denen grässliche Bilder klebten. Sie las gerade aufmerksam in einer Zeitschrift über Diäten, Frisuren, Horoskope und Freuden und Leiden europäischer Königsfamilien.

»Bom dia, Susanna«, begrüßte Eva sie und stellte ihr Körbchen auf dem letzten freien Platz der Tischplatte ab: Stangenbohnen, Milch, Eier, Paprika-Chouriço und einen Cognac.

»Olá«, erwiderte Susanna den Gruß und tippte die Preise aus dem Kopf in die Kasse ein, die das modernste Gerät im ganzen Laden darstellte. »Ich hab von deiner Mutter gehört«, sagte sie dann plötzlich, brach das Tippen ab und verstaute Evas Einkäufe in einer Plastiktüte, die sie ihr reichte.

»Und was kostet das?«

Offenbar erfasste die Tochter vor lauter Trauer ihre Geste nicht. »Nichts. Es ist ein … Geschenk. Einfach so.«

»Sehr freundlich. Obrigada.«

Lost nahm ihr ohne zu fragen den Koffer ab und trug ihn hinter Eva Fiadeiro die Stufen zur Wohnung hinauf.

»Ich hoffe, ich langweile Sie nicht, wenn ich Ihnen sage, was ich an diesem Mini Mercado so schätze.«

»Im Gegenteil. Ich bin immer an neuen Informationen interessiert.«

»Seine Verlässlichkeit. Ich war das letzte Mal Anfang März hier, um meine Mutter zu besuchen. Seitdem haben sie keine neuen Produkte ins Sortiment aufgenommen oder die vorhandenen umgestellt, wie so viele andere Supermärkte das inzwischen tun. Alles ist an seinem Platz. Wunderbar.«

Eva Fiadeiro schritt die Räume der Wohnung ruhig und systematisch ab. An jeder Tür verharrte die Hand kurz auf der Klinke. Auf dem Flur zur Küche wandte sie sich auf halber Strecke nach links, um die Dielen nicht zum Knarren zu bringen. Der Griff zum Lichtschalter im Schlafzimmer geschah blind. Offensichtlich kannte sie jeden Winkel auswendig.

Als sie ihren Rundgang abgeschlossen hatte, kehrte Eva Fiadeiro zu Leander Lost zurück, der an der Haustür mit dem Koffer abgewartet hatte. Sie schob eine Kommode ein paar Zentimeter nach links, bevor sie sich an ihn wandte: »Haben Sie noch Zeit?«

»Ja.«

»Und Hunger?«

»Nein. Aber ich leiste Ihnen gerne Gesellschaft.«

»Sie können mir auch bei der Zubereitung helfen, wenn Sie mögen.«

»Gut.«

Die Küche, aus der man über eine breite Balkontür in den Hinterhof und hinüber zu anderen Wohnungen blicken konnte, war mannshoch mit Azulejos versehen, den portugiesischen Fliesen, die sich in allen Lebensbereichen der Einwohner fanden. Zu Hause, an öffentlichen Gebäuden, in Restaurants, in Kirchen. Auch das, wie so vieles, eine Hinterlassenschaft der Mauren, an der man nach der Reconquista festgehalten hatte.

Während Eva ihr Jackett ablegte und sich die Hände in der Spüle wusch, ließ Leander die Jalousie an der Balkontür hinab, wodurch er den einzigen Lichteinfall beendete.

Eva Fiadeiro nahm ihre Sonnenbrille ab und sah ihn an. »Ich habe empfindliche Augen«, erklärte sie und ordnete die Einkäufe in einer Linie auf der Anrichte. Ihre Augen waren von einem leuchtenden Graublau, das durch ihre schwarzen Haare in seiner Wirkung noch betont wurde.

»Sie können die Bohnen waschen und von den Fäden befreien«, schlug sie unvermittelt vor und holte aus dem Unterschrank ein Abtropfsieb und ein scharfes Küchenmesser aus der Schublade darüber. Leander entledigte sich seines Jacketts und krempelte die Ärmel hoch, bevor er sich neben sie stellte und sie zusammen das Essen zubereiteten.

Mit geübten Bewegungen mischte sie einen Teig aus Milch, Mehl und Eiern zusammen, den sie gut salzte und anschließend verquirlte.

»Was wird das?«

»*Peixinhos da Horta.*«

»Gartenfischchen?«

»Ja, ein lustiges Wort. Ich habe als Kind oft darüber lachen müssen.«

»Und die anderen Kinder?«

»Die nicht.«

Sie nahm ihm die Bohnen ab und schob sie in das kochende Salzwasser, das sie nebenbei auf dem Gasherd aufgesetzt hatte.

»Woher kommt das – Peixinhos da Horta?«

»Das ist nicht bekannt. Nur, dass Sardinen in Tempura ähnlich aussehen. Vielleicht ist es nur eine Allegorie … vielleicht hat es jemand im tiefsten Alentejo gekocht, der keinen Fisch zur Verfügung hatte.«

Eva Fiadeiro erklärte Leander Lost, dass die Gartenfischchen vor 1543 erfunden worden sein mussten. Denn in diesem Jahr hatten drei portugiesische Seeleute das erste Mal Japan betreten. Und dieses Rezept mitgebracht.

»In Japan ist das Gericht als Tempura bekannt, aber tatsächlich stammt Tempura aus Portugal«, schloss sie und wechselte nahezu übergangslos das Thema. »Gibt es denn schon Erkenntnisse über die Identität des Mörders meiner Mutter?«

»Nein. Der Mann, den wir im Augenblick verdächtigen, ist auf der Flucht. Er hat einen falschen Namen benutzt.«

»Meine Mutter war sofort tot?«

»Ja.«

Sie setzte eine schwere gusseiserne Pfanne mit einer dicken Schicht Olivenöl ab, dessen Menge sie bis auf den Tropfen genau abgemessen hatte.

»Ist das Motiv bekannt?«

»Nein.«

Eva Fiadeiro schreckte die Bohnen unter kaltem Wasser ab und tauchte sie alle mit derselben eingeübten Handbewegung nacheinander in den Teig, der das Gemüse ummantelte.

»Ihr Akzent. Nordisch? Sind Sie Schwede? Nein, dafür sind Ihre Haare zu dunkel. Alemão?«

»Exakt.«

Die Bohnen wanderten zum Frittieren in das Olivenöl, das sofort Blasen bildete.

»Wie lange sind Sie schon hier?«

»Seit einem halben Jahr.«

»O seu português é muito bom.«

»Ihres auch.«

»Obrigada. Die portugiesische Unpünktlichkeit ist sicher eine Herausforderung für Sie.«

»Ich addiere einfach 15 Minuten, um nicht durch Pünktlichkeit aufzufallen.«

Sie merkte auf und musterte ihn jetzt genauer. Eva ging die zwei Schritte auf ihn zu, bis sie in seine Privatsphäre eingedrungen war. Sie inspizierte seine Nasenspitze, dann wanderte ihr Blick zu den Ohrläppchen. Den Wimpern, dem Mund. Und zum Schluss sah sie ihm tief in die Augen. Und er ihr.

»Die Bohnen brennen an.«

»Como?«

»Die Bohnen.«

»Oh.«

Schnell stellte Eva die Pfanne beiseite und rührte die Bohnen um.

»Manchmal vergesse ich einfach die Zeit.«

»Ich auch.«

Wieder musterte sie ihn.

»Erzählen Sie mir von sich, Senhor Lost, bitte.«

»Was genau?«

»Alles.«

Zwei Minuten später hatte Leander Lost ihr einen Kurzabriss seines Lebens präsentiert. Geburt, Mutter, Vollwaise, Heim, Herr Winterberg, Schulwechsel, Kripo Hamburg und nun Teilnehmer des europäischen Austauschprogramms, das ihn nach Fuseta verschlagen hatte.

Während Eva die mit Paprika veredelte Chouriço in Stücke schnitt und sorgfältig Weinbrand darübergoss – auch das wieder exakt bemessen –, revanchierte sie sich auf Losts Bitte hin. Sie antwortete in einem ähnlichen Telegrammstil wie er, indem sie Stationen aufzählte.

Tatsächlich war Eva Fiadeiro auf Anraten einer Lehrerin in Fuseta frühzeitig von der regulären Schule genommen worden und hatte bis zum Abitur die Nobel International School in Lagoa besucht. Nach Praktika in Lissabon und Shanghai hatte sie sich für ein Studium der Mathematik und Physik in Coimbra eingeschrieben.

»Die Habilitation schließe ich im Herbst ab. Danach muss ich mich entscheiden, ob ich eine Forschungsstelle in einem wissenschaftlichen Institut annehme oder bei der ESA in Paris.«

Sie entzündete den Weinbrand mit einem Streichholz. Der Alkohol schoss in gelblich blauen Flammen in die Höhe und flambierte die Paprikawurst. Der warme Schein erhellte ihre Gesichter, als säßen sie sich an einem Lagerfeuer gegenüber. Die frittierten Bohnen lagen schon auf einem Teller zwischen ihnen.

»Nehmen Sie sich bitte.«

»Obrigado.«

Er legte sich einige Bohnen auf seinen Teller und reichte ihr den, was Eva überraschte.

»Oh, sehr aufmerksam.«

Erst dann legte er sich selbst auf. Da die Chouriço inzwischen flambiert war, füllte Eva ihrerseits einige Stücke neben die Bohnen und gab Leander seinen Teller zurück.

»Bom apetite.«

Die Bohnen hatten noch Biss und schmeckten durch den Teigmantel würzig. Die *Chouriço assado* präsentierte sich im vorderen Mundraum harmlos, entwickelte aber nach dem Hinunterschlucken ein würziges Nachbrennen im Rachen. Lost griff zum Wasserglas.

Seine Gastgeberin hatte einen Leberfleck unten links am Kinn, wie er bei einer Musterung, bei der er so wenig wie möglich starrte, feststellte. Außerdem war ihm bisher der dezente Silberblick entgangen. Das linke Auge mit seiner graublauen Iris wies eine Normabweichung von geschätzten 6–8% auf. Die Kombination dieser beiden körperlichen Attribute ergab eine ausreichend hohe Trefferquote fürs Wiedererkennen.

»Ihre Mutter hat in Lagos kurz vor ihrem Tod den Roman ›Die Pest‹ von Albert Camus erworben.«

Eva Fiadeiro merkte sichtlich auf, sie legte die Gabel beiseite. Sie warf die Stirn zwar nicht in Falten – ihr Gesicht war nahezu faltenfrei, sie war 30 Jahre alt (Lost hatte sich informiert), sah aber nicht älter aus als Anfang 20 –, aber sie stutzte zweifelsfrei.

»Das ist ungewöhnlich.«

»Warum?«

»Weil sie ›Die Pest‹ schon mehrfach gelesen hat und auch besitzt. Eine gebundene Ausgabe steht im Wohnzimmer, zweites Regal, fünftes Buch von links.«

»Es hat jemand für sie bestellt.«

»Wer?«

»Das wissen wir noch nicht.«

»Vielleicht hat sie es für einen anderen abgeholt. Sie ist Mitglied in einem Lesezirkel der Stadtbibliothek in Olhão, hier im Ort haben wir keine eigene. Und meine Mutter holt sich in der Bibliothek einmal pro Woche ein Buch. Immer die Nummer eins der Bestsellerliste. Wenn es das Buch der Vorwoche ist, dann das nächstplatzierte auf der Liste.«

Leander verstand und überschlug im Kopf weitere Möglichkeiten, die sich aus dieser Aussage ergaben.

»Hat ›Die Pest‹ eine besondere Bedeutung für Ihre Mutter?«

»Sie ist ... war eine große Verehrerin von Camus. Es war schwer, sich nicht davon anstecken zu lassen, und es ist mir auch nicht gelungen.«

»Ich schätze ihn auch sehr.«

Erneut das Aufmerken ihrerseits. Und dann eine Vertrautheit, die Leander trotz der fremden Wohnung und des fremden Menschen in sich aufsteigen spürte.

Ihr Ursprung war für Leander nicht festzumachen, da ein Ursprung immer den Punkt A auf einer Strecke nach Punkt B beschreibt. Doch ganz gleich, wohin man auf dieser Strecke gelangt wäre, das Gefühl der Vertrautheit war schon da. Sie war überall gleichzeitig, steigerte sich in ihrer Intensität und durchströmte ihn mit Wohlbefinden. Einem Wohlbefinden, für das er weit zurückdenken musste, sehr weit, nahezu an den Anfang seines Erinnerungsvermögens. Aber dann war der Gedankensplitter da.

Das Innere eines Autos, durch das in ruhigem Rhythmus pralles Sonnenlicht fiel, durch schneeverhangene Äste hindurch, deren Bäume die winterliche Allee bildeten, durch die sie fuhren. Er selbst auf einem Kindersitz im Fond. Und vorne, mithilfe des Innenspiegels mit ihm schäkernd, seine Mutter, von der er nur die Augen sah. Und die Lachfalten. Und ihre Stimme, die ihm sanft in den Ohren lag. Dazu das Spiel von Licht und Schatten, das durch den Innenraum tanzte und ihn faszinierte.

Genau um diese Vertrautheit handelte es sich.

Dann ein tiefes Horn, das in brutalem Bass alles übertönte und sich sehr schnell näherte. Die Augen seiner Mutter richteten sich hektisch auf etwas anderes. Dann kam der große Stoß und mit ihm der große Wirbel. Wirbelte alles nach allen Seiten und von allen Seiten und um sich selbst.

Und als er die Augen öffnete und Schneeflocken von dem Baum über ihm glitzernd weiß hinabsanken, war seine Mutter weg. Genauso wie der vordere Teil des Autos.

Leander Lost tauchte aus seinen Gedanken auf, kehrte aus dem Kindersitz in der Winterlandschaft zurück in die Wohnung von Teresa Fiadeiro und zurück zu Eva.

Die ihn interessiert musterte. »Woran haben Sie gerade gedacht?«

Er wischte sich über die Augen, die unnatürlich feucht waren. »An Glück.«

Einige Augenblicke saßen sie schweigend da und sahen sich an.

Und dann zog sich diese alles umfassende Vertrautheit mit einem Schlag zurück: Graciana Rosado meldete sich auf Leanders Handy. »Senhor Lost?«

»Sim?«

»Wir haben einen Anhaltspunkt. Es gab da jemanden im Parkhaus, den Senhor Esteves auf den Bändern identifiziert hat.«

»Ich … mache mich auf den Weg.«

»Gut.«

Die Sub-Inspektorin hatte die Verbindung beendet, bevor er es tun konnte.

»Ich muss ins Kommissariat.«

»Ich bringe Sie zur Tür, Leander Lost.«

Eva Fiadeiro ging voran und wich instinktiv den knarrenden Dielen aus. Lost folgte ihr Schritt für Schritt bis zur Tür, die sie öffnete.

»Danke für Ihre Zeit«, sagte sie.

»Ich habe das gerne getan.«

Dann wandte er sich zum Gehen.

»Senhor Lost?«

»Hm?«

Ihre Miene erschien ihm undurchdringlich.

»Darf ich kurz Ihre Hand haben?«

»Solange sie am Arm bleibt.«

Sie sah ihn erstaunt an: »War das Ironie?«

»Ja. Ich habe lange dafür trainiert.«

Sie nahm seine Hand und legte sie sanft auf die blanke Haut ihres Unterarms. Für ein paar Augenblicke.

Es glitzerte. Das Spiel aus Licht und Schatten aus dem Auto, an das er sich erinnert hatte, schien mitten im Flur über ihm und an ihm vorbeizutanzen.

Dann ließ sie seine Hand los und entzog ihm ihren Unterarm. Aber das Glitzern war nicht vorbei.

»Sehen wir uns noch mal, bevor ich zurückfliege?«

»Vermutlich. Ich überbringe Ihnen so schnell wie möglich die persönlichen Gegenstände, die Ihre Mutter bei sich hatte, sobald das Labor sie freigibt. Möglicherweise schon heute Abend.«

20.

Der Anhaltspunkt hieß Pedro Lino und war 47 Jahre alt.

Carlos Esteves' Zeigefinger wanderte in ihrem Gemeinschaftsbüro zwischen den Standbildern der Überwachungskameras auf dem Monitor und den Kopien des Passfotos von Senhor Lino, das er aus dem Einwohnermeldeamt erhalten hatte, hin und her.

Die penible und ermüdende Sichtung der Aufzeichnungen, die Stunden in Anspruch nahm, hatten sie erst heute zu Ende führen können, weil sie im ersten Schritt auf das Erscheinen und Verschwinden von Teresa Fiadeiro fokussiert gewesen waren. Und mit welchem Auto ihre Leiche abtransportiert worden war.

»Die Überwachungskameras zeigen den Mann mit dem falschen Namen Vasco Sousa, wie wir wissen«, führte Carlos aus. Er stand neben dem Schreibtisch und ging beim Reden leicht auf und ab. Ein Zeichen von Aufregung. Graciana saß an ihrem Platz und hörte ebenso aufmerksam zu wie Leander Lost, der vor wenigen Minuten eingetroffen war und sich schon wieder Wasser nachschenkte. Anders als sonst hatte er den Knoten seiner schwarzen Krawatte, einen einfachen Windsor, nicht nachgezogen. War er vielleicht nicht ganz bei der Sache?

»Und das könnte unser Mann sein«, fuhr Carlos Esteves fort und hielt den beiden eine Vergrößerung des Passfotos vor die Nase: »Pedro Lino. 47 Jahre alt. Er wohnt in Lagos. Ein biometrischer Abgleich mit dem Mann hier am Steuer – Sousa – ist wegen der Qualität der Aufnahmen nicht möglich. Ich weiß, da schickt man Leute zum Mond und dann das. Aber … mit Sonnenbrille und Mütze könnte es hinkommen.«

»Sind das die interpolierten Aufnahmen?«, fragte Leander Lost und zog sich den Krawattenknoten nach.

»Ja. Und Isadora sagt, dass das das Maximum ist, was sie rausholen kann.«

Graciana Rosado und Leander Lost beugten sich unwillkürlich vor und glichen das Passfoto mit dem Konterfei hinter dem

Steuer des Mietwagens ab, der später ausgebrannt gefunden worden war.

Wie die Brandsachverständigen Graciana am frühen Morgen hatten wissen lassen, war Brandbeschleuniger verwendet worden. Ansonsten war die Aussicht darauf, in dem völlig verkohlten Wrack noch für die weiteren Ermittlungen verwertbare Spuren zu finden, dürftig. Quasi ausgeschlossen. Und das war vermutlich auch der Grund, warum Vasco Sousa den Wagen in Brand gesteckt hatte – damit alle Spuren restlos vernichtet wurden.

»Möglich ist es«, sagte sie ruhig, »Senhor Lost?«

»Möglich. Aber nicht zwingend.«

Leander wusste, dass er Carlos nicht unbedingt ins Gesicht sehen musste, um seine Frage zu stellen, aber die Menschen fühlten sich wohler, wenn man es tat. Zu ihren Schuhen zu sprechen oder ganz woandershin zu blicken, brachte sie mitunter aus dem Takt. Natürlich durfte man ihnen auch nicht zu lange in die Augen blicken, das brachte sie auch aus dem Takt. Manchmal konnten die Menschen schon kompliziert sein. Lost hatte sich daher angewöhnt, dem Gegenüber auf die Nasenwurzel zwischen beide Pupillen zu blicken. Es war für die andere Person dabei unmöglich zu unterscheiden, ob er sie ansah oder nicht. Deshalb visierte er jetzt diesen Punkt bei Carlos an: »Wie sind Sie auf Senhor Lino gekommen?«

Carlos musste kurz schmunzeln: »In gewissem Sinne durch Sie – Sie wissen schon: Täterwissen. Das Cachoa. Ich habe mich gefragt, wer von dem Brunnen weiß, sich Zugang verschaffen und die Abdeckung öffnen könnte. Deshalb habe ich alle Mitarbeiter überprüft. Pedro Lino hat im Cachoa als Koch gearbeitet. Von 2016 bis Anfang dieses Jahres. Seitdem wohnt er auch in Lagos. Außerdem habe ich seine bisherigen Wohnsitze überprüft.« In Carlos' Augen lag eine Spur Stolz auf sich. Auf diesen Einfall. »Und siehe da … er hat von 2011 bis 2016 wo gewohnt? In Moncarapacho. Genauer gesagt in der Rua da Misericórdia. Klingelt da was?«

Lost schüttelte den Kopf – das Telefon war stumm.

»In derselben Straße wie Teresa«, stellte Graciana fest. Ihr stellten sich die Härchen an den Unterarmen auf.

»Besser. Nicht nur in derselben Straße. Die beiden waren *Nachbarn*. Nummer 4, erste Etage, genau gegenüber von Teresa. Das ist der zweite Kreuzungspunkt. Natürlich auch noch nicht zwingend.«

»Nein«, bestätigte Leander, dem immer noch der Rachen von der Chouriço assado brannte.

»Ich habe die Mobilnummer von Senhor Lino für den Tatzeitraum überprüfen lassen.«

»Kreuzungspunkt drei«, vermutete Graciana.

»Kreuzungspunkt drei«, bestätigte Carlos Esteves. »Die Handymasten sind in Lagos recht eng gestaffelt, wir haben das auf Plandreiecke von rund zweihundert Metern in der längsten Ausdehnung begrenzen können. Und da war er, der Senhor Lino, von 15:15 Uhr bis 16:04. Um 16:04 Uhr verlässt er den Bereich am Sklavenmarkt. Und damit den Bereich der Tiefgarage.« Carlos atmete einmal tief durch und schritt mit einer Spur Feierlichkeit zurück an den Monitor und deutete auf das Foto der Überwachungskamera, das den Fahrer des Mietwagens zeigte. »Exakt die Uhrzeit, in der auch der Mietwagen den Bereich verlässt.«

»Ich bin beeindruckt«, bekannte Graciana Rosado.

»Ich muss zugeben, ich auch ein bisschen«, schloss Carlos sich mit einem spitzbübischen Lächeln an, das sich zu einem Grinsen weitete, dem Graciana sich unwillkürlich anschließen musste. Von Zeit zu Zeit stellte ihr Kollege, an dem alles abzuperlen schien (alles außer Miguel Duarte), eine Selbstironie zur Schau, die sehr charmant wirkte.

»Interessant ist auch, dass er sein Telefon ausgeschaltet hatte. Für ziemlich genau drei Minuten. Von 15:45 bis 15:48 Uhr … praktisch der Todeszeitpunkt von Teresa.«

»Aber warum?«

»Keine Ahnung.«

»Wann haben Sie die Position des Mobiltelefons prüfen lassen?«

»Um 12:42 Uhr, Senhor Lost.«

Leander glich die Information mit der Uhrzeit auf seiner Armbanduhr ab. Carlos zwinkerte Graciana zu.

»In Deutschland muss man dafür einen speziellen Antrag bei der zuständigen Staatsanwaltschaft stellen. Schließlich gilt der Datenschutz auch für verdächtige Personen, da die Unschuldsvermutung …«

»Ich habe mich auf Fluchtgefahr berufen«, kürzte Carlos den Exkurs ab, »Flucht- *und* Verdunkelungsgefahr. Paragraf 249, Absatz d oder e, gilt für laufende Mordermittlungen oder so, können Sie nachschlagen.«

»D oder e«, legte Graciana nach, da sie Losts Zögern bemerkte. »Genauer weiß ich es im Augenblick auch nicht.«

Tatsächlich hatte Carlos sich gegenüber Alfonso Correia nicht auf Gesetzestexte berufen, sondern auf Geschwindigkeitsüberschreitungen. Er hatte einen Abstecher zum Largo do Carmo gemacht, wo sich in Faro das Gebäude der Portugal Telecom befand, um dort zu erfahren, dass Senhor Correia sich gerade ein zweites Frühstück genehmigte. Ein Anliegen, das Carlos entgegenkam, und so tauschten sie bei einem späten Bica und einem frühen Sagres die wichtigsten Informationen aus.

Alfonso und Carlos kannten sich seit der Grundschule und waren eines Nachmittags dabei erwischt worden, wie sie je eine Halskette für ihre Mütter stehlen wollten. Der Straßenhändler, der sie anbot, war damals zwar schon in den Sechzigern gewesen, aber flink wie ein Wiesel – und Alfonso hatte damals schon die große Liebe seines Lebens entdeckt, das Dessert.

Nach nur dreißig Metern hatte der Händler ihn eingeholt und zu Boden gepresst. Und Carlos, der die Flucht hätte fortsetzen können, war nach einem kurzen Zögern umgekehrt.

Sein Vater hatte ihm eine Standpauke gehalten. Ganz ruhig.

Denn sein Vater schrie nie. Niemals. Er erhob vielleicht mal die Stimme, aber er schrie nicht. *Wer schreit, hat sich nicht unter Kontrolle,* pflegte er zu sagen.

Das Schmerzhafte der Standpauke war die Ruhe, mit der sie erfolgte. In treffenden Worten schilderte er dem Sohn, wie dieser sich und die Familie beschmutzt habe. Dann gab es zwei Tage Stubenarrest.

Am dritten Tag nahm der Vater ihn mit – Carlos würde es nie vergessen – zur Eisdiele am Platz der Republik. Er durfte dort so viele Kugeln essen, wie er wollte. Ihm war nach sieben oder vielleicht acht, aber trotz seiner neun Jahre hatte er die Lektion begriffen. Und beließ es bei vier. Eine Wahl, die seinem Vater zu gefallen schien, denn er schenkte ihm eines dieser seltenen Lächeln. *Das hast du gut gemacht, Carlos. Man lässt einen Freund nicht im Stich. Nie.*

Seitdem war Carlos nie wieder weggerannt. Eigentlich war er nie mehr gerannt.

Und nun, bei einer Zigarette für ihn und Bolo de Azeite, einem Olivenölkuchen mit Fenchel, Zitrone und Ceylon-Zimt, für Alfonso, erfuhr Carlos, was er wissen wollte – Pedro Lino hatte sich zur Tatzeit nachweislich in der Nähe der Tiefgarage herumgetrieben. Das könnte die Portugal Telecom auf Anfrage der Staatsanwaltschaft auch zweifelsfrei nachweisen. Im Gegenzug würde man sich darum kümmern, dass das mehrmonatige Fahrverbot wegen Geschwindigkeitsüberschreitung für den alten Schulfreund aus Gründen der Ungenauigkeit der Messung widerrufen wurde.

Auf reguläre Weise an die Daten zu kommen hätte sie Stunden, wenn nicht Tage gekostet. Dass Carlos daher einen anderen Weg gewählt hatte, konnte man Leander Lost zwar anvertrauen, aber seine zwanghafte Wahrheitsliebe könnte sie in Teufels Küche bringen.

Es war nicht häufig vorgekommen, aber in den letzten sechs

Monaten hatten sie ihn etwa dreimal mit Verweisen auf rechtliche Grundlagen ruhiggestellt. Da er sie später nie mehr darauf ansprach, vermuteten sie, alleine die Nennung von Paragrafen genüge, um sich weiterer Nachfragen zu entledigen.

So auch jetzt, denn Leander Lost nickte. »Absatz d und e.«

»D *oder* e«, korrigierte Carlos Esteves.

»Ich verstehe.«

Pedro Lino war in der Largo do Moinho 17 in Lagos gemeldet, zu der Carlos Esteves sofort eine Assoziation hatte – nämlich ein köstliches Sandwich mit Käse, Schinken und Rucola. Dazu Oliven und eingelegte Paprika. Im *O Moinho*. Einem Café und einer Snackbar, die in einer ehemaligen Mühle untergebracht war. Ein runder weißer Korpus, der sich konisch vier oder fünf Meter dem Himmel entgegenstreckte. Umgeben von einer kreisrunden Terrasse, die zum Teil von Sträuchern eingefasst war. Über dem Eingang sorgte ein symbolisches Windrad als Halt für das Sonnensegel. Die Mühle stand als Mittelpunkt einer grünen Oase inmitten eines Wohngebiets oberhalb der Altstadt. Touristen verirrten sich nur selten dorthin.

Graciana Rosado nahm mit dem schwarzen Volvo Kombi erneut die Autobahn Richtung Lagos. Leander Lost hatte wie üblich Platz auf der Rückbank genommen, während Carlos Esteves das Seitenfenster leicht geöffnet hatte, um eine zu rauchen. Immer noch hing das Regengebiet über der Algarve und wässerte die Pflanzen mit Nieselregen.

Dem Verweis auf die Paragrafen war Leander binnen der letzten sechs Monate schon mehrfach nachgegangen. Er hatte die angegebenen Passagen, mit der die Sub-Inspektoren Esteves und Rosado manchmal ihr Verhalten im Dienst legitimierten, nie gefunden.

Nachdem er sie bei ihrem ersten Fall versehentlich denunziert hatte, weil er nicht lügen konnte, verwiesen sie ihn also bei kleinen Dienstverfehlungen stets auf das Gesetzbuch, um ihn über den wahren Sachverhalt hinwegzutäuschen. Ihm hatte sich auch die Systematik dahinter erschlossen – auf diese Weise schützten sie sich vor seinem *Handicap,* ihre Lüge nicht mittragen zu können. Leander war ihnen dankbar für ihre Umsicht.

»Wie war es mit Eva?«, fragte Graciana.

»Sie sieht ein bisschen aus wie ihr eigener Geist«, brummte Carlos, »blass mit Sonnenbrille.«

»Vielleicht hat sie viel geweint.«

»Nein.«

Carlos und Graciana warfen einen Blick nach hinten.

»Sie haben sie ohne Sonnenbrille gesehen?«

»Ja. Sie ist lichtempfindlich.«

»Vielleicht hat sie deshalb früher immer so verkniffen geguckt«, mutmaßte Carlos und musste schmunzeln bei der Vorstellung darüber, dass das Mädchen gar nicht permanent schlechte Laune in die Welt getragen hatte, sondern schlicht die ganze Zeit geblendet gewesen war.

»Kommt sie zurecht?«

»Ich weiß nicht. Senhor Lost hat ihr noch länger Gesellschaft geleistet.«

Leander nickte und begriff Carlos' Äußerung nicht als Aufforderung zu antworten.

»Denken Sie, Senhora Eva kommt zurecht?«, wandte Graciana Rosado sich deshalb direkt an ihn.

»Ja. Sie weiß, was es hier zu erledigen gilt und wann sie nach Coimbra zurückkehren will. Sie hat eine Liste mit allen bestehenden Verträgen dabei. Telefon, Strom, Wasser, all das. Sie wird alles kündigen, die Möbel spenden und die Wohnung zum Verkauf inserieren.«

»Da hat sie es aber sehr eilig«, fand Carlos.

»Warum sollte sie mehr Zeit hier zubringen als nötig?«, fragte Leander.

»Nun ja … Teresa war ihre Mutter. Sie hat in dieser Wohnung mit ihren Eltern gelebt«, antwortete Carlos Esteves, »da gibt es bestimmt viele Erinnerungen. Vielleicht Fotos. Briefe. Es gibt viele Leute, die sich da Zeit nehmen.«

»Vielleicht benötigt sie diese Zeit einfach nicht.«

»Ja, das verstehen wir schon«, sagte Graciana, »es ist nur … man verliert seine Mutter nur einmal im Leben.«

»Natürlich.«

Carlos und Graciana tauschten einen Blick und waren sich einig, dass es keinen Sinn machte, das Gespräch mit Leander Lost zu vertiefen. Es würde zu nichts führen. Es gab Gefühlswelten und zwischenmenschliche Sphären, in denen Blicke, Gesten und Schwingungen das Sagen hatten, zu denen er keinen Zugang hatte. Natürlich: Er empfand Freude und Trauer wie jeder andere Mensch auch, unter einem Verlust hatte er nicht weniger zu leiden als Graciana oder Carlos oder sonst wer. Aber er ging anders damit um. Rationaler.

»Warum sollte sie Zeit in der Wohnung und mit der Lektüre längst nicht mehr aktueller Briefe verbringen, wenn sie nicht das Bedürfnis dazu hat? Aus ihrer Sicht wäre das sehr sinnlos«, sagte er.

Carlos seufzte kaum hörbar: »Das muss sie auch nicht, keiner verlangt das. Es ist nur … je nachdem, wie sehr ein Verlust einen trifft, desto mehr trauert man. Oder eben nicht.«

»Ja.«

»Und wenn Senhora Eva sich hier nur ganz kurz aufhält, um schnell alles hinter sich zu bringen, dann macht das den Eindruck, dass sie der Tod ihrer Mutter nicht so schwer trifft.«

Kurz war Ruhe.

Aber auch das hatten sie bei Leander Lost gelernt – das war meist nur die Ruhe vor dem Sturm.

Und richtig: »Weder die Dauer, die Eva Fiadeiro in der Wohnung ihrer Mutter zubringt, noch die Zeit, mit der sie die Dinge tut, die man in diesem Gefühlszustand von anderen gewohnt ist, kann Aufschluss über die Intensität ihrer Trauer geben. Ihre Sicht der Dinge verunsichert mich gerade.«

Graciana warf ihm über den Innenspiegel des Autos einen

Blick zu. Er hatte die Augen zusammengekniffen und wirkte konzentriert.

»Was daran?«, fragte sie.

Er hob den Blick und sah ihr indirekt über den Spiegel in die Augen. »Dass Sie eine kurze Zeit der Beschäftigung mit einem reduzierten Maß an Empathie und Anteilnahme und Wertschätzung verbinden. Und da ist mir bewusst geworden, dass Sie eventuell mein Verhalten Ihnen gegenüber mit dem gleichen Maßstab betrachten. Und dass das vermutlich … oder sehr wahrscheinlich ein Zerrbild ergibt. Denn, Senhora Graciana, ich schätze Ihren unerschütterlichen Gerechtigkeitssinn sehr, und dass Sie immer für die Bedürfnisse aller anderen da sind und Ihre eigenen dabei unterordnen. Maßgeblich, natürlich. Ich könnte Ihnen noch mehr aufzählen …

Und Sie, Senhor Esteves, Sie schätze ich für Ihre Gradlinigkeit und Verlässlichkeit. Ich habe zwar auch Leute in diesem Zusammenhang von Starrsinn reden hören, aber das halte ich für unerheblich.«

»Sie verstehen es, ein Kompliment zu machen.«

»Es freut mich, dass das bei Ihnen angekommen ist. Es entspricht nicht meinem Wesen, das zu artikulieren, aber bevor es unbemerkt bleibt, spreche ich es lieber aus: Ich kann mir im Augenblick kein Team vorstellen, in dem ich lieber wäre.«

Die Stille im Volvo war absolut. Diese Zuneigungsbekundung ihres deutschen Kollegen erwischte sie beide kalt.

»Vor 2016«, sagte Leander Lost dann unvermittelt, »was hat dieser Senhor Lino da gemacht?«

Carlos musste erst einmal durchatmen, bevor er darauf antworten konnte: »Da war er freiberuflich, und davor … für eine Firma namens *As Sombras* tätig.«

»*As Sombras? Die Schatten?*«, fragte Graciana, um sicherzugehen, dass sie Carlos richtig verstanden hatte. »Merkwürdiger Name für eine Firma.«

»Ja.«

»Was hat er für die gemacht? Auch gekocht?«

»Dazu gibt es im Zentralrechner keine Angaben.«

»Aber es ist eine Firma, oder?«

Carlos nickte: »Sie sitzt in Lissabon. Aber es gibt keine Informationen im Netz, keine Website, nur eine Telefonnummer.«

Der Largo do Moinho befand sich am Ende einer Sackgasse direkt zwischen sechs- und siebengeschossigen Wohnbauten, einem Bäcker und der Mühle O Moinho. Pedro Lino wohnte im dritten Stock eines weiß getünchten Hauses, dessen Balkone alle in kräftigem Blau gehalten waren. Wegen des Nieselregens hing nirgends Wäsche. Aber man konnte die Spitzen etlicher Fernsehantennen sehen – dafür fehlten die in Portugal typischen Satellitenschüsseln. Drei Jungs und ein Mädchen bolzten bis auf die Haut durchnässt und völlig ins Spiel versunken mit einem echten Lederball. Ihr Lachen brach sich an den Wohnhäusern und stieg in den Himmel.

Was für eine Selbstvergessenheit, was für eine Freude, was für ein einfaches Vergnügen. Die Kindheit klebte immer nur im Jetzt und konnte erst im Nachhinein geschätzt werden, dachte Graciana mit Bedauern.

»Ich möchte, dass sich immer einer von uns in seinem toten Winkel aufhält. Das machen Sie, Senhor Lost. Bei einer verdächtigen Bewegung greifen Sie ein. Ich selbst spreche mit ihm, Carlos, du sicherst mich. Wenn du Zeit findest, sieh dich etwas um. Aber lass ihn auch nicht aus den Augen.«

»Das wird kompliziert.«

»Du schaffst das.«

Sie betraten das Gebäude, das im Innern auffallend sauber war, und nahmen die Treppe nach oben.

»Wollen Sie ihn vorläufig festnehmen?«, fragte Leander.

»Dazu reichen die Indizien nicht. Ich kann ihn nur festnehmen, wenn er den Mord einräumt oder wir die Tatwaffe bei ihm finden.«

»Aber wir haben keinen Durchsuchungsbeschluss, nehme ich an.«

»Ganz recht. Ich werde ihn einfach zur Anhörung mit aufs Kommissariat nehmen. Und zwar umgehend.«

»Haben Sie dazu die Handhabe?«

»Nein. Aber ich riskier's.«

»Warum?«

»Weil man manchmal etwas riskieren muss.«

»Warum?«

»Um Ungerechtigkeit aus der Welt zu schaffen.«

Carlos knöpfte das Leinenjackett auf, entsicherte die Glock und verstaute sie hinten im Hosenbund. Er legte die linke Hand auf den Knauf. Den Zeigefinger schmiegte er neben dem Abzug ans Metall.

»Sie setzen darauf, dass er den Mord eher im Kommissariat einräumt?«

»Nein. Sie und ich überführen ihn ins Kommissariat. Ich setze darauf, dass Senhor Esteves dann in der Wohnung nach dem Rechten schaut. Sich zum Beispiel um eine laufende Waschmaschine oder einen Topf auf dem Herd kümmert und dabei auf die Tatwaffe stößt. Oder auf Unterlagen für den Mietwagen. Auf irgendwas.«

»Ohne was anzufassen«, fügte Carlos hinzu.

»Genau so«, bestätigte Graciana.

Sie erreichten die dritte Etage.

»Das ist ein merkwürdiger Plan«, stellte Leander Lost fest und entsicherte jetzt auch seine für Linkshänder konzipierte PPQ99, bevor er den Schlitten durchzog und sie wieder einsteckte. Jetzt war sie scharf.

An der weißen Tür stand neben der Klingel tatsächlich der Name: Lino.

Graciana klingelte. Leander Lost nahm schräg hinter ihr Aufstellung und Carlos lehnte sich neben die Tür – in den toten Winkel.

»Vasco Sousa, die Zweite«, murmelte Graciana. Dann wurde die Tür schwungvoll geöffnet. Vor ihr stand ein schmächtiger Mann in Jeans und offenem blauem Hemd. Darunter ein weißes T-Shirt. Die vollen Haare an den Schläfen ergraut. Ein Geschirrtuch lag lässig auf seiner Schulter, die Ärmel des Hemdes hochgekrempelt. Er sah nicht aus wie der Mann auf dem Passfoto.

»Olá?«

»Boa tarde. Sub-Inspektorin Rosado von der Polícia Judiciária. Ich hätte gerne Senhor Lino gesprochen.«

Der Mann merkte kurz auf, sah zu Lost und bemerkte dann auch Carlos Esteves, der sich von der Wand löste, aber er blieb äußerlich gelassen.

»Pedro?«, rief er hinter sich in die Wohnung. »Hier möchte dich jemand sprechen!«

»Und Sie sind?«

»Ricardo Torres. Ich bin zu Besuch hier. Wollen Sie nicht reinkommen?«

»Gerne.«

Torres trat zurück in den Flur und führte sie in das Wohnzimmer. Die Wohnung war am Boden hell gefliest, die Wände weiß. Um Glühbirnen hingen filigran gearbeitete Behältnisse in maurischem Stil. Der setzte sich mit einem Berberteppich an der Wand und einigen Holzschnitzereien fort.

Das Wohnzimmer bestand aus einer beigen Couch voller verschiedenfarbiger Kissen, einem Glastisch und einem großen Fernseher. Von hier aus ging es hinaus auf den Balkon. Auf dem Glastisch lag ein Malbuch neben der Fernsehzeitschrift. Die Wand neben dem Fernseher wurde von drei afrikanischen Holzmasken geschmückt.

Aus der angrenzenden Küche, aus der ihnen der Geruch von Knoblauch und Öl entgegenschlug, kam Pedro Lino. Kleiner als Torres, etwas untersetzt, der Blick wach, die Augen wässrig. Der rechte Unterarm und die linke Wade tätowiert. War das der Mann am Steuer des Mietwagens? Mit Sonnenbrille und Basecap?

»Ja?«

»Polizei«, sagte Torres nur. »Ich pass auf, dass es nicht anbrennt.« Damit machte er sich auf den Weg in die Küche.

Pedro Lino sah sie offen an, aber seine Körperhaltung verriet Anspannung. Ein weites Hemd, weit aufgeknöpft, dazu Shorts. Es hatte nicht den Anschein, als trage er die Bobcat bei sich.

»Mein Name ist Rosado. Ich bin von der Polícia Judiciária.«

Nachdem sie sich einander vorgestellt hatten, hatte Graciana ihn aufgefordert, mit ihr im Wohnzimmer über Eck auf der Couch Platz zu nehmen. Nach einem kurzen Zögern war der ehemalige Koch des Cachoa dem nachgekommen.

Das erlaubte es Lost, sich bequem schräg hinter ihn zu stellen und ihn im Auge zu behalten. Leander war klar, warum sie Lino in eine Sitzposition gebeten hatte – aus der heraus war er weniger beweglich. In dem Augenblick, in dem er ohne Vorankündigung hochfederte, wäre Leander Lost bei ihm.

Da trat Carlos an ihn heran. »Ich mach das, sehen Sie sich um, por favor.«

»Gut.«

Sie tauschten die Position, und Leander begann damit, die Wohnung abzuschreiten. Dabei bemühte er sich, auszusehen, als würde er schlendern.

»Sie haben früher in Moncarapacho gelebt?«, fragte Graciana.

Lino nickte lediglich und zündete sich dann eine Zigarette an.

»Sie kennen Teresa Fiadeiro?«

»Gut, ja. Wir waren Nachbarn.«

»Hatten Sie ein gutes Verhältnis?«

»Sehr gut, ja. Sie ist ein paarmal als Babysitterin für uns eingesprungen.«

»Für uns?«

»Meine Frau und meine Tochter«, sagte er und lächelte leicht, »aber die ist inzwischen aus dem Gröbsten raus.«

Graciana nahm das Malbuch in die Hand und blätterte darin. Pferde, Feen, Hunde. Mit bunten Malstiften nachempfunden.

»Neun, zehn?«

»Neun.«

»Was machen Sie beruflich?«

»Sind Sie deswegen hier?«

»Auch, ja. Also?«

»Ich arbeite freiberuflich als Koch.«

»Sie waren bis Anfang des Jahres im Cachoa angestellt?«

»Das stimmt. Aber ich hab mich mit dem Chefkoch überworfen und bin gegangen. Seitdem bin ich wieder selbstständig. Betriebsfeiern. Private Anlässe, Hochzeiten, so was.«

»Leben Sie gut davon?«

Er seufzte und breitete die Unterarme aus: »Es kann immer besser gehen.«

»Wann sind Sie Senhora Fiadeiro das letzte Mal begegnet?«, fragte Lost unvermittelt. Alle Blicke richteten sich auf ihn.

»Oh, das … kann ich schwer sagen. Der letzte persönliche Besuch liegt Monate zurück. Und dann ist man sich noch mal hier oder da über den Weg gelaufen. In der Stadt oder in einem Lokal, rein zufällig. Wie das so ist, wenn der eine Nachbar wegzieht.«

»Obrigado«, sagte Lost und schlenderte zum Türrahmen der Küche, aus der der Essensgeruch ins Wohnzimmer zog.

Dort stand Ricardo Torres und regulierte den Gasherd herunter. Vor ihm brutzelte in einer Pfanne eine Tomatensoße und in einer anderen vier Hähnchenschenkel. Leander Lost sog den Geruch ein. »Irgendetwas riecht nach Nuss.«

Torres schenkte ihm ein kurzes Lächeln, während er einen Butterkürbis aufschnitt.

»Das ist *Muamba de Galinha,* ein altes portugiesisches Rezept.

Und das, was Sie riechen«, er hielt eine Flasche mit öliger, transparenter Flüssigkeit hoch, »ist vermutlich das Palmnusskonzentrat hier.«

»Sie sind auch Koch?«

Torres schüttelte den Kopf: »Meine Fähigkeiten beschränken sich darauf, nichts anbrennen zu lassen. Manchmal nicht mal das. Pedro ist der Koch.«

Leander wandte sich wieder dem Wohnzimmer und Pedro Lino zu.

»Vorgestern, sind Sie Teresa Fiadeiro da begegnet?«, fragte Graciana.

»Nein. Was sollen die Fragen, bitte? Sie kommen hierher, Sie stellen mir Fragen über Teresa – was ist passiert? Ist ihr was passiert?«

Graciana sah dem Mann in die Augen und versuchte darin zu lesen. Vergeblich. »Sie ist tot.«

»Gott … wie ist das passiert?«

»Das erfahren Sie zu gegebener Zeit. Wo waren Sie vorgestern zwischen 15 und 16 Uhr, Senhor Lino?«

Der Mann überlegte kurz und nutzte die Zeit, um sich eine weitere Zigarette anzuzünden. Der Aschenbecher am offenen Fenster quoll über vor Kippen. »In der Lenda-Bar.«

»Die oberhalb der Tiefgarage am Sklavenmarkt?«

»Genau die.«

»Dafür gibt es Zeugen?«

»Ja. Ich war mit Ricardo da.« Pedro Lino deutete mit einer Kopfbewegung in Richtung Küche.

»Senhor Torres?«

»Sim?«

Torres kam mit einem Salzstreuer in der Hand ins Wohnzimmer, während Leander sich langsam Richtung Schlafzimmer bewegte.

»Wir gehen hier nur kurz eine Routinebefragung durch. Wo waren Sie denn vorgestern zwischen 15 und 16 Uhr?«

Torres' Augen verengten sich leicht, während er sich zu erinnern versuchte. »War das vor dem Angeln?«

»Ja«, antwortete Pedro Lino.

»Dann waren wir in dieser Bar um die Ecke vom Sklavenmarkt. Am Kanal.«

»Lenda-Bar?«, fragte Carlos.

»So hieß sie, glaub ich.«

»Ja«, bestätigte Pedro Lino, »so heißt sie.«

»Kann ich kurz umrühren?«, fragte Ricardo Torres und deutete hinter sich.

»Gleich«, vertröstete Carlos ihn. »Sind Sie sich sicher mit der Uhrzeit?«

Torres nickte: »Wir sind von da zum Angeln gegangen und haben über den Kanal übergesetzt.«

»Obrigada.«

Er nickte und kehrte zurück in die Küche zu seinen Hähnchenschenkeln. Carlos spürte, wie sein Magen ein dezentes Knurren von sich gab.

Das Foto über dem Ehebett fiel Leander Lost ins Auge. Vater, Mutter, Kind. Die Mutter eine Afrikanerin mit unglaublich weißen Zähnen. Sie strahlte in die Kamera. Zwischen Pedro Lino und ihr stand ein Mädchen, offenbar die Tochter, die ihre Eltern an den Händen hielt. Ihre Haut hatte einen sanften, beinahe cremigen Ton. Auch sie lachte. Ihre Haare waren zu zwei Zöpfen geflochten. Die Familie stand irgendwo am Meer. Soweit Leander das beurteilen konnte, sahen sie glücklich aus.

Auf der einen Seite des Bettes lag ein Sportmagazin. Auf der anderen Seite ein Roman, der so abgelegt worden war, dass die untere rechte Ecke des Buchrückens umgeknickt war. Leander war, als könne er den Schmerz des Eselsohrs spüren. Ganz so, als habe man ihn seit Stunden gezwungen, sein Bein extrem weit zu beugen. Leander versicherte sich, dass man ihm das Umdrehen eines Buches in seine korrekte Lage auch bei Böswilligkeit nicht als heimliche Durchsuchung auslegen konnte. Also drehte er das Taschenbuch um und empfand große Erleichterung.

»*As Sombras*«, richtete Graciana das Wort im Wohnzimmer wieder an den Koch mit den wässrigen Augen, »*die Schatten*. Für die waren Sie tätig, bevor Sie im Cachoa gearbeitet haben?«

Pedro Lino beließ es abermals bei einem Nicken und schob dann, als er den auffordernden Blick der Sub-Inspektorin nicht länger übersehen konnte, ein *projektweise* nach.

»Projektweise als was?«

»Als Berater.«

»Berater von was? Kommen Sie, lassen Sie sich nicht alles aus der Nase ziehen.«

Pedro Lino seufzte leise, wog den Kopf hin und her, als suche er nach den richtigen Worten – was er auch tat.

»As Sombras war eine … Gruppe von Experten, die von der Regierung zusammengestellt worden war. Mehr kann ich Ihnen nicht sagen, ich bin vertraglich zu Stillschweigen verpflichtet.«

»War?«, mischte Carlos sich ein. »Die haben immer noch eine Telefonnummer.«

»Ich weiß. Warum lassen Sie mich nicht in Ruhe und rufen dort selbst an und fragen nach? Sie kommen hierher, in meine Wohnung, Sie verhören mich vor einem guten Freund, Sie wollen nur ein paar Fragen stellen. Aber es ist recht offensichtlich, dass Sie mich verdächtigen, meine ehemalige Nachbarin getötet zu haben. Warum hätte ich das tun sollen? Ich bin ehrlich erschüttert.«

Sein Gesichtsausdruck war starr. In dem Moment betrat Leander Lost wieder den Raum.

»Carlos, lass dir von Senhor Torres bitte die Papiere zeigen«, sagte Graciana.

Carlos nickte ihr zu und ging hinüber in die Küche, wo Ricardo Torres mitgehört hatte und aus seiner Jacke an der Garderobe die Brieftasche mit seinen Personalien hervorholte.

»Ihre Frau ist unterwegs oder am Arbeitsplatz?«, wandte sich Graciana wieder an Pedro Lino.

»Sie ist mit meiner Tochter unterwegs. Ich habe ihnen eine Woche auf einem Reiterhof geschenkt. Unsere Kleine ist verrückt nach Pferden. Und Ricardo und ich haben endlich mal Zeit fürs Angeln und zusammen Ausspannen.«

»Sie sind alte Freunde?«

»Ja. Schulfreunde.«

Graciana nickte, und Carlos kam aus der Küche zurück und steckte sein Smartphone ein. Sie stand auf. »Ich danke Ihnen. Vermutlich werden wir uns in dieser Angelegenheit nicht wiedersehen«, log Graciana. Und sie sah in Pedro Linos Augen, dass er wusste, dass sie gelogen und Witterung aufgenommen hatte.

21.

»Das war kein guter Plan«, stellte Leander Lost fest, während sie die Treppen hinunter zum Volvo nahmen.

»Doch, er hat nur nicht hingehauen, weil wir nicht damit gerechnet haben, dass er Besuch hat«, antwortete Carlos Esteves mit einer Spur Gleichmut.

Graciana Rosado hatte das Handy am Ohr, sie sprach mit Marisa in der Zentrale: »Carlos hat dir gerade die Fotos der Personalien von Ricardo Torres geschickt. Lass den Mann komplett überprüfen. Papiere, Wohnort, Vorstrafen. Vorher rufst du bitte Senhora Elena Costa an, das ist die Vermieterin des Hauses in der Beco dos Eucaliptos No. 17. Das, das von Vasco Sousa gemietet worden war.« Als sie zusammen die Haustür erreichten, stoppte Graciana Rosado ab und versperrte ihnen mit einer Geste den Weg. »Wissen Sie noch die Nummer der Vermieterin, Senhor Lost?«

»Neun-sieben-null-sieben-acht-eins-sieben-zwei-zwei.«

»Habs gehört und notiert«, bestätigte Marisa.

Carlos musterte Leander von der Seite, ohne dass der es bemerkte. Der Alemão erinnerte ihn in solchen Augenblicken immer wieder an Mr Spock. Fehlten nur noch die spitzen Ohren.

»Senhora Costa soll so schnell wie möglich dort sein. Wir konfiszieren das Haus für … sagen wir für drei Tage ab heute. Vielleicht stoßen wir doch noch auf etwas von ihm.«

»Wird erledigt.«

»Und verbinde mich mit Luís, por favor.«

Es gab ein Klacken in der Leitung.

»Die Telefonnummer – müssen Sie sich eigentlich konzentrieren, um sich so was zu merken?«, fragte Carlos den Alemão.

»Nein. Es ist einfach … verfügbar, wenn ich die Information benötige. Ich benutze keine Mnemotechnik.«

»Ich könnte mir das nicht alles merken«, bekannte Carlos.

»Das liegt daran, dass Ihr Gehirn relevante von irrelevanten Informationen unterscheiden kann und die irrelevanten irgendwann vergisst. Ich kann die irrelevanten nicht vergessen.«

Carlos nickte, weil ihm keine Antwort einfiel und ihm bewusst wurde, dass er noch nie einen tiefer gehenden Gedanken an den Sinn des Vergessens verschwendet hatte.

In Gracianas linkem Gehörgang ertönte das Freizeichen der GNR in Moncarapacho.

»GNR-Posten in …«

»Luís?«

»Äh … Graciana?«

»*Exatemente*. Schnapp dir Ana und fahr nach Lagos. Wir treffen uns in der Beco dos Eucaliptos No. 7. Und noch was – kommt mit zwei Autos. Nehmt *Finta,* den Van, und einen Zivilwagen.«

»Wir … äh … wir haben doch gar keinen Zivilwagen hier.«

»Dann nimm deinen Privatwagen und …«

»Und wie kann ich das abrechnen? 30 Cent pro Kilometer, oder?«

»Ich meine ja. Das klären wir dann, Luís, es wird nicht zu deinem Nachteil sein.«

»Nicht, dass ich kleinlich bin, es ist nur …«

»Schon gut. Und zieht euch auch was Ziviles an. Keine Uniform.«

»Ja, das können wir machen, aber … wenn wir jetzt nach Lagos fahren … wir müssten da um fünf Uhr wieder los, damit wir pünktlich zum Dienstschluss wieder hier sind. Lohnt das überhaupt?«

»Gut, dass du das ansprichst. Nehmt auch frische Wäsche mit und Zahnbürsten.«

Graciana beendete das Gespräch. Nicht aus Furcht vor weiteren Bedenken, Einwürfen oder gar einer Widerrede, sondern weil sie spürte, wie sich ihr Herzschlag mit jedem weiteren Einwurf von Luís erhöhte. Mittlerweile war es zu einem sanften Trommeln geworden, das sich mit demjenigen vermischte, das an dem Glas der Eingangstür erklang – gerade ging ein Platzregen nieder.

Im Laufschritt – Carlos ging nur schnell – erreichten sie den Volvo und setzten sich hinein. Die Scheiben beschlugen sofort. »Ich bin mir sicher, dass wir beobachtet werden«, sagte Graciana, wendete den Volvo in der Kehre und fuhr davon. Nach zwei Ecken stoppte sie neben einem Lokal, das sich *Simão* nannte und im Erdgeschoss eines Wohnhauses untergebracht war.

Drei große Doppelfenster gewährten einen guten Blick nach drinnen. Rote Plastikstühle an schwarzen, quadratischen Tischen, links die für Raucher, einen Meter weiter rechts die für Nichtraucher. Dazu eine Bar, die über Eck verlief, und auf einer Fläche von vierzig Quadratmetern drei Fernseher unterschiedlicher Generationen. Der älteste verfügte noch über eine Röhre und einen leicht gewölbten Schirm.

Graciana wies Carlos in kurzen Worten an, was zu tun war, wenn Luìs und Ana eintreffen würden, und überließ ihm und Leander Lost den Volvo. Sie selbst stieg aus, lief geduckt unter die weiße Markise, die sich über den Eingang des Simão wölbte, und verschwand in dem Lokal, das von Arbeitern und Handwerkern in Monteuranzügen und zwei Männern mit dunkelblauen Hemden und Krawatten – vermutlich Bankangestellte – besucht war. Sie alle nutzten das Lokal für eine kurze Pause und informierten sich erst über die Fernseher und dann im Zweifelsfall gegenseitig über die Flanken, Fouls, Tore des gestrigen Spiels, das mithilfe von Zeitlupenaufnahmen im Fernsehen bis ins letzte Detail (und darüber hinaus) einer Analyse unterzogen wurde.

Graciana vermutete, dass sie vom Lokal aus einen Blick auf den Eingang des Hauses haben würde, aus dem sie gerade hinausgelaufen waren. Und sie lag nicht nur richtig, sondern sie hatte auch noch Glück: Einige Tagesangebote waren in knallroter Schrift auf einem Spiegel an der Wand neben dem Seiteneingang festgehalten worden. Dank des Spiegels musste sie sich also gar nicht am Fenster blicken lassen – wo man sie womöglich ihrerseits entdeckt hätte.

Graciana wählte die polizeiinterne Nummer des nächsten GNR-Postens in Lagos, der sich in der Rua Convento Senhora da Glória befand, keine 500 Meter nördlich von ihrer Position. Sie forderte mit leiser Stimme die jüngste Beamtin an. Ohne Uniform, por favor.

Elena Costa war eine kompakte Erscheinung. Klein, kräftig, das Gesicht braun gebrannt und flach. Carlos Esteves schätzte sie auf Mitte fünfzig. Sie war zwar pünktlich im nachlassenden Regen vor der No. 17 erschienen, aber Leander Lost hatte ihre Miene als *nicht begeistert* dechiffriert. Und damit lag er goldrichtig.

»Ich bekomme heute Gäste aus Brighton, die landen in den nächsten 20 Minuten. Sie können das Haus nicht haben.«

»Das ist ein Problem«, sagte Leander zu Carlos.

»Das sehen wir gleich«, antwortete der und wollte sich an die Vermieterin wenden.

»Die zwei Zustände schließen sich gegenseitig aus«, fügte Lost hinzu, »sie schließen sich aus.«

Für gewöhnlich hätte Carlos dieser merkwürdigen Aussage

keine weitere Beachtung geschenkt – wenn sich die Beine des Alemão nicht plötzlich versteift hätten und er begonnen hätte, hektisch um einen der Orangenbäume herumzustaksen. Dabei tickte der linke Zeigefinger in einer rasenden Frequenz an den linken Daumen, die fast die Grenze der Sichtbarkeit überstieg. Auch Elena Costa merkte auf, Carlos sah ihren Blick.

»Es schließt sich aus! Es geht nicht! Es schließt sich aus!«

Leander beachtete die beiden nicht, er bewegte sich im Kreis auf der Suche nach einem Ausgang. Sein ganzes Denken war blockiert, ein Eingeschlossensein, das einen dumpfen Druck in seinem Kopf erzeugte.

»Wir finden eine Lösung, Senhor Lost«, sagte Carlos, der sich ihm ruhig in den Weg stellte. Aber Leander wich ihm aus wie einem Laternenpfahl.

»Lost.« Er griff nach dem Arm des Deutschen.

Leander schrie unvermittelt auf und riss den Arm mit einer Energie aus Carlos' Griff, die sie beide fast stürzen ließ.

»Es schließt sich aus!«

»Was ist mit Ihrem Kollegen?«

»Senhor Lost …«

Aber der schmale Kerl in seinem schwarzen Anzug stapfte weiter wie in einem Korridor ohne Ausgang. Carlos fühlte sich hilflos. Er, ein erwachsener Mann, dem durch seinen Beruf nichts Menschliches fremd und der nie um eine Antwort verlegen war, stand dort wie ein Schuljunge. Aber das war nicht schlimm. Das Schlimme war die Scham, die er jetzt empfand.

Nicht für den Austauschkommissar. Für sich.

Über ein halbes Jahr hatte er mit diesem Mann zu tun gehabt. Und wusste auch von Soraia, dass es zu diesen Situationen kommen konnte. Aber er hatte das hingenommen. Mit einem Schulterzucken, sozusagen. Es betraf ihn schließlich nicht, wenn so eine »Störung« auftrat. Bis jetzt. Jetzt betraf es ihn. Und er schämte sich für sein Desinteresse während der letzten sechs Monate.

»Es schließt sich aus.« Lost beschrieb weiter auf Beinen, die schmerzhaft verkrampft wirkten, seine Kreise im wieder stärker werdenden Regen.

Ein verzweifeltes Kind oder einen schockierten Kollegen hätte er einfach fest in die Arme genommen und nicht mehr losgelassen, bis es abklang. Aber Leander Lost reagierte auf Berührungen – mit Ausnahme des Händeschüttelns – abweisend, und der unüberlegte Versuch eben bestätigte das. Auch auf sprachlicher Ebene würde Carlos ihn nicht erreichen. Und auf physischer ebenso wenig – zumindest würde Senhor Lost sich zur Wehr setzen.

Und dann, beim Anblick des Kreises, den der Kollege im nassen schwarzen Anzug manisch abschritt, kam Carlos eine Idee. Abwegig natürlich, bescheuert geradezu.

Er schob sich in einigem Abstand vor den Deutschen und schritt nun ebenfalls um den Orangenbaum herum. Dabei behielt er Elena Costa aus den Augenwinkeln im Blick, die sich unter einen der anderen Orangenbäume gestellt hatte, um sich zumindest ein wenig vor dem Regen zu schützen. Falls sie den Versuch unternehmen sollte, vor den zwei Irren Reißaus nehmen zu wollen.

Wie beabsichtigt holte Leander langsam auf und folgte ihm gewissermaßen. Zu zweit umrundeten sie jetzt den Baum. Ein Postauto näherte sich und hielt kurz in der Kehre, und der junge Fahrer ließ die von Regentropfen übersäte Seitenscheibe heruntergleiten, um die Hausnummer an der Pforte besser sehen zu können.

»Es schließt sich aus«, sagte Carlos, während Lost weiter aufrückte. Er nahm wahr, wie die Taktfrequenz zwischen Zeigefinger und Daumen kurz ins Stottern kam.

»Es schließt sich aus«, bestätigte Leander, während sie den Baum wie einen Totempfahl umkreisten.

»Was schließt sich aus?«, wollte der Fahrer wissen.

»Fahr weiter! Oder ich brech dir das Nasenbein.«

Der junge Mann schluckte schwer, legte den Gang ein und fuhr weiter: »Ihr Gestörten.«

Carlos konzentrierte sich auf die Schrittfolge. Falls es Gracianas Bestreben gewesen war, möglichst unauffällig Stellung in der Nähe von Pedro Linos alias Vasca Sousas Haus zu beziehen, fiel Carlos nicht ein, wie man das noch effektiver hätte torpedieren können – außer sich nackt auszuziehen und rot anzumalen vielleicht.

»Senhora Elena, haben Sie noch ein Haus zu vergeben? Denn es schließt sich aus.«

»Es schließt sich aus«, bestätigte Leander.

»Nun ja … da gibt es noch das Haus in der Rua Tristão da Cunha.«

»Das ist nicht weit weg von hier«, wusste Carlos.

»Ja. Es ist bloß teurer.«

Zeigefinger und Daumen fanden sich nicht mehr, und dann nahm Carlos all seinen Mut zusammen, seinen Instinkt und, ja, alles an Feingefühl, alles, was er an Schwingungen auffangen konnte, und scherte aus, als sein Bauch es ihm riet. Nach links schwenkte er aus dem Kreis aus und ging auf Elena Costa zu, deren Zurückweichen vom dünnen Stamm des anderen Orangenbaums verhindert wurde. Carlos blickte nicht über die Schulter, bemerkte aber, dass Lost ihm folgte.

»Es schließt sich nicht aus, wenn Sie das Haus in der Rua Tristão da Cunha für die Touristen aus Brighton zur Verfügung stellen.«

»Pois é verdade«, gab Elena Costa widerstrebend zu. Dabei behielt sie den Mann im Anzug genau im Auge.

»Es schließt sich nicht aus?«, fragte Leander Lost und sank ein paar Zentimeter tiefer, weil seine Beine sich entspannten.

Carlos konnte einen Seufzer nicht unterdrücken: »Nein.« Und zu Elena Costa gewandt: »Wir haben eine Kollegin verloren. Und ihr Mörder hat hier gewohnt, in diesem Haus. Bei Ihnen. Wenn es zum Prozess kommt – und zu dem kommt es hundertprozentig –, dann wird die Staatsanwaltschaft sicherlich Ihre Kooperationsbereitschaft zu schätzen wissen und …«

Senhora Costa erfasste, dass dies eine Brücke war, nicht aus Gold, aber immerhin. Doch viel wichtiger: womöglich die letzte.

»Nun ja«, sagte sie und lächelte etwas, »die Briten wollen ja sowieso raus aus Europa.«

»Und haben sie unser Land sonderlich bereichert? Außer mit Pubs und Saufgelagen?«

»Nein. Selbst mit viel Wohlwollen muss man sagen: Sie sind eigentlich sehr unkultiviert.«

Carlos nickte und hielt ihr die offene Hand hin. Elena Costa packte die Chance beim Schopf und legte ihm den Hausschlüssel auf die Handinnenfläche.

»Sie haben das Richtige getan, Dona Elena.«

»Ja«, fügte Lost hinzu, der jetzt wieder in seine übliche Steifheit zurückgefunden hatte, »jetzt schließt es sich nicht mehr aus.«

»Sim?«

»Graciana Rosado, Polícia Judiciária Faro. Mit wem spreche ich?«

»Augenblick.«

Graciana, die sich an der Bar des Simão ein Glas frisch gepressten *sumo de laranja natural* bestellt hatte, an dessen Strohhalm sie jetzt saugte, hörte, dass der Angerufene den Hörer kurz beiseitelegte, gefolgt von dem Klappern einer Tastatur.

»Hm. Gut, wie kann ich Ihnen helfen?«

»Zunächst mal mit Ihrem Namen, damit ich Sie ansprechen kann.«

»Mein Name ist Bruno Silva.«

Er macht sich nicht mal Mühe beim Lügen, dachte Graciana. Und es klang auch nicht so, als sei sie die Erste, die sie zu hören bekam. »Haben Sie mich gerade irgendwie überprüft?«

»Ganz genau.«

»Verstehe. Ihre Firma, As Sombras, was machen Sie? Was ist Ihr Geschäftsfeld?«

»Warum möchten Sie das wissen?«

»Weil die Firma im Zusammenhang mit Mordermittlungen eine Rolle spielt.«

Jetzt herrschte kurz Stille in der Leitung. Dann ein Räuspern. »Mord an wem?«

»Dienstgeheimnis.«

»Verstehe … wo sind Sie?«

»Warum?«

»Weil ich Ihnen jemanden schicken werde, der persönlich mit Ihnen darüber spricht.«

»Warum sprechen Sie nicht mit mir darüber? Ich möchte nur eine simple Information. Was ist Ihr Geschäftsfeld?«

»Ich schicke Ihnen jemanden. Wo sind Sie, bitte?«

»In Lagos.«

»Wo kann mein Kollege Sie treffen?«

Graciana überlegte kurz. Die ganze Angelegenheit bekam einen merkwürdigen Beigeschmack. »Warum machen Sie es so kompliziert?«

»Wir reden grundsätzlich nur persönlich. Daran ist nichts kompliziert. Es sei denn, Sie haben es sich anders überlegt.«

Der belehrende Ton missfiel ihr, aber ihre Intuition sagte Graciana, dass Bruno-Silva-oder-wie-immer-er-hieß konfrontativ nicht beizukommen war. Jedenfalls nicht kurzfristig. »Meine Nummer sehen Sie auf Ihrem Display?«

»Ist notiert.«

»Wann kann er da sein, Ihr Mitarbeiter?«

»Augenblick … in etwa … ja, in etwa eineinhalb Stunden.«

Mittlerweile war es später Nachmittag, und ihr wurde langsam schlecht vor Hunger. Nicht weit entfernt gab es ein gutes Restaurant mit einer überdachten Terrasse, das nahezu ausnahmslos von Einheimischen frequentiert wurde – wegen seiner traditionellen Küche. Senhor Lost war mit Sicherheit auch hungrig – und Carlos musste man sowieso nicht lange bitten. »Okay, wir treffen uns im Os Lambertos«, antwortete Graciana deshalb, »do Compromisso Maritímo an der Ecke Largo da Assembleia Municipal.«

»Gut. Er wird da sein.«

»Wie erkenne ich ihn?«

»Er erkennt *Sie*.«

»Ich werde da sein.«

»Muito bem.«

Zum Glück verfügte das Haus in der Beco dos Eucaliptos über zwei Föhne. Den, der zur Ausstattung gehörte, und einen anderen, der von einem Gast vergessen worden war. Carlos Esteves und Leander Lost standen vor ihrer Unterwäsche, ihren Hosen und Hemden und Socken, für die sie eine Wäscheleine quer durch den Raum gespannt hatten, und bestrichen sie mit dem warmen Luftstrom der Geräte. Carlos nach dem Zufallsprinzip, Leander nach einem imaginären Gitternetz. Sie hatten sich Handtücher um die Hüften gebunden, um der Sache ein klein wenig Würde einzuhauchen.

Da sie mit den blanken Fußsohlen auf den weißen Fliesen standen, fröstelte Carlos etwas, und so war er froh, einen angebrochenen West Highland Single Malt der Oban Destillery gefunden zu haben. Er hatte sich ein Glas eingegossen, an dem er ab und zu nippte. Auf dass der würzige, rauchig-herbe Strom, der ihm die Speiseröhre hinablief und sich behaglich im Magen ausbreitete, bald seine Füße erreichte. Aber wie es aussah, würde er dafür wohl noch einmal nachschenken müssen.

Wie ihm draußen am Orangenbaum bewusst geworden war, wusste er nur etwas mehr als das Notwendigste über Leander Lost. Vielleicht, weil ihm sein »Talent«, das fotografische Gedächtnis, einerseits suspekt vorkam und andererseits magisch. Ganz bestimmt aber, weil ein Gespräch mit Senhor Léxico wie eine Wundertüte war. War ein halbstündiger Vortrag über die

Kolonialisierung des Weltraums drin, übermannte einen bald die Müdigkeit und mündete in dem Impuls, sich totstellen zu wollen. War eine Betrachtung eines scheinbar hinlänglich bekannten Themas in der Wundertüte – von der Erfindung der flüssigen Seife bis zum Sinn des Lebens –, konnte man jedoch eine großartige Zeit mit ihm haben, weil seine Sicht jedem anderen den Geist weitete.

Und bei dem Gedanken daran fiel Carlos wieder ihr kurzer Austausch über das Vergessen ein, bevor sie hinter Graciana her in den Platzregen gelaufen waren. Er musterte den Alemão von der Seite. Mit welcher Akribie er gerade die immer gleiche Bewegung ausführte! »Sie haben vorhin darüber gesprochen, dass Sie nichts vergessen können.«

»Ja«, kam es knapp zurück, ohne dass Leander Lost die Augen von seiner imaginären Gitterstruktur genommen hätte.

»Und ist Ihr Kopf nicht irgendwann voll?«

»Das ist schwer zu sagen, Senhor Esteves«, sagte Leander, und jetzt war seine Stimme leise, möglicherweise belegt, das war nicht eindeutig herauszuhören. »Sie und ich haben rund 86 Milliarden Nervenzellen, die Informationen speichern können.«

»Das ist unvorstellbar viel.«

Lost senkte den Föhn und wog den Kopf vage hin und her. Das war das nonverbale Äquivalent für Sowohl-als-auch. Wie er an Carlos' Mimik ablas, schien der das auch so aufzufassen. »Eine einzige Tonfolge kann schon Hunderttausende davon belegen. Oder ein Blick eine Gasse hinunter mit allen Details, selbst wenn man die selektive Wahrnehmung berücksichtigt.

Aber die Erinnerung läuft anders – die Nervenzellen schließen sich zu Engrammen zusammen, sie tragen Erinnerungen gemeinsam. Deshalb ist es auch quantitativ schwer zu beziffern, ab wann die Aufnahmekapazität eines Gehirns erreicht ist. Die, die Sie weiter benötigen, bleiben. Die anderen, die unwichtigen, die verblassen.«

»Und bei Ihnen bleiben alle.«

»Ja.«

»Ich wünsche mir manchmal, ich hätte so ein Gedächtnis.«

»Und hätten Sie es auch gerne immer?«

»Warum nicht?«

Leander warf Carlos einen langen Blick zu. Nein, da war kein Lächeln. Keines, das sich klammheimlich in die Mundwinkel eingenistet hatte, keines, das in seinen Augen lag. Es war tatsächlich sein Ernst.

»Sie fragen, warum nicht? Weil Sie dann niemals etwas vergessen können. Ganz gleich, wie sehr Sie sich das vielleicht wünschen. Es gibt nichts, was Sie aussperren können. Es bleibt immer bei Ihnen. Auch das, was Sie vergessen möchten. Den Ballast. Wer vergisst, ist leichter.«

Laura Soares war eine aufgeweckte Polizeischülerin. Sie hatte ihre langen Haare zu einem Dutt zusammengebunden und unter einer beigen Baseballkappe versteckt. Dazu trug sie eine Brille mit Fensterglas, die ihr Gesicht dominierte. Als die Polícia Judiciária in Form von Graciana Rosado sie in Zivil angefordert hatte, war ihr klar, dass sie inkognito würde arbeiten müssen. Deshalb hatte sie ihren Typ mit den einfachen Mitteln, die ihr zur Verfügung standen, verändert.

»Ich hoffe, das war richtig«, sagte sie. Sie hatte eine Ledertasche mit zwei Sachbüchern, einem Notizblock und Stiften dabei – sie sah aus wie eine Studentin.

Graciana Rosado war von dem Engagement und der Improvisationsfähigkeit der jungen Kollegin angenehm überrascht. »Das haben Sie sehr gut gemacht, Laura. Ich benötige Sie für eine statische Observierung.«

»Ein Haus?«

»Genau. Schauen Sie in den Spiegel hier neben uns. Sehen Sie das Wohnhaus mit den blauen Balkonen?«

»Ja.«

»Wenn dieser Mann hier aus dem Eingang kommt, heften Sie

sich an seine Fersen und rufen mich umgehend an. Wir übernehmen dann und Sie bleiben in Bereitschaft, falls wir ihn im wechselnden Dreieck verfolgen und Sie dazu benötigen sollten.« Dazu schob sie der jungen Polizeianwärterin unauffällig den Ausdruck zu, auf dem Pedro Lino von vorne und im Profil zu sehen war. »Er ist ungefähr einen Kopf größer als ich. Er steht unter Mordverdacht. Höchstwahrscheinlich ist er bewaffnet, wenn er das Haus verlässt. Ihre eigene Sicherheit hat höchste Priorität, Laura. Falls Sie ihn aus den Augen verlieren, gehen Sie kein Risiko ein. Wir finden ihn wieder.«

»Gut.«

»In etwa einer Stunde kommt eine Ablösung. Müssen Sie noch mal zur Toilette?«

Laura Soares schüttelte den Kopf.

Graciana Rosado notierte neben das Konterfei von Pedro Lino die Mobilnummern von Carlos und von sich. »Das ist meine Nummer … und das die von Sub-Inspektor Esteves.«

Der tastete gerade seine Hose ab und richtete den Föhn auf die Hosentaschen, die noch klamm waren. Leander Lost war jetzt bei seiner Krawatte angekommen, der er den Knoten gelöst hatte.

»Wir sollten uns jetzt besser langsam wieder anziehen«, sagte Carlos Esteves mit einem Blick auf die Uhr an der Wand.

»Weil sie nicht trocknen, wenn wir das schnell tun?«

»Nein, nein … ich meinte: Es ist an der Zeit, sich wieder anzuziehen, weil Luís und Ana jeden Augenblick hier aufkreuzen werden, und wenn die uns beide so sehen, dann werden wir an der Algarve, und speziell in Fuseta, für die nächsten Jahre für viel Heiterkeit sorgen, sobald wir uns zusammen blicken lassen.«

»Warum das?«

»Por quê isso? Ist das Ihr Ernst?«

»Ja.«

»Weil … weil wir einen komischen Anblick bieten.«

Leander Lost ließ die Krawatte Krawatte sein und musterte

Carlos nun aufmerksam, der unwillkürlich etwas seinen Bauchansatz einzog. Immerhin war es nur ein Ansatz. Ein breiter zwar, aber mit etwas Wohlwollen kaum sichtbar.

»Wir sehen aus wie zwei Männer, die ihre nassen Kleidungsstücke trocknen«, antwortete Leander. »Oder was meinen Sie?«

Das Ungesagte. Während Leander bei den durchschnittlich 200 Lügen, die ein Mensch pro Tag äußerte (wobei die Konzentration bei Frauen geringer war, da sie statistisch mehr redeten als Männer, nämlich 20.000 Worte pro Tag gegenüber 7.000 bei den Männern), immer ein paar Signale fand, die ihm halfen, sie als Lügen zu identifizieren, war das bei *Ungesagtem* praktisch unmöglich.

Eine simple Faustregel beim Lügen besagte, dass oft das Gegenteil der Wahrheit entsprach: Sagte jemand etwa »Ich bin prinzipiell dazu bereit«, bedeutete dies, dass diese Person etwas grundsätzlich ablehnte. Lost trainierte beharrlich, die Lügen in seinem Umfeld aufzuspüren, wo immer sie ihm begegneten. Dabei verfolgte er überhaupt kein moralisches Ziel, sondern lediglich den Wunsch, seinen Alltag weniger kompliziert zu gestalten. Belog ihn jemand außer Dienst, verwandte er meist keine Zeit darauf, die Wahrheit dahinter zu ergründen. Eine Lüge war eine Lüge, ja oder nein, schwarz oder weiß, null oder eins – da gab es keine Unklarheiten.

Aber das Motiv der Lüge konnte er damit noch lange nicht erfassen. Ein Motiv war nicht messbar und selbst für Menschen mit hoher emotionaler Intelligenz oftmals schwierig herauszufinden. Mögliche Motive hinter einer Lüge gab es mehr als Hunderte. Wie bei verbrecherischen Taten. Alle nur denkbaren Mischungen von Motiven. Emotionale Motivketten. Nachvollziehbare, nichtige, logische und an den Haaren herbeigezogene und noch vielerlei Kategorien mehr. Und wem das noch nicht Labyrinth genug war, konnte sich mit Lügen beschäftigen, die von Gruppen begangen wurden.

Während Leander also mit Lügen mehr oder weniger umzugehen wusste, war ihm *das Ungesagte* meist ein Rätsel. Denn es verkroch und verbarg sich ziemlich erfolgreich zwischen den Zeilen und Silben. Es schwang mit, ohne je Gestalt anzunehmen, ja, es war unsichtbar für ihn und entwand sich seinem Griff bereits, bevor er seine Hand danach ausgestreckt hatte.

Es ging um Anspielungen und Zweideutiges, ein Prinzip, auf dem in vieler Hinsicht auch der Humor der Menschen basierte, wie Leander wusste. Auf der falschen Erwartung nämlich und auf dem Doppelsinn, auf dem die Pointe beruhte (Treffen sich zwei Jäger im Wald. Beide tot – haha). Man sprach das nicht aus, sonst hätte man den Witz zerstört. Durch Leanders beharrlichen Willen, die Systematik des Humors zu begreifen (vergeblich natürlich), hatten schon eine Reihe von Mitmenschen die qualvolle Erfahrung gemacht, wie es sich anfühlte, einen wunderbaren Witz mit allerlei Nachfragen zerredet zu bekommen.

Und auch in der Einlassung von Carlos Esteves war da jetzt dieses Ungesagte: Weil wir einen komischen Anblick bieten.

Weil sie ihre Kleider mit einem Föhn trockneten, würde man sich in Fuseta über sie lustig machen? Das erschien Leander in höchstem Maße als unsinnig. Und wenn es ein Indiz auf das Ungesagte gab, dann den Umstand, dass es sich um eine Aussage handelte, an deren Wahrheitsgehalt Zweifel angebracht waren *und die gleichzeitig* keine Lüge darstellte.

Wie in diesem Fall. Leander hatte erfasst, dass Carlos nicht log. Aber da es keinen stichhaltigen Grund gab, weshalb sie Gegenstand der Belustigung sein sollten – an Stränden, in Saunen und Thermen und selbst auf dem Campingplatz liefen Männer schließlich auch in Handtüchern um die Hüfte herum, selbst Polizeibeamte –, musste es etwas Ungesagtes geben. »Das ist doch nicht der wirkliche Grund«, sagte Leander deshalb.

Carlos Esteves räusperte sich und vergaß dabei, den Bauch einzuziehen. Wie hatte Lost ihn so auf dem falschen Fuß erwischen können? Er ging doch sonst auch jedem Satz auf den Leim!

»Man könnte denken, dass … wir ein … dass wir homosexuell sind.«

Lost warf ihm einen langen Blick zu. Einen sehr langen.

Carlos zog sich sein schwarzes T-Shirt über.

»Wie kommen Sie auf so einen Gedanken, Senhor Esteves?«

»Wie?«

Jetzt schnell die Hose.

»Ich habe Sie gefragt, wieso Sie bei Ihrem und meinem Anblick die Assoziation haben, wir könnten uns zueinander hingezogen fühlen.«

Plötzlich hatte Carlos das Gefühl, es sei sehr stickig hier drin. Er schnappte sich seine Socken.

»Nun, es ist sehr schwer, sich etwas vorzustellen, was man nicht für möglich hält«, fuhr Leander Lost fort. »Und wenn Sie offensichtlich schon öfter darüber nachgedacht haben …«

»Hab ich nicht«, warf Carlos schnell ein.

»Tatsächlich?«

»Ja.«

Leander nahm seine Anzughose von der Leine und zog sie an. »Aber wenn Sie noch nie darüber nachgedacht haben, wieso befürchten Sie dann, die Einwohner von Fuseta könnte diese Vorstellung belustigen? Sie müssen es in Gedanken schon einmal durchgespielt haben, um zu diesem Schluss zu kommen.«

»Das … ähm … habe ich mir gerade eben vorgestellt.«

»Ach so.«

»Ja. Zum ersten Mal. Ich habe nämlich noch nie über Sie und mich als Paar nachgedacht. Keinen Nanometer. Könnten Sie sich jetzt vielleicht weiter anziehen?«

Carlos zog sein immer noch klammes cremefarbenes Leinenjackett auf einen Kleiderbügel, zupfte es zurecht und hängte es in den offenen Türrahmen, damit es im Luftstrom schneller trocknete. Und tatsächlich glitt der Alemão jetzt in sein Hemd und knöpfte es zu.

Zwei Automotoren, die sich näherten und dann erstarben.

Das Klappen von Autotüren, das Klappern von hohen Absätzen auf Pflastersteinen, und schon standen Ana Gomes und Luís Dias in der Tür.

»Olá.«

»Olá, ihr beiden.«

»Boa tarde«, sagte Lost, der sich barfuß den einfachen Windsor band.

»Gibt es hier getrennte Betten?«, wollte Ana wissen und nahm Losts Jackett zwischen die Finger.

»Sim«, antwortete Carlos, während Luís schon den Kühlschrank entdeckt hatte und zwei Sixpacks Sagres kaltstellte.

»Falls Besuch kommt.«

»Claro, Luís.«

»Seid ihr in den Platzregen gekommen?«, wollte Ana wissen.

Carlos nickte: »Ja. Wir haben die Klamotten mit dem Föhn getrocknet.«

»Dabei haben wir nur Handtücher getragen«, ergänzte Lost, »aber deswegen sind wir kein homosexuelles Paar.«

Luís und Ana sahen zwischen den beiden hin und her.

»Senhor Esteves möchte nämlich, dass das niemand erfährt, weil das in Fuseta zu Belustigung führen könnte. Wenn Sie das also für sich behalten könnten?«

»Beim Leben meiner Mutter«, sagte Luís mit einem Grinsen breit wie ein Staudamm.

»Großes Ehrenwort«, schloss Ana sich an und verband ihr Smartphone im gleichen Atemzug mit der Steckdose. Es gab heute noch eine Menge Nachrichten zu verschicken.

Carlos zwang sich zu einem Lächeln.

Finta, der Van.

Schon die Bezeichnung des Fahrzeugs beherbergte die erste Täuschung. Denn bei dem Van handelte es sich um einen Bus mit nur zwei kleinen Seitenscheiben, der von den GNR-Beamten Finta genannt wurde. Er ging noch auf die Amtszeit von Gracianas Vater Antonio Rosado zurück, dem das Lissabonner Innenministerium die Gelder für ein Observationsfahrzeug nicht abgesegnet hatte.

Daraufhin hatte er innerhalb des GNR-Postens den Umbau eines ausgemusterten Mercedes Sprinter angeregt. Über einen Zeitraum von zwei Jahren entstand ein Wohnmobil mit zwei Betten, Nasszelle, Gaskocher, einem überdimensionierten Kühlschrank und Überwachungssystemen – die das Innenministerium, beschämt ob des freiwilligen Engagements der Beamten, bezahlt hatte.

Nach außen hin war der »Laderaum« bis auf zwei kleine Seitenfenster unauffällig. Am Heck und an den Seiten fand sich der Schriftzug einer imaginären Fima: D. O. N. Limitada. Inhaber: Jorge Silva. Der am häufigsten auftretende Vor- und Nachname in Portugal. Außerdem ein völlig nichtssagender Firmenname, der mit Punkten als eine Abkürzung daherkam, die man schnell wieder vergaß (und nach dem übergewichtigen Kater von Luís benannt worden war, weil der angeblich bei »Der Pate« stets zu schnurren begann).

Dazu keine Adresse, sondern lediglich eine Mobilnummer, falls einer Person, die man beschattete, der Wagen ins Auge fiel und sie die Firma mit einem Anruf überprüfen wollte. Das dazugehörige Handy befand sich während des Einsatzes immer in der Finta und danach im GNR-Posten in Moncarapacho.

Elektriker in ihrer Berufskleidung mit den schweren, kastenförmigen Koffern gehörten in Portugal zum Stadtbild wie in anderen Ländern auch. Niemand wunderte sich, wenn die Mitarbeiter sich an Sicherungskästen zu schaffen machten oder in Mietshäusern hier und da nachsahen und den Keller betreten wollten.

Graciana Rosado, die kurz nach Ana und Luís in der Beco dos Eucaliptos No. 17 aufgetaucht war, erklärte es Luís. Er sollte den Bus mit der Überwachungstechnik in der Nähe von Pedro Linos

Wohnung so abstellen, dass von dort eine Kameraüberwachung des Eingangs möglich war.

»Du aktivierst die Aufnahmen und empfängst das Bildsignal auch auf deinem Tablet. Damit gehst du in die Snackbar um die Ecke, sie heißt Simão. Dort löst du die Kollegin ab. Senhora Laura.«

Graciana saß mit Leander, Ana und Luís am Esstisch und zeigte ihm ein Foto von Laura Soares, während Carlos eine Honigmelone mit Presunto für alle zubereitete.

»Hübsch«, befand Ana ohne einen Anflug von Neid. »Funktioniert der Fernseher? Heute startet die neue Staffel von Chiquititas, falls das hier jemand noch nicht weiß.«

Ihren letzten Worten wohnte ein leichter Vorwurf inne. Junge portugiesische Frauen waren gebildet, selbst- und eigenständig, sie erlernten und studierten moderne Berufe, behaupteten sich in Männerdomänen, entdeckten die Kunst, Politik und Wissenschaft für sich, den Sport und die Karriere, verteidigten die Frauenrechte – aber sie waren trotzdem allesamt verrückt nach Telenovelas. Bis auf Graciana. Jedenfalls behauptete sie das, aber wer weiß, vielleicht schaute sie sie ja doch heimlich. Soraia und ihre Mutter, das wusste Ana, taten es jedenfalls.

»Wird da nicht jedes Mal dasselbe erzählt?«, fragte Lost.

»Nein.«

»Dass es der Heldin von der bösen Stiefmutter schwergemacht wird?«

»Es sind *unterschiedliche* Stiefmütter. Außerdem gibt es manchmal auch Schwiegermütter.«

»Und dass die weibliche Hauptfigur aus ärmlichen Verhältnissen kommt, aber ein zutiefst reines Herz besitzt und es ihr über ein paar Hundert Folgen gelingt, ihren reichen, attraktiven und insgesamt fehlerlosen Traumprinzen für sich zu gewinnen?«

»Die Männer sind auch nicht immer dieselben. Es geht jedenfalls immer zu Herzen. Wissen Sie, was das ist? Ein Herz?«

Graciana Rosados Räuspern war nicht zu überhören: »Vertagen wir das bitte. Luís, du löst Senhora Laura ab. Du spannst sie bitte nicht in irgendeiner Form für deine Schicht ein.«

»Das würde ich nie tun.«

»Gut. Ana und du, ihr löst euch gegenseitig ab. Ich schlage einen 4-Stunden-Rhythmus vor, aber das überlasse ich euch. Es geht um den hier.«

Sie zeigte ihnen Linos Konterfei und wiederholte die Instruktion, die sie der Polizeischülerin Soares mit auf den Weg gegeben hatte – nämlich sie umgehend zu informieren, sobald Pedro Lino das Haus verließ und ihn zu observieren.

»Ist das Teresas Mörder?«

Jetzt blickte auch Ana Gomes von ihren Fingernägeln auf.

»Sieht so aus, wir müssen ihm das nachweisen.«

Das Lässige, Ungezwungene fiel von den beiden GNR-Polizisten ab, die Mienen verhärteten sich kaum merklich.

»Vergessen wir das mit der Kilometerabrechnung«, sagte Luís.

Carlos warf ihm einen aufmerksamen Blick zu: Luís, für den Begriffe wie Arbeitseifer oder Überstunde aus dem Klingonischen zu stammen schienen und der in seinem Job nur das Allernötigste tat, sich vor Aufgaben drückte oder sie auf andere abwälzte, für den wollte Graciana noch vor seiner Pensionierung eine Beförderung rausschlagen.

Wenn es nach Carlos gegangen wäre, hätte man sein Ruhegeld eher gekürzt. Er hatte über Gracianas Ersuchen für Luís den Kopf geschüttelt. »Der Anrufbeantworter arbeitet härter als Luís.«

»Ich weiß.«

»Und du willst das mit einer höheren Pension belohnen?«

»Nein. Aber wenn es drauf ankommt, dann ist er da. Das gehört honoriert.«

Dann hatte sie gelächelt und ihm einen Kuss auf die Wange gegeben und warnend hinzugefügt: »Sag nicht, dass dir deine eigene Beförderung lieber gewesen wäre, Carlos Esteves.«

In drei Leben nicht. Er würde ihr bis ans Ende der Welt folgen, wenn es sein musste – und wenn es unterwegs etwas zu essen gab.

Und jetzt sah Luís zu Graciana und sagte: »Wir bringen den Drecksack für Teresa zur Strecke.«

Ana nickte mit heiligem Ernst. »Vamos dar cabo do sacana!«

Carlos musste schlucken – ja, Gracianas Bauch hatte recht gehabt. Und eine kleine Beförderung, wem tat die schon weh?

»Es gibt zwei Observationspunkte«, fuhr Graciana fort, »die Finta selbst und das Simão, solange es geöffnet hat. Das Bildsignal könnt ihr auch hier auf dem Tablet empfangen. Wer von euch wann welchen Posten bezieht, überlasse ich euch.«

Daraufhin aßen sie einträchtig etwas Melone und Schinken, bevor Luís sich mit der Finta auf den Weg machte, um sie in der Sackgasse abzustellen und anschließend Laura Soares abzulösen.

Eine knappe halbe Stunde später flimmerte es auf Gracianas Tablet, dann erschien das farbige Bild des Hauseingangs.

Die Falle war aufgestellt.

22.

»Für mich ist er es«, sagte Carlos Esteves in einem Tempo, als prüfe er jedes Wort, bevor er es aussprach. »Er war ihr Nachbar, er kennt das Cachoa und das Wichtigste: Er war zur fraglichen Zeit am Tatort.«

Ein paar Möwen zogen meckernd über sie hinweg. Die Wolken waren aufgerissen, der Nieselregen hatte sich übers Meer verzogen und einem unwiderstehlichen Hellblau Platz gemacht. Ideal also, um zu den Klippen zu gehen und etwas frische Luft zu schnappen. Carlos Esteves, Graciana Rosado und Leander Lost folgten einem in den Sand getretenen Pfad, der zwischen Bodendeckern und Gesteinsformationen entlangführte.

Die Felsküste fiel hier in warmem Sandstein und rötlich braunen Felsbrocken steil hinab ins tiefblaue Meer, so klar, dass man problemlos auf den Grund des Atlantiks schauen konnte. Zwei Kajakfahrer paddelten durch die Ponta da Piedade, einen natürlichen Felsbogen, der sich etwa 30 Meter hoch majestätisch aus dem Meer erhob.

Von hier aus blickte man an der Steilküste entlang, nach Westen bis weit hinter Praia da Luz, im Osten konnte man Portimão sehen. Und geradeaus – da lag irgendwo hinter dem Horizont Afrika.

Von hier aus waren die portugiesischen Karavellen unter Heinrich dem Seefahrer ins Unbekannte vorgestoßen, und am Ende war ihr Wagemut belohnt worden – mit einem Seeweg nach Indien, der Gewürzroute.

»Marisa besorgt trotzdem alles, was es über Ricardo Torres gibt«, sagte Graciana. »Wir müssen wissen, ob er wirklich nur der nette Freund ist, der mit dem Mord nichts zu tun hat. Und ansonsten: Ich gehe mit Senhor Losts These eines geplanten und organisierten Täters mit. Pedro Lino besitzt ein eigenes Auto, mietet aber extra eines am Flughafen an. Er mietet inkognito dieses Haus hier. Das ist nicht nur perfide, das ist auch ein erheblicher Aufwand, um Teresa dann mitten in einem Parkhaus zu erschießen. Warum?«

»Ich denke, es geht darum, Spuren zu verwischen«, antwortete Carlos. »Er hält seine Tarnung aufrecht. Ein Mann mit den Papieren eines Vasco Sousa hat das Auto gemietet und diese Wohnung. Und den Mord begangen und ist dann … spurlos verschwunden, während Pedro Lino unbehelligt sein Leben hier weiterführen kann. Unsere Ermittlungen würden irgendwann im Sande verlaufen und Sousa bliebe ein Phantom.«

Graciana nickte und blickte zu Leander. »Und Sie, Senhor Lost? Was meinen Sie?«

Leander, der ansonsten bemüht war, eine Frage sofort zu beantworten, musterte weiter die Gesteinsformationen, bis er endlich den Kopf hob und abwechselnd beiden zwischen die Augen sah, damit er ihr Wohlbefinden nicht beeinträchtigte, indem er zu ihren Schuhen sprach. »Was ist Ihr Plan?«, fragte er rundheraus.

»Ich will ihn in die Enge treiben. Ich will, dass er einen Fehler macht. Und dass wir da sind, wenn es passiert. Durch unseren Besuch weiß er, dass wir auf ihn aufmerksam geworden sind. Wir schauen jetzt, was er macht. Macht er nichts, erhöhen wir den Druck.«

»Wie?«, fragte Lost.

»Zum Beispiel, indem wir eine Gegenüberstellung mit der Hertz-Mitarbeiterin ankündigen. Oder ihn so offensichtlich beschatten, dass er es bemerkt.«

»Das klingt gut.« Dan B. Tuckers *Kompendium sinnloser Sätze*, Seite 122.

»Wir werden sehen. Aber was *denken* Sie über Senhor Lino? Denken Sie, er ist der Mann mit der Tarnidentität Vasco Sousa?«

»Das kann ich nicht beurteilen. Die Fakten, die Senhor Esteves aufgezählt hat, sind korrekt, aber – das haben Sie selbst so bewertet – nicht justiziabel. Er könnte sich wirklich nur zufällig in dem fraglichen Restaurant oberhalb der Tiefgarage aufgehalten haben. Eine eindeutige Aussage ist deshalb nicht zu treffen, weil mit der Aussage von Ricardo Torres, die sich mit der von Senhor Lino absolut deckt, ein weiterer Faktor ins Spiel kommt, der eminent wichtig ist, weil beide Männer gelogen haben.«

Die geöffneten Münder, die hochgezogenen Augenbrauen, die weit geöffneten Augen – Lost interpretierte die Mimik der beiden Kollegen als Überraschung.

»Woher wollen Sie das wissen?«, fragte Carlos Esteves sofort. Er klang leicht alarmiert.

»Das liegt an der Mikroexpression.«

»Noch nie gehört.«

»Der Begriff stammt aus der Mimikforschung«, erklärte Leander Lost. »Die menschliche Mimik ist ein duales System, es besteht aus Makro- und Mikroexpressionen. Makroexpressionen dauern etwa eine halbe bis vier Sekunden und können beeinflusst werden. Man kann sich beispielsweise zu einem Lächeln zwingen, ohne echte Freude zu empfinden. Das liegt daran, dass die Makroexpression über das pyramidale System entsteht. Das bedeutet nichts weiter, als dass die Makroexpression durch den Menschen willentlich steuerbar ist. Oder anders gesagt: Er kann seine Gesichtsmuskeln bewusst steuern und damit mimisch etwas zur Schau stellen, was sich nicht in Deckung mit seinen Gefuhlen befindet. Diese mimische Verstellung geht oft einher mit einer Lüge. Beherrscht er die Verstellung gut, ist die Lüge nicht offensichtlich.

Anders verhält es sich mit den Mikroexpressionen. Die entziehen sich allen menschlichen Kontrollversuchen und sind sozusagen echt. Sie sind nur sehr kurz sichtbar. Sie treten in den ersten 40 bis 500 Millisekunden auf, bevor die Makroexpression übernimmt. Die Mikroexpression wird vom limbischen System gesteuert. Und da es Außenreize um gut 0,5 Sekunden schneller verarbeitet als unser Großhirn, ist diese erste Mimik unverfälscht.«

Wie eine vom Ufer ins Meer zurücklaufende Strömung, die eine gewaltige Welle ankündigte, die sich noch unter der Wasseroberfläche verbarg, aber nichtsdestotrotz auf einen zurasen würde, zeichnete sich bei Graciana und Carlos die Erkenntnis ab, dass Lost all ihre kleinen Lügen und Ablenkungsmanöver erkennen konnte. Und als sie sich anschauten, war die Welle da und brach direkt über ihnen.

»Und das können Sie wegen Ihres fotografischen Gedächtnisses besonders gut sehen?«

»Nein. Ich sehe nicht besser als Sie beide, aber ich kann die Reaktion sowohl von Senhor Lino als auch von Senhor Torres fast in Einzelbildern aus meinem Gedächtnis abrufen.«

Carlos konnte sich nicht recht entscheiden, ob er das großartig oder bestürzend finden sollte.

»Und wann haben die beiden gelogen?«, wollte Graciana wissen, die sich wieder gefasst hatte.

»Die Uhrzeit habe ich mir nicht gemerkt.«

»Ich meinte: bei welcher Aussage?«, präzisierte Graciana.

»Senhor Torres hat gelogen, als es um sein Alibi für Senhor Lino ging.«

»In welcher Hinsicht?«

»Das weiß ich nicht. Vielleicht hat die genannte Uhrzeit nicht gestimmt. Vielleicht war Senhor Torres zwar mit Senhor Lino in Lagos unterwegs, aber nicht in der Bar, die er angegeben hat. Möglicherweise war er aber auch bei dem Mord dabei. All das lässt sich aus der Mikroexpression nicht ableiten. Nur, dass er in dem Augenblick gelogen hat. Unklar ist auch, warum er Pedro Lino ein Alibi gibt«, fuhr Leander Lost fort, »aber das wirft zwangsläufig die Frage auf, in welchem Verhältnis sich die beiden Männer zueinander befinden. Besteht eine Abhängigkeit? Eine Hierarchie? Oder gibt Torres das Alibi aus freien Stücken, weil sie das identische Motiv haben?«

»Und Senhor Lino?«, hakte Graciana nach. Ihre Miene war konzentriert.

»Die Überraschung über die Nachricht vom Tod von Teresa Fiadeiro? Sie war nicht echt. Er wusste es schon.«

Sie bekamen den letzten freien Tisch auf der Terrasse des Os Lambertos, gedeckt mit einem Tuch aus farbigen Quadraten, unter denen die schmalen metallischen Beine hervorlugten. Die Teller waren mit der Rückseite nach oben platziert und wurden von zwei eifrigen, aber nie hastigen Kellnern umgedreht, sobald sie am Tisch Platz genommen hatten.

Eine mannshohe Glasfront in weißem Rahmen schirmte die Außenterrasse gegen die Straße und den Wind ab, darüber wölbte sich eine Markise in kräftigem Grün. Wo die Markise endete, rankte sich der Wein so dicht, dass er ein eigenes Dach ergab, und es kündigten sich schon die ersten Trauben an. Es war, als säße man mit der Familie oder ein paar engen Freunden zusammen in einem luftigen Wohnzimmer.

Das Lokal versuchte nicht mehr zu sein, als es war, seine ganze Erscheinung war eher ein Understatement. Es wirkte einfach, aber die Qualität und Raffinesse der Speisen war weit über Lagos' Stadtgrenzen hinweg bekannt.

Kaum hatte Carlos sich eine Zigarette angezündet und genüsslich inhaliert, tauchte Rafael, der junge Wirt, in seiner schwarzen Anzughose und dem weißen Hemd auf. Er mochte Ende zwanzig sein, das volle, dunkle Haar gescheitelt, das Auftreten von freundlicher Lässigkeit. Die meisten weiblichen Gäste hoben den Blick, wenn er ihren Tisch passierte.

»Olá.«

»Olá, Rafael«, übernahm Carlos Esteves die Begrüßung und orderte ein Couvert samt der Getränke. Im Gegenzug stellte Rafael auf dem Tisch eine kleine Schiefertafel ab, auf der die fangfrischen Fische samt ihrer Preise pro Kilogramm aufgelistet waren: Dorade, Wolfsbarsch, Sardinen, Stockfisch und Schwertfisch. Und die Krönung des Hauses: *Linguado.* Eine Seezunge, die einem im Mund dahinschmolz, wenn man für eine halbe Minute das Kauen einstellte. Dazu gedünstetes Gemüse, Kartoffeln oder selbst zubereitete Pommes frites. Oder *Amêijoas*, kleine Venusmuscheln im Weißweinsud mit viel Öl, Knoblauch und Koriander.

Rafael beugte sich vor und setzte eine konspirative Miene auf. »Und ganz frisch«, flüsterte er, damit es die anderen Gäste nicht mitbekamen, »wirklich erst vor einer knappen halben Stunde eingetroffen: *Perceves.*«

Carlos Esteves und Graciana reckten die Hälse, die Ohren waren gespitzt.

»Im Ernst?«

»Aber ja.«

»Jetzt? So knapp nach der Flut?«, fragte Carlos irritiert.

»Oh ja«, pflichtete Rafael bei, »haben wir. Aber wir haben auch ein neues Talent. Dores. Sie ist eins mit der Brandung.«

»Eine Frau?«, fragte Graciana verblüfft.

»Ja. Und erst 22.«

»Dores, Dores«, wiederholte Carlos, »das ist doch deine Schwester.«

Rafael nickte, sein Gesicht war ein stolzes Grinsen: »Sie kommt nach unserem Vater.«

Der Vater von Dores und Rafael war vor acht Jahren bei diesem lebensgefährlichen Job ums Leben gekommen. Die Entenmuscheln wuchsen in der Brandung des Atlantiks an den Felsen, an die sie sich krallten – und von denen die mutigen Muschelsammler in ihren Neoprenanzügen sie mit riesigen Meißeln abkratzten. Und wenn man dabei nicht immer ein Auge auf das Meter hinter sich hatte, dann war man der tonnenschweren Welle ausgeliefert, die einen gegen die Felswände schleuderte und einem das Genick oder das Rückgrat brach, und die – war man danach noch nicht tot – zu sich hinauszog, hinaus aufs offene Meer, wo die Muschelsammler mit zerschmetterten Knochen kläglich und einsam ertranken.

Wer Perceves sammelte, musste also über ausgezeichnete Reflexe verfügen und in der Lage sein, mit der Strömung zu verschmelzen, um sich ihr bei Bedarf rechtzeitig zu entziehen. Doch da in Hochzeiten für diese Delikatesse auf der ganzen iberischen Halbinsel über 200 Euro pro Kilogramm gezahlt wurden, versuchten mitunter auch die ihr Glück, denen dieses Talent versagt blieb und deren Leichen Tage später in irgendeiner Bucht angespült wurden. Oder die einfach im Meer verschwanden.

Carlos bestellte drei kleine Portionen als Vorspeise, bevor Rafael ihnen die Speisekarten überließ und sich einem anderen Tisch widmete.

»Wenn Pedro Lino schon vom Tod von Teresa wusste«, nahm Graciana den Faden vom Spaziergang wieder auf, »war er der Mörder oder ein Mordzeuge. Oder es hatte sich schon bis zu ihm herumgesprochen.«

»Wenn es die dritte Option wäre«, antwortete Leander Lost, »hätte er keine Überraschung vorzutäuschen brauchen.«

Carlos Esteves nickte: »Correto.«

»Das Problem ist, ich kann nicht sagen, ob Ihre Aussage bezüglich einer Mikroexpression gerichtsverwertbar ist. Oder anders ausgedrückt, ob das ausreicht, um Lino vorläufig festzunehmen«, erklärte Graciana.

»In Deutschland wäre das nicht der Fall«, stellte Leander fest.

»Das verhält sich hier mit Sicherheit nicht anders«, meinte Carlos.

In ihre Gedanken über Lino und wie mit Losts Beobachtung weiter umzugehen war, sickerte eine penetrante Stimme.

»Wir haben leider keinen Tisch mehr frei. Wenn Sie in einer Stunde …«

»Nein, nein, Sie verstehen mich falsch. Ich will nicht in einer Stunde einen Tisch, sondern *jetzt*.«

»Aber es ist keiner frei.«

»Dann *machen* Sie einen frei.«

Graciana, Carlos und Leander blickten gleichzeitig auf – Miguel Duarte, wer sonst? Der spanische Pfau stand in seinem hellgrauen Anzug und italienischen Lederschuhen vor Rafael, den er durch die orangefarbenen Gläser seiner Anti-Mündungsblitz-Brille fixierte. Rafaels Wangen erglühten sanft – und das nicht aus Scham, wie Carlos wusste.

»Wenn Sie vorher reserviert hätten …«

»Das geht nicht. Das wäre ein Sicherheitsrisiko.«

»Ein was?«

Neben Miguel Duarte stand eine kleine Afrikanerin mit Rastalocken. Ihr Teint war hellbraun. Ihr schien die Situation unangenehm zu sein.

Sie trug ein Kitenge, ein afrikanisches Kleid aus traditionell bedrucktem Stoff, in diesem Fall Dunkelrot und kräftiges Grün, durchzogen von schwarzen, vertikalen Linien, die die Figur betonten. Oben war es fast schulterfrei und lag bis zur Taille eng an, um dann in einen mehrlagigen Rock auszulaufen, der vorne knapp kniefrei war und hinten bis zu den Absätzen der Schuhe hinabreichte.

Ihr Blick war offen und klug, es sah aus, als würde sie hinter die Dinge schauen.

Einige hatten ihretwegen die Köpfe erhoben, und es waren nicht nur die Männer.

»Wir können doch woanders …«

»Nein, kommt nicht infrage«, erklärte Duarte mit einem jovialen Lächeln, zückte seinen Dienstausweis und hielt ihn Rafael vor die Nase: »Polícia Judiciária, Sie sorgen jetzt umgehend dafür …«

»Hier ist noch Platz.«

Irritiert darüber, wer ihm so gelassen in die Parade fuhr, schaute Miguel Duarte über die Schulter und entdeckte Graciana, die seiner Begleiterin ein freundliches Lächeln zuwarf und mit einer Kopfbewegung auf den Tisch deutete, an dem auch Lost und Esteves saßen und – wie etwa ein Dutzend anderer Gäste – aufmerksam verfolgten, welchen Verlauf der Konflikt zwischen Duarte und Rafael wohl nehmen würde.

»Sie müssen Senhora Flores sein? Senhor Duarte ist unser Kollege. Möchten Sie nicht an unseren Tisch kommen?«

»Graciana, ich weiß, das ist nett gemeint«, begann Duarte Graciana abzuwimmeln, aber Flores Yola kam ihm zuvor: »Das ist doch eine gute Lösung, vielen Dank. Oder spricht etwas dagegen, Senhor Duarte?«

Miguel Duarte seufzte schwer und schüttelte dann den Kopf, als habe ihn endgültig die Kraft verlassen. »Nur zu, bitte, ich checke noch schnell die Sicherheitslage.«

Während Miguel Duarte mit Kennermiene die Straße hinauf- und hinunterschaute und akribisch die umstehenden Häuser wegen möglicher Heckenschützen in Augenschein nahm, stellte Graciana ihren Begleitern Flores Yola vor. Diese blickte den Männern geradewegs in die Augen, und ihr Händedruck war nicht zu kräftig, aber sehr klar.

»Sie kommen aus Angola?«

Flores Yola nickte, während sie das Fischangebot auf der kleinen Tafel studierte.

»Ich kann Linguado empfehlen«, sagte Carlos. »Und sie haben frische Perceves.«

»Nein«, sagte sie und strahlte ihn an. »Jetzt? So knapp nach der Flut?«

»Ja.«

»Heute ist mein Glückstag. Wenn Senhor Duarte Ihr Kollege ist, wissen Sie vielleicht, dass ich den Geburtsort meines Vaters besuchen wollte.«

»Unsere Chefin sagte, das sei der Anlass Ihres Aufenthalts in Lagos.«

»Ja, das ist richtig. Mein Weg führt mich eigentlich nach Lissabon, um da eine Rede zu halten, aber bei dem langen Flug … ich hätte es schade gefunden, mich hier nicht etwas umzuschauen.«

»Nach was?«, fragte Leander Lost, der sie aufmerksam gemustert hatte – was Flores Yola keineswegs entgangen war. Sie strahlte eine bemerkenswerte Wachheit aus.

»Nach Wurzeln, Senhor Lost«, antwortete sie mit einem Lächeln, »oder um Licius zu zitieren: Um die Früchte zu erkennen, achte auf die Wurzel.« Ihre Stimme hatte nichts Belehrendes, sie zwinkerte ihm vielmehr zu.

»Was du sagst, verweht im Wind. Nur was du tust, schlägt Wurzeln – Karl-Heinrich Waggerl«, sagte Leander.

Flores Yola musste grinsen, war aber um eine Replik nicht verlegen: »Löse dich von deiner Vergangenheit, und du wirst vertrocknen wie ein Baum, der seine Wurzeln verloren hat – von Karl Talnop.«

Graciana und Carlos sahen neugierig und belustigt zwischen den beiden hin und her.

»Nur wer die Wurzeln kennt, weiß um die Kraft der Zweige – Peter Amendt.«

Flores Yola kniff spielerisch die Augen zusammen und sah Lost vorwurfsvoll an, musste dann aber erneut lächeln: »Warten Sie, geben Sie mir einen Moment … ah, ich hab's: Die Vernunft ist die Wurzel des Rechts. Aus China. So, Senhor Lost, haben Sie noch ein Zitat auf Lager?«

»Noch neun«, antwortete Leander ungerührt. »Wer nicht Wurzeln hat, wächst in keine Zukunft. Wer eigenen Wurzeln aber nie entwächst, entfaltet sich nicht zum Neuen, zum Baum – Kurt Marti.«

Das Lächeln auf Yolas Gesicht verschwand, sie sah aus, als ließe sie die Worte in sich nachhallen und nickte dann: »Das ist sehr schön, danke.«

»Es war kein Aufwand.«

»Trotzdem.«

Kurz hing sie ihren Gedanken nach, dann kehrte das Lächeln zurück und sie hob den Blick: »Ich war heute in dem Haus, in dem mein Vater aufgewachsen ist, in einer Gasse direkt an der Stadtmauer. Wissen Sie was? Meine Mutter ist nur drei Straßen weiter groß geworden, und trotzdem sind die beiden sich das erste Mal erst in einer Tanzschule begegnet.«

»Das klingt romantisch.«

»Ja. Und ich sehe mich da um, und dann kommt ein alter Mann zu mir und gibt mir das hier.«

Flores Yola zog ein kleines Fotoalbum aus ihrer Umhängetasche, das sie auf den Tisch legte. Es war in einen alten grauen Stoff eingefasst. Sie blätterte es auf und deutete auf eine alte Schwarz-Weiß-Aufnahme, die ein junges Paar beim Tanzen zeigte. Eine schwarze Schönheit und einen jungen Weißen, der eine Rockabilly-Tolle in der Stirn hängen hatte.

»Meine Mutter, mein Vater, Abschlussball 1955. Der Nachbar hat das Album seit über dreißig Jahren aufbewahrt … ich war ganz gerührt, jetzt … hab ich hier jede Menge neue Erinnerungen aus dem Leben meines Vaters.« Kurz wurde ihr die Stimme brüchig, aber sie überspielte das, indem sie von dem Wasser trank.

»Aber Sie selbst sind in Angola geboren?«, fragte Carlos.

»Ja. Erst ist meine Mutter mit ihren Eltern zurückgegangen. 1956, nicht lange nach dem Foto hier. Mein Vater ist später als Ingenieur runter nach Angola – in die Ölindustrie. Und mitten in Luanda treffen sie sich im Sommer 1971 auf der Hafenpromenade wieder, meine Eltern. Auch zu meinem Glück.« Sie grinste und fugte hinzu: »Kurz vor Angolas Unabhangigkeit.«

»Und warum hat man die Kripo in Faro gebeten, jemanden für Sie abzustellen?«, fragte Leander Lost.

Flores Yola deutete ein Achselzucken an.

»Ich … habe das als Geste des Innenministeriums aufgefasst. Und weil man wohl auch sichergehen wollte, dass ich meinen Flug übermorgen nach Lissabon nicht verpasse.«

»Was ist das für eine Rede, die Sie in Lissabon halten sollen, wenn ich fragen darf?«, merkte Graciana an.

»Eine Bestandsaufnahme der Beziehungen zwischen Portugal und seiner ehemaligen Kolonie.«

Die Perceves und Miguel Duarte trafen gleichzeitig am Tisch ein. Bei dem Anblick der Entenmuscheln hellte sich seine Miene auf. »Ah, Perceves!«

»Und? Keine Splitterweste an, Miguel?«, zog Carlos ihn auf.

Statt einer Antwort lupfte Duarte unauffällig den Zipfel seine Jacketts: »Fass mal an. Ja, nur zu, mach schon.«

Carlos Esteves kam der Aufforderung nach. Der Stoff, der sich dem Betrachter als geschmeidig und weich präsentierte, offenbarte sich als hart.

»Kevlar«, ließ Duarte ihn im konspirativen Flüsterton wissen. »Damit läuft man nicht wie ein vollgepackter Klotz durch die Gegend. Ist mir etwas zu groß. Kann ich dir später günstig verkaufen, wenn du willst.«

Die Perceves sahen aus wie knorrige braune Pflanzen mit

weiß glänzenden, trapezförmigen Ausbuchtungen, die wie schützende Panzerungen wirkten – oder wie der Fußabdruck eines unbekannten Tieres. Die Entenmuscheln wirkten fremdartiger als alles, was Leander je auf einem Teller gesehen hatte. Als habe sich der Albtraum eines außerirdischen Krustentieres auf dem Teller materialisiert.

Aber alle füllten sich Teile dieses Gewächses auf die Teller und begannen zu essen. »Wunderbar«, verkündeten Carlos Esteves und Miguel Duarte nach dem ersten Bissen in seltener Einigkeit. Beinahe hätten sie sich gegenseitig auf die Schulter geklopft Aber eben nur beinahe.

Graciana, die Leanders Unsicherheit bemerkte, brach ihm ein Stück ab und reichte es dem Alemão. »So«, sagte sie, »Sie ritzen das hier, was so aussieht wie ein Stiel, mit dem Fingernagel auf und drehen die Hülle so lange, bis Sie sie abstreifen können. Wie ich jetzt – und das hier, das rötliche, das ist das Krebsfleisch. Sie saugen es aus seiner Umhüllung.«

Leander befolgte ihren Rat Schritt für Schritt, bis er ebenfalls das Muschelfleisch freigelegt hatte und es zum ersten Mal aussaugte und schmeckte.

Als er wieder aufsah, schauten ihn alle gespannt an. »Und – was sagen Sie?«, wollte Duarte wissen.

Das Fleisch schmeckte salzig und frisch und klar. Als habe der Geschmack des Meeres in den Perceves seinen tief verkapselten Ursprung. Wie sollte er das am besten ausdrücken? Nur einige Meter entfernt summte eine Biene vorbei, ließ sich in einer Blüte nieder und bestäubte sie. »Sie schmecken wie der Nektar des Ozeans«, sagte Leander.

Für einen Augenblick war es still am Tisch. Und erneut lenkte Leander damit die Aufmerksamkeit von Flores Yola auf sich.

Da fiel ein Schatten auf Graciana. Sie hob den Blick zu der Gestalt, die vor sie getreten war.

Der Mann, der ihren Blick erwiderte, war kaum größer als sie und von ausladender Statur. Den Schädel kahl rasiert, erinnerte er sie an den späten Marlon Brando. Er trug eine Brille und war die Ruhe selbst. »Senhora Graciana?«

Sie gingen ein paar Meter bis zu einer Parkbank, auf der sie Platz nahmen.

»Ich bin Bruno Silva«, eröffnete er das Gespräch.

»Der Mann, mit dem ich am Telefon gesprochen habe?«

»Nein, der sitzt in Lissabon. Wir heißen alle Bruno Silva.«

Dabei faltete er die Hände und sah ihr offen ins Gesicht. Es war kein Scherz. Und jetzt, im besseren Licht, bemerkte sie erst, wie alt er war. Seine Augen waren dunkel, umgeben von einem dichten, feinnervigen Faltennetz.

»O que quer saber?«

»Ich möchte wissen, was *As Sombras* ist und was sie machen.«

Bruno Silva schnalzte kurz mit der Zunge und zog dabei ein Gesicht, als hätte er auf was Saures gebissen. »Wegen Senhor Lino?«

»Genau.«

Bruno Silva nickte, weil sich ihr Anliegen offenbar mit der Information deckte, die ihm der andere Bruno Silva gegeben hatte.

»As Sombras ist eine Art Dinosaurier, Senhora Graciana. Ausgestorben. Ab und zu findet man noch Teile von uns, wenn jemand irgendwo zu graben anfängt.«

»Lino.«

»Zum Beispiel, ja. Sie verdächtigen ihn des Mordes an einer Teresa Fiadeiro?« Ganz offensichtlich hatte der kahl geschorene Bruno Silva Möglichkeiten, sich binnen kürzester Zeit über laufende Ermittlungen zu informieren. »Ist der Verdacht akut?«

»Das sind laufende Ermittlungen«, stellte Graciana Rosado klar.

Silva genügte nur ein kurzer Blick, dann nickte er. »Sprechen wir offen?«

»Wenn Sie beginnen, ja.«

Silva lachte kurz auf: »Sie machen mir Spaß.« Die Erheiterung, die sich auch in seinen Augen niederschlug, war echt. »Na schön«, seufzte er, »ich nehme an, Sie sind nicht so naiv und schneiden das hier mit. As Sombras' Betätigungsfeld waren unsere ehemaligen Kolonien. Die Kapverden, Mosambik, Angola, Macau, Portugiesisch-Guinea und so weiter. Alles … alles, was wir mal waren.«

Wenn es Fado ohne Musik gäbe, würde er so wie Silvas Stimme in diesem Augenblick klingen, dachte Graciana. Durchzogen von einer tiefen Wehmut. »Und alles, was wir nicht mehr sind«, ergänzte sie.

»Genau. Es ist eben ein Unterschied, ob man immer arm war oder ob man vorher reich war und alles verloren hat. Das sind zwei Arten von Armut. Aber … wie auch immer. As Sombras, *die Schatten,* waren Beraterteams. Militärs, Wissenschaftler, Unternehmer, Soziologen. Und wenn es in der jeweiligen Kolonie Bedarf in einer bestimmten Fachrichtung gab, Brückenbau zum Beispiel oder den Aufbau einer Klinik oder die Verlegung von Landminen, dann haben wir Fachkräfte aus Portugal dahin vermittelt.«

»Wozu?«

»Um die Kolonie zu binden. Wirtschaftlich und kulturell. Die Kolonien haben unseren Staat in jeder Hinsicht bereichert. Insbesondere, was Bodenschätze betrifft. Öl, Diamanten, andere Mineralien. Oder die Landwirtschaft. All das. Wir haben mit Spanien früher die Welt beherrscht. Und dann hat man uns hintergangen und betrogen und erpresst. Mit den verbliebenen Kolonien sollte das nicht passieren.«

»Deshalb wurde As Sombras gegründet?«

»Ja.«

»Wann?«

»Mitte der Sechziger. Genauer kann ich Ihnen das nicht sagen. Bei den *Schatten* hat man immer darauf geachtet, möglichst wenig schriftlich festzuhalten.«

»Von wem wurde As Sombras ins Leben gerufen? Von der PIDE?«

Bruno Silva wiegte den Kopf etwas hin und her. »Kann ich

Ihnen nicht definitiv sagen. Vielleicht hatte der Geheimdienst ein Wörtchen mitzureden, damals, aber in den Archiven der Geheimpolizei, die die Aktenvernichtungen 1974 überlebt haben, findet sich kein einziger Hinweis auf As Sombras. Wenn Sie mich fragen, ist die Idee zu den Schatten irgendwo im Außenministerium entstanden. Das Ziel war eindeutig: Vertretung der portugiesischen Interessen.«

»Auch nach der Nelkenrevolution?«

Gracianas Frage zielte darauf ab, dass sich die Portugiesen am 25. April 1974 ihrer Diktatur mit friedlichen Mitteln entledigt hatten – und damit für alle verbliebenen Kolonien den Weg in die Unabhängigkeit frei gemacht hatten. Ein Land nach dem anderen entwand sich der Umklammerung der Kolonialmacht Portugal und nahm die Geschicke in die eigenen Hände. Hunderttausende portugiesische Familien hatten sich zu dem Zeitpunkt eine Existenz in den Kolonien aufgebaut. Und saßen zwischen zwei Stühlen – oder nicht mal das. Für viele von ihnen war Portugal gar keine Heimat und daher auch keine Option für eine Rückkehr, sondern sie wollten in dem Land bleiben, in dem sie sich ein neues Leben aufgebaut hatten.

»Pedro Lino hat von 1998 bis 2002 für As Sombras gearbeitet«, fügte sie hinzu, »also gab es die Abteilung zu dem Zeitpunkt noch – über 25 Jahre nach der Unabhängigkeit vieler Kolonien.«

Bruno Silva nickte.

»As Sombras konnte nicht mehr offiziell agieren. Die Kolonien haben alle offiziellen Stellen und Mitarbeiter aus dem Land gejagt. Also wurden NGOs gegründet. Auf diese Weise konnten wir weiterhin unseren Einfluss geltend machen.«

»Als ehrenamtliche Öko-Aktivisten, Brunnenbauer, so in etwa?«

»Genau so.«

»Aber die Mitarbeiter von As Sombras haben nicht nur bei einem Portwein alte Kontakte gepflegt.«

Silva, dem die Ironie keineswegs entgangen war, deutete ein Kopfschütteln an. »In zwei Kolonien waren Militärberater und Ausbilder vor Ort und haben jeweils eine Bürgerkriegspartei unterstützt. Streng geheim, versteht sich.«

»Mosambik und Angola«, tippte Graciana.

»Ja. Es gab Angebote, es winkte viel Geld. Einflussreiche Positionen.«

»Einige Mitarbeiter haben sich auch abwerben lassen, meinen Sie das?«

»Ja. Als Söldner.«

»Der Bürgerkrieg in Mosambik war 1992 vorbei, also war Pedro Lino in Angola?«

»So ist es. Und jetzt wissen Sie, was Sie wissen wollten. Er war im Auftrag von As Sombras da unten.«

»Als was?«

»Offiziell hat er als Koch gearbeitet. Inoffiziell als Berater.«

»Berater für was?«

»Einfach Berater.«

»Ich muss wissen, ob er Spezialist für Handfeuerwaffen ist.«

»Ist er nicht.«

»Aber er kann damit umgehen?«, hakte sie nach.

»Alle Schatten sind entsprechend geschult.«

»Spielt dabei eine Bobcat 21 eine Rolle?«

»Die Tatwaffe?«

»Ja.«

»Nein.«

»Hat Senhor Lino sich auch als Söldner abwerben lassen?«

»Nein, die Einheit ist schon 2001 zerfallen, wir haben ihn in dem Jahr zurückgeholt und noch ein Jahr im Außenministerium beschäftigt. 2002 haben wir ihn mit einer hohen Abfindung entlassen.«

»Warum gibt es die Kontaktmöglichkeit und die Website, wenn As Sombras nicht mehr existiert?«

»Weil es frühere Mitarbeiter gibt, die sich an uns wenden.

Journalisten, die auf uns stoßen. Menschen wie Sie. Und bevor die sich an andere Stellen oder vielleicht sogar gleich an die Öffentlichkeit wenden, wissen wir lieber, wer sich für uns interessiert. Wir behalten gerne den Überblick. Man nimmt Kontakt mit uns auf und wir kümmern uns.«

»So wie bei mir.«

»Wie bei Ihnen.«

»Kennen Sie Pedro Lino persönlich?«

»Nein, ich bin … so eine Art Nachlassverwalter. Ich räume hinter As Sombras auf. Ein postkoloniales Relikt, wenn Sie so wollen.«

Am Abend hatten weder Pedro Lino noch sein Gast Ricardo Torres einen Fuß vor die Tür gesetzt. Graciana Rosado schickte Leander Lost und Carlos Esteves daher in den Feierabend. Sie überreichte Leander in einem transparenten Beutel die Habseligkeiten von Teresa Fiadeiro, die die Spurensicherung an ihrer Leiche sichergestellt hatte, damit er sie ihrer Tochter überbrachte. Carlos Esteves übergab sie einen Mitschnitt ihres Besuchs bei Pedro Lino, und sie trug ihm auf, den bei Isadora in der KTU abzugeben.

23.

»Ihr Mann setzt Ihrer beider Leben aufs Spiel«, eröffnete Pepe ihr nur knapp und machte sich anschließend auf den Weg Richtung Anlegestelle. Er passierte das Restaurant und lief dann am Ufer auf und ab. In der Dämmerung. Mutterseelenallein. Und mit dem Handy am Ohr.

Rhona hatte das Vibrieren seines Handys gesehen, woraufhin Pepe sich auf den Weg gemacht hatte. Seine Warnung war offensichtlich eine direkte Reaktion auf eine Nachricht.

Aber auf was für eine? War ein Problem aufgetaucht?

Imani, die sich mit der Situation erstaunlich gut angefreundet hatte, saß neben Belmiro auf der Couch. Zusammen schauten sie einen Trickfilm.

Rhona musterte Belmiro unauffällig. Der junge Schwarze war schmal und sehnig. Er bewegte sich mit einer Geschmeidigkeit, die an eine Großkatze erinnerte. Schnell, präzise und sehr leise.

Gerade goss er Imani etwas von der Cola nach, die sie zu Hause wegen ihrer Zähne nicht trinken durfte.

Rhonas und Belmiros Blicke kreuzten sich kurz. Und da fasste sie ihren Entschluss.

Sie stand auf.

»Könnten Sie mir kurz nebenan helfen, das Bett anzuheben? Es wackelt, und dann kann ich etwas Papier oder ein Handtuch drunterschieben.«

Sie lächelte ihn sogar kurz an, zu kurz für Imani, lang genug für ihn. Und sie wusste auch, dass sie die Antwort nicht abwarten durfte Deswegen stand Rhona auf und ging voran in das Zimmer mit den Stockbetten.

»Wir sind gleich zurück, Ima«, sagte sie zu ihrer Tochter und benutzte dabei den Kosenamen. »Bleibst du hier, ja?«

Imani riss ihre Augen nur kurz von dem Geschehen auf dem Bildschirm los, ihre Augen strahlten, sie nickte eifrig: »Der geht noch eine halbe Stunde.«

»Gut.«

Rhona nahm aus den Augenwinkeln wahr, wie Belmiro von der Couch aufstand und ihr folgte.

Sie hatte seinen Blick vorgestern auf der Terrasse gesehen, sein Begehren. Pepe, oder wie immer er hieß, war zu alt und zu erfahren, um einer sexuellen Verlockung zu erliegen. Er hätte über ihren Versuch vermutlich nur geschmunzelt.

Nicht so Belmiro, der ihr dicht folgte. Fast meinte sie, seinen Blick zu spüren, mit dem er ihren Körper entlangfuhr, aber das war nur Einbildung. Seit Rhona sich ihrer Wirkung auf Belmiro bewusst war, hatte sie diesen Moment immer wieder durchgespielt. Und nun, als er endlich gekommen war, erfasste sie die Diskrepanz zwischen der gedanklichen Vorstellung und der physischen Wirklichkeit als einen unangenehmen, kalten Schauer.

Es war ihr gelungen, ein kleines Messer aus der Küche zu schmuggeln, den Griff aus Plastik, die Klinge keine drei Zentimeter lang. Jetzt lag es unter ihrem Kopfkissen und wartete auf sie beide.

Ideal wäre es, wenn Belmiro auf dem Rücken liegen und sie sich auf ihn setzen würde. Sie könnte sich während des Vorspiels zu ihm hinabbeugen, unter das Kissen greifen und ihm dann mit dem Messer die Kehle durchschneiden.

Gestern jedenfalls, in Gedanken, war das möglich gewesen. Sie würde sich Imani schnappen, mit ihr davonrennen, im Schutz der Nacht Zuflucht in einem der Häuser suchen und von dort die Polizei alarmieren. Gestern war sie zu alledem in der Lage gewesen, und nun wurden ihr die Beine etwas schwach.

Belmiro hatte eine genaue Vorstellung davon, wie sie im Bett sein würde.

Und während Rhona Lino ihm voran in das Zimmer mit den Stockbetten ging und mit ihrem Gang dafür sorgte, dass ihr Hintern gut zur Geltung kam, schossen ihm bereits allerlei Bilder durch den Kopf, Fragmente dessen, was gleich passieren würde, ihr vor Lust verzerrtes Gesicht und wie sie sich unter ihm winden würde, und er wettete, dass ihre Haut großartig schmecken würde.

Dann betrat er hinter ihr den Raum und schloss die Tür, sodass Licht ausschließlich durch den Türspalt fiel. Sie wandte sich zu ihm um, kam näher, ganz nah, sah ihm in die Augen und küsste ihn, bis er den Kuss erwiderte. Dann setzte sie ab, was ihn kurz irritierte, und trat einen Schritt zurück. Sie öffnete die Knöpfe ihrer Bluse, einen nach dem anderen. Mit einer Langsamkeit, die ihn schlucken ließ.

»Wie auch immer das hier ausgeht«, sagte sie schließlich und ließ die Bluse hinabgleiten, »ich will nicht zu meinem Mann zurück. Er ist ein brutaler Schläger.«

In dem schummrigen Licht, das wie ein schüchterner Maler ihre Konturen hier und da vom dunklen Hintergrund abhob, erschien sie ihm beinahe als Gemälde.

Und weil Belmiro ihren Plan durchschaute, gewann sie sein Herz, ohne es zu wissen.

Belmiro hatte früh gewusst, was er nicht werden wollte – nämlich ein kleiner, verbitterter Fischer, wie sein Vater einer war, der von der Hand in den Mund lebte und deshalb nichts beiseitelegen konnte. Der nach Fisch stank und nach dem Alkohol, mit dem er täglich den Blick auf sein erbärmliches Leben so weit zu trüben versuchte, dass es schön wirkte. Aber so viel Alkohol gab es in ganz Luanda nicht.

Belmiro gehörte zu den Straßenjungs von Luanda, er trieb sich herum, er klaute, er betrog die anderen, mit denen er herumstreunte, und sie betrogen ihn. Manchmal schlugen sie sich deswegen, manchmal lachten sie auch darüber. Die Straße drillte ihn besser als jedes Militärcamp. Er roch seinen Vorteil, wo immer er sich blicken ließ, und er hatte keinen Skrupel, ihn zu nutzen, solange er da war. Er wagte den Zweikampf, wenn die Aussichten auf den Sieg gut waren, ansonsten vermied er ihn oder überraschte den Kontrahenten später im Schlaf.

Das letzte Mal, als Belmiro und sein Vater sich sahen, sagte der ihm: *Tens um coração de pedra.*

Und was als Beleidigung oder mutwillige Verletzung gedacht war, erreichte Belmiro als Kompliment. Ein Herz aus Stein musste sich vor keiner Gemeinheit oder Niedertracht dieser Welt fürchten.

Und genau deshalb schlug er sich so erfolgreich durch, ein Überlebenskünstler, der sich nahm, was er brauchte, der mit einer Gefahr ebenso umzugehen wusste wie mit einer Chance.

So wie Pepe, der in Wahrheit Zé hieß. Der ihn dabei erwischt hatte, als er dessen Wagen stehlen wollte. Dessen freundliches Gesicht mit der Knollennase Belmiro sträflich unterschätzt hatte, ein Fehler, den er sich bis heute kaum erklären konnte. Woraufhin er eine kräftige Abreibung kassiert hatte.

Aber der Mann, der ihn gezüchtigt hatte, jagte ihn nicht davon, sondern fragte ihn aus und lud ihn später zu einem Essen ein. Mit einem weiteren gut aussehenden Weißen, der ihm erneut jede Menge Fragen stellte, ihn genau beobachtete und vor allem die Rechnung bezahlte und ihm noch etwas Geld in die Brusttasche steckte: Nélson.

Einfach so. Ohne, dass er etwas dafür hätte tun müssen. Das hatte Belmiro noch nie erlebt. Auch, dass er es später nicht zurückforderte.

Seitdem erledigte er dieses und jenes für Zé. Und konnte manchmal gar nicht benennen, ob er nun für ihn oder für Nélson tätig war.

Nur dieses Mal lagen die Karten auf dem Tisch, denn Nélson war selbst mit von der Partie.

Und jetzt Rhona. Die nie und nimmer etwas für ihn empfand. Die nur, um ihre Tochter und sich zu retten – und vielleicht auch ihren Mann –, mit ihm schlafen würde. Nicht, dass ihm so eine Strategie noch nie begegnet wäre, nein, die Menschen waren in Panik oder Todesangst zu unglaublichen Dingen fähig.

Er konnte im Moment gar nicht exakt benennen, was ihn rührte. Vielleicht die Mischung aus Hilflosigkeit und Mut. Vielleicht auch die entwaffnende Selbstlosigkeit. Möglicherweise beides.

»Zieh dich wieder an«, befahl er ihr und verließ den Raum, um wieder seinen Platz neben dem Mädchen einzunehmen und den Trickfilm zu verfolgen. Keine zwei Minuten später war Zé zurück und schloss die Tür hinter sich ab. Er schaute zu Belmiro, der ein Nicken andeutete: alles in Ordnung.

»Alles gut?«, fragte Belmiro wegen des Telefonats.

»Überwiegend«, antwortete der Ältere und ging hinüber in die Küche, wo er ein Messer zu schleifen begann.

24.

Es roch nach Speck, als Eva Fiadeiro die Tür der Wohnung ihrer Mutter öffnete und Leander Lost ihr den transparenten Beutel reichte, in dem sich die Habseligkeiten von Teresa Fiadeiro befanden. Neben den Tascheninhalten mit Kleingeld, der Brieftasche und einem Haargummi auch ihr Handy.

»Oh, obrigada, Senhor Lost.«

Leander nickte. Er hatte sich etwas zurechtgelegt. Etwas, mit dem er verhindern konnte, dass sie die Tür wieder vor seiner Nase schloss.

Aber Eva kam ihm zuvor: »Kommen Sie doch kurz herein, por favor.«

»Gerne.«

Er folgte ihr in die Küche, und mit jedem Schritt nahm der zunächst sanfte Speckgeruch zu und wurde kräftiger und aromatischer, bis Leander zusammen mit Eva dessen Ursprung erreichte: Feigen im Speckmantel. Sie standen in einer Schale neben der Pfanne auf dem Gasherd, in dem der Speck angebraten worden war.

»Ich muss Ihnen etwas gestehen«, eröffnete sie ihm und blickte ihm geradewegs in die Augen. Jetzt, da es dämmerte, trug sie keine Sonnenbrille mehr. »Meine Mutter hat mir von Ihnen erzählt.«

»Und mir von Ihnen.«

Kurze Überraschung beiderseits.

»Und gesagt, ich soll Sie unbedingt kennenlernen«, fuhr Eva fort. »Deshalb habe ich mich gefreut, Sie schon am Flughafen zu treffen.«

»Ich hatte mich absichtlich angeboten, Sie abzuholen. Mir hat sie auch gesagt, ich müsse Sie unbedingt kennenlernen.«

Jetzt mussten sie beide breit lächeln.

»Da hat meine Mutter ja was eingefädelt.«

»Ja, sieht ganz so aus.« Tucker, Seite 13, siebte Zeile.

»Was ist Ihres?«

»Ich zähle Ecken. Und Sie?«

»Ich gehe rückwärts.«

Schwer vorstellbar, wenn man in einem Auto saß oder in einem startenden Flugzeug, konstatierte Leander in Gedanken, aber garantiert hatte sie eine Ausweichstrategie, jeder Aspie hatte das.

»Ich kenne so eine Situation nicht.«

»Ich auch nicht. Ich … ich habe ein paar Sudokus dabei.« Leander zückte sie aus der Brusttasche seines Jacketts.

»É uma ideia maravilhosa.«

Da waren sie wieder, die Grübchen.

»Vorgestern, sind Sie Teresa Fiadeiro da begegnet?«

»Nein. Was sollen die Fragen, bitte? Sie kommen hierher, Sie stellen mir Fragen über Teresa – was ist passiert? Ist ihr was passiert?«

»Sie ist tot.«

»Gott … wie ist das passiert?«

Isadora saß in ihrer Latzhose vor dem iMac der KTU und sah sich die Höhen und Tiefen der Stimme an, die das Programm in Wellenformen visualisierte. Ihre Finger flogen über die Tastatur, dann regulierte sie ein paar Schieberegler per Maus und startete die Wiedergabe erneut.

Nein. Was sollen die Fragen, bitte? Sie kommen hierher, Sie stellen mir Fragen über Teresa – was ist passiert? Ist ihr was passiert?

Carlos hatte Isadora Pizza mitgebracht und bediente sich mit ihrer Erlaubnis gerade selbst daran. Eine Hälfte Atum mit Zwiebeln und Kapern. Die andere Hälfte eine scharfe Salami mit Anchovis.

»Hörst du den Unterschied?«

»Du hast die Hintergrundatmo rausgepegelt?«

Isadora nickte und nahm mit routinierten Handgriffen noch ein paar weitere Einstellungen vor. »Hintergrundrauschen, die Kochgeräusche vom Gasherd, die Lüftungsanlage … es ist eine qualitativ hochwertige Aufnahme. Wenn ich tief reingehe, hör ich den Verkehr durch die Fenster. So … jetzt hab ich die Stimme nahezu störungsfrei extrahiert … was du hier siehst, ist der akustische Fingerabdruck von Pedro Lino. Und jetzt«, sie klickte eine Schaltfläche namens *Datenbankabgleich* an, »macht sich das System auf die Suche. Wenn Senhor Lino sich irgendwo im Telekommunikationsnetz bewegt hat, finden wir das Gespräch.«

»Das ist schon unheimlich«, bekannte Carlos und nahm sich noch ein Stück von der Pizza.

Isadora lehnte sich zurück und warf ihm ihr typisches Lächeln zu, belustigt und wissend. »Orwell würde sich im Grabe umdrehen«, sagte sie und entschied sich für ein Stück mit Salami.

Nach drei gemeinsamen Sudokus, bei denen Eva die Nase vorne gehabt hatte, übermannte sie der Hunger, und sie machten sich über die Feigen im Speckmantel her.

»Die schmecken sehr gut.«

»Ich bin so froh.«

»Dass mir die Feigen schmecken?«

»Nein. Ja, das auch, aber … dass ich mich bei Ihnen endlich entspannen kann. Wenn ich mit anderen Menschen zusammen bin, ist mein Bauch immer angespannt. Meine Finger, die Unterarme, ich halte im Gespräch oft lange die Luft an. Und wenn so ein Treffen vorbei ist, bin ich körperlich fix und fertig. Kennen Sie das?«

Leander Lost nickte. »Sie müssen bei mir nichts dechiffrieren«, sagte er. »Sie und ich sagen, was wir meinen.«

»Genau. Ich habe das Gefühl, ich bin immer in der Wüste unterwegs, und endlich ist da eine Oase. Mein Bauch kitzelt.«

Leanders Bauch kitzelte nicht, aber vielleicht war das normal oder vielleicht käme es noch. Möglicherweise war das auch gänzlich unerheblich.

Sie ergriff seine Hand und schaute dabei konzentriert auf ihre eigene. »Ich ertrage Berührungen nur von ganz wenigen Menschen«, sagte Eva, »und Ihre gehört dazu.«

Leander spürte eine Hand auf seiner, Haut auf Haut, nicht mehr. Aber vielleicht musste er sich einfach daran gewöhnen.

»Sollen wir uns nicht duzen?«, schlug er vor.

»Ja, es wäre albern, das nicht zu tun. Gerne.«

Anders als die anderen Menschen das taten, nannten sie jetzt nicht beide ihren Vornamen, sie kannten ihn ja schließlich.

»Hast du eine Inselbegabung?«, fragte Eva.

»Ich bin Eidetiker.«

»Oh … das ist faszinierend. Und … kannst du trotzdem vergessen?«

Kein Mensch hatte ihn das je zuvor gefragt. Weder als Erstes noch überhaupt. Allen erschien diese Fähigkeit als Begabung, sie war stets positiv aufgeladen. Nur Eva Fiadeiro fragte nach der anderen Seite.

»Nein. Und du? Hast du auch eine besondere Begabung?«

»Nein. Ich bin nur hochintelligent.«

»Immerhin.«

»Ja. Es tut mir leid, dass du nicht vergessen kannst.«

»Ich komm bis jetzt gut damit klar.«

Isadora Jordao hatte es sich auf der Dachterrasse des Kommissariats bequem gemacht und blickte von hier aus auf die Reste des Sonnenuntergangs, der den Himmel in einen sanften Brand versetzte. Aus der Marina von Faro reckten sich über hundert Masten und das Meer war ruhig.

Sie rauchte einen Joint mit erstklassigem Gras aus Rabat,

das nachts bei halsbrecherischem Tempo von jungen Männern in Jetskis über die Straße von Gibraltar nach Spanien und Portugal transportiert wurde. Zur genaueren Bestimmung analysierte sie Struktur und Inhalt der Pflanzen. Auf diese Weise konnte sie die Marktgüte des konfiszierten Grases bestimmen, die wahrscheinliche Herkunft, die Reinheit und vieles mehr. Und den Rest rauchte Isadora auf der Dachterrasse im Beisein der Sterne.

Bis ihr Handy sich mit einem dezenten Summton meldete. Die Stimmanalyse war auf etwas gestoßen.

»Meine Mutter hat gesagt, du hättest gerne Kinder.«

»Ein Kind«, präzisierte Leander.

Sie saßen sich noch immer bei Feigen im Speckmantel am Küchentisch gegenüber.

»Ich … ich auch. Ich möchte … wie sagt man? … Ich möchte ungerne mit der Tür ins Haus fallen.«

»Ein sehr unglücklicher Ausdruck.«

»Absolut. Er impliziert, dass es Leute gibt, die das mögen.«

Leander nickte: Wer stürzte schon gerne? Und wer riss eine Tür überhaupt so heftig auf, dass er sie dabei aus den Angeln riss?

»Ich hätte auch gerne ein Kind.«

Dazu beugte sich Eva vor und blies die Erste von drei Kerzen aus, was ihre Grübchen betonte und ihm einen Blick auf ihr Dekolleté gewährte, das sie von ihm unbemerkt um ein, zwei Knöpfe erweitert haben musste.

Natürlich war es dem Universum egal, ob man existierte oder nicht, war sich Leander sicher. Die Menschheit war eine Laune der Natur, ein riesiger Zufall, und in diesem Zufall hatte selbstredend niemand etwas wie einen Sinn hinterlegt. Hinaufgeschleudert auf einen riesigen Klumpen, der mit einer fragilen, dünnen Schicht Sauerstoff auf finsteren, unsagbar kalten Ellipsen seine Bahnen zog, durfte man auf die Frage nach dem Sinn auf keine Antwort von außen hoffen, denn dort gab es nichts. Der einzige

Sinn, der auf der Hand lag, war die Arterhaltung. Die Fortpflanzung. Die Weitergabe der Gene.

Deshalb folgte er Eva Fiadeiro jetzt über den Flur, wo sie Kurs aufs Schlafzimmer nahm. Aber mit den Genen alleine war es nicht getan, das wusste Leander auch. Es musste auch passen zwischen Mann und Frau, da machte er sich keine Illusionen. Die Erziehung eines Kindes bedurfte eines intakten Elternhauses und die Basis dessen war eine intakte Beziehung der Eltern.

Zunächst war ihm Soraia in den Sinn gekommen, mit der er das wärmste Gefühl verband, das er je einer Frau gegenüber empfunden hatte. Aber wie sollte mit ihr ein Alltag ohne Hürden funktionieren? Wie sollte er es vermeiden, sie zu verletzen, wenn er doch einfach nur die Wahrheit sagte? Wie sollte er rechtzeitig eine Laune, eine Stimmung erfassen und darauf eingehen, bevor sie sich aufstauen, möglicherweise in einen Streit münden würde? Wie sollte er ihre stummen Wünsche und Bedürfnisse erahnen und sie erfüllen? Jeder Morgen, jede Begegnung, jeder Blick würde zum Fallstrick werden – und Soraia über kurz oder lang unglücklich. Und so wie er sie kannte, würde sie aus Loyalität zu ihm eine Trennung nicht in Erwägung ziehen, sondern es neben und mit ihm aushalten und sich nichts anmerken lassen.

Nein, Leander hatte beschlossen, den Menschen, den er am meisten mochte, vor einem gemeinsamen Leben mit ihm zu schützen. Soraia benötigte einen Mann aus ihrer Welt. Der Gedanke hatte exakt in dieser Wortwahl Gestalt in seinem Kopf angenommen. Und die Logik hatte zu Eva geführt. Wenn alle Frauen aus der anderen Welt keine geeigneten Partnerinnen für ihn waren, dann musste er in *seiner* Welt nach einer Ausschau halten.

Und gegen diese eine stolperte er jetzt beinahe, weil sie an der Tür des Schlafzimmers abrupt abstoppte.

»Ich bin noch kurz im Bad.«

»Gut.«

»Mach es dir doch … bequem.«

»Ja.«

Leander Lost ging ins Schlafzimmer und sah auf den Nachttisch, von dem es nur einen gab. Darauf stand eine Schale mit ein paar Walnüssen. Er holte das alte Ledertuch aus seiner kleinen Innentasche und entrollte die Wächter der Nacht auf dem Bett: der Blitz und das Auge. Er platzierte beides auf der ebenen Fläche des kleinen Tisches und schob die Nüsse etwas beiseite. Es war ihm, als wichen die Wände, die eben noch bedrückend nah erschienen waren, zurück, als atme der Raum.

Und nun? Sollte er sich ausziehen und aufs Bett legen? Oder nur ausziehen? Und auf dem Bett: auf der Decke oder darunter? Links oder rechts? Was war ihre Seite? Hatte Eva eine? Ganz bestimmt hatte sie eine. Und wenn er sich zufällig auf ihre legte, könnte sie das durcheinanderbringen, das kannte er von sich selbst.

Dass es jetzt, anfangs, nicht minder kompliziert war als mit einer Frau wie beispielsweise Soraia, entmutigte Leander nicht. Binnen kürzester Zeit würden sie einander über ihre Notwendigkeiten und Bedürfnisse aufgeklärt haben, sodass sie umfassend über den Umgang mit dem anderen im Bilde waren. Ab dann wäre alles klar und kein Raum mehr für Missverständnisse. Ihre gemeinsamen Stunden wären eine einzige Entspannung.

Er entschied sich, sich einfach aufs Bett zu setzen. Das wirkte weniger okkupierend. Auch der Krawatte entledigte er sich und dann seines Jacketts.

Und nun? Leander nahm zwei der Nüsse und knackte sie mit einem gezielten Schlag gegen die Wand. Er warf sie am Stück in den Mund und entsorgte die Schalen in der Küche. Auf dem Rückweg fiel ihm der modrige Geschmack auf.

Lagen sie hier möglicherweise seit Weihnachten?

Zurück im Schlafzimmer setzte er sich wieder aufs Bett. Die Espadrilles, in denen seine nackten Füße steckten, streifte Leander nun ebenfalls ab. Würde sie ihn weiter ausziehen oder sollte er das selbst machen? Am besten, er fragte sie einfach.

Da hörte er ihre Schritte. Ruhig und gleichmäßig. Sie blieb kurz im Türrahmen stehen – und war nicht nackt. »Tür auf oder zu?«

»Auf.«

»So mag ich es auch.«

Sie löschte das Licht, sodass das Schlafzimmer nur noch indirekt durch die Lampe im Flur beleuchtet wurde. Die Gegenstände im Raum wurden zu Konturen, die Farben verblassten. Eva blieb direkt vor ihm stehen, platzierte ihre Knie links und rechts seiner Beine und setzte sich auf seinen Schoß.

»Ist das unangenehm?«

»Nein.«

»Du bist nicht HIV-positiv?«

»Nein.«

»Ich auch nicht.«

Ihre Gesichter waren ganz nah, Leander musste schlucken. Er legte die Arme um ihre Taille und zog sie zu sich heran. Nun legte Eva ihre Lippen sanft auf seine, und während sie den ersten Kuss tauschten, begann sie, seine oberen Hemdknöpfe zu öffnen.

Leander gefiel es gut, ihren Körper zu spüren, hier, da und dort – der Kuss allerdings löste kaum etwas in ihm aus.

»Ich habe meine fruchtbaren Tage«, ließ sie ihn wissen.

»Sehr gut.«

Eva löste mit einem geübten Griff ihre Halskette und legte sie auf dem Nachttisch ab. Und erstarrte. Zur Salzsäule. Dann federte sie hoch, die Finger zitterten, sie blickte zwischen ihre Füße.

»Eva?«

Sie ging rückwärts. Das hatte nichts Mechanisches, sondern sie schlurfte, als wolle sie sich mithilfe der Fußsohlen versichern, dass sie nicht versehentlich über die Kante eines Abgrunds lief.

Was stimmte nicht? Hatte er etwas falsch gemacht? Lief sie vor dem Kuss davon? Auf jeden Fall empfand sie etwas als bedrohlich. Etwas nahm ihr die Luft. Sie hatte sich aufgerichtet und ihre Halskette abgelegt.

Er sprang auf und lief in den Flur, der leer war.

»Eva?«

Leander blickte nacheinander in die angrenzenden Räume. Sie saß in der äußersten Ecke der Küche, die Beine angezogen, die Arme um die Beine geklammert, die Stirn auf die Knie aufgelegt. Und sie zitterte.

Das Gespräch, auf das das Programm gestoßen war, entpuppte sich als sehr kurz. Isadora Jordao löste die Wiedergabe am iMac mit einem Mausklick aus.

»Livraria Dom Henrique?«

Das war die Buchhandlung in Lagos.

»Boa tarde«, meldete sich der Anrufer, »haben Sie ein Exemplar von ›Die Pest‹ vorrätig?«

»Augenblick.«

»Es ist von Albert Camus.«

»Ich weiß … warten Sie … ja. Genau ein Exemplar.«

»Dann reservieren Sie es mir bitte«, sagte der Anrufer. »Eine Senhora Teresa Fiadeiro wird in etwa zwei Stunden bei Ihnen sein und es abholen.«

»Gut.«

»Obrigado.«

Damit war das Gespräch beendet.

Der Mann, der das Buch in Lagos für das Mordopfer hatte hinterlegen lassen, war eindeutig Pedro Lino gewesen.

Noch nie hatte Susanna vom Loja Fresca einen barfüßigen Mann in Anzughose und weißem Hemd so schnell zwei Walnüsse kaufen und wieder davonsprinten sehen. Dabei hatte er Glück gehabt, denn eigentlich hatte sie die Ladentür gerade abschließen wollen.

Lost legte die beiden frisch erstandenen Walnüsse zu den drei anderen in die Schale und trug diese in die Küche. Er nahm im Schneidersitz vor Eva Platz, die nicht mehr zitterte, aber nur vorsichtig den Kopf hob. Und als sie die Nüsse sah, atmete sie tief und erleichtert aus.

»Danke, Leander.« Wie ein tiefer Seufzer nach einem langen Tauchgang.

Er stellte die Schale neben ihr ab, sodass sie sich in Evas Blickfeld befand.

Sie lockerte jetzt die Arme und fuhr mit den Fingern der rechten Hand sanft über die Walnüsse, als wolle sie durch das Ertasten sicherstellen, dass sie nicht Opfer einer optischen Täuschung war. »Mein Vater hat sie mir bei seinem letzten Besuch in Coimbra kurz vor seinem Tod mitgebracht. Eigentlich waren es mehr, ein ganzes Netz voll. Aber an dem Tag, an dem er starb, waren es diese fünf.«

Er hatte richtig kombiniert – die Nüsse waren *ihre* Wächter. Und er hatte zwei davon verspeist.

»Wann war das?«

»Vor sieben Jahren.«

Leander schluckte gegen den modrigen Geschmack in seinem Rachen an und griff nach dem roten Douro von der Anrichte. »Darf ich?«

»Gerne. Ich nehm auch ein Glas.«

Sie öffnete den Küchenschrank neben ihr und entnahm daraus zwei Weingläser, die sie neben die alten Nüsse stellte. Leander goss ihnen ein und reichte ihr zuerst das Glas, das sie mit einem Nicken entgegennahm. Dann hob er seines, sie prosteten sich stumm zu und er nahm zwei großzügige Schlucke.

»Sie sind meine Sicherheit«, sagte Eva, »ich hab sie immer bei mir. Und wenn ich mich länger in einer Wohnung aufhalte, kommen sie in eine Schale.«

»Ich hab zwei davon … rausgenommen. Um das Warten zu verkürzen. Und dann … zwei zurückgelegt.« Nichts davon war gelogen.

Jetzt löste sich auch ihre letzte Anspannung und Eva streckte die Beine aus.

»Meinst du, wir können noch einen Versuch starten, Leander?«

»Unbedingt.«

Er hob die Schale auf, federte hoch und reichte ihr die Hand, um ihr auf die Beine zu helfen.

»Das ist hundertprozentig Lino?«, wollte Graciana Rosado wissen. Sie hatte sich mit beiden Händen auf Isadoras Tisch aufgestützt und sich den Anruf vorspielen lassen.

Isadora nickte.

Graciana warf noch einmal einen Blick auf die Auswertungskurven auf dem Bildschirm des Rechners. »Er hat sie dorthin bestellt«, sagte sie dann mehr zu sich selbst. »Das dürfte reichen.«

»Ja«, stimmte Carlos Esteves zu, den sie direkt nach Isadoras Anruf aus dem Antonio abgeholt hatte, »er hat das Buch bestellt, er war laut Handyortung zur fraglichen Zeit am Tatort, und er war Koch im Cachoa. Das reicht.«

»Und er kennt sich im Umgang mit Handfeuerwaffen aus, weil er für As Sombras gearbeitet hat«, fügte Isadora hinzu.

Graciana nickte den beiden zu. »Ich fahr wieder rüber nach Lagos.«

»Ich komm mit«, ließ Carlos sie wissen. »Und wir sollten das nicht alleine machen.«

Isadora nickte: »Holt euch Spezialkräfte.«

Da sie beide keine Abweichungen schätzten, entsprach ihr erneutes Zusammentreffen dem ersten. Leander setzte sich an dieselbe Stelle und Eva nahm wieder auf ihm Platz. Doch dieses Mal ließ er sich mit dem Rücken aufs Bett fallen und zog sie mit sich, sodass sie jetzt über ihm verharrte. Und ihre Lippen sich erneut fanden. Bewacht von zwei Figuren aus Speckstein und fünf Walnüssen.

Und da hatte er es – das Handy! Natürlich! Es hatte alles die ganze Zeit direkt vor ihnen gelegen!

»Das Buch.«

»Was?«

Er kam mit dem Oberkörper hoch. Fast stießen sie mit den Köpfen zusammen.

»Das Buch, das deine Mutter ausgeliehen hat«, fuhr er fort, »einmal pro Woche ein neues Buch, richtig?«

Eva Fiadeiro stutzte zwar wegen des Zeitpunkts seiner Fragen, aber diese Irritation konnte sie ohne Weiteres einfach beiseiteschieben. »Immer die aktuelle Nummer 1 der Bestsellerliste. Aus der Stadtbibliothek in Olhão.«

»Dann ist es noch hier, richtig? In der Wohnung.«

»Ja … das müsste so sein.«

»Wir müssen es finden. Jetzt.«

Halb hob er sie an, halb stand sie auf. Leander schnappte sich sein Smartphone und suchte über Duckduckgo. Die Suchmaschine für alle, die die Datenkrake Google umgehen wollten.

Die Antwort erschien binnen Sekunden. Der aktuelle Bestseller in Portugal stammte von Oliver Sellano und trug den Titel »Das geheimnisvolle Antiquariat«.

»Ich verstehe nicht«, bekannte Eva, während Leander mit eiligen Schritten ins Wohnzimmer ging und sich die Buchrücken im Regal vornahm.

»Jemand hat den Camus für sie bestellt«, antwortete er dabei, »aber an diesem Tag stimmte für deine Mutter sowieso nichts.«

»Warum nicht?«

»Sie ist über hundert Kilometer gefahren, um ein Buch abzuholen, das sie selbst bereits besitzt. Warum sollte sie das tun?«

»Ich weiß nicht. Es gibt keinen rationalen Grund dafür. Aber meine Mutter war auch eine NT .«

Natürlich. Neurotypische handelten selten logisch.

»Aber es ist schon eine auffällige Diskrepanz«, räumte Eva ein.

»Es gibt noch eine viel auffälligere«, fuhr Leander fort.

Er erinnerte sich, wie er in der Grundschule ein Puzzle zusammengesetzt hatte – und erst die Mitschüler von ihm gewichen waren und dann auch die Lehrerin, die ihn mit einer Miene angesehen hatte, die er erst später zu dechiffrieren in der Lage gewesen war: mit Furcht. Vermutlich hatte es daran gelegen, dass er das Puzzle mit der Rückseite nach oben zusammengesetzt hatte. Ein Meer aus dunkelgrünen Teilen, die er zu einem Ganzen zusammenfügte, zu einem lückenlosen Rechteck. Da wusste er es noch nicht, aber er spürte es sehr genau – die Blicke, die an ihm hafteten. Dass er anders war.

Und genauso waren all die kleinen Informationen, die Erkenntnisse im Mordfall Fiadeiro, zusammenhangslos in Synapsen verkapselt gewesen. Und mitten in einer beginnenden Erektion (hier bestand hoffentlich keine Kausalität) hatten sie sich in seinem Kopf zusammengefunden und nahezu ein Ganzes ergeben, das sie schon sehr bald sein würden, wenn er sie noch genauer anordnete.

Dazu brauchte Leander das Buch aus der Bibliothek.

»Das Handy. Deine Mutter hat es nie aus der Hand gelegt, richtig? Wegen der Fitness-App.«

»Ungewöhnlich für eine NT, aber, ja: Das war eine Manie.«

»Es sind lauter Dinge, die nicht passen. Das Buch in Lagos. Ich wette, dass Camus' ›Pest‹ völlig unerheblich ist. Darum ging es nie. Es ging um den Bestseller aus Olhão. Dann das Handy, das sie in der Wohnung gelassen hat. Und im Parkhaus gibt es noch eine Ungereimtheit. Als deine Mutter das Parkhaus verlassen hat, hat sie die Treppe genommen, die Stufen *nach oben*.«

»Meine Mutter hat immer jede Möglichkeit genutzt, um sich fit zu halten.«

»Ja, aber nicht auf dem Rückweg – da hat sie nämlich den Fahrstuhl genommen. *Nach unten*. Für zwei Etagen.«

»Das macht keinen Sinn.«

»Doch, ganz bestimmt. Nur erschließt sich der im Augenblick noch nicht. Ich bin mir nur sehr sicher, dass das kein Zufall ist.

Es ging nicht um das Buch von Camus. Sie ist offiziell deswegen nach Lagos gefahren, aber darum ging es nicht. Entweder drehte es sich um etwas, was sie danach unternehmen wollte – oder um den Fahrstuhl.«

»Das verstehe ich nicht. Sie … du meinst, sie ist wegen des Fahrstuhls nach Lagos gefahren?«

»Genau. So, da ist es.«

Er zog den Bestseller von Sellano aus dem Regal und schlug ihn auf. Eva stellte sich dicht neben ihn und betrachtete die Seiten, die er aufschlug. Auf der zweiten wurden sie fündig.

Du bist meine einzige Chance. Komm morgen nach Lagos, parke in der untersten Ebene am Sklavenmarkt und hol ein Buch in der Livraria Dom Henrique ab, nimm danach den ersten Fahrstuhl im Parkhaus abwärts. Lass unter allen Umständen dein Handy zu Hause. Komm alleine und sprich mit niemandem über diese Nachricht. In großer Not: Pedro.

»Pedro? Pedro Lino?«

»Ja.«

»Das war früher unser Nachbar.«

»Er ist dringend tatverdächtig. Das heißt: Er war es. Ich brauche eine Taschenlampe und etwas blaues Plastik.«

Eine schwarze Gestalt mit wehender Krawatte und blau blinkendem Helm jagte auf der gelben Ducati Scrambler über die N 125. Leander hatte etwas von einer blauen Plastiktüte vor die Taschenlampe geklebt, sie mittels Klebeband auf seinem Helm befestigt und dann die Blinkfunktion aktiviert.

Es war Eile geboten.

Wenn das, was er annahm, zutraf, konnte die Observierung mit möglicher Festnahme nach hinten losgehen. Aber noch war er sich nicht ausreichend sicher.

Er überholte die anderen Autos und Lkws, als rase er an einer

Perlenkette entlang. Als er das Kommissariat in Faro erreichte, hatte er ein statistisches Mittel von 133 Stundenkilometern hingelegt.

Die *Grupo de Operacões Especiais* war auf Gracianas Anforderung hin mit achtfacher Mannstärke angerückt. Junge, durchtrainierte Polizisten mit Identitätsschutz, Helmen und Splitterwesten, auf denen hinten »Policia« in Neonweiß stand. Sie trugen Maschinenpistolen und waren per Intercom in einem eigenen Funknetz unterwegs. Abhörsichere Frequenz.

Sie hatten das Gebäude am Largo Moinho von der rückwärtigen Seite über einen anderen Eingang betreten. Über eine Verbindungstür im Keller waren sie in den Teil der Anlage gelangt, in der Pedro Lino wohnte. Im Augenblick befand er sich drei Etagen über ihnen.

Der Leiter der Gruppe stand Graciana und Carlos gegenüber, die beide angespannt waren. Der zweite Mann hinter dem Leiter trug die Türramme.

»Wir gehen ohne Vorankündigung rein«, sagte der Leiter, »wir klingeln nicht, wir schicken niemanden in Zivil vor, wir gehen direkt rein.«

Graciana nickte. Sie kommentierte grundsätzlich nicht die Vorgehensweise anderer Polizeieinheiten bei einer Kooperation. Die Männer, die zuerst reingingen, riskierten ihr Leben und ihre Gesundheit. Sie sollten es so tun, wie sie es für richtig hielten.

»Sie bestimmen den Zeitpunkt«, schloss der Mann.

»Jetzt«, sagte Graciana.

Leander saß an seinem Schreibtisch im ersten Stock des Kommissariats, das ansonsten wie leer gefegt war. Er hatte lediglich die kleine Tischlampe eingeschaltet, die weiches gelbliches Licht spendete.

Leander spulte das Überwachungsvideo aus dem Parkhaus vor, das zeigte, wie Teresa Fiadeiro aus dem Fahrstuhl stieg, wie sie auf die Kamera zuging, in der Hand die Plastiktüte, und sich dem toten Winkel näherte, in dem ihr Mörder auf sie wartete. Währenddessen schloss sich die Tür des Fahrstuhls im Hintergrund wieder.

Leander spulte zurück zu dem Moment, in dem der Fahrstuhl die zweite Ebene erreichte und die Tür sich öffnete. Und im Hinausgehen von Teresa Fiadeiro erkannte er den Umriss eines Menschen. Kaum sichtbar, weil er sich nicht gegen den dunklen Hintergrund der Liftkabine abhob. Wie ein Schatten, der sich zur Seite drückte, weg aus dem sichtbaren Bereich. Als habe ihn das Licht an seiner Position ertappt.

Es war eine Zeitspanne von – Leander berechnete es mithilfe des Timecodes im Bild – einskommavieracht Sekunden. Er erzeugte an einer Stelle, die ihm günstig erschien, ein Standbild und benutzte ein paar Bearbeitungswerkzeuge. Er hellte das Foto auf, erhöhte den Kontrast und ließ die Schärfe interpolieren. Für Leander gab es keinen Zweifel – es war Pedro Lino, der in der Fahrstuhlkabine stand. Und er fuhr mit ihr auch wieder nach oben, als Teresa Fiadeiro erschossen wurde.

Jetzt war Leander Lost alles klar.

Ruhig und leicht geduckt waren sie den Flur entlanggekommen, die Waffen im Anschlag. Sie nahmen beiderseits der Wohnungstür Aufstellung, wo sie sich an die Wand pressten. Der Leiter stand direkt am Türrahmen. Er und sein Gegenüber zogen zwei Blendgranaten aus ihren Taschen und legten die Entsicherung frei. Sobald der Weg frei war, würden sie sie in die Wohnung schleudern.

Der Leiter nickte dem Mann mit der Ramme zu, der mit dem schweren Metallzylinder vor der Tür Aufstellung nahm und Schwung holte, um sie aus den Angeln zu reißen.

Da stürzte Graciana Rosado außer Atem um die Ecke. »Abbruch!«

TAG FÜNF

25.

Doutor Sebastião Festa schüttelte vehement den Kopf. »Ausgeschlossen, wirklich.«

Er war um die sechzig und hatte graues, schütteres Haar. Die vielen Dioptrien seiner Brillengläser ließen seine Pupillen zu Stecknadelköpfen schrumpfen. Er trug einen weißen Arztkittel und saß im Behandlungszimmer hinter seinem Schreibtisch. Von hier aus hatte er einen Blick auf die Stadtmauer von Lagos. Gedämpft drangen Stimmen und etwas von dem Verkehr an der Hafenpromenade hinauf in den dritten Stock, wo er seine Praxis unterhielt.

Es war ein sehr warmer Morgen. Deshalb hatte sich Carlos nach der – weiteren – kurzen Nacht für Shorts entschieden, aber trotzdem nicht auf sein Leinenjackett verzichtet. Er saß dem Allgemeinarzt gegenüber und spürte die Wärme des Schinken-Käse-Croissants durch den Stoff der rechten Außentasche.

»Es ist«, hob Carlos feierlich die Stimme, »ein Dienst an Ihrem Land.«

»Ach, hören Sie doch auf … wenn ich das schon höre. *Dienst an Ihrem Land* fällt immer dann, wenn man etwas Idiotisches umsonst tun soll.«

Carlos Esteves nickte. Es hätte ihn auch enttäuscht, wenn ein gebildeter und lebenserfahrener Mann wie Doutor Festa darauf hereingefallen wäre.

»Ich höre, der Sohn des Barbesitzers von gegenüber parkt öfter so, dass Sie mit Ihrem Auto nicht rauskommen.«

»In der Tat. Das ist insbesondere dann ärgerlich, wenn ich zu einem dringenden Fall rausmuss. Sie wissen schon, meine alten

Patienten, die im Sterben liegen. Keine akuten Notfälle, meist. Aber moralische. Der Junge hat irgendeinen Freund im Rathaus, ich habe mich schon hundertmal beschwert.«

»Er wird es nie wieder tun.«

»Wie wollen Sie das machen? Wollen Sie mit ihm reden? Das ist nutzlos.«

»Das habe ich schon. Er wird es nicht mehr machen.«

»Und wenn doch?«

»Es wird nicht passieren.«

Der Arzt blickte ihm in die Augen, um so einen Anhaltspunkt dafür zu finden, ob der Sub-Inspektor ihn belog.

Da Carlos das nicht tat – weil er die Fingerabdrücke des Jungen an einer Plastiktüte hatte, deren Inhalt aussah wie Kokain, aber in Wirklichkeit aus Mehl bestand, und er ihm geraten hatte, nie wieder den Parkplatz von Doutor Festa zu benutzen, so er nicht für ein Jahr ins Gefängnis wandern wollte, weil er also dem Mann ihm gegenüber seinen Parkplatz garantieren konnte –, entgegnete er dessen Blick mit großer Offenheit.

»Wie haben Sie das gemacht?«

»Ich habe das Gesetz ein klein wenig gedehnt – wissen Sie, manchmal brauchen die Leute nur einen kleinen Schubs.«

»Und wenn der nicht reicht?«

»Dann schubs ich doller.«

Sebastião Festa glaubte dem Mann mit dem Jackett und den unpassenden Shorts.

Pedro Lino hatte seine Wohnung um kurz nach neun in Begleitung seines Freundes Ricardo Torres verlassen. Er selbst trug einen hellen Weidenkorb, Torres einen kleinen Rucksack, und zusammen passierten sie die alte Stadtmauer auf der Rua Infante de Sagres in Höhe eines der zahlreichen Graffiti von Lagos. Es zeigte graue, nackte Frauen von hinten, die aufgereiht in einer undefinierten, dunklen Umgebung zu stehen schienen. Die Frau in der Mitte hatte sich allerdings dem Betrachter zugewandt. Dort, wo ihre Brüste begannen, nahm sie Farbe an. Ihre kurzen Haare verdunkelten ihre Augen, die Lippen waren voll und rot und etwas aufgeworfen. Die Zeichnung setzte sich thematisch mit dem Striplokal *Aplauso* fort, das den Besucher nur eine Ecke weiter empfing und auf dessen roter Markise über dem Eingang sich eine schwarz-weiße Meerjungfrau räkelte.

Hier liefen drei Straßen zusammen. Und hier nahmen Luís Dias, Ana Gomes und die junge Polizeischülerin Laura Soares – allesamt in Zivil – die Beschattung der beiden Männer auf.

Und zwar in einem wechselnden Dreieck, wie Graciana Rosado es gestern erwähnt hatte. So konnten sie in Läden oder Seitenstraßen abtauchen, ungesehen auf einem Parallelweg die Altstadt hinablaufen und plötzlich zweihundert Meter vor den beiden Männern wieder auftauchen, ohne je den Anschluss an die beiden zu verlieren.

Graciana Rosado, Carlos Esteves und Leander Lost bildeten ein weiteres Dreieck. Sie eskortierten die Männer und die Kollegen in einem größeren Abstand, zu groß, als dass sie in Sichtweite von Lino oder Torres geraten könnten. Aber jeder von ihnen hielt Blickkontakt mit einem der drei Kollegen. In diesem Punkt hatte Graciana keinerlei Risiko eingehen wollen. Sie waren schließlich alle drei in der Wohnung gewesen, die Männer kannten ihre Gesichter – im Gegensatz zu jenen von Luís, Ana und Senhora Laura.

Pedro Lino und Ricardo Torres bewegten sich also in einem doppelten Dreieck, das auf jeden ihrer Richtungswechsel ausweichend und flexibel reagierte – und aus dem sie nicht mehr unbemerkt ausbrechen konnten. Dass sie zusammen die Wohnung verlassen würden, exakt das hatte Leander Lost vorhergesagt.

Ihr Weg führte sie zur Markthalle unten am Kanal, die sich in einem großen weißen Gebäude mit grau umrandeten Fenstern befand. Der Mercado Municipal war stark frequentiert. Die Köche und Laufburschen der gesamten Gastronomie von Lagos fanden sich hier ein, suchten die einzelnen Stände auf, die ihre Waren auf hellen steinernen Auslagen präsentierten. Als wollten sie der strengen Form der Außenansicht die Stirn bieten, wölbten sich die halbhohen Begrenzungsmauern der einzelnen Stände mit tiefblauen Azulejos in Rundungen und Halbkreisen. Auch Lagos' Einwohner tummelten sich auf der Suche nach fangfrischem Fisch. Händler und Kunden kannten sich meist seit Jahren, manchmal waren sie vor etlichen Jahrzehnten in derselben Straße aufgewachsen. Oder auch familiär über zwei, drei Ecken miteinander verbunden.

Pedro Lino bewegte sich hier blind. Als Koch wusste er genau, wo er das bekam, was er wollte. Ana Gomes und Laura Soares bogen gleich nach Betreten der Halle nach links und rechts ab, Soares ging in den ersten Stock, um schon dort zu sein, falls Linos Wege auch nach oben führen sollten.

Der andere ist der Gefährliche, hatte Graciana ihm und den anderen noch in der Nacht nach dem Abzug der Spezialkräfte eingebläut: Ricardo Torres.

Luís Dias blieb an den beiden dran. Seit gestern war er wie ausgewechselt. Er hatte die anderen mit Bica und Wasser versorgt und – weiß Gott woher – mitten in der Nacht ein paar Sachen aus einer Pastelaria geholt, allen voran eine *Tarte de Limão,* die ihre Lebensgeister weckte. Er hatte das Geschirr abgeräumt, die Anrichte geputzt und anschließend am Pool der fremden Villa noch ein kaltes Sagres mit Carlos getrunken. Statt wie sonst über die langen Arbeitszeiten, seinen kargen Lohn und die Undankbarkeit der Welt zu lamentieren, hatte er mit einem sentimentalen Leuchten in den Augen von seinen Anfängen als Polizist erzählt. Damals, als es in Fuseta noch keine einzige Ampel gegeben habe: »Verstehst du, was ich damit sagen will? Wir haben nie eine Ampel gebraucht.«

»Ja, das verstehe ich, Luís, aber … wir haben in Fuseta immer noch keine einzige Ampel.«

Luís hatte kurz überlegt, um dann zu grinsen und zu nicken: »Das stimmt … Carlos, ich werde alt, glaub ich, entsetzlich alt.«

Und jetzt, getarnt mit einer dieser typischen Schiebermützen, folgte er Pedro Lino und Riccardo Torres durch die Menschenmassen, die sich um diese Uhrzeit auf dem Markt tummelten.

Er entdeckte auch Isadora, die als Touristin verkleidet Aufnahmen mit einem Tele machte. Von Fischen, Meeresfrüchten, Besuchern, Obst, Gemüse – und immer dann von Ricardo Torres, wenn der es nicht bemerkte. Sie war ausgefuchst genug, um sich dazu eines Spiegels an der Wand zu bedienen.

Dabei hielt sie sich sehr zurück. So wie Lost vermutete auch sie, dass Torres' Sinne geschärft waren und auf kleinste Unebenheiten ansprachen.

»Vermutlich«, so hatte Leander bei ihrem nächtlichen Kriegsrat gesagt, »nimmt er minimale Abweichungen noch mehr wahr als wir, weil er darauf getrimmt ist. Wenn Sie also im Zuge der Observierung denken, Sie verhalten sich ein klein wenig auffällig, hat Ricardo Torres Sie vermutlich schon entdeckt. Machen Sie diesen Fehler nicht. Ziehen Sie sich kurz aus der Beschattung zurück. Denn sonst … ist alles verloren.«

Bei dem Händler, der fangfrischen Oktopus anbot, war das Gedränge besonders groß. Lino stellte sich an, um eine Vorbestellung abzugeben. Ricardo Torres wählte statt der Nähe die Übersicht. Er ging ein paar Schritte und zündete sich am Torbogen, der ins Freie führte, eine Zigarette an und hatte von hier aus alles im Blick – auf jeden Fall aber Pedro Lino.

»Es gab einen Hilferuf«, hatte Lost nachts erklärt und ihnen die Notiz in dem Bestseller vorgelesen, auf die er in der Wohnung von Teresa Fiadeiro gestoßen war. »Er hat nicht mit ihr telefoniert.«

»Warum nicht?«, hatte Ana gefragt.

»Aus demselben Grund, weshalb er Senhora Teresa gebeten hat, ihr Handy nicht mit nach Lagos zu nehmen – weil er Angst hatte, dass seine Telefonate abgehört werden.«

Vor Lino stand noch eine ältere Frau, die er als Köchin des Casinha do Petisco identifizierte, nach dem Os Lambertos das beste Restaurant vor Ort. Eine junge Frau hinter ihm beugte sich vor und berührte ihn dabei am Unterarm. Er wandte sich um.

Sie war klein und schmal und schenkte ihm ein Lächeln: »Desculpa.« Und sie hatte Grübchen.

»Sem problemas.«

»Abgehört von wem?«, hatte Luís Dias gefragt.

»Von den Leuten, von denen Ricardo Torres seine falschen Papiere erhalten hat«, hatte Leander geantwortet, während sie nachts um drei Zitronentarte aßen und Laura Soares in der Finta ausharrte und den Eingang des Wohnhauses im Blick hatte.

»Wir haben Torres überprüfen lassen«, hatte Carlos Esteves entgegnet. »Name, Wohnort, alles stimmt. Selbst die Ermahnungen wegen zu schnellen Fahrens. Und er hat eine Sozial- und Rentenversicherungsnummer.«

»Das glaube ich gerne«, hatte Leander Lost geantwortet, »aber er existiert so wenig wie dieser Vasco Sousa, der am Flughafen das Auto gemietet hat. Vasco Sousa und Ricardo Torres sind ein und dieselbe Person, und beides sind Phantome. Das von Torres ist nur aufwendiger gestaltet worden.«

»Die Papiere sind gefälscht, die ganze Person ist erfunden, meinen Sie das?«, hatte Graciana gefragt.

»Ja. Sehen Sie.« Er hatte zwei Kopien auf den Tisch gelegt, die die Ausweise von Sousa und Torres zeigten. »Es ist derselbe Mann. Bloß ohne lange Haare, Vollbart und Brille. Auch die Augenfarbe hatte er im Fall von Vasco Sousa angeglichen.«

Die anderen beugten sich über die Passfotos und verglichen das Konterfei von Vasco Sousa mit dem von Ricardo Torres. Torres wirkte jünger, aber es gab bei genauer Betrachtung keinen Zweifel: derselbe Mann.

»Dann sind es ausgesprochen gute Fälschungen, ich hatte den Pass selbst in der Hand«, hatte Carlos Esteves angemerkt. Und von Lost ein Nicken geerntet: »Genau deshalb bin ich besorgt. Aus zwei Gründen, um genau zu sein. Es gibt, glaube ich, nur sehr wenige Menschen, die in der Lage sind, solche Fälschungen herzustellen, und auch noch völlig unbemerkt Renten- und Sozialversicherungsnummern in die portugiesische Verwaltung einzuschleusen, die allen eine reale Person vorgaukeln.«

»Das ist in der Tat bedenklich, wenn es zutrifft. Und was ist der zweite Anlass für Ihre Sorge?«

»Dass Teresa Fiadeiro nur ein Kollateralschaden war. Mir ist bewusst, dass dieser Begriff in Bezug auf Menschenleben von vielen als unpassend empfunden wird, weil sein Wert dadurch bagatellisiert wird. Ich benutze ihn, weil ich annehme, dass Ricardo Torres in diesen Kategorien denkt und Entscheidungen fällt. Ich bin besorgt, weil er sich noch in Lagos befindet. Er hat das, was er hier erledigen will, noch nicht beendet. Er weiß, dass wir nah an ihm dran sind – und er geht nicht. Warum?«

»Vielleicht überschätzt er sich«, hatte Carlos Esteves eingeworfen.

»Das ist natürlich möglich«, hatte Leander eingeräumt. »Aber wir sollten uns überlegen, was für Rückschlüsse es auf Torres zulässt, dass er sich der polizeilichen Überwachung möglicherweise bewusst ist und dennoch an seinem Plan festhält.«

Alles, was Graciana Rosado personell zur Verfügung hatte, war bisher in Erscheinung getreten: sie selbst, Leander Lost und Carlos in der Wohnung von Pedro Lino. Ana, Luís und Laura als Observanten.

Sie hoffte zwar, dass Torres sie nicht bemerkt hatte – aber

das, was sie hier in der Markthalle und später vorhatten, hing an einem seidenen Faden. Und wenn er sie schon einmal gesehen hatte – im Simão etwa –, könnte er gewarnt sein.

Also blieben zwei Personen: Isadora und Soraia.

Eine von ihnen musste auch noch den persönlichen Kontakt mit Torres herstellen. Und auch, wenn Graciana ihrer kleinen Schwester ansonsten viel zutraute, dachte sie ihr hier lieber die einfachere Rolle zu. Und Isadora die heiklere.

Soraia Rosado zog in der Markthalle die linke Schulter vor, um Torres den Blick auf ihre rechte Hand zu verwehren.

Aber sicherheitshalber trat nun auch Luís Dias schräg hinter sie und Pedro Lino und nahm Torres damit die Sicht auf beide. Genau in diesem Augenblick stellte Isadora sich neben Torres und zückte eine Zigarette. »You have a light, please?«

Soraia drückte dem verdutzten Lino einen Zettel in die Hand. Der wandte sich mit verblüffter Miene zu ihr um, während Torres ein Feuerzeug aus der Hosentasche hervorkramte.

»Was schauen Sie mich so an, hm?«, ließ Soraia den Mann kühl abblitzen, was Linos Irritation weiter steigerte. Er warf heimlich einen Blick zu Torres, der mit einer Touristin ins Gespräch gekommen war. Und dann einen auf den Zettel, den die Frau ihm aufgedrängt hatte.

Wir wollen Ihnen helfen. Beißen Sie tief in Ihre Zunge. Husten Sie Blut. Vai ao Doutor Festa. Gehen Sie zu Dr. Festa. Geben Sie mir den Zettel zurück.

Pedro Lino erstarrte. Es dauerte zwei, drei Sekunden, bis er begriff, wie ihm geschah. Er sah zu Soraia, die ein Nicken andeutete. Pedro Lino drückte ihr den Zettel zurück in die Hand.

Und dann bestellte er etwas von dem Oktopus, während Luís, der den neugierigen Betrachter gemimt hatte, seinen Weg zu dem nächsten Stand fortsetzte.

»Was ist, wenn Senhor Lino das mit Absicht getan hat?«, hatte Ana Gomes gefragt. »Teresa nach Lagos zu bestellen? Und sie direkt zu ihrem Mörder zu führen?«

»Nein«, hatte Graciana mit einem Kopfschütteln geantwortet, »wenn es der Plan der beiden gewesen wäre, Teresa zu ermorden, hätten sie sie mit diesem ganzen Aufwand auch an einen geeigneteren Ort locken können.«

»Es geschah genau dort und genau dann, weil dem Mörder keine Wahl blieb«, hatte Leander Lost hinzugefügt, »so wie Senhor Lino auch.«

»Sie denken, er wird von Torres erpresst«, hatte Graciana den Ball aufgenommen.

»Ja.«

Und da war es ihr mit einem Mal bewusst geworden, und ein Blickwechsel mit Carlos verriet ihr, dass es ihm genauso ging: »Frau und Tochter. Deshalb ergreift er nicht einfach die Flucht.«

»Der Reiterhof«, hatte Carlos ergänzt.

»Man sollte dort anrufen«, hatte Lost sich wieder eingeschaltet. »Aber ich bin mir ziemlich sicher, dass sich Senhora Lino und ihre Tochter nicht dort befinden. Und selbst wenn, werden sie bewacht werden.«

»Ich lasse mir was einfallen«, hatte Graciana gesagt, »aber wir geben auf jeden Fall schon mal eine verdeckte Fahndung nach den beiden raus. Haben Sie eine Idee, weshalb Lino erpresst wird? Oder wozu?«

Der Alemão hatte den Kopf geschüttelt: »Nur, dass es bald passieren wird. Man nimmt Geiseln immer nur so lang wie unbedingt nötig. Ich denke, uns bleibt nur die Möglichkeit, Senhor Lino zu kontaktieren, ohne dass Ricardo Torres es bemerkt.«

26.

Pedro Lino kam in Begleitung von Ricardo Torres in die Praxis. Er hielt ein weißes Taschentuch vor seinen Mund, das mit Blutspritzern übersät war. Im Eingangsbereich erwartete die beiden die Sprechstundenhilfe Maria, die ihre Arbeit hinter einer Art Theke verrichtete, auf die Patienten sich lehnen konnten, und die dann stark abfiel, um in einen Schreibtisch überzugehen.

»Oh, haben Sie sich verletzt?«

»Bom dia, nein … nein, ich glaube, ich huste Blut. Pedro Lino, ich war … glaube ich schon ein paar Jahre nicht mehr hier.«

»Ich finde Sie«, sagte Maria und klickte sich durch ihren Rechner, »ah, da … ja. Der Doktor hat gerade noch jemanden drin, Sie können danach sofort rein, ich schieb Sie einfach schnell dazwischen.«

»Das ist nett.«

»Ich würde Ihnen ja was zu trinken anbieten, aber …«

»Schon gut, danke.«

»Und Sie?«, fragte sie an Torres gerichtet. »Wollen Sie mit rein?«

Torres war überrascht: »Das … ähm … geht?« Er wägte kurz die Situation ab, aber er war doppelt gesichert. Und da er Lino begleiten konnte, entschied er sich dagegen.

»Ich bleib im Wartezimmer.«

In dem Augenblick öffnete sich die Tür des Behandlungszimmers und eine ältere Dame stieß zu ihnen.

»Ich brauche noch eine Überweisung«, sagte sie.

Maria nickte Pedro Lino zu: »Gehen Sie ruhig rein, Senhor Lino.«

»Obrigado.«

»Sie bluten?«, fragte Doutor Festa in seinem Behandlungszimmer.

»Ich huste Blut«, präzisierte Pedro Lino.

»Dann nehmen Sie doch bitte gleich auf der Behandlungsliege Platz, ich hör Sie erst mal ab.«

Bei diesen Worten musste Torres, der sich mit drei anderen Besuchern im Wartezimmer befand, unwillkürlich etwas lächeln. Die Verbindung war glasklar. Mithilfe des Funksteckers befand er sich mit seinem rechten Ohr mitten im Behandlungszimmer. Er hörte genau, wie das Kunstleder der Liege unter dem Gewicht Linos knarzte. Er hörte die Gummisohlen des Arztes, der über den Kunststoffboden ging und an seinem Stethoskop nestelte.

»So, einmal tief durchatmen, bitte. Ja, so ist gut … Hmmm, warten Sie. Da ist so ein leichtes Rasseln. Haben Sie etwas Ungewöhnliches verschluckt?«

»Ich habe ganz normal gegessen«, antwortete Lino und forschte in dem Gesicht des Arztes nach einem Anzeichen von Mitwisserschaft. Die Anweisung auf dem Zettel der jungen Frau mit den Grübchen war eindeutig gewesen – *Gehen Sie zu Dr. Festa.*

Das war sein Hausarzt, seit er in Lagos wohnte. Hatte sie es möglicherweise verwechselt? Gab es einen anderen Arzt gleichen Namens in der Stadt?

»Ich muss Sie röntgen, Senhor Lino. Als Erstes möchte ich ausschließen, dass sich da ein Fremdkörper in Ihrer Lunge oder Ihrem Magen befindet. Dann wissen wir mehr … machen Sie sich frei, bitte, nehmen Sie das Handtuch hier«, er reichte es ihm, »und dann gehen Sie durch die Tür dort und warten, bis Sie abgeholt werden.« Doktor Festa deutete auf eine graue Tür, die sich in der Ecke des Behandlungszimmers befand.

Pedro Lino zögerte kurz.

»Vielleicht zögert er, wenn Sie ihm sagen, dass er sich komplett ausziehen soll«, hatte Carlos Esteves den Arzt instruiert, »aber wenn er widerspricht, bestehen Sie bitte darauf. Wir … jemand im Team ist sicher, dass Senhor Lino abgehört wird und die Wanze, ohne es zu wissen, am Körper trägt. Wir wissen bloß nicht, wo, und deshalb müssen wir ihn unbedingt davon trennen.«

Das Rascheln von Stoff, das Klackern einer Tastatur. Torres hörte genau hin, während er in einer Zeitschrift blätterte.

»Haben Sie Dämpfe eingeatmet?«

»Nein … jedenfalls nicht bewusst.«

Jetzt nackte Füße auf Kunststoff – Lino, der zur Tür ging.

»Äh … Senhor Lino?«

»Ja?«

»Die Halskette und den Ohrring auch, bitte.«

Das Nesteln am Ohr, ganz nah am Mikro. Ein lautes Klacken, als der Ohrring abgelegt wurde, vermutlich auf dem Tisch. Jetzt entfernten sich Linos Schritte. Gefolgt von dem Klappen einer Tür. Im Gegensatz dazu das Geräusch, das die Finger des Arztes verursachten, während sie über die PC-Tastatur huschten.

Ricardo Torres wunderte sich nicht mehr über die Bilder, die dazu in seinem Kopf entstanden. Mit der Zeit war ihm das ins Blut übergegangen. Aus den Geräuschen erwuchsen Räume in seinem Kopf, er konnte sogar recht exakt Distanzen heraushören. Aus der Akustik leitete er die Beschaffenheit von Boden und Wänden ab und die Höhe des Raumes. Heute hörte er sogar, dass Doutor Festa mit vier Fingern tippte.

»Ah, Ernesto, ähm, bringen Sie mir die Röntgenaufnahmen von Dona Filipa wegen ihres MRT-Termins?«

Dann ging wieder eine Tür, jemand näherte sich. Das Rascheln von Papier, etwas, was aus einem Umschlag gezogen wurde.

In Wirklichkeit hatte Carlos Esteves den Raum betreten und ließ einen kleinen Detektor seine Arbeit verrichten, den er mit einer Handbreit Abstand über die Halskette und den Ohrring von Pedro Lino schwenkte. Diesen von Ricardo Torres zu separieren, um ohne Gefahr mit ihm sprechen zu können, war der Sinn dieser ganzen Aktion.

Lost hatte sich festgelegt: Torres musste Pedro Lino mit einer Wanze ausgestattet haben. Ansonsten hätte er das Gespräch im Fahrstuhl zwischen Pedro Lino und Teresa Fiadeiro nicht hören können. Und dieses Gespräch muss ihr Todesurteil gewesen sein. Es hatte dazu geführt, dass Ricardo Torres sie auf der Stelle umbringen musste. Sie durfte das Parkhaus nicht lebend verlassen, ja, sie durfte nicht einmal mehr ein Telefon erreichen, nachdem Lino sie wegen seiner Frau und Tochter verzweifelt um Hilfe gebeten hatte.

Und tatsächlich – der Detektor schlug über dem Ohrring stark aus.

Esteves nickte dem Arzt zu und verließ den Raum wieder.

»Man redet sich den Mund fusselig«, sagte Sebastiao Festa leise zu sich, »Vorsorge, Vorsorge, Vorsorge.«

Sub-Inspektorin Graciana Rosado hatte ihn darum gebeten, diesen Satz quasi abschließend von sich zu geben. In ihrer Begleitung hatte sich ein schmaler, blasser Mann befunden, der ausgezeichnet Portugiesisch sprach, den nasalen Dialekt seiner Heimat aber nicht ganz aus der Stimme bannen konnte, ein Senhor Lost aus Hamburg.

Und genau der öffnete nun die Verbindungstür zu der Kammer, in der Pedro Lino stand und sich das Handtuch um die Hüfte gebunden hatte. Ein Umstand, der Lost sofort ins Auge fiel. Und ihn an Carlos Esteves' Sorge erinnerte: »Sind Sie homosexuell?«

»Was?«

Da trat Graciana an die Tür.

»Kommen Sie, bitte.«

Pedro Lino betrat den kleinen, fensterlosen Raum, in dem sich die Röntgenanlage befand. Zwei Stühle, ein P, eine Liege. Nur das Nötigste. Der Mann im schwarzen Anzug, der sich so akribisch in seiner Wohnung umgesehen hatte, schloss die Tür hinter ihm.

»Wir haben jetzt nicht die Zeit, alle Details zu klären, ohne das Misstrauen von Ricardo Torres zu wecken. In drei Minuten sind Sie deshalb wieder draußen.«

»Zeit läuft«, merkte Leander Lost mit einem Blick auf den Sekundenzeiger seiner Armbanduhr an.

»Beantworten Sie unsere Fragen so knapp und eindeutig wie möglich«, fuhr Graciana zügig, aber ruhig fort.

Lino benetzte seine Lippen in einer nervösen Geste mit der Zunge und nickte.

»Teresa Fiadeiro ist von Ricardo Torres erschossen worden?«

»Ja.« Es war mehr ein Seufzen, getragen von echtem Bedauern.

»Haben Sie es gesehen?«, fragte Lost.

»Nein, aber ich musste ihm helfen, sie ...«, kurz rang er um Fassung, »ihre Leiche ... wegzubringen.«

»Die haben Ihre Frau und Ihre Tochter?«

Er brachte nur ein Nicken zustande.

»Von wie vielen reden wir insgesamt?«

»Ich weiß es nicht.«

»Und Sie wissen auch nicht, wo man Ihre Familie festhält?«

»Nein.«

Selten hatte Graciana in einem einzigen Wort so viel Verzweiflung mitschwingen hören.

»Und wo sie entführt worden sind?«

»Auch nicht. Nur wann: vor vier Tagen. Meine Frau und meine Tochter wollten unten an die Marktstände an der Promenade, und sie sind einfach nicht zurückgekommen.«

»Sind Sie sicher, dass sie sich in deren Gewalt befinden?«

Pedro Lino nickte und schluckte zugleich. Öffnete den Mund, um etwas zu sagen, aber es kam ihm kein Ton über die Lippen.

Während Leander sich keinen Reim darauf machen konnte, spürte Graciana, wie dem Mann mit den wässrigen Augen das Herz eng wurde, ihr war, als empfinde sie selbst diesen Druck. Intuitiv nahm sie seine Hand, sodass Pedro Lino zu ihr aufblickte und sie diesen Blick ruhig erwiderte. »Wir finden sie, ich versprech's Ihnen.«

»Die haben meiner Frau … den kleinen Finger abgeschnitten. Wenn die vor so was nicht zurückschrecken … dann … ich …«

Er ließ es unausgesprochen.

»Was dann?«, fragte Leander Lost, der diese Auslassung im Gegensatz zu Graciana nicht mit Sinn füllen konnte. Zumindest nicht mit einem, von dem er sicher sein konnte, dass Pedro Lino ihn auch genau gemeint hatte.

»Ich erklär's Ihnen später«, antwortete Graciana und wandte sich wieder an Pedro Lino. »Was will Torres von Ihnen?«

»Er heißt nicht Torres, sein Name ist Figo. Nélson Figo. Sie hatten mich nach As Sombras gefragt …«

»Wir haben uns schon informiert. Die Schatten. Sie waren in Angola.«

»Genau.«

»Und Nélson Figo«, schaltete Leander sich ein, »der war in Ihrer Einheit?«

Lino nickte: »Ja, wir kennen uns seit damals. 2002 ist Jonas Savimbi erschossen worden.«

»Savimbi war der Kopf der UNITA, er hat …«, begann Graciana, um Leander Lost auf ihren Kenntnisstand zu bringen.

»Ich weiß. Nach Savimbis Tod war der Bürgerkrieg in Angola zu Ende.«

Senhor Léxico.

Und der nahm Pedro Lino ins Visier: »Waren die Schatten daran beteiligt?«

»Wir waren zumindest in der Nähe«, antwortete der Mann. »Und As Sombras wurde danach aufgelöst. Die meisten sind wie ich zurück nach Portugal gegangen. Andere haben sich José Eduardo dos Santos, dem angolanischen Präsidenten, angedient. So auch Nélson Figo.«

»In welcher Form?«, fragte Leander.

»Offiziell als Berater.«

»Und inoffiziell?«

»Söldner, Geldwäscher, politische Säuberungen und politische Morde.«

»Dann ist er deswegen hier, Nélson Figo? Im Auftrag angolanischer Regierungskreise?«

Pedro Lino nickte: »Er soll eine gewisse Flores Yola ermorden. Das heißt: ich.«

Diese Feststellung löste eine Menge Fragen aus, die auf Leander und Graciana einstürzten. Wie Graciana erwartet hatte, fing der deutsche Kollege sich zuerst.

»Wann, wo, wie?«

Um ein Haar hätte Graciana gelächelt – ökonomischer konnte man die Fragen nach der Zeit, dem Ort und der Art des zu verübenden Attentats nicht gestalten.

»Heute Abend, auf der Dachterrasse des Peppers – mit Rizin.«

»Das ist ein Gift, richtig?«, fragte Graciana.

»Ja, es stammt aus dem Wunderbaum«, antwortete Pedro Lino. »Im Peppers findet ein Essen zu Ehren von Flores Yola statt, mit dem Bürgermeister und ein paar geladenen Gästen. Ich gehöre zum Team der Köche – und die Liste der Gäste und der Bediensteten ist den Auftraggebern von Nélson offenbar bekannt. Deshalb ist Nélson bei mir aufgetaucht.«

»Noch zwanzig Sekunden«, sagte Leander, »ich glaube, wir benötigen einen zweiten Kontakt.«

»Ja, das ist eine gute Idee«, sagte Graciana sofort. »Wer organisiert das Essen?«

»Ein Catering-Service ... *A Onda*. Die sind aus Lagos, ich hab schon mehrmals für die Firma gearbeitet. Die Besitzerin heißt Cari. Eigentlich Caridade Machado, aber alle nennen sie Cari.«

»A Onda, Caridade Machado«, wiederholte Graciana wie ein Mantra und wusste im gleichen Augenblick, dass Lost es schon zuverlässig gespeichert hatte.

»Die Zeit ist um«, sagte er.

Pedro Lino warf dem blassen Kerl einen nervösen Blick zu.

»Ist eine Frau im Team der Köche?«

»Ja. Anna Paredes.«

»Wie alt ist sie?«

»Ich … ich weiß nicht genau.«

»In etwa.«

»Die Zeit ist um, wir müssen abbrechen.«

»Gleich, Senhor Lost.«

»Wir müssen jetzt abbrechen.«

»Ich weiß, ich benötige noch eine halbe Minute.«

»Das kann auffällig werden.«

»Je länger wir darüber debattieren, desto auffälliger wird es werden.«

»Correto. Dreißig Sekunden?«

»Ja.

»Gut.«

Er schaute wieder auf seine Armbanduhr, auf den unerbittlich voranschreitenden Sekundenzeiger, der sie früher oder später alle überrunden würde, von so langsamer Letalität, dass sein rhythmisches Schleichen von den meisten oft bis zuletzt unbemerkt blieb.

»Sie ist Mitte bis Ende Dreißig.«

»Wir ersetzen sie.«

»Unterschätzen Sie Nélson Figo nicht, tun Sie das bloß nicht.«

»Wir gehen mit großer Sorgfalt vor.«

»Er kennt mit Sicherheit nicht nur alle Namen, sondern auch sonst alle Einzelheiten über die, die heute Abend im Peppers sein werden.«

»Entweder Senhora Paredes ist im letzten Augenblick krank geworden oder wir nehmen auf andere Weise Kontakt mit Ihnen auf. Zum Beispiel über einen Lieferanten.«

Die Alternative erleichterte Lino sichtlich. »Das ist besser.«

»Gut.«

»Noch zehn Sekunden.«

»Schlagen Sie noch mal dreißig drauf.«

»Aber … dann sind es insgesamt vier Minuten.«

»Ich kann addieren.«

»Das hab ich nicht bezweifelt. Aber ... der Sinn einer Vereinbarung ist, dass die Seiten, die sie beschließen, sie auch befolgen. Ansonsten erübrigt sich die Vereinbarung.«

»Senhor Lost, wir nehmen uns jetzt hier die Zeit, die wir benötigen. Es könnte auch auf fünf, vielleicht sechs oder gar sieben Minuten rauslaufen.«

»Aber Sie hatten drei Minuten gesagt.«

»Ich weiß, ich habe meine Meinung geändert, weil ich die ...«, sie suchte kurz nach den richtigen Worten und versuchte so zu reden, wie sie sich vorstellte, dass ein Deutscher es Senhor Lost erklären würde, »weil der Informationsaustausch mit Senhor Lino noch nicht beendet ist und ich eine angebliche Röntgenuntersuchung von rund sechs Minuten für einen glaubwürdigen Zeitraum für die Vorspiegelung von Tatsachen halte, die jemandem wie Nélson Figo als unverdächtig erscheint.«

Leander war kurz überrascht, weil Graciana Rosado mit der bürokratischen Tristesse einer deutschen Beamtin sprach, aber dafür begriff er sofort, was sie meinte – natürlich, solange Nélson Figo kein Misstrauen schöpfte, galt es, so viele Informationen von Pedro Lino zu bekommen wie irgend möglich. Aber den Sekundenzeiger dabei nicht aus dem Blick zu verlieren, konnte sicherlich nicht schaden ...

»Und danach?«, fragte Graciana Rosado.

»Danach lassen sie meine Frau und meine Tochter gehen. Das ist der Deal.«

»Warum Flores Yola?«

Pedro Lino deutete ein Achselzucken an.

»So gar keine Vermutung?«

»Was ich raushören konnte, ist, dass der Santos-Clan dahintersteckt. Und wenn die Flores Yola beseitigen wollen, hat sie vermutlich was gegen die in der Hand. Aber was das sein soll ...«

Er ließ es unausgesprochen. Dann schenkte er Graciana Rosado ein Lächeln, das sich nicht in seinen Augen niederschlug:

»Der Santos-Clan hat schon immer Dinge im Keim erstickt. Man bannt eine Gefahr, wenn sie noch klein und unauffällig ist, man wartet nie, bis sie ihr volles Bedrohungspotenzial erreicht hat. Das ist auch ein Grundsatz der Schatten gewesen.«

»Und wieso wird dieser Aufwand betrieben?«, schaltete Leander Lost sich erneut ein. »Wieso erschießt man sie nicht einfach auf einer abgelegenen Straße irgendwo in Angola?«

»Um einen Vorwurf in diese Richtung von vornherein zu diskreditieren. Würde Flores Yola in Angola unter ungeklärten Umständen ums Leben kommen – eine Menge Leute würden sofort auf den Santos-Clan zeigen. Aber so … bei einem Besuch in der Heimat ihres Vaters … Auch dann würden sicherlich einige diese korrupte Familie dahinter vermuten. Aber die Beweislage wäre dünn. Deshalb hier, weit weg von Luanda, bei dem Abendessen mit dem Bürgermeister von Lagos. So wären die portugiesischen Sicherheitsbehörden schuld.«

Das klang für Leander ebenso einleuchtend wie für Graciana perfide.

»Ich habe Ihr Wort, dass Sie meine Familie finden und retten?«

Er wartete lange auf Gracianas Reaktion. Sie wusste um das Potenzial der nächsten drei Worte, ihr jetziges Leben zu gefährden, und war doch gleichzeitig Gefangene der Erkenntnis, dass die Graciana Rosado, die sie war und die sie sein wollte, nicht umhin kam, sie auszusprechen: »Das haben Sie.«

Für Erkenntnisse zahlte man immer zweimal im Leben. Erst in der Zeit, bevor man sie hatte, und dann in der Zeit danach.

Schwer zu sagen, welcher Zeitraum die größere Bürde barg.

27.

»Jetzt ist ja wohl eine Entschuldigung fällig!« Miguel Duarte unterstrich jedes Wort mit einer so intensiven Geste, dass sein Seitenscheitel ganz durcheinandergeriet.

Der Spanier stand wutentbrannt im Büro von Cristina Sobral, die hinter ihrem Tisch saß und sich von Graciana Rosado und Leander Lost hatte in Kenntnis setzen lassen. Carlos Esteves stand am offenen Fenster des Kommissariats, rauchte eine Zigarette und genoss die Mai-Sonne. Unten, wo die Pflastersteingasse in den Largo da Sé, den Platz um die hübsche Kirche Igreja de Santa Maria, einmündete, rieb ein junger Kerl gerade mit Hingabe die Haut von Hähnchen mit einer Gewürzmischung ein – als gebe es nichts Schöneres auf der Welt. Dann legte er die Hähnchen auf einen der in Portugal typischen Straßengrills. Kurze Zeit später lag ein herrlich knuspriger Geruch in der Luft.

Flores Yola nahm neben Graciana Rosado am Tisch der neuen Kripo-Chefin Platz und schlug die Beine übereinander. Vor einer halben Stunde hatte sie noch am Grab ihres Vaters gestanden. Duarte, der sie zum Friedhof in Lagos begleitet hatte, hatte sie gebeten, stets in Bewegung zu bleiben – weil bewegliche Ziele schwerer zu treffen seien –, bis sie sich freundlich, aber bestimmt Ruhe ausbedungen hatte, um in ihren Gedanken nicht gestört zu werden. Das Klingeln seines Handys war ihr wie ein Gottesgeschenk erschienen.

»Zur Dienststelle? Jetzt?«

Hier im Kommissariat hatte man sie gerade darüber in Kenntnis gesetzt, dass heute Abend beim geplanten Essen mit dem Bürgermeister ein Attentat auf sie verübt werden sollte. Sie hatte nur kurz geschluckt und dann ein Nicken angedeutet. Graciana empfand Bewunderung für die Würde, mit der Flores Yola die Nachricht aufgenommen hatte.

»Na, ist das immer noch so lustig?«, fragte Duarte Carlos Esteves. »Duarte und seine Verschwörungstheorien – na?«

»Du hast doch selbst nie mit einer echten Gefahr gerechnet«, ließ Carlos ihn abblitzen. »Du wolltest doch nur in einer gepanzerten Limousine Eindruck machen.«

»Ha – das wird ja immer besser.«

»Beim ersten Schuss wärst du unters Auto gekrochen.«

Duartes Miene versteinerte. Seine ansonsten gesunde Gesichtsfarbe nahm ein ungesundes Grau an. Stocksteifen Schrittes marschierte er auf Carlos zu, den der Duft der Hähnchen langsam nicht mehr kaltließ: »Du nennst mich einen Feigling?«

Er druckte das Kreuz durch und hob das Kinn, der Blick starr und unerbittlich. Sein Vater war ein gefeierter Torero gewesen: *Don Pablo Esteban Duarte*. Die Sorte Mann, die dem Tod mit hochgezogener Augenbraue begegnete. Zu Lebzeiten hätte Duartes Vater den Kollegen seines Sohnes mit dem *Estoque de descabello*, jenem Degen, mit dem er für gewöhnlich Stiere ins Jenseits beförderte, längst für seine lockere Zunge aufgespießt. Feigheit wurde im Hause Duarte nicht geduldet. Und eine Beleidigung blieb niemals ungestraft.

»Schluss jetzt, die Herren, wenn ich bitten darf«, mischte Sobral sich ungewohnt entschieden ein. »Sie vertagen Ihre Differenzen auf morgen, bitte.«

Wie es aussah, gab es innerhalb des Teams kleine Animositäten, und auch wenn die Provokation von Sub-Inspektor Esteves ausgegangen war, hatte Miguel für ihren Geschmack etwas zu *spanisch* darauf reagiert.

Ein langer, unversöhnlicher Blick von Duarte, mit dem er seinen Kollegen am Fensterrahmen festzunageln gedachte. Aber Carlos Esteves ging einfach an ihm vorbei und ließ ihn stehen.

»Haben Sie eine Spur zu den Geiseln?«, fragte Flores Yola.

»Nein, im Augenblick nicht.«

»Der arme Mann.« Nichts an ihrem Mitleid war gestelzt. Ihr ganzes Herz schwang unaufdringlich mit.

»Je länger wir nach den Geiseln suchen können«, nahm Graciana den Faden auf, »desto größer ist die Chance, sie zu finden.«

»Ich verstehe.«

»Senhor Lino soll im Anschluss an das Attentat zu seiner Familie geführt werden. Sofern die Entführer sich an diese Zusicherung halten.«

»Und das«, übernahm Cristina Sobral den Ball, »führt zu der Frage, Senhora Flores, ob Sie bereit sind … also falls wir die Frau und die Tochter von Senhor Lino bis heute Abend nicht gefunden und befreit haben … ob Sie dann bereit wären, die Folgen der angeblichen Vergiftung zu simulieren.«

»Sie meinen, ich soll meinen Tod vortäuschen.«

»Genau das.«

»Selbstverständlich«, antwortete Flores Yola, ohne zu zögern. »Ich muss nur wissen, welche Beschwerden wo auftreten, um die Vergiftung glaubhaft vortäuschen zu können.«

Kein Blick, in dem keine Anerkennung lag.

»Ich muss Ihnen fairerweise sagen, dass wir Sie unter normalen Umständen an einen sicheren Ort bringen würden«, sagte Graciana. »Denn obwohl es unwahrscheinlich ist, dass man Sie noch auf andere Art zu töten versucht, bleibt ein Restrisiko.«

Flores Yola suchte den Blickkontakt mit ihr und nickte: »Ihre Ehrlichkeit vertieft nur mein Vertrauen in Ihr Vorgehen, Senhora Graciana.«

»Rizin«, übernahm Leander Lost das Wort, »ist bei einer Person Ihres Gewichts, das ich mit etwa 65 Kilo veranschlage …«

»62«, ließ es sich Flores Yola nicht nehmen zu präzisieren. Und Cristina Sobral und Graciana Rosado bemerkten, dass die Angolanerin trotz der ernsten Situation über ihre kleine Eitelkeit schmunzeln musste.

»Ich habe für eine tödliche Dosis ohnehin ein Körpergewicht von 70 Kilo zugrunde gelegt. Rizin hat dabei mit nicht mal 20 Milligramm, was etwa vier zerstoßenen Samenkörnern des Wunderbaums entspricht, eine tödliche Wirkung. Bei dem Hintergrund der Täter müssen wir davon ausgehen, dass man Senhor Lino hochkonzentriertes Rizin zur Verfügung stellen wird. Das führt nach oraler Einnahme zunächst zu Lähmungserscheinungen. Je nach Dosis des Toxikums und Konstitution der betroffenen Person ziemlich schnell – oder eben mit Verzögerung. Sie sollten über Lähmungserscheinungen in den Beinen klagen. Als wäre Ihr Bein eingeschlafen und als ließe das Taubheitsgefühl auch durch Bewegung nicht nach. Und dann, wichtiger, über Atembeschwerden. Denn Rizin führt letztlich zu Ersticken.

Die Täter werden damit an die erfolgte Verabreichung des Toxikums glauben. Da es für Rizin kein Gegenmittel gibt, müssen sie Ihren unmittelbaren Tod auch nicht abwarten, sondern können sicher sein, dass Sie in den nächsten 36 Stunden an der Lähmung der Atemwege sterben. Eine entsprechende Meldung über Ihr angebliches Ableben aus der Klinik würde dann wohl ausreichen.«

Flores Yola musterte ihn wohlwollend. Sie hatte endgültig verstanden, dass Leander sich in seiner ganzen Art von den anderen unterschied.

»Jemand wird einen Rettungswagen anfordern«, spann Duarte, der sich wieder etwas beruhigt hatte, die Sache fort. »Man muss den Notarzt entsprechend instruieren. Und die Klinik.«

»Ja, so werden wir das machen«, beschloss Sobral und wandte sich wieder an Flores Yola. »Kennen Sie einen Nélson Figo?«

»Nein. Ist das der Mann, der mich töten will?«

»Ja. Es ist für das, was wir verhindern müssen, wahrscheinlich nicht unmittelbar von Belang«, sagte Graciana, »aber für die Einschätzung der gesamten Situation doch wichtig. Es geht ums Motiv. Um die Leute im Hintergrund. Senhor Lino, den ich zusammen mit meinem Kollegen Senhor Lost sprechen konnte, hat angedeutet, dass es politische Gründe geben könnte, um Sie zu vergiften? Er hat dabei den angolanischen Präsidenten und seine Familie ins Spiel gebracht.«

Flores Yola nickte. »Ja, José Eduardo dos Santos regiert unser

Land seit 38 Jahren. Wie Sie sicher wissen, haben unsere Öl- und Diamantenvorkommen Angola enorm reich gemacht. So reich, dass … lassen Sie es mich abkürzen: so reich, dass siebzig Prozent unserer Bevölkerung von weniger als zwei Dollar am Tag leben müssen. Da man sich damit natürlich kaum Medikamente oder gar einen Krankenhausaufenthalt leisten kann, erleben 16 von 100 Kindern ihren fünften Geburtstag nicht. Und die Hälfte meiner Landsleute hat keinen Zugang zu Trinkwasser.

Dos Santos hat seine Kinder und andere Angehörige mit Schlüsselpositionen in Staat und Wirtschaft versorgt. Sie alle haben sich an den Ölgewinnen bereichert, sie haben die Entwicklungshilfegelder geplündert, die Diamantminen und vieles mehr. Auf dem Korruptionsindex steht Angola auf Platz 164 von 176. Immerhin«, Flores Yola lächelte kurz, »nicht der letzte Platz. Dos Santos' älteste Tochter Isabel ist die reichste Frau Afrikas, die erste Milliardärin des Kontinents. 3,5 Milliarden Dollar sind für eine 44-jährige Frau, die mit 24 gerade mal einen Klub in Luanda eröffnet hat, eine … eine doch auffällige Verbesserung der Vermögenssituation in nur zwei Jahrzehnten. Ihre eigene Erklärung dafür lautet, dass sie eben einen guten Geschäftssinn habe. Es gibt eine Geschichte dazu, die sie den Journalisten immer auftischt: dass sie schon als 6-Jährige Eier auf der Straße verkauft hat.

Es gibt in Angola viele, die sich über Isabel dos Santos und ihr angebliches unternehmerisches Talent lustig machen, eine Menge Karikaturen … aber die Situation ist die: Sie besitzt 25 Prozent der staatlichen Telekommunikationsgesellschaft, 42 Prozent der größten angolanischen Bank und über 50 Prozent an einer Supermarktkette. Seit Jahren investiert sie aber jetzt vor allem hier – in Portugal. Wussten Sie, dass ihr ein Drittel des portugiesischen Medienunternehmens ZON gehört?«

»Nein«, antwortete Cristina Sobral.

»Damit besitzt sie praktisch einen eigenen portugiesischen Fernsehkanal: ZAP. Isabel dos Santos hat auch die angolanische Banco BIC Português mitgegründet. Und die hat 2012 die Banco Português de Negócios gekauft – eine verstaatlichte portugiesische Bank. Und jetzt raten Sie mal, wer in dessen Vorstand sitzt.«

»Isabel dos Santos«, sagte Graciana.

»So ist es. Galp Energia … Sie kennen ja all die Galp-Tankstellen. Immer, wenn Sie da tanken, füllen Sie damit auch die Taschen von Isabel dos Santos. Galp ist das größte portugiesische Unternehmen – und das zweitwertvollste Ihres Landes. Und dos Santos besitzt davon mittlerweile ein Drittel. Und 20 Prozent der Privatbank Banco Português de Investimento.

Ich könnte noch stundenlang über die Beteiligungen und Betätigungsfelder referieren, aber letztlich läuft es auf eins hinaus: Isabel dos Santos fungiert als Vermögensverwalterin des gesamten Dos-Santos-Clans. Sie bestehlen ihr Volk. Ihr eigenes Volk. Seit Jahrzehnten.«

Betretenes Schweigen. Nur der Whoosher zog seine Runden, als trainiere er für eine Erdumkreisung. Und als Flores Yola den Blick schweifen ließ, schlugen die anderen ihn nieder.

»Habe ich Sie beleidigt?«, fragte sie verunsichert.

»Nein, das ist es nicht«, antwortete Carlos Esteves, »es ist nur … es ist beschämend, dass wir das hier eigentlich alles wissen. Vielleicht nicht im Detail, aber …« Er ließ es unausgesprochen.

»Diese Dinge sind sehr komplex, organisiert über Strohfirmen, Beteiligungen, Auslandskonten, Holdings«, sagte Flores Yola sofort. »Als Einzelner ist es schwer, da einen Einblick zu gewinnen. Und erst recht eine Haltung. Ich glaube … niemand in Angola macht den Portugiesen deshalb einen Vorwurf.«

Graciana Rosado hob zuerst den Blick: »Sie besuchen nicht nur das Grab Ihres Vaters. Sie sind vor allem hier, weil Sie morgen eine Rede in unserem Parlament halten sollen?«

»Das ist richtig.«

»Und«, fuhr Graciana fort, »kann das das Motiv sein?«

Flores Yola lächelte kurz und nickte dann. Sie senkte den Blick und schien zu überlegen, was sie den anwesenden Polizisten anvertrauen konnte – und was nicht. »Was ich Ihnen hier sage, ist absolut vertraulich und … das Wohlergehen einiger Leute und auch meines hängt davon ab, dass Sie absolutes Stillschweigen darüber bewahren, was ich Ihnen hier anvertraue.«

Sie blickte in die Runde. Alle Leichtigkeit war von ihr abgefallen. Die Kripobeamten deuteten ein Nicken an.

»Wir können in vielen Fällen inzwischen konkret nachweisen, wie der Santos-Clan sich über die Jahrzehnte bereichert hat.«

»Wer ist das?«, wollte Graciana wissen. »Wer ist ›wir‹?«

Flores Yola überlegte kurz, bevor sie antwortete: »Ich nenne Ihnen keine Namen. Nur so viel: ›Wir‹ ist ein Netzwerk, das sich mit den Gegebenheiten in Angola nicht länger abfinden will und sich über dieses gemeinsame Ansinnen gefunden hat. Das sind junge Politiker, vor allem Journalisten, aber auch Hochschulprofessoren, Kirchenvertreter, Menschenrechtsaktivisten und noch einige mehr.«

»Aber warum dann in Portugal?«, fragte Cristina Sobral und sprach damit aus, was sich auch die anderen fragten.

»Weil Portugal damit zu tun hat. Wir sind aufgrund der Kolonialzeit nicht nur kulturell miteinander verbunden, sondern auch wirtschaftlich. Angola hat Ressourcen, die überall gefragt sind. Auch hier. Und Isabel dos Santos hat sich hier mit Millionen in wichtige Bereiche eingekauft. Mit Geld, das ihr Vater aus den Geschäften mit Öl und Diamanten abgezweigt hat – und aus Entwicklungshilfegeldern. Auch von der EU.

Wer Geschäfte mit der angolanischen Präsidentenclique macht, hilft dabei, meine Landsleute auszubluten. Hier werden ganze Generationen ihrer Zukunft beraubt.

Das werde ich den Abgeordneten und Regierungsmitgliedern des Wirtschaftsausschusses und des Auswärtigen Ausschusses morgen mitteilen. Und zwar im Detail. Danach muss Portugal handeln. Und die EU. Denn wenn sie das nicht tun, machen sie sich endgültig mitschuldig. Und das werden sie sich vor der Weltöffentlichkeit nicht leisten wollen.«

Die Blicke im Team gingen hin und her.

»Darf ich fragen«, meldete Leander Lost sich in die drückende Stille hinein, »wer Sie zu dieser Rede eingeladen hat?«

»Ich. Ich habe dem Außenministerium signalisiert, dass ich deren Auswärtigen Ausschuss gerne über das in Kenntnis setzen möchte, was wir nachweisen können – und dass wir es sonst im Netz publizieren.«

Cristina Sobral fasste sich zuerst: »Das könnte ein politisches Erdbeben auslösen.«

»Das ist meine Absicht. Ich wüsste nicht, was wir mit friedlichen Mitteln sonst noch tun sollten, damit unser Land sich endlich aus dem Griff dieser Krake befreien kann.«

»Hatte José Eduardo dos Santos nicht sowieso erklärt, dass er zur Wahl im Herbst nicht wieder antreten will?«, mischte sich Miguel Duarte ein.

»Ja, das stimmt. Aber zum einen hat er den Verzicht auf sein Amt schon mehrmals in Aussicht gestellt, ohne sich je daran gehalten zu haben. Und selbst wenn er es dieses Mal ernst meint, bleibt Angola wirtschaftlich und politisch immer noch fest in der Hand seines Clans. Die Familienmitglieder und sehr loyale Freunde werden weiterhin an Schlüsselstellen in der Wirtschaft sitzen. Außerdem wird José Eduardo dos Santos auch nach einem Rücktritt als Präsident der Vorsitzende seiner Partei bleiben.«

»Sie meinen, dem möglichen Nachfolger wären sowieso die Hände gebunden?«, hakte Graciana Rosado nach.

Flores Yola nickte. »Jedenfalls möchte jemand offensichtlich verhindern, dass ich in Lissabon spreche. Offensichtlich hat jemand Wind davon bekommen, was ich zu enthüllen habe. Ich muss annehmen, dass der Auftrag, mich zu töten, aus dem Umfeld der angolanischen Regierung stammt.«

Die Wucht dieser Aussage sorgte für Stille. Aber nicht für lange.

»Wir werden Sie nach dem Essen und dem vermeintlichen Attentat mit speziellem Personenschutz nach Lissabon bringen. Ich werde das Innenministerium umgehend …«

»Nein«, unterbrach Flores Yola sanft und ruhig, »nein, bitte nicht. Oder wissen Sie, wer die Liste mit den Mitarbeitern des Restaurants weitergegeben hat?«

Sobral schluckte und blickte Hilfe suchend zu Duarte, der daraufhin vortrat. »Sie … trauen den portugiesischen Behörden nicht.«

»Doch, ich habe großes Vertrauen in die Behörden und insbesondere in Sie alle hier, die meine geplante Ermordung aufgedeckt haben. Ich bin Ihnen zu großem Dank verpflichtet. Aber ich weiß nicht, wer die Liste der Köche für das Abendessen heute weitergegeben hat. Eine Person aus Luanda? Oder eine aus Lissabon? Und ich möchte dieser Person keine weitere Gelegenheit geben zu handeln. Deshalb«, sagte sie und wandte sich wieder der Chefin zu, »deshalb möchte ich Sie bitten, dass mich jemand aus diesem Team nach Lissabon begleitet.«

»Das könnte ich machen«, bot Carlos sich an.

»Erst, wenn wir die Geiseln haben«, widersprach Graciana.

»Und auch dann sollten Sie zu zweit sein«, fügte Sobral hinzu.

»Das wäre dann übermorgen, richtig?«

Endlich hatte Duarte seinen Kamm gefunden und fabrizierte mit ihm jetzt einhändig einen Scheitel geometrischer Vollendung, während er mit der anderen Hand das Smartphone hielt, auf dem er seinen Terminkalender prüfte. Er setzte eine leidgeprüfte Miene auf. »Zu blöd – ich habe übermorgen einen wichtigen Arzttermin«, sagte er und klopfte mit dem äußersten Zinken des Kamms gegen seinen linken Schneidezahn. »Ich bekomme eine neue Verblendung, da warte ich schon ewig drauf … ja …«

Schließlich erfasste er die Irritation in den Gesichtern der anderen (außer in dem des Alemãos mit dem perfekten Windsorknoten, versteht sich, das musste der Neid ihm lassen) und räusperte sich: »Wissen Sie was? Ich sage den Termin einfach ab … das lag jetzt wohl daran, dass ich so lange darauf gewartet habe … unglaublich, die Situation der Patienten in diesem Land. In Spanien hat man diese Probleme nicht … Wie auch immer: Senhora Flores, ich werde Sie selbstverständlich nach Lissabon begleiten.«

In die Stille, die zumindest dem gebürtigen Spanier als feierlich erschien, platzte Leander Lost: »Ich möchte darauf aufmerksam machen, dass uns bis zum Beginn des Abendessens noch 6 Stunden und 41 Minuten bleiben.«

»Sie haben vollkommen recht«, sagte Graciana und wandte sich an ihre Chefin. »Wer von uns soll sich heute Abend unter die Köche mischen?«

»Ich«, antwortete Cristina Sobral und ließ sich von den erstaunten Gesichtern nicht beirren. »Ich bin noch nicht im Zusammenhang um Senhor Lino in Erscheinung getreten, alle anderen schon.«

»Gut. Können Sie meinem Team dann Senhor Duarte zuteilen? Ich brauche jetzt jeden, um Linos Frau und Tochter zu finden.«

Cristina Sobral nickte.

In diesem Augenblick klopfte es an der Tür. Gleichzeitig wurde sie so heftig aufgestoßen, dass Lost sich nur mit einem geistesgegenwärtigen Ausfallschritt in Sicherheit bringen konnte.

»Ich hab ihn!«

Luís hielt ein blutbeflecktes Tuch in der offenen Hand. Darauf lag der säuberlich abgetrennte und mittlerweile grünviolett angelaufene Finger einer Frau. Alle sogen gleichzeitig die Luft ein, was kurz zu einem Geräusch führte, das dem Whoosher Konkurrenz machte.

»Im Müll des Wohnblocks von Pedro Lino?«, fragte Leander, der sich das Fundstück umgehend genauer ansah.

»Wie Sie vermutet haben. Der … der Müllwagen war schon da, und eigentlich wollten die Müllleute nicht warten, aber …«, brach Luís ab. Man hätte nun eine kleine Geschichte von ihm erwartet, wie er sich *gegen eine Überzahl* (verlässlicher Bestandteil *all* seiner Anekdoten) der Müllmänner durchgesetzt und nebenbei noch ein Kind wiederbelebt habe oder so etwas in der Art (je unwahrscheinlicher, desto beiläufiger ließ er den zweiten Teil in einer Geschichte fallen). Aber Luís hielt den Mund.

Was war bloß in ihn gefahren? In Gracianas und Carlos' Augen war er seit der vergangenen Nacht kaum wiederzuerkennen.

»Ich lege ihn sofort ins Tiefkühlfach.«

»Ja, bitte«, sagte Sobral und fächerte sich intuitiv mit einem Notizblock frische Luft zu.

»Nein, das tun Sie bitte nicht«, widersprach Leander Lost. »Geben Sie ihn mir.«

28.

Isadora Jordao bezifferte die Temperatur des Fingers in ihrem Büro auf 30,5 °C. Trotz auftretender Übelkeit bei dem einen oder der anderen hatte bei allen die Neugier gesiegt und sie in das kleine Reich der Kriminaltechnikerin im Erdgeschoss geführt.

Graciana begriff es als Erste: »Sie rechnen zurück, richtig, Senhor Lost?«

Isadora nickte: »Über den Daumen gepeilt, wobei das hier vielleicht eine etwas merkwürdige Formulierung ist, aber sei's drum, über den Daumen gepeilt gehen wir von circa einem Grad Temperaturverlust pro Stunde aus. Das wusste Senhor Lost, deswegen wollte er verhindern, dass der Finger im Gefrierschrank abkühlt, das hätte das Ergebnis massiv verfälscht.

Ich konnte aus der Fingerbeere sogar noch etwas Kapillarblut gewinnen für eine Blutzuckerbestimmung und den DNA-Abgleich.«

»Und wie machen Sie das?«, fragte Sobral, die sich jetzt ein Taschentuch vor den Mund hielt.

»Ich hab Druck auf den Finger ausgeübt«, antwortete Isadora trocken.

»Das macht sechseinhalb Stunden«, resümierte Leander Lost, der die Zeiten im Kopf miteinander verrechnet hatte. »Senhor Lino hat gesagt, dass Torres ihm den Finger gegen neun Uhr heute Morgen gezeigt hat. Also wurde er etwa um sechs Uhr amputiert. 37 Grad Körpertemperatur subtrahiert mit 6,5 Stunden. Von der Amputation bis zur Übergabe an Torres sind drei Stunden vergangen.«

»Ihre Kombinationskünste sagen uns bedauerlicherweise nichts über den Weg, den der Finger zurücklegen musste«, wandte Duarte ein. »Er könnte ebenso gut eine Straße weiter abgeschnitten worden sein und dort zwei Stunden gelegen haben. Vielleicht hat ihn aber auch jemand von Porto mit dem Flugzeug hierher transportiert.«

»Sie sagen es.« Dan B. Tucker, Seite 17. Es war einer von Leanders Favoriten. Man konnte ihn nahezu überall verwenden. Er war so nichtssagend, dass er nirgends auffiel oder gar aneckte. Oder auch die *Rumkugel des Small Talks,* wie Tucker selbst die Phrase nannte.

»Es gibt aber immerhin noch einen Hinweis auf den Ort des Verschwindens von Rhona und Imani Lino. Hier.« Isadora Jordao führte sie zu dem iMac im Raum gegenüber, auf dem sie ein Satellitenbild geladen hatte, das die Hafenpromenade von Lagos von oben zeigte.

»Senhor Lino sagte, dass sie unten an den Verkaufsständen am Kanal waren«, erinnerte sich Graciana Rosado, während sie sich im Halbkreis um den Bildschirm versammelten.

»Tochter und Mutter hatten beide ihr Smartphone dabei. Die Ortung ergibt ziemlich exakt diese Position hier.«

Mit einem Tastendruck zoomte sie in das Bild hinein, bis alle nur noch Wasser sahen. Das Wasser der Marina von Lagos.

»Die Marina«, sagte Carlos.

Isadora nickte. »Die beiden Signale haben sich hier entlangbewegt.« Sie zoomte wieder etwa heraus und deutete auf den Kanal: »Sie sind offensichtlich mit einem Boot entführt worden. Hier, am Ende des Kanals, nach etwa sechs- oder siebenhundert Metern auf offenem Meer verlieren wir auf einen Schlag beide Signale.«

»Wir haben die Uhrzeit, richtig?«

»Richtig.«

»Wir brauchen alle offiziell zugänglichen Überwachungskameras, die in Lagos um diese Uhrzeit auf den Kanal zeigen. Miguel?« Graciana warf ihm einen fragenden Blick zu.

Duarte nickte bereitwillig: »Mach ich. Ihr erreicht mich mobil.« Und schon hatte er sich umgewandt und das Büro der Kriminaltechnikerin verlassen.

»In Deutschland ist jedes Hafenbüro verpflichtet, die Daten des Bootes, des Eigners und des aktuellen Bootsführers aufzunehmen und den Ermittlungsbehörden zugänglich zu machen. Dazu zählen auch Ankunfts- und Ablegezeit und …«

»Hier nicht«, unterbrach Carlos Esteves den deutschen Kollegen mit einem unterdrückten Seufzer. »Zumal die vielleicht nur für zehn Minuten angelegt haben.«

»Aber es wäre doch besser, wenn man dieses Prinzip auch hier einführen würde. Der vorliegende Fall wäre ein mustergültiges Beispiel für das deutsche Modell«, insistierte Leander Lost.

»Das ist eine ausgezeichnete Idee. Wir werden uns darum kümmern, sobald wir die Geiseln gefunden und befreit haben«, antwortete Graciana. »Was mich im Augenblick viel mehr interessiert, Isa, hast du nach der Ortung der beiden Smartphones von Rhona und Imani Lino noch nach anderen Handys auf dieser GPS-Position gefragt?«

Isadora nickte: »Ohne Ergebnis.«

»Die haben also ihre Handys nicht nur ausgeschaltet«, fuhr Graciana Rosado fort, »sondern auch die SIM-Karten und die Akkus rausgenommen. Die wussten haargenau, dass wir diese Mobilfunkzelle nach allen anderen aktiven Geräten durchsuchen würden.«

»Sie gehen von zwei Entführern aus?«, fragte Cristina Sobral.

»Mindestens. Es können auch mehr sein. Einer ist zu wenig. Die Entführung zieht sich über Tage. Natürlich könnte einer alleine Mutter und Tochter komplett sedieren. Aber das halte ich für unwahrscheinlich.«

»Warum schließen Sie drei oder vier oder sogar noch mehr aus?«, fragte Lost. Graciana musste ihm nicht in die Augen blicken, um zu erkennen, dass er die Frage aus echtem Interesse stellte. Er stellte jede Frage aus echtem Interesse.

»Alles, was ich bisher über ihn weiß, und das ist zugegebenermaßen nicht sehr viel, deutet darauf hin, dass Nélson Figo erfahren und besonnen ist. Und das bedeutet auf der einen Seite, dass er seinen Plan nicht durch zu wenig Personal gefährdet – es aber gleichzeitig so überschau- und kontrollierbar wie möglich hält. Deshalb.«

Graciana Rosado hatte die Anfrage nach Nélson Figo umgehend nach dem kleinen Intermezzo mit Pedro Lino im Röntgenraum rausgegeben. Und Folgendes erfahren: Nélson Figo, 1970 in Lissabon geboren, war nach dem Abschluss des *Terceiro Cíclo,* der neunten Klasse, von der Schule gegangen und schließlich 1989 als Wehrpflichtiger eingezogen worden. In den Akten des Militärs war eine Überstellung vom 23. Juni 1990 zur *besonderen Verfügung* vermerkt, womit er offiziell aus dem Wehrdienst ausschied, ohne ihn beendet zu haben.

Aus dem Einwohnermeldeamt Lissabons verschwand er zwar am 30. Juni desselben Jahres mit seiner Abmeldung ins Nirgendwo, aber ein Abgleich mit den Verkehrsbehörden ergab eine Strafzahlung wegen zu schnellen Fahrens im Raum Lissabon, die er anstandslos beglichen hatte. Sie datierte auf den 3. März 1992.

Ob er sich zwischen 1990 und 1992 dauerhaft in Portugal aufgehalten oder bei einer Stippvisite geblitzt worden war, blieb dabei offen.

Die ganze Nummer roch für Gracianas und Carlos' Geschmack nach nachrichtendienstlichem Vorgehen: Männer mit begehrten Eigenschaften wurden in der Ausbildung beim Militär erkannt und in andere Hände gegeben. Und diese anderen Hände verwischten vorsorglich die Spuren ihrer neuen Zöglinge.

Und so verlor sich ab 1992 die Spur von Nélson Figo. Er tauchte einfach in den Unterlagen keiner Behörde mehr auf.

Aber wie Graciana von Pedro Lino wusste, war Figo 2001 im Auftrag von As Sombras in Angola gewesen. Gut möglich, dass die ihn 1990 vom Militär abgeworben und schon seit Jahren für ihre Zwecke eingesetzt hatten, bevor sich die Wege von Figo und Lino in Angola schließlich kreuzten.

Nach kurzem Abwägen hatte Graciana Rosado erneut Bruno Silva in Lissabon angerufen, um ein kurzfristiges Treffen mit dem Bruno Silva aus Lagos zu vereinbaren – was in einer knappen halben Stunde stattfinden sollte. Und dafür hatte Graciana einen Trumpf in der Hand, der von der Überwachung von Pedro Linos Wohnkomplex aus der Finta stammte.

»In welcher Zeit legt das Handysignal die letzten hundert Meter zurück?«, fragte Leander Lost. Zusammen mit Graciana Rosado, die sich jetzt zu ihrem Treffen mit Silva aufmachte, stand er immer noch mit Carlos Esteves und Cristina Sobral in dem Büro der Kriminaltechnikerin.

»Das sind«, antwortete sie und rechnete im Kopf um, »das sind rund 35 Stundenkilometer. Ein stark motorisiertes Boot.«

»Also gut 20 Knoten«, führte Lost fort und trat an die Landkarte an der Wand, die die gesamte Algarve abbildete. Die anderen folgten ihm wie an unsichtbaren Bindfäden gezogen dorthin. »Damit können die Entführer in den drei Stunden zwischen Amputation und Übergabe einen Küstenbereich von etwa 50 Seemeilen abdecken. Über den Daumen gepeilt.«

Plötzlich wandte er sich um und lächelte sie mit kindlicher Freude an: »Haben Sie den Witz bemerkt?«

»Ja«, antwortete Carlos ihm müde. »Was ist jetzt mit den 50 Seemeilen?«

Einen Augenblick lang lächelte der Alemão noch versonnen vor sich hin, dann wandte er sich wieder der Karte zu: »Damit decken sie nach Westen alles ab bis zum Ende der Algarve. Aber sie haben Kurs aufs Mittelmeer genommen: Richtung Osten würden sie die Ilha da Culatra, vielleicht auch noch die Ilha do Coco und die Ilha da Armona erreichen. Natürlich könnten sie Senhora Rhona und ihre Tochter auch einfach auf dem Boot selbst, irgendwo in der Nahe, gefangen halten. Dagegen sprechen aber die drei Stunden, die der Transport des Fingers vermutlich in Anspruch genommen hat.«

»Sie glauben, die halten die beiden auf einer der drei Inseln fest?«, erkundigte sich Cristina Sobral.

»Ja, ich tippe auf Culatra.«

»Wäre schön, wenn das stimmen würde«, sagte Carlos Esteves. »Aber wie Sie sagen: Die können mit dem Boot an jeder beliebigen Bucht an Land gehen. Vielleicht sind sie nur einen Kilometer weit geschippert und haben an einer einsamen Stelle angelegt. Vielleicht sind sie nicht mal in einem Haus, sondern in einem Wohnmobil.«

»Ja«, stimmte Leander ihm zu, »und dieses Wohnmobil könnte ständig in Bewegung sein. Oder sie haben verschiedene Apartments gebucht und wechseln ständig von einem zum anderen, um in Bewegung zu bleiben.«

Die anderen stutzten und sahen ihn irritiert an.

»Es ist ebenso denkbar«, fuhr Leander fort, »dass sie die Geiseln aufgeteilt haben: Eine ist in Sagres, die andere in Tavira. Oder in zwei anderen beliebigen Städten. Oder längst über die Straße von Gibraltar nach Marokko verschifft. Die Anzahl der Aufenthaltsmöglichkeiten geht nicht unbedingt gegen unendlich, aber mathematisch geht es eindeutig in diese Richtung. Solange wir keine weiteren Informationen erhalten, um *Möglichkeiten* auszuschließen, sind wir auf die Einschätzung von

Wahrscheinlichkeiten angewiesen. Und genau das mache ich gerade.

Ein Boot wird nur benötigt, um einen Punkt zu erreichen, den man mit einem anderen Verkehrsmittel nicht erreichen kann. Dazu gehören zum Beispiel ein Schiff auf dem Meer – oder eben eine Insel. Die nächste Insel ist die Ilha da Culatra. Zufällig deckt sich deren geografische Position mit dem Radius, den das Boot der Entführer mit seinen rund 20 Knoten binnen drei Stunden erreichen kann. Jene drei Stunden, die es benötigt hat, um den Finger von Senhora Rhona nach Lagos zu bringen. Selbst wenn wir uns jetzt um«, er blickte auf die Uhr, »um ein Uhr mittags für Culatra entscheiden sollten, gilt es, zwischen Hunderten von Häusern in drei Siedlungen das richtige zu finden und zu beschatten. Und das mit der gebührenden Sorgfalt.«

»Es gibt noch eine andere Möglichkeit«, wandte Sobral ein. »Senhora Flores täuscht die Vergiftung vor, wir lancieren über die Presse die Meldung ihres Todes und die Geiseln werden freigelassen.«

Die Logik kannte keine Rücksicht, und selbst wenn, hätte sie keine genommen, denn es hätte ihr Wesen getrübt. Für Leander Lost war sie ein Gerüst, mit dem er sich dem Mechanismus der Welt nähern konnte, ihrem wahren Herzschlag, denn wenn eins und eins zwei bildeten, ergaben zwei und zwei zwangsläufig vier. Und so war die bekannte Welt für ihn Schritt für Schritt ertastbar.

Die Logik wich nicht, sie ließ sich nie infrage stellen, einschüchtern, hintergehen oder täuschen. Nichts konnte sie blenden, Parteilichkeit oder gar Loyalität war ihr fremd. Und für Leander deshalb ein hohes Gut – gab es eine größere Verlässlichkeit und Ehrlichkeit?

Gleichzeitig wusste er um die Zwiespältigkeit, mit der sie bei Menschen mitunter aufgenommen wurde. Gerade wenn sie ihnen zum Nachteil gereichte, wurde sie als kalt und unbarmherzig empfunden, manchmal sogar als ungerecht.

Daher übte Leander größtmögliche Rücksicht, als er auf die Bemerkung seiner neuen Chefin antwortete: »Ich möchte ungerne schlechte Laune verbreiten«, Daniel B. Tucker, *Das Kompendium sinnloser Sätze,* Appendix 4, *Semantische Irrlichter zur Anbahnung unbequemer Wahrheiten (Achtung: Pleonasmus),* »aber ich bin davon überzeugt: Wenn wir sie nicht rechtzeitig finden, wird die komplette Familie Lino noch vor Mitternacht ausgelöscht sein.«

29.

Bruno Silva hatte die steinerne Sitzbank eine knappe Minute nach ihr erreicht und sich mit einem Schnaufen darauf niedergelassen, um Graciana Rosado anschließend kurz zu mustern.

»Schön, dass Sie kommen konnten«, begrüßte sie ihn.

Er nickte und grinste kurz, was das feine Faltennetz um seine Augen zum Tanzen brachte.

Sie hatten sich nur wenige Gehminuten vom Kommissariat entfernt am Cais das Portas do Mar getroffen, wo sich eine Reihe von Sitzbänken an der Lagune befand, die zum Meer führte.

Die Bänke wanden sich und ergaben zusammen eine Wellenform, die die sonst übliche rechteckige Erscheinung spielerisch unterlief. Einige Touristen flanierten entlang, blieben stehen und sogen das friedliche Bild der kleinen, bunten Boote auf, die in der Lagune lagen.

»Haben Sie noch Kontakt mit Ihren früheren Mitarbeitern?«

»Wir nehmen von uns aus keinen Kontakt auf.«

»Aber Sie könnten.«

Er zögerte kurz, deutete dann aber ein Nicken an: »Das wäre in den meisten Fällen wohl möglich, ja. Wieso fragen Sie? Ist Ihnen Pedro Lino von der Leine gegangen?«

Graciana musterte ihn sehr genau, und als er das begriff, verschwand sein Lächeln und wich einer gesteigerten Aufmerksamkeit, die als Anspannung seines Körpers Gestalt annahm.

Graciana Rosado hatte das, was Leander Lost so sehr vermisste: *Intuition*. Ihr Bauchgefühl verriet ihr sehr genau, was sie von ihrem Gegenüber oder einer Situation zu halten hatte. Während Leander Lost, wie sie nun wusste, anhand einer Mikroexpression regelrecht sehen konnte, ob man ihn belog, war auch sie gegen Lügen und Täuschungen gewappnet. Nur sah sie es nicht, sondern fühlte es.

Als Kind und insbesondere als Jugendliche hatte sie ihre innere Stimme zum Schweigen gebracht, wenn diese Stimme sich gegen jemanden wandte, den zu mögen sie beschlossen hatte. Sie wollte – um ihrer Zuneigung willen –, dass ihre Intuition sie trog. Aber nahezu jedes Mal, wenn sie gegen ihr Bauchgefühl handelte und es mit einem schlechten Geschmack im Mund herunterschluckte, musste sie dafür bezahlen. Bis sie sich irgendwann nicht mehr gegen diese vielen kleinen Signale verschloss, sondern sie als Bereicherung empfand – und auf sie hörte.

Konnte man jemandem trauen? Oftmals wusste sie lange vorher, ob oder ob nicht, bevor sich später herausstellte, wieso.

Als sie letzten Herbst Leander Lost zum ersten Mal begegnet war, hatte ihr Bauchgefühl geschwiegen, und das hatte Graciana nervös gemacht.

Weil dieses Bauchgefühl sich letztlich aus vielen körpersprachlichen Signalen speiste, aus Gesten, Blicken, Schwingungen, und sich all das auf magische Weise zu einem Eindruck verdichtete, auf den sie sich zu verlassen gelernt hatte. Denn diese Signale waren immer zwingend mit dem Charakter des anderen verknüpft. Sie erkannte mit traumwandlerischer Sicherheit in den ersten paar Augenblicken den Aufschneider wie das stille Wasser, den Lügner wie den Choleriker, den Feingeist, Heuchler, Gewissenhaften, Feigling und viele mehr.

Doch Losts »Signale« endeten zu Beginn ihrer Zusammenarbeit stets im Nichts, sie waren wie abgerissene Fäden zu einer Marionette, ohne Wechselwirkung mit dem Charakter hinter seiner blassen Erscheinung, ja, bei ihm fühlte sie sich emotional blind.

Nichts wies von seinem nahezu faltenfreien Gesicht (da er sich selten seiner Mimik bediente) auf seine Fähigkeiten als Ermittler hin, sein starrer Blick gab keinen Aufschluss darüber, dass ausgerechnet seine naive Aufrichtigkeit den Weg zu Zara ebnen sollte.

Lost war für sie ein Niemandsland im Nebel gewesen.

Und Bruno Silva? Die Entführung eines Kindes und seiner Mutter, die Amputation eines Fingers, die perfide Vergiftung einer politischen Journalistin – alles auf seine Anordnung hin? Nein, das konnte sie nicht glauben. »Haben Sie Kontakt zu Nélson Figo?«

Silva hob kurz eine Augenbraue. »Wie kommen Sie auf den?«

»Bitte, es ist sehr wichtig. Wir stehen in unseren Ermittlungen unter großem Zeitdruck.«

Jetzt war er es, der sie genau musterte – und ihr offenbar glaubte. »Nein, habe ich nicht. Ist er ein Problem, Senhora Graciana?«

Sie hob den Blick und entschloss sich zu einem Schuss ins Blaue: »As Sombras hat ihn 1990 aus dem regulären Militärdienst abgeworben, ausgebildet und dann in Angola eingesetzt. Zumindest unter anderem.«

Kurz zeichnete sich Überraschung auf Silvas Gesicht ab, bevor er sich einen Wimpernschlag später wieder unter Kontrolle hatte. »Woher wissen Sie das?«

»Wir haben ein paar Informationen über Figo gesammelt. Und ja, er ist ein Problem. Ich muss ein paar Dinge über ihn wissen. Zum Beispiel, wozu er ausgebildet worden ist.«

Bruno Silva blies die Wangen auf, faltete die Hände und schaute hinaus auf die Lagune. »Das sind Dienstgeheimnisse.«

»Wir haben eine Kindesentführung und ich habe jetzt keine Zeit mehr für Spielchen, Senhor Silva. Es ist mir wirklich sehr gleichgültig, ob Sie mir Dienstgeheimnisse anvertrauen oder was auch immer. Aber ich werde nicht zulassen, dass dieses Kind stirbt.«

Bruno Silva sah der Frau in die Augen. Sie bluffte nicht. Das Kind war keine Erfindung einer Sub-Inspektorin, die in den Ermittlungen mit ihrem Latein am Ende war. Und falls diesem Kind was zustieß, würde sie ihm eine sehr ungemütliche Zeit bereiten, auch das war gewiss. »Um wen handelt es sich?«

Graciana schüttelte entschlossen den Kopf. »Ich sage Ihnen, wer es ist – sobald Sie mir *meine Fragen* beantwortet haben.«

»Schön. Ich vertraue Ihnen, Sie vertrauen mir. Wenn Sie mir später eine schlechte Zeit bereiten, bereite ich Ihnen auch eine«, stellte er ruhig fest, und da sie nickte, fuhr er fort: »Figo wurde in Infiltration ausgebildet. Das war sein Hauptaufgabenfeld. Unterlaufen feindlicher Linien. Aufbau von Informantennetzwerken. Ausspähen taktischer und strategischer Ziele im Falle eines Putsches. All so was.«

»Die Infiltrationen erfolgten alleine?«

»Selten. Meist in Teams von zwei oder drei Personen. Aber … das war nur die Ausbildung. Figo hat in Angola vor allem Landsleute geschützt, also klassischer Personenschutz, oder einfach Informationen gesammelt. Über Personen in Schlüsselstellungen, wirtschaftlich oder militärisch oder politisch. Weil er auch angolanische Spezialkräfte ausgebildet hat, kam er an sensible Informationen, die für unser Außenministerium zusammen mit den Informationen aus anderen Quellen immer eine gute Grundlage gebildet haben, um die jeweilige Situation in der jeweiligen Ex-Kolonie zu bewerten. Und entsprechend zu handeln. Und … das ist alles, was ich Ihnen über Nélson Figo sagen kann.«

Das wenige empfand Graciana Rosado bereits als erschreckend genug. »Könnten Sie Kontakt zu ihm aufnehmen?«

»Nein.«

Graciana nickte, weil sie mit keiner anderen Antwort gerechnet hatte. Aber sie wäre ihr lieb gewesen. Man hätte auf Figo einreden können, ihn orten, ihn überwältigen. Aber so blieb er das, was sie in der Virgílo Inglês No. 5 über ihn gesagt hatte, bevor sie überhaupt seinen richtigen Namen wusste: ein Phantom.

Graciana hegte im Gegensatz zu ihrer neuen Chefin eine große Abneigung gegen Handtaschen, weshalb sie ihr Tablet tatsächlich in ihre Jackentasche gestopft hatte. Halbwegs zumindest. Sie zog es heraus und rief eine Datei auf, bevor sie es Bruno Silva reichte. »Wir suchen diesen Mann, eine verdeckte Fahndung läuft seit Stunden – leider ohne Erfolg. Wir wissen, dass er mit Nélson Figo zusammenarbeitet.«

»Ist der hier?«

»Ja. Aber nicht in Faro. In Lagos.«

Bruno Silva wirkte verhalten alarmiert. »Der hat das Kind entführt?«

Graciana nickte. Silva blies wieder die Wangen auf. Graciana startete ein Video. »Das ist von heute Morgen, aufgenommen aus einem Überwachungsfahrzeug. In Lagos. Kennen Sie den Mann?«

Silva sah sich den Clip konzentriert an: Das Bild war statisch und zeigte den Eingang eines Mietshauses. Passanten kreuzten das Bild von links nach rechts und andersherum. Dann erschien von links ein Mann mit einem kleinen Umschlag in der Hand. Er blieb vor dem Eingang stehen – oder vielmehr: vor den Klingeln und Briefkästen. Dann schob er den Umschlag durch einen der Schlitze, wandte sich ab und zückte sein Handy. Graciana tippte auf den kleinen Bildschirm, woraufhin das Bild einfror.

»Wer ist das?«

Bruno Silva sah genauer hin. »Nur, damit das klar ist: Ich bin mir nicht komplett sicher … aber ziemlich«, sagte er schließlich und löste die Augen von dem Tablet, um sie auf die Sub-Inspektorin zu richten: »Das dürfte mit ziemlicher Gewissheit Zé Cancelo sein.«

30.

Von Ende September bis Ende Mai fuhr die Fähre von Olhão nach Culatra nur im Vierstundentakt. Die um drei Uhr nachmittags hatten sie verpasst und die um 18:30 Uhr war zu spät für ihr Vorhaben – also rief Carlos Esteves bei Celestino Lopes an, den Inhaber von Rio Táxi. Dessen kleine schnelle Boote boten Platz für etwa ein Dutzend Personen und kreuzten im gesamten Küstenbereich hin und her: *transportes costeiros*.

Binnen zehn Minuten erschien Lopes mit dem schmalen, flach im Wasser liegenden Boot am Kai von Olhão und nahm sie an Bord, ohne anzulegen. Der Bereich über dem Steuerrad war mit einem Dach umgeben und nach vorne und zu den Seiten mit Windschutz versehen. Die Sitzbänke begannen hinter dem Fahrersitz und schlossen sich hinten am Heck zu einem U.

Nachdem sie den Hafenbereich verlassen hatten, gab Celestino Lopes Vollgas. Der Außenborder röhrte und zog eine tiefe weiße Schneise hinter ihnen her.

»Hast du was zu knabbern an Bord?«

Lopes reichte Carlos Esteves wortlos ein halbes Thunfischsandwich, während sein Boot, die *Fátima,* über das Wasser schoss und die Gischt nach beiden Seiten meterweit spritzte. Mit geübter Hand steuerte er sein Wassertaxi um eine orangefarbene Boje herum, indem er kurz das Tempo drosselte, was ihm eine extrem enge Kurve erlaubte. Um den Gashebel danach wieder voll durchzuziehen.

Die Fátima jagte mit aus dem Wasser erhobenem Bug zwischen zwei Jachten vorbei, die in der Lagune vor Anker gegangen waren. Die Sonne rief mit ihrer Spiegelung im Wasser so starke Reflexionen hervor, dass sie alle ihre Sonnenbrillen aus dem Haar auf den Nasenrücken schoben. Leander Lost erneuerte die Schicht seiner Sonnencreme auf dem Gesicht, insbesondere auf der Nase und den Ohrmuscheln.

Langsam wurde aus dem beigen Streifen am Horizont ein

komplexeres Gebilde. Farbflecken tauchten auf, helle Rechtecke dahinter gesellten sich hinzu: der Hafen der Ilha da Culatra mit all seinen Fischerbooten und im Anschluss daran die erste Linie an Gebäuden.

»Interessant, wie nach und nach die Kleinigkeiten sichtbar werden«, sagte Carlos.

»Das ist wie umgekehrter Impressionismus«, antwortete Leander.

Celestino Lopes beugte sich halb zu ihnen nach hinten: »Soll ich euch an einer besonderen Stelle absetzen?«

»So wie die Touristen«, wies Miguel Duarte ihn an.

Das Rio Táxi hielt kurz am langen Kai von Culatra, sodass sie mit einer helfenden Hand von Lopes die Fátima wieder verlassen konnten.

»Ich ruf dich an«, ließ Carlos ihn wissen, der als Letzter ausstieg. Lopes nickte.

Vom Hauptkai führten drei Anlegestege von gut hundert Metern ins geschützte Hafenbecken. Dicht an dicht lagen kleine Fischerboote, schmal, flach, bunt, Reusen und Netze an Bord und keines länger als acht Meter.

Und da ein vierter Steg fehlte, hatten die Fischer der Insel das sandige Ufer, das flach ins klare Wasser fiel, zu einem umfunktioniert. Auch hier lagen kreuz und quer Boote, waren Netze ausgerollt und wurden im Sitzen geflickt, eine Selbstgedrehte im Mundwinkel und eine Schiebermütze gegen die Sonne. Die jüngeren Fischer trugen Baseballcaps.

Die Fischer machten langsam Feierabend. Sie waren vor Sonnenaufgang hinaus aufs Meer geschippert und mit ihrem Fang im Morgengrauen oder doch spätestens am Vormittag nach Olhão, wo man sie sehnlichst erwartet und ihnen ihre gesamte Fracht abgekauft hatte. Bis auf das, was am Mittag oder Abend bei den Fischern zu Hause selbst auf den Tisch kommen würde.

Während sie die Netze ausbesserten, die Frachträume mit Seewasser abspritzten und mit den anderen noch ein Sagres tranken, bereiteten ihre Frauen und Töchter den Fisch zu. Und die Söhne halfen den Vätern oder trainierten auf dem örtlichen Fußballplatz, Culatras halber Stolz (neben dem Leuchtturm) für den Aufstieg aus der vierten Liga. Wenn sie keines von beiden taten, sahen sie den Mädchen nach oder verzapften Unsinn.

Die traditionelle Rollenverteilung war hier noch tief verwurzelt. Wer aus ihr auszubrechen gedachte, musste aufs Festland. Aber kaum jemand hier konnte dem etwas abgewinnen. Jedenfalls nicht länger als für drei oder vier Tage. Dann schlich sich die Insel in ihre Herzen und entfachte die Sehnsucht nach zu Hause.

Genau dieser Umstand spielte dem Plan von Leander Lost in die Hände. Die Insel war aus der Zeit gefallen. Nicht weil das Festland sie und ihre Bewohner stiefmütterlich behandeln würde, so wie gestrauchelte Verwandte, sondern weil die Einwohner es so wollten, genau so und keinen Millimeter anders.

Natürlich hatten windige Investoren auch hier Ausschau nach Bauland gehalten und vielversprechende Pläne für Luxusresorts in ihren Aktenmappen aus Kalbsleder dabeigehabt. Und dazu viele warme Worte und ein freundliches Lächeln, das sie an- und ausknipsen konnten. Denn man wusste ja, dass die Leute hier recht starrsinnig sein konnten.

Als das Lächeln nicht half, zündete man die nächste Stufe: Geld. Geld für die Zustimmung, hier Bauvorhaben umsetzen zu dürfen. Und was man mit Geld alles machen konnte! Ein zweites Boot kaufen zum Beispiel. Das Haus renovieren. Ein zweites Haus bauen. Die Kinder zur höheren Schule schicken, sich ein Auto leisten (mit Klimaanlage) und vieles mehr. In den Worten der Emissäre, die im Auftrag der Investoren auf die Insel kamen, wurde die Zukunft der Bewohner zu einem bunten Schlaraffenland.

Aber es gab auf Culatra keine Straße. Ein Auto war so sinnlos wie der Rest der Vorschläge. Die Einwohner wollten nur eines: dass alles so blieb, wie es war.

So hatten die Vertreter mit den Worten *Denken Sie auch an Ihre Kinder* noch ein paar Visitenkarten verteilt und kopfschüttelnd und schmallippig am Kai auf ihr Wassertaxi gewartet, das sie zurücktragen würde ins 21. Jahrhundert.

Aus diesem Grund existierte auf der gesamten Insel kein einziges Hotel. Auch keine Pension oder ein Hostel für Backpacker. Es gab überhaupt keine offizielle Übernachtungsmöglichkeit. Die wenigen Touristen kamen dreimal täglich mit der Fähre, und sie gingen auch dreimal täglich wieder – ab sieben Uhr abends war man hier wieder unter sich. Dreihundertfünfundsechzig Tage im Jahr.

Doch auch Culatra hatte irgendwann das digitale Zeitalter erreicht. Und damit auch die Vermittlungsplattform, auf der Privatleute ihre Wohnung oder ihr Haus Urlaubern zur Miete anboten. Darauf war Leander noch im Kommissariat gestoßen, als Carlos Esteves zu bedenken gab, dass es unmöglich sei, binnen einiger Stunden Hunderte an Häusern zu überprüfen. Und das auch noch möglichst unauffällig.

Lost hatte sich umgehend an den Rechner im Büro gesetzt und die Vermittlungsplattform aufgerufen. Binnen fünf Minuten hatte er exakt acht Möglichkeiten aufgelistet, die auf Culatra zurzeit infrage kamen.

Nummer sieben schied aus, weil es sich nur um zwei Zimmer innerhalb eines von der Familie bewohnten Haues handelte. Etwas, da waren sich alle einig, was die Entführer mit Sicherheit gemieden hatten. Blieben noch sieben Mietobjekte.

Zwei weitere kamen nicht infrage, weil sie noch zu haben waren.

Blieben fünf.

Vier davon in der zentralen Siedlung, wie die Insel selbst Culatra genannt. Und eine an der südwestlichen Spitze, die nach dem weißen, knapp 50 Meter hohen Leuchtturm benannt worden war: Farol. Die beiden Niederlassungen trennten rund vier Kilometer Fußweg.

Also hatten sie beschlossen, dass Duarte, Esteves und Leander Lost sich auf die vier möglichen Häuser in Culatra selbst konzentrieren würden, und Graciana, die wegen ihres Treffens mit Bruno Silva später dazustoßen würde, sich von Lopes' Rio Táxi separat in Farol absetzen lassen würde.

31.

»Sie ist doch keine wirkliche Gefahr. Sie hat ein paar regierungskritische Artikel geschrieben, okay. Aber von solchen Leuten gibt's in Angola doch Dutzende. Alleine die die Menschenrechts …«

»Martin Luther King«, unterbrach Nélson Figo ihn.

Dabei saß er im Ledersessel und blickte hinaus auf die Straße. Die Ruhe, die von Nélson Figo ausging, machte Pedro Lino Angst. Echte Angst.

»Martin Luther King?«

Figo wandte sich zu ihm um. Pedro Lino trug bereits weiße Hosen, ein weißes T-Shirt und eine Tragetasche, in der sich die Kopfbedeckung befand, die in der Küche vorgeschrieben war.

»King, ja. *I have a dream*«, sagte Figo und stand auf. »Wäre die Legende dieselbe, wenn man ihn vor dieser Rede … ermordet hätte? Hm?«

»Ich weiß nicht.«

»Oh doch, du weißt es, ich weiß es. Die Legende wäre nur die Hälfte gewesen, wenn überhaupt. Es hätte die Afroamerikaner in ihrem Kampf gegen die Apartheid noch Jahre mehr gekostet, wenn man Martin Luther King früher ermordet hätte. Viele Jahre … Ich bin ein großer Verehrer von King. Was für ein Mut, was für eine Gradlinigkeit.«

Hier legte er eine kurze Pause ein, und Pedro wusste, dass Figos Bewunderung für den ermordeten Menschenrechtler keine bloße Behauptung war.

»Aber darum geht es nicht, sondern um den Zeitpunkt. Wäre Elvis mit zehn Jahren vom Auto überfahren worden … die Geschichte des Rock 'n' Roll müsste umgeschrieben werden. Oder Lenin in Zürich. Hätten er und seine Frau 1917 nicht den Zug nach Moskau betreten, wäre die Oktoberrevolution vermutlich ausgeblieben. Und dann? Was sagt uns das?«

»Ich weiß nicht.«

Pedro Lino las eine Spur Verachtung in Figos Blick, der sich starr und unerbittlich in seine Augen versenkt hatte.

»Es sagt uns, dass große historische oder gesellschaftliche Umwälzungen manchmal nur in den Händen einer einzigen Person liegen. In den Händen derer, die sie ausführen, oder in den Händen derer, die … sie verhindern.«

Erneut legte Nélson Figo eine Pause ein, seine Miene bekam eine sentimentale Note. »Natürlich überlegst du die ganze Zeit, wie du es verhindern kannst. Weiß ich doch. Lass dir zwei Dinge gesagt sein. Wenn heute um Mitternacht die Todesmeldung von Flores Yola nicht raus ist, sind deine Frau und deine Tochter weg. Ich könnte das nicht, zumindest nicht mit einem Kind. Aber da ist jemand bei ihnen, der das kann. Sie werden weg sein, Pedro. Du wirst die nicht finden, nirgends. Sie werden einfach nie mehr auftauchen. Für den Rest deines Lebens.

Das ist das eine. Das andere ist: Selbst wenn wir das alle nicht überleben, du, ich, deine Familie, meine Leute … in ein paar Wochen kommt jemand, der es erneut angeht und dann wieder und wieder und wieder. Es ist sinnlos, sich dagegenzustemmen.«

Pedro schluckte. »Flores Yola oder jemand anderes aus dieser neuen Bewegung könnte ein echter Hoffnungsträger sein, und die ganze Welt …«

»O mundo tudo? Die ganze Welt hat nicht das geringste Interesse an einem starken, selbstbewussten Afrika. Wirklich niemand möchte irgendwelche Hoffnungsträger aus Afrika sehen. Nur in Sonntagsreden machen sich alle dafür stark. Kinder schuften sich in Höhlen für Tantalerze zu Tode, statt zur Schule zu gehen, nur, damit verwöhnte, dicke Kinder in New York ein neues Handy kaufen können oder Manager in London den noch leichteren und bunteren Laptop. Die USA sind besorgt darüber, wie die Chinesen sich über die Bodenschätze hermachen – aber nur, weil sie dabei selbst ihren Einfluss darauf verlieren. Alle hätten gerne Frieden auf dem Kontinent – aber nur, solange sie weiterhin ihre Waffen dorthin verkaufen können.

Und Flores Yola? Die versteht doch selbst noch gar nicht, dass sie zu einer Präsidentschaftskandidatin taugen würde, die denkt immer noch, sie ist nur Journalistin. Die Angolaner werden erst Jahre später kapieren, was man ihnen mit Flores Yola vielleicht genommen hat. Zu spät. Wie immer. Die Tragik eines ganzen Kontinents. Nimm das hier.«

Er drückte ihm den Flakon in die Hand, den er in dem Wohnmobil vorgefunden hatte.

»Direkt in die Suppe. Zwei Teelöffel davon. Nicht mehr, nicht weniger.«

Pedro Lino nahm das Fläschchen entgegen und warf einen kurzen Blick auf die helle gelbliche Flüssigkeit darin.

»Du sagst doch selbst: Ihr wisst gar nicht, ob Flores Yola zu einer Hoffnungsträgerin werden würde, Nélson.«

»Natürlich nicht. Aber wir wollen auch nicht abwarten, bis sie eine ist. Und jetzt geh.«

Das Peppers war eigentlich nicht für diesen Anlass gemacht. Es lag inmitten von Lagos' Altstadt in der Rua Soeiro da Costa, einer Straße, die so enge Windungen beschrieb, dass die meisten Fahrzeuge passen mussten.

Die Fassade war in Weiß und kräftigem Gelb gehalten, die Fenster und Türen von schwarzen Sprossen in kleine Rechtecke unterteilt, nicht größer als eine ausgestreckte Hand. Über dem unscheinbaren Eingang prangte der Name neben dem Symbol einer Peperoni. Die rund 60 Quadratmeter große Dachterrasse auf der dritten Etage bot dem Besucher den Blick hinauf in die Altstadt – oder hinab zum Meer. Und abends wölbte sich ein Firmament aus Sternen darüber.

Hell gefliest und überwiegend von Mauern in dunklem Gelb umgeben, verfügte die Terrasse über eine Bar, die für den heutigen Anlass kurzerhand zur erweiterten Küche umfunktioniert worden war. Die Gerichte wurden zwar aus dem Erdgeschoss hinaufgetragen, hier aber dekoriert und aufgelegt – und zwar von Pedro Lino und Cristina Sobral, die ihm dabei zur Hand ging. Und dabei Sichtkontakt zu Flores Yola halten konnte.

Zwei Kellnerinnen, die für die Getränke zuständig waren, komplettierten das Team auf der Dachterrasse.

In der zweiten Schublade unter der Kasse, die heute selbstverständlich nicht in Betrieb war, lag eine geladene und entsicherte Glock.

Der Rettungswagen samt instruiertem Arzt und eingeweihten Sanitätern parkte abrufbereit drei Straßen entfernt.

Und jetzt hatten sie Platz genommen. Flores Yola hinten mit dem Rücken zur Wand, sodass sie ständig Blickkontakt mit Sobral herbeiführen konnte. Ihr gegenüber der Bürgermeister von Lagos, Júlio Viana, der in einem dunkelbraunen Anzug und weißem Hemd gekommen war, die grauschwarzen Haare stramm zurückgekämmt. Er sprach mit einem leisen, angenehmen Bass. Er war wie die rund Dutzend Gäste ein Freund und Wegbegleiter von Flores' Vater gewesen.

»Die Suppe ist bald fertig«, sagte Pedro Lino zu der Kripo-Chefin. Seine Stimme hörte sich an, als stünde ein Vierzigtonner darauf. Seine Gesichtszüge waren zu einer blassen Maske erstarrt. Cristina Sobral nickte und schlüpfte in die angrenzende Vorratskammer, in der man sich kaum um die eigene Körperachse drehen konnte, um Gracianas Nummer zu wählen.

Die befand sich gerade auf der Fátima, die von Lopes die Inselküste entlanggejagt wurde. Weg von Farol und auf Culatra zu.

»Wie sieht es aus?«, fragte die neue Chefin.

Das Röhren des Motors und der Fahrtwind waren so laut, dass Graciana sich die flache Hand aufs freie Ohr pressen musste. Und trotz der Nebengeräusche nahm sie den Druck wahr, der in Sobrals Stimme mitschwang. »Wir haben von den fünf Möglichkeiten drei ausgeschlossen«, rief sie ins Handy.

Sie selbst hatte ein hübsches kleines Haus, keine hundert Meter vom weißen Leuchtturm entfernt, überprüft. Eine Gruppe von sechs Backpackern hatte den Grill auf der Terrasse angeworfen und Burger angebraten, die auf dem heißen Rost zischten. Sie hörten Musik, redeten fröhlich durcheinander, lachten und bemerkten sie überhaupt nicht. Barfuß standen sie im warmen Sand, umgeben von einer Blütenpracht in Dutzenden Tontöpfen, die stehend oder hängend um die Terrasse herum arrangiert worden waren. Die Einwohner von Culatra hatten einen Hang dazu, ihre Häuser zu schmücken.

Genießt es, hätte Graciana den Backpackern um ein Haar zugerufen, Zeit fliegt.

Zum Glück hatte sie sich nicht hinreißen lassen, sie hätte sich angehört wie ihre eigene Großmutter.

Nach dem Treffen mit Bruno Silva hatte Graciana Rosado sofort mit Carlos Esteves Kontakt aufgenommen: Zé Cancelo, der Mann, der den Finger nach Lagos gebracht hatte, war nicht nur in Culatra geboren, sondern bis zu seinem neunten Lebensjahr auch dort aufgewachsen. Losts aus Fortbewegungsmittel und Radius errechnete wahrscheinlichste Position der Geiselnehmer wurde durch diese Information noch einmal unterfüttert.

Carlos Esteves, Miguel Duarte und Leander Lost hatten inzwischen zwei von vier Häusern auf den Zahn gefühlt. Beim ersten Objekt waren die Mieter – sechs an der Zahl – heute wieder abgereist. Das andere Haus beherbergte drei ältere Damen, die den ganzen Tag Eindrücke der Insel in Skizzenblöcken festhielten, um später eine davon auf einer Staffelei in Öl zu verewigen.

All die Details ersparte Graciana Cristina Sobral: »Zwei Häuser bleiben. Senhora Flores muss uns mehr Zeit verschaffen. Sie muss die Vergiftung simulieren, bitte.«

Da schoss die Fátima um die nächste Landzunge, und Culatra erhob sich vor ihr in der einsetzenden Dämmerung.

Rhona hatte kein einziges Wort mehr mit ihnen gesprochen. Der Schock über ihren abgetrennten Finger und die einsetzenden Schmerzen hatten sie regelrecht neben sich treten lassen. Dass sie trotzdem bemüht war, sich gegenüber Imani nichts anmerken zu lassen, nahm Belmiro noch mehr für sie ein. Erstaunlich, was für eine Willenskraft eine Frau an den Tag legen konnte, wenn die Mutter in ihr erwachte.

Pepe alias Zé Cancelo hatte sie gänzlich unvermittelt festgehalten, ihre Hand auf den Tisch gepresst und den Finger mit einer Damastklinge amputiert. Mit zwei Schnitten. Obwohl ihm daran gelegen war, den Schrecken durch die Überraschung so minimal wie möglich zu halten, hatte er tief drinnen in Rhona Lino etwas irreparabel zerstört. Etwas von ihrer Seele, wie Belmiro es ausgedrückt hätte – aber niemand hatte ihn gefragt. Er hatte längst begonnen, etwas für sie zu empfinden, was in den Slums von Luanda über kurz oder lang tödlich für ihn gewesen wäre: Mitleid.

Als Belmiro in die Küche kam, warf Zé Castelo gerade Tabletten in zwei Gläser mit Orangensaft und verrührte die Substanz.

»Auf dem Boot ist ein grüner Seesack, hol ihn und pack deine Sachen. Wir warten auf Nélsons Anruf, dann gehen wir. Ungefähr in einer halben Stunde.«

Belmiro deutete mit dem Kopf auf die beiden Gläser: »Willst du sie damit betäuben?«

Zé Castelo nickte und zündete sich eine Zigarette an, er inhalierte tief.

»Die sind aber schwerer zu tragen, dann.«

»Ist das so?«

»Ja.«

Castelo schenkte ihm ein verzeihendes Lächeln: »Wir müssen sie nicht zum Boot tragen, sie bleiben hier.«

»Was für ein schöner Tag – que dia lindo.«

Alle paar Meter entließ der Alemão irgendwelche Binsenweisheiten in die Welt. Dan B. Tucker mussten langsam die Ohren klingeln.

Und nicht nur ihm. Miguel Duarte verdrehte die Augen.

Sie näherten sich Objekt Nummer vier. Der letzten Möglichkeit, nachdem Nummer drei auch ausgeschieden war – die Touristen waren gar nicht erst angereist.

Carlos Esteves hatte sich mit Espadrilles, Bermudashorts und einem bunten Hemd als Tourist getarnt. Leander trug einen Strohhut, ein weißes Shirt, zu weite beige Shorts und – ein genau kalkulierter Hinweis auf seine germanischen Wurzeln – weiße Tennissocken in Sandalen.

Nur Miguel Duarte hatte sich geweigert, sein Kevlar-Jackett oder seine Anzughose zugunsten einer unauffälligen Tarnung abzulegen. »Spanier legen von Natur aus sehr großen Wert auf ihr Äußeres«, hatte er Carlos noch auf dem Wassertaxi belehrt. »Keiner meiner Landsleute würde so rumlaufen wie du oder Senhor Lost. Du bist dem Wort bisher vielleicht erfolgreich ausgewichen, Esteves, aber das hat mit *Stil* zu tun. Das streift auch Dinge wie Niveau und Geschmack, die du zweifellos hast, nur eben portugiesische. Um es kurz zu machen: Ich *bin* eine perfekte Tarnung.«

Wenigstens hatte die perfekte Tarnung ihre Sonnenbrille mit den orangefarbenen Gläsern abgesetzt.

Das vierte Haus schmiegte sich eng in die Nachbarbebauung. Die Haustür und die Fenster waren hellgrün eingefasst. Auf dem

Dach standen drei Tonnen als Reservoir für das Regenwasser. Der »Garten« bestand zwar eigentlich nur aus Sand, allerdings war das Haus mit Dutzenden Pflanzen, Blumen, Kräutern, kleinen Palmen in Tontöpfen unterschiedlicher Größen regelrecht umstellt.

Leander schoss eifrig Fotos. Das taten schließlich die meisten Touristen ohne Unterlass. Damit sie später sehen konnten, wo sie gewesen waren.

Duarte blieb stehen und seufzte: »Ihre Socken bringen mich um.«

»Da ist ein Kind.«

»Was?«

»Ein Kind«, wiederholte Leander, »ein Mädchen.«

Jetzt sahen sie es auch – hinter einem Fenster, das sich abends und nachts mittels eines feinmaschigen Drahtnetzes der Insekten erwehrte. Ein neugieriges Augenpaar unter einem dunklen Haarschopf. Irgendetwas zwischen sieben und elf Jahren. Dann wandte es sich ab, und ein Mann über fünfzig trat an seine Stelle, bedachte sie nur kurz mit einem Blick und schloss dann die Fensterläden.

»Bleiben Sie bitte stehen und legen Sie sich den Arm gegenseitig auf die Schulter«, bat Leander Lost und richtete das Miniobjektiv seines Smartphones auf die beiden Sub-Inspektoren. »Das dient der Tarnung.«

»Merde«, kam es ihnen unisono über die Lippen, während sie seiner Aufforderung Folge leisteten.

Duarte schmunzelte: »Solange wir uns nicht küssen müssen.«

»Küssen? Wie kommst du auf so einen Gedanken?«, fragte Carlos Esteves, während er ebenso schmallippig in die Kamera lächelte wie der Espanhol.

»Wie?«

»Ich habe dich gefragt, wieso du bei einer Berührung mit mir an einen Kuss denkst. Es ist nämlich sehr schwer, sich etwas vorzustellen, was man nicht für möglich hält«, fuhr Carlos fort. »Es sieht also danach aus, dass du offensichtlich schon öfter darüber nachgedacht hast, einen Mann …«

Duarte zog seinen Arm zurück, als habe er ihn auf eine Feuerqualle gelegt: »Hab ich nicht! Was soll das?«

»Wirklich nicht?«, grinste Esteves.

»Könnten Sie noch mal die Arme …«, begann Lost.

»Nein. Dieses Foto war sowieso eine blöde Idee.«

Eine Fliegentür öffnete sich knarzend, dann trat ein junger Schwarzer aus dem Flachbau, lief nachdenklich über den Sand und nahm Kurs auf den Hafen.

Carlos und Duarte legten sich so eilig gegenseitig die Arme über die Schultern, dass sie dabei kurz zusammenstießen, und lächelten in die Kamera.

Die senkte Leander Lost nach zwei Aufnahmen und folgte abrupt dem Schwarzen. »Ich nehm noch den Sonnenuntergang auf«, ließ er die beiden wissen. Womit die Aufgabenverteilung klar war: Er würde den jungen Mann beschatten und sie beide so unauffällig wie möglich das Haus in Augenschein nehmen.

»Du kannst den Arm jetzt runternehmen.«

»Ist ja gut.«

»Da seid ihr ja. Kleine Verbrüderung?«

Als sie zur Seite blickten, stieß Graciana zu ihnen.

Eigentlich hatte Pedro Lino dabei helfen sollen, die *Caldo Verde* zu servieren, die er selbst zubereitet hatte. Aber da seine rechte Hand unkontrolliert zu zittern begann, übernahmen das die beiden Kellnerinnen.

Der spezifische Geschmack dieser typisch portugiesischen Suppe ergab sich nicht aus Zwiebeln, Knoblauch und den pürierten Kartoffeln, sondern aus der Wahl der hineingeschnittenen *Chouriço* und dem nur 15 Minuten lang mitgekochten *couve galega*: dem Grünkohl, dem die Suppe ihren Namen verdankte. Neben Salz, Pfeffer und etwas Olivenöl hatte Pedro Lino sie auf der Dachterrasse mit einer Prise Muskatnuss abgeschmeckt, die ihm allerdings wegen seines Zitterns in den Topf gefallen war. Sobral hatte sie herausgefischt, eine frische genommen und die Suppe zu Ende gewürzt.

Nur wenige Augenblicke, nachdem die Gäste sich gegenseitig guten Appetit gewünscht hatten und die Löffel auf den Grund der Teller stießen, war ein leises *Oh* und *Ah* zu hören. Ein Lächeln, ein anerkennender Blick.

Normalerweise wäre Pedro Lino stolz gewesen, denn einen Landsmann mit einer Caldo Verde, die er von Kindesbeinen an kannte, zum Schwärmen zu bringen, war nun wirklich kein Kinderspiel. Doch diesmal brach ihm der Schweiß aus, im Nu war er am ganzen Körper klitschnass.

Cristina Sobral entging das nicht. Sie reichte ihm eine Serviette, auf der stand: »Gehen Sie nach unten. Vor die Tür. Rauchen Sie eine!«

Er nickte mechanisch, wischte sich das Gesicht und den Nacken ab und ging ohne ein weiteres Wort die Treppe hinunter. Draußen schob sich ein leichter Wind wie ein liebevolles Streicheln an den Wänden und Lampen der Gasse entlang und sorgte bei Pedro Lino für Abkühlung. Nachdem er sich eine Zigarette angezündet und beschlossen hatte, Nélson Figo zu töten, hörten seine Hände plötzlich zu zittern auf.

»Onde está?«, wisperte die Stimme von Graciana Rosado aus dem Smartphone.

»Er geht den Kai entlang. Ich nehme an, er geht zu einem der Boote«, antwortete Leander, der dem jungen Schwarzen gefolgt war und so tat, als suche er nach dem richtigen Bildausschnitt für ein Selfie vor der untergehenden Sonne.

»Gut. Bevor er wieder das Haus erreicht, nehmen Sie ihn fest und weisen sich aus.«

»Verstanden.«

Graciana Rosado war mit Carlos Esteves und Miguel Duarte einige Meter weitergewandert. Sie hatten eine Wanderkarte von Culatra auf einem riesigen Findling ausgebreitet und gaben vor, darüber zu reden, welcher Weg nun einzuschlagen sei.

»Wenn wir Glück haben, ist da drinnen nur ein weiterer Geiselnehmer. Um die fünfzig, habt ihr gesagt?«

Die beiden Männer nickten.

»Wahrscheinlich Zé Cancelo. Würde passen.«

»Wenn wir Pech haben, sind da drinnen fünf Geiselnehmer«, merkte Carlos missmutig an. Seit dem Thunfischsandwich war für seinen Geschmack schon zu viel Zeit vergangen.

Graciana nickte: »Ja, möglich, aber unwahrscheinlich. Die werden nur so viele einweihen wie unbedingt nötig. Trotzdem haben wir ein Problem: In dem Augenblick, in dem Nélson Figo davon ausgehen kann, dass Flores Yola vergiftet worden ist – und das passiert in den nächsten zehn Minuten –, benötigt er die Geiseln nicht mehr. Ihr habt gesagt, der Mann ist unmaskiert gewesen?«

»Ja.«

Graciana seufzte. »Ich würde ja abwarten und das Haus länger observieren lassen, aber ich … mir ist das Risiko für die Mutter und das Kind zu groß. Und jetzt kann Senhor Lost auch noch einen am Kai abfangen, der kann uns im Haus immerhin nicht mehr gefährlich werden. Wir schlagen jetzt zu.«

»Wie?«, fragte Carlos Esteves, ohne mit der Wimper zu zucken.

Graciana war schwer verliebt in diesen unaufgeregten Pragmatismus ihres Kollegen. Meistens zumindest. Jetzt jedenfalls.

Es war ihre Entscheidung, und sie hatte eine Sorgfaltspflicht ihren Untergebenen gegenüber. Deshalb teilte sie sich selbst die größte Gefahr zu: »Ich klopfe an und frage nach dem Weg. Den, der die Tür öffnet, räum ich weg und geh frontal rein.«

»Ich weiß nicht, ob das eine gute Idee ist«, meinte Carlos.

»Auf jeden Fall sollten wir zeitgleich reingehen, um dich zu unterstützen«, sagte Duarte und knöpfte sein schusssicheres Jackett zu. »Hintereingang, Seiteneingang, Fenster. Irgendwas geht immer. Da ist zum Beispiel eine große, breite Scheibe an der Seite. Mit einem Stein oder einem Stuhl sind wir da sofort drin. Und den, der dir öffnet, lenkt es auch ab.«

»Ja, das ist eine gute Idee«, sagte Carlos Esteves.

Miguel Duarte warf ihm einen irritierten Blick zu.

»Er war an einer Jacht, er kehrt um.«

Das war Losts Stimme aus Gracianas Smartphone.

»Wir haben Sie verstanden. Wir greifen hier zu. Hundert Meter vor dem Haus nehmen Sie ihn vorläufig fest.«

Und zu den beiden gewandt: »Dann los. Wir warten nicht, bis er zurück ist.«

Pedro Lino trat gerade die zweite Zigarette aus, als die Sirene einsetzte. Sie näherte sich zügig und nach wenigen Augenblicken sah er schon die Scheinwerfer und das Blaulicht, die eine Seitengasse erhellten. Eine Gruppe junger Männer musste beiseitespringen, als der Rettungswagen in die Rua Soeiro da Costa bog und die Reifen auf den abgewetzten Pflastersteinen quietschten. Er jagte denkbar knapp an zwei geparkten Autos vorbei aufs Peppers zu.

Die Sirene erstarb. Der Fahrer stoppte und sprang auf seiner Seite heraus, der Notarzt mit seinem Koffer auf der Beifahrerseite. Er lief voran, als im Eingang des Peppers ein Mitarbeiter erschien. »Auf der Dachterrasse!«

Schon war der Arzt an Pedro Lino vorbei.

Der Fahrer folgte, während ein weiterer Sanitäter aus dem Fond des Wagens kletterte und eine zusammengeklappte Trage ergriff, bevor er den beiden hinterherrannte.

Sie waren gespenstisch schnell – hätte nicht der Rettungswagen auf der Straße von ihrer Ankunft gezeugt, Pedro Lino wären Zweifel gekommen, ob sie nicht Teil eines schrecklichen Tagtraums waren.

Er blickte die Fassade hinauf. Was wäre passiert, hätte diese kleine, besonnene Polizistin und der Mann im schwarzen Anzug mit dem Zeittick nicht den Kontakt zu ihm hergestellt? Er musste nicht lange nachdenken. Ja, er hätte es getan. Er hätte Flores Yola das Rizin in die Suppe gemischt, um Imani und Rhona zu retten. Ein Leben vernichtet, um zwei andere zu retten.

Es gab Leute, die sagten, man könne Leben nicht gegeneinander aufrechnen.

Das war Unsinn. Es gab sogar eine Menge Kategorien, in denen man das tun konnte. In denen er es getan hatte. Man durfte es bloß nicht zur Grundlage staatlichen Handelns machen.

Lino hatte plötzlich das Gefühl, von Nélson Figo beobachtet zu werden. Er blickte zu den Schaulustigen, die sich in Form zweier Trauben am Eingang versammelt hatten und aufgeregt tuschelten. Oder hatte Figo die Nerven, sich als ganz gewöhnlicher Gast im Erdgeschoss des Peppers' hinzusetzen und bei einem Drink abzuwarten? Ja, die Nerven hatte er ganz sicher. Oder war es ihm gelungen, das Treiben auf der Dachterrasse des Lokals von einem benachbarten Gebäude aus zu beobachten? Oder wartete er auf der Route von hier zur Klinik irgendwo in einem Auto, um dem Rettungswagen zu folgen? Oder saß er womöglich bereits im Foyer der Klinik?

Da kam Bewegung in die Menge am Eingang, sie teilte sich. Erst kamen die Sanitäter, die Flores Yola auf der Trage transportierten, auf der sie mittels zweier Gurte fixiert worden war. Ihr Blick war starr in den Abendhimmel gerichtet. Dann folgte der Notarzt.

Flores Yola wurde in den Fond des Krankenwagens geschoben, und einer der beiden Sanitäter sowie der Arzt nahmen an ihrer Seite Platz und zogen die Doppeltür von innen zu.

Der Fahrer lief nach vorne, wuchtete sich hinter das Lenkrad, schaltete die Sirene ein und jagte davon, um hundert Meter weiter die nächste Möglichkeit nach links zu nehmen – Richtung Krankenhaus.

Carlos Esteves und Miguel Duarte hatten sich im Schutz einer Palme hinter der Begrenzungsmauer verschanzt. Von hier aus hatten sie sowohl den Hauseingang, auf den Graciana Rosado zuging, wie auch das rund fünf Meter breite Fenster im Blick.

Graciana hielt die Wanderkarte in der linken Hand. Mit der rechten rieb sie sich scheinbar den schmerzenden Rücken. Tatsächlich war der Knauf ihrer Glock damit nur wenige Zentimeter von ihren Fingern entfernt.

Carlos deutete mit einer Kopfbewegung auf die Terrasse vor dem Fenster. »Ich nehm den Tisch mit dem Metallfuß und schlag die Scheibe ein.«

Duarte blinzelte zwischen zwei Palmwedeln hindurch. »Gut.«

»Wenn Graciana klopft.«

»Ja, wenn sie klopft … oder, warte.«

»Was?«

»Wenn du erst die Scheibe einschlägst, dauert es, bis ich drin bin.«

»Ich sicher dich.«

»Das mein ich nicht. Es … es geht schneller, wenn ich einfach durchspringe.«

»Durch die Scheibe?«

»Ja.«

Carlos Esteves musterte den spanischen Pfau, der seinen Blick hielt. Ohne Zweifel, er meinte es ernst. »Das geht nur in Filmen ohne Schnittwunden. Wir sollten uns lieber an die Nummer mit dem Tisch halten.«

»Ich hab das Jackett aus Kevlar.«

Das beseitigte Carlos' Zweifel nicht. Er linste hinüber zu dem Fenster. Und dann zu Graciana, die jetzt an der Haustür klopfte. »Ähm … ich weiß nicht, ob ich den Mut dazu hätte.«

Duarte nickte, als wüsste er das nur allzu genau. »Der Feigling stirbt tausend Tode, der Held aber nur einen«, sagte er, während er sich erhob, »William Shakespeare, ›Julius Cäsar‹.«

Damit schwang er sich über die Mauer, lief auf die Scheibe zu und sprang in geduckter Haltung gegen sie – um von ihr mit einem trockenen Geräusch zurückgeworfen zu werden.

Carlos, der ihm gefolgt war, erkannte durch die Vibration der Scheibe, dass es sich um keine Glasscheibe handelte, sondern um eine aus Kunststoff.

Duarte lag mit verformter und blutender Nase zu seinen Füßen. Er stöhnte und fasste sich an die pochende Nase, um dann mit Schrecken die Blutspuren auf seiner Hand zu registrieren. »Gott, ich verblute.«

»Unsinn.«

Carlos rüttelte an der Tür neben dem Fenster, die aber abgeschlossen war.

»Du … du musst mich nicht schonen, Esteves …«

»Ich schon dich nicht.«

»Ich will in Sevilla beigesetzt werden.«

»Halt den Mund.«

»Polícia Judiciária«, hörte er deutlich Gracianas Stimme, »auf den Boden, sofort. Hände über den Kopf!«

Kurz entschlossen warf er sich mit drei Metern Anlauf gegen die Tür, die um den Preis einer geprellten Schulter aus den Angeln flog und mit ihm zusammen zu Boden krachte. Drei Kinder zwischen fünf und zehn Jahren sprangen entsetzt von ihrem Monopolyspiel auf und rannten schreiend davon.

32.

»Das war ein richtig blöder Plan.«

»Das war es nicht«, widersprach Leander Lost dem jammernden Spanier.

»Doch, natürlich. Wir haben total viel Zeit damit verplempert und … ich blute ja immer noch. Wo bleibt Lopes?«

Sie saßen am Ufer, während die Sterne sich langsam gegen

das Abendrot durchzusetzen begannen, und warteten auf das Rio Táxi, damit es Miguel Duarte ans Festland bringen und er sich dort die Nase richten lassen konnte, gegen die er gerade einen blutigen Stofffetzen presste.

»Er müsste jeden Augenblick da sein«, sagte Carlos müde und zündete sich noch eine Zigarette an. Seine linke Schulter fühlte sich taub an.

»Und«, fuhr Duarte den Deutschen an, »jetzt haben wir auch noch drei traumatisierte Kinder und vermutlich eine Anzeige wegen Hausfriedensbruchs am Hals. Noch dazu den jungen Schwarzen, den Sie verhaftet hatten. Muito obrigado, wie man hier sagt.«

»Culatra als Aufenthaltsort für die Geiseln hat in Kombination mit dem Boot, dessen Radius und dem Geburtsort von Zé Cancelo die größte Wahrscheinlichkeit mit sich gebracht«, entgegnete Leander Lost ruhig. »Das heißt nicht, dass sich die Geiseln hier befinden. Wie gesagt: Sie könnten ebenso gut in Tavira sein oder in Faro. Bloß nicht mit derselben Wahrscheinlichkeit.«

»Oder in Osaka. Na, großartig. Das funktioniert hier aber offensichtlich nicht nach Wahrscheinlichkeiten«, erwiderte Duarte gepresst, »Sie … Sie Deutscher, Sie.«

Zur Erleichterung aller schoss in diesem Augenblick die Fátima heran und setzte mit dem Bug auf dem Sand vor ihnen auf.

»Meu deus, was ist denn passiert?«, fragte Lopes besorgt, als er Miguel Duarte an Bord des Wassertaxis half.

»Sieht schlimm aus, oder? Haben Sie einen Spiegel an Bord?«

»Nein, aber Sie können sich über die Kamera Ihres Smartphones anschauen.«

»Natürlich.«

Lopes ließ die Fátima geschickt zurücksetzen, dann beschrieb er einen engen Bogen und rauschte davon. Duarte war zu beschäftigt, seine Verletzung über die Selfie-Funktion zu begutachten, um seine drei Kollegen am Ufer noch eines Blickes zu würdigen.

Sie hörten noch etwas, das nach *entstellt* klang, dann waren sie wieder zu dritt.

»Osaka wäre überhaupt nicht möglich«, stellte Leander Lost fest.

Carlos blies die Wangen auf.

»Senhor Duarte war verärgert, richtig?«

»Ein wenig«, räumte Graciana ein.

»Ach, Spanier machen sowieso immer viel Tamtam um jede Kleinigkeit«, sagte Carlos.

»Trotzdem«, meinte Graciana, »irgendwo in Ihrer Kausalkette liegt ein Denkfehler.«

»Nein«, erwiderte Lost ruhig, »die Kausalkette ist einwandfrei.«

»Vielleicht sind sie eben nicht auf Culatra«, mutmaßte Carlos. »Wenn Figo sich an sein Wort hält, sind sie ohnehin bald frei.«

Graciana warf ihm einen langen Blick zu: »Glaubst du das?«

»Ich weiß nicht.«

Graciana nickte, weil sie mit dieser Antwort gerechnet hatte, und starrte hinaus aufs immer dunkler werdende Meer, als zeichne sich dort irgendwo ein Hinweis auf den Aufenthaltsort der Geiseln ab, wenn man nur intensiv genug schaute. »Ich glaube, wir sind hier richtig. Wir haben nur etwas übersehen.«

Carlos gab ein Brummen von sich, das allerlei bedeuten konnte. Manchmal benutzte er es auch, um sich für ein paar Augenblicke alle Möglichkeiten offenzuhalten. Jedenfalls stand er auf. »Ich bin in zehn Minuten zurück.«

»Wohin gehst du?«

»Ich klär das jetzt auf die portugiesische Art.«

»Ich find den Seesack nicht. Bist du sicher, dass du ihn mitgenommen hast?«

Zé Cancelo, der an der Terrassentür der Küche kniete und zwei Handtücher zusammenrollte, blickte auf.

Belmiro stand im Türrahmen, die Hände auf die Hüften gestützt.

»Ich hab ihn unten in den Laderaum gepackt«, sagte Cancelo nach kurzem Zögern. »Sollte ich zumindest. Nein, so vergesslich bin ich noch nicht.«

Er stand auf. Belmiro ging zum Kühlschrank und goss sich Wasser ein.

»Ist sie tot?«

»Ja.«

»Auch Wasser?«

Zé Cancelo schüttelte den Kopf. »So ein dunkelgrüner Seesack.«

»Ich weiß schon, aber … ich war auch im Laderaum, ich hab alles abgesucht.«

»Merkwürdig.«

»Ich kann ja noch mal gehen.«

Cancelo winkte ab: »Ist gut. Gib den beiden den Orangensaft da«, sagte er und deutete vage zu den Gläsern auf dem Tisch, in denen er die Tabletten aufgelöst hatte. »Ich geh selbst.«

»Okay, dann bis gleich.«

»Ja.« Cancelo zündete sich eine Zigarette an und warf sich seine Jacke über.

»Ist noch ziemlich warm draußen.«

»Trotzdem«, antwortete Zé Cancelo, überprüfte den Weg vor dem Haus nach links und nach rechts und öffnete die Tür erst, als er sicher war, dass man sie nicht beobachtete. Dann verließ er das Haus.

Belmiro hielt die Luft an, bis Cancelo hinter der nächsten Biegung verschwunden war. Dann ging er zu dem Küchenschrank und zog die Schublade auf, in der Cancelo seine Pistole aufbewahrte – sie war noch da. Belmiro schob sie hinten in seinen Hosenbund.

Dann huschte er aus der Küche, schnell über den Flur, wo er im Vorbeigehen in seine eigene Jacke schlüpfte, und zu dem

Schlafzimmer mit den Stockbetten – Imani schlief: Leicht zusammengerollt lag sie auf der Seite und hatte den Mund geöffnet.

Rhona lag hinter ihr, ebenfalls auf der Seite – als wolle sie sie abschirmen. Sie war wach und hob die Lider. In ihrem Blick lag Resignation.

»Er ist weg, wir hauen ab … ich bring euch weg.«

»Was?«

Schnell war er am Bett und schüttelte Imani an der Schulter. »Wir müssen uns beeilen, los, los.« Er versuchte, die Angst aus seiner Stimme zu bannen.

»Mama, was ist? Können wir zurück?«, fragte Imani schläfrig.

Rhona war hin- und hergerissen, ob sie dem jungen Mann glauben sollte oder nicht. War das eine Finte? Tat er das, weil man sie jetzt umbringen würde? Wartete der andere vielleicht im Flur? Mit einer Pistole? Oder seinem scharfen Messer? Wie würde er es machen?

Auf jeden Fall würde sie ihn angreifen. Und sie würde schreien wie am Spieß, sie würde so laut schreien, wie sie noch nie geschrien hatte, über die ganze Siedlung sollte man sie hören. Weder kampflos noch leise würde sie gehen, das hatte sie sich fest vorgenommen.

»Leise und raus hier«, befahl Belmiro und zerrte sie unsanft hoch.

Nein. Die Hektik und auch die Anspannung waren echt. Er hatte Angst.

Schnell federte sie hoch und nahm Imani an die Hand. »Du musst jetzt leise sein, hörst du?«

Ihre Tochter sah sie aus großen Augen an.

»Hast du verstanden?«

Imani nickte.

Dann sah Rhona dem geschmeidigen Belmiro in die Augen. »Warum?«

Weil Zé Cancelo etwas von ihrer Seele zerstört hatte. Weil die Liebe zu ihrem Mann und ihrem Kind ihn sonderbar rührte.

Weil er wettete, sie würde sich mit Cancelo einen Todeskampf liefern, wenn es so weit wäre, der sich gewaschen hatte. Es gab so viel Weils – unmöglich, sie in Worte zu fassen. Sowieso und jetzt ganz besonders. »Du weißt wieso«, sagte er stattdessen in der Hoffnung, sie finde intuitiv aus all den Weils die richtigen. »Wir nehmen den Seiteneingang.«

Ohne eine Reaktion abzuwarten, ging er voran auf den Flur. Niemand da.

Er hatte jetzt beide Pistolen – Cancelos und seine eigene in der Jacke. Rhona folgte ihm mit Imani dichtauf, er nahm ihre freie, versehrte Hand, falls er abrupt die Richtung wechseln musste.

In dem Sekundenbruchteil, in dem er ihn aus den Augenwinkeln wahrnahm, richtete Zé Cancelo auch schon das Wort an ihn: »Was machst du da?«

Belmiro unterdrückte sein Zusammenzucken, so gut es ihm möglich war, und doch spürte er das Erstarren von Mutter und Tochter in seinem Rücken. Schockstarre.

»Du bist ja schon wieder hier.«

»Ja. Ich hoffe, ich komm nicht ungelegen?«

»Was? Ähm ... nein ... wir waren gerade ... wir wollten in die Küche, etwas Orangensaft trinken.«

Zé Cancelo nickte, aber sein Gesicht war starr. Er trat aus dem Vorratsraum, in dem er stand, näher an Belmiro heran. Offensichtlich glaubte er ihm keine Silbe.

»Ist dir kalt? Oder warum die Jacke?«

Belmiro zog blitzschnell die Waffe aus dem Hosenbund und richtete sie gegen seinen Besitzer. »Bleib stehen.«

»Ich stehe. Was soll das?«

»Sie werden nicht sterben.«

»Sterben? Wer hat davon geredet?«

»Du hast gesagt, sie bleiben hier. Du hast gesagt, wir müssen sie nicht tragen.«

»Ja. Das sollen sie auch. Sie werden betäubt, sie schlafen. Wenn sie aufwachen, sind wir in Tanger und längst weg.«

Belmiro schluckte. Konnte das sein? Ein Missverständnis? Wirklich?

»Du dachtest, ich will sie mit dem Saft vergiften?«

»Ja«, brachte Belmiro hervor. Sein Mund war staubtrocken.

»Nélson hatte recht.«

»Womit?«

»Dass du zu diesen afrikanischen Analphabeten gehörst, die keinerlei Ambitionen haben, ihre Unmündigkeit aus eigener Kraft zu verlassen – ich müsste von den Tabletten praktisch ein ganzes Pfund dabeihaben, um jemanden damit umzubringen. Steht auf der Packungsbeilage, die du nicht lesen kannst.«

Jetzt war Belmiros Verunsicherung perfekt. Selbst wenn das alles stimmte, und er überreagiert hatte, konnte er jetzt nicht einfach die Waffe wieder einstecken und so tun, als sei nichts geschehen. Das wusste er. Das wusste Zé Cancelo. Und voneinander wussten sie es auch, es stand unübersehbar in ihren Blicken.

Er hatte nur zwei Möglichkeiten: alleine zu gehen oder mit der Frau und dem Kind. Bleiben konnte er jetzt nicht mehr.

»Ich will dich nicht töten.«

»Ich dich auch nicht.«

Zé Cancelo log.

Belmiro drückte ab. Der Abzugshahn klackte trocken ins Leere.

Was ihn zutiefst verstörte, war der Umstand, dass sich Cancelos Gesichtsausdruck kein bisschen änderte. Der hob seine nach unten gewölbte linke Hand, in der sechs Projektile lagen. »Ich lass die Waffe nie geladen in der Schublade.«

Das Letzte, was Belmiro sah, war Zé Cancelos rechter Arm, der mit einem dunklen Stab in der Hand so schnell in einer Halbkreisbewegung auf ihn zuraste, dass er vor seinen Augen verschwamm, bevor ein infernalischer Schmerz im Zentrum seines Kopfes explodierte.

Das *A TasKa* lag vom Hafen aus gesehen rechter Hand, der untere Teil kniehoch in Bordeauxrot gestrichen, die Wände in kräftigem Gelb. Der breite Eingang verbarg sich unter einem Arkadengang, der gleichzeitig die Terrassentische überdachte: wie so oft an der Algarve rote Plastikstühle an Tischen mit rot-weißen Decken.

Der Eingang verfügte über keine Tür und wurde zu beiden Seiten mit drei rot gestrichenen, vertikalen Brettern flankiert, auf denen jemand links eine verzierte Gabel gemalt hatte und rechts ein Messer. Drinnen fanden neun Tische Platz, die sich bis zur raumfüllenden Theke erstreckten.

Zu dieser Zeit befanden sich hier ausschließlich Einheimische, die neue und alte Geschichten austauschten und es sich schmecken ließen. Eine hochgewachsene, sehr dünne Kellnerin, die aussah, als würde sie unter dem Gewicht der Speisen auf ihrem Tablett jeden Moment entzweibrechen, jonglierte die neuen Bestellungen und die benutzten Teller und Gläser zwischen den Tischen und der Theke hin und her.

Hinter der stand Lidia und goss vier Gläser Medronho ein. Als jemand an die Theke herantrat und sie den Blick hob, stutzte sie kurz und lächelte dann breit und warm. Sie war ohnehin wach und aufmerksam, aber jetzt gesellte sich noch ein anderer Glanz in ihre Augen. »Carlos.«

Er nickte.

Sie tauschten das Lächeln zweier Menschen, die eine schöne Zeit miteinander gehabt hatten und die nicht umhinkonnten, zufrieden in die Welt zu schauen, wenn die Erinnerung daran sie einholte. Das Leben hatte ihre Wege auseinandergeführt, aber sie trugen einander nichts nach außer Zuneigung.

»Wie geht es José und den Kindern?«

»Wunderbar«, antwortete sie, öffnete ihm ein Bier und stellte es auf die Theke. »José ist in der Küche. Und die Kinder … ich glaube, die spielen noch am Wasser. Geht's dir gut?«

Sie stellte ihm zwei Schälchen mit Oliven und einer Makrele in Öl mit Zwiebeln und Petersilie dazu.

Carlos nahm einen langen Schluck. »Ich merk gerade, was für einen Hunger ich habe.«

Lidia musste schmunzeln.

»Und wie geht's dir?«

Für ein paar Sekunden vertieften sich ihre Lachfältchen: »Tja … Ich wollte aus meinem Leben ja ein Gemälde machen, wie du weißt, aber … es ist bei einem Rohentwurf geblieben. Aber der beste, den ich mir vorstellen kann. Arbeitest du noch bei der Kripo?«

»Deswegen bin ich eigentlich hier«, sagte er und senkte die Stimme, während er die Makrele probierte – ein Gedicht –, »ich brauche einen Tipp. Und ich brauche ihn schnell und diskret.«

Es war, als hätte jemand einen kleinen Kiesel in einen dunklen Teich geworfen. Esteves' Ersuchen verbreitete sich zwei Minuten, nachdem er es geäußert hatte, in verschwiegenen konzentrischen Kreisen in Culatra. Die Gäste verließen das A TasKa und schwärmten aus. Klopften leise an. Wisperten in der hereinbrechenden Nacht. Holten Neuigkeiten ein.

Hier kannte jeder jeden. Nichts blieb verborgen. Keine Schwangerschaft, kein Gebrechen eines Haustieres, keine kaputte Reuse, einfach nichts. Ein stilles, kleines und höchst effizientes Netzwerk, das keine zehn Minuten später Früchte trug: Mann um die fünfzig, vermutlich in Portugal geboren, angolanischer Akzent. Dann noch ein Schwarzer um die dreißig, Angolaner. Frau und Mädchen. Beide nie draußen. Und ein neues Boot in der Bucht, das niemandem gehörte, den man kannte: *Ovelha Negra*.

Mit jedem weiteren Wort spannte Carlos sich. Das war es. Genau das, was sie suchten. Sie waren hier, ganz so, wie Lost es vorausgesagt hatte. Bloß hatten sie das Haus nicht über eine Onlineplattform angemietet, sondern über zwei, drei Kontakte. Jemand aus dem Alentejo, der jemanden kannte, dessen Freund hier Urlaub machen wollte und so weiter.

»Wo finde ich die?«

»Hundert Meter nach links, Carlos. Direkt am Wasser.«

Lidia schob ihm einen Schlüssel über die Theke: »Seiteneingang. Unser Nachbar hat ihn gerade eben von der Haushälterin organisiert. Sie sagt, die Gäste wünschten keine Reinigung und keine neuen Handtücher und auch keine frische Bettwäsche, bis sie abreisen.«

Auch das passte. Er steckte den Schlüssel ein. »Ich bin euch was schuldig, Lidia, obrigado.«

»Bist du nicht. Oder doch … eines.«

»Was?«

»Cuida de ti – gib auf dich acht, Carlos Esteves.«

Carlos räusperte sich leise, als er den Schlüssel zu dem Seiteneingang zückte.

Graciana hatte sich an die Wand neben ihn gepresst, die Glock im Anschlag. Leander Lost hatte direkt hinter ihm Aufstellung genommen. Auch er war schussbereit und zielte bereits über Carlos' Schulter hinweg auf die Tür – und auf den Mann dahinter, wenn dort einer stehen sollte.

Sie waren im Schutz der Dunkelheit über den Nachbargarten gekommen und hatten gesehen, dass aus der Küche ein Lichtschimmer durch die Ritzen der geschlossenen Fensterläden nach draußen drang.

Die Sache war heikel, das konnte man Graciana schon an der Nasenspitze ablesen, und auch er, Carlos, bemerkte jetzt einen hauchdünnen Schweißfilm auf seinen Handinnenflächen. Sie kannten sich im Inneren nicht aus. Welcher Raum befand sich wo und war mit welchem wie verbunden? Wo hatten sie Imani und Rhona Lino untergebracht? Wenn die Geiselnehmer klug waren, dann befanden sich Mutter und Tochter auch noch in getrennten Räumen.

Und obwohl sie dank Lidias Informationen von zwei Geiselnehmern ausgehen konnten, war noch lange nicht gesagt, ob sich nicht unbemerkt ein dritter Mann eingefunden hatte. Eventuell Nélson Figo höchstpersönlich. Weder Graciana noch er hatten es angesprochen, aber sie waren sich stumm einig, dass jemand, der einer Geisel einen Finger amputierte, beim Anblick dreier Kripobeamter vor Schreck nicht bewusstlos umfallen würde. Sie hatten so oder so mit Gegenwehr zu rechnen.

»Äh, Senhor Lost«, flüstere Carlos, »schauen Sie mal dahinten auf …«

»Nachts fliegen Möwen nicht«, unterbrach Leander Lost ihn leise. »Und selbst wenn, könnte ich sie nicht sehen. Sie müssen in diesem Fall nicht wie sonst immer diese Ablenkungsmöwe bemühen, damit ich nicht sehe, wie sich eben noch geschlossene Türen auf magische Art öffnen. In diesem Fall besteht akute Gefahr für Leib und Leben Dritter. Ich bin sicher, unser Eindringen wird nachträglich abgesegnet. Und wenn nicht, trage ich mit Ihnen zusammen guten Gewissens die Konsequenzen. Und jetzt lassen Sie uns reingehen.«

Carlos sah zu Graciana, die ihm zunickte.

Ganz sanft führte er den Schlüssel ins Schloss und drehte ihn bis zum Widerstand. Egal, ob er den Druckpunkt langsam oder zügig überwand, es würde ein metallisches Klacken ertönen.

Carlos entschied sich für die schnelle Variante und zog die Tür nach außen auf. Lost zielte genau in Kopfhöhe in den Flur – der leer war. Er nickte Graciana zu, die sich seitlich in den Flur hineindrehte und mit vorgehaltener Dienstwaffe zur ersten Tür schlich, wo Carlos sie einholte. Gleichzeitig richteten sie ihre Schusswaffen in den Raum hinein – ein Badezimmer. Leer.

»Es riecht nach … Gas«, stellte Carlos fest.

»Ich schlage vor«, flüsterte Lost, der einen nachdenklichen Blick auf das zusammengerollte Handtuch am unteren Türspalt warf, das jemand dort an die Tür geklebt hatte, »ich versperre trotzdem den Fluchtweg und wir reißen lieber die Fenster auf.«

Carlos nickte und warf ihm den Schlüssel zu, den Leander

auffing und mit dem er die Tür hinter ihnen wieder abschloss, während Graciana nur einen knappen Meter weiter die nächste Tür alleine absicherte: eine Vorratskammer.

Sie schluckte.

Carlos, der leise näher trat, entdeckte zunächst nur einen verschmierten Blutfleck am Boden. Dann sah er, was sie sah: In der Vorratskammer lag ein Schwarzer, vielleicht Ende zwanzig, Anfang dreißig. Ihm steckte ein Messer fast bis zum Heft im linken Ohr, sein Blick war gebrochen. Für einen Moment verharrten sie im Angesicht dieses brutalen Bildes.

Dann stieg Carlos über den Leichnam hinweg zum Fenster, dessen Griff er bediente. Ein Quietschen ertönte.

Er erstarrte. Graciana auch. Denn aus einem Raum am Ende des Flurs war ein weiteres Geräusch zu hören. Ein Schaben oder Schleifen.

Und schon war Leander Lost an ihnen vorbei. Er ging schnell und zielstrebig. Bevor er die Küche erreichte, aus der der Laut erklungen war, schnappte er sich im Vorbeigehen eine kleine hölzerne Getränkepalette, die an der Wand des Flures lehnte, und betrat mit diesem provisorischen Kugelfang den Raum. Um festzustellen, dass sein Gegenüber den effektiveren Schutz vor seinen Oberkörper hielt: Imani Lino.

Das Kind war bewusstlos oder tot, es hatte die Augen geschlossen. Zé Cancelo hatte den linken Arm um ihren Oberkörper geschlungen und sie unter den Achseln angehoben.

Graciana und Carlos betraten nahezu gleichzeitig die Küche und fächerten nach links und rechts auf, sodass sie mit Lost in ihrer Mitte eine breite Linie bildeten, die nicht als Ziel zu erfassen war.

Auf dem Tisch direkt vor Leander standen zwei leere Gläser, in denen sich Orangensaft befunden hatte. Vielleicht sogar frischer. Direkt daneben befand sich eine prall gefüllte Obstschale mit großen Orangen.

Rhona Lino lag schräg hinter Cancelo auf den Fliesen und

rührte sich nicht. Auch ihre Augen waren geschlossen. Leander sah allerdings, dass sich ihr Brustkorb hob und senkte.

Ein deutlich wahrnehmbares Zischen ging vom Herd aus – Zé Cancelo hatte die Gashähne komplett aufgedreht. Und die Türen mit zusammengerollten Handtüchern versiegelt. Auch die Fenster waren verklebt. Genau das war das Geräusch gewesen, das sie in der Vorratskammer gehört hatten – das Abziehen von Klebeband von der Rolle. Cancelo hatte alles abgedichtet, um die betäubten Geiseln mit dem Gas zu töten. In seiner Abwesenheit. Möglicherweise hätte er auch noch einen simplen Zündmechanismus an der Tür angebracht, damit alles in die Luft fliegen würde, sobald jemand das Haus betrat.

»Polícia Judiciária«, sagte Graciana und bemühte sich um eine ausgeglichene, ruhige Stimme. »Legen Sie das Kind vorsichtig ab und sich selbst auf den Boden, Hände über den Kopf.«

Cancelo blickte ihr direkt in die Augen. Und da wusste sie, dass es nicht Rhona Lino in einem verzweifelten Fluchtversuch gewesen war, sondern er – er hatte dem eigenen Komplizen das Messer ins Hirn getrieben.

»Was willst du machen, wenn ich's nicht tue? Schießen? Nur zu. Dann gibt es einen großen Knall.«

Das stimmte. Der Mündungsblitz würde das Gas, das drückend schwer in der Luft lag, entzünden. Vielleicht würden sie nur am ganzen Körper verbrannt werden, vielleicht würde es auch eine Detonation geben. Vermutlich sogar, wenn genug Gas ausgeströmt war und Zé Cancelo die Schlitze sorgfältig genug abgeklebt hatte.

»Also: Entweder ihr lasst mich gehen oder wir sterben zusammen.«

Mit diesen Worten hob er die rechte Hand, in der er ein knallrotes Feuerzeug hielt, den Daumen auf das kleine Rädchen gelegt.

»Scheiße«, flüsterte Carlos. Er senkte die Waffe ebenso wie Leander und schließlich auch Graciana.

»Wenn Sie jetzt kooperieren, haben Sie der Frau und dem

Mädchen nichts angetan. Ich arrangiere zwischen Ihnen und der Staatsanwaltschaft einen Deal. Sie haben mein Wort«, bot Graciana an.

»Kein Interesse.«

Leander Lost setzte die Palette ab.

»Was wird das?«, fragte Cancelo misstrauisch.

»Wer sagt uns«, entgegnete Leander, »dass Sie beim Rausgehen nicht irgendwas Brennendes reinwerfen und so das Haus in die Luft jagen?«

»Ich schätze, niemand.«

Die Anspannung von Graciana und Carlos war physisch greifbar, ihre Fingerknöchel, die den Knauf ihrer Dienstwaffen umspannten, waren weiß hervorgetreten.

Leander trat beiseite, was ihn fast an den Tisch mit der Obstschale stoßen ließ, und griff in seine Jacketttasche, um den Hausschlüssel hervorzuziehen.

»Wir haben die Seitentür abgeschlossen«, verriet er Zé Cancelo und erntete von Graciana einen verständnislosen und von Carlos einen fassungslosen Blick.

»Wirf her«, befahl der Mann.

Leander Lost nickte und konzentrierte sich. Der Schlüssel würde von ihm zu Zé Cancelo im Flug keine Sekunde zurücklegen. Zum Fangen würde der Mann sicher noch einmal das gleiche Zeitmaß benötigen. Also hatte Leander anderthalb Sekunden für das, was er vorhatte: drei exakt abgestimmte Bewegungen und ein gutes Auge. Ein sehr gutes.

»Dá cá«, forderte Zé Cancelo ihn erneut auf, jetzt eine Spur vehementer.

Leander holte mit rechts aus und schwang seinen Arm nach vorne, um den Schlüssel am Endpunkt der Bewegung aus den Fingern zu entlassen und ihn auf die Bahn einer Wurfparabel zu schicken.

In dem Augenblick, als der Schlüssel sich dem Scheitelpunkt der Flugbahn näherte, öffnete Zé Cancelo seine Hand.

Im gleichen Augenblick schwang Losts rechter Arm zurück. Knapp über dem Tisch öffnete Leander die Finger und packte die oberste Orange. Da hatte der Schlüssel den Scheitelpunkt passiert und ging in die Abwärtsbewegung über.

Leander riss die Orange so hoch, dass sein rechter Daumen die Unterseite der Frucht stützte und die anderen Finger obenauf lagen. Gleichzeitig spannte er mit dem Daumen seiner linken Hand den Abzugshahn seiner Walther P 99 Q und schwenkte die Pistole mit angewinkeltem Arm hoch, presste die Mündung fest auf die Orange und schoss durch sie hindurch.

Der Orangensaft löschte den Mündungsblitz, bevor das Gas sich entzünden konnte, und die Kugel traf Zé Cancelo in dem Sekundenbruchteil, in dem er den Schlüssel fing, ins Schienbein und brachte ihn zu Fall. Er und Imani Lino stürzten zu Boden. Das Feuerzeug entglitt ihm. Als er danach greifen wollte, war Lost schon da und vereitelte das, indem er sich mit einem Fuß auf Cancelos Unterarm stellte.

Graciana war sofort bei ihm, um Cancelos Handgelenke mit Kabelbindern zu fixieren. Carlos Esteves drehte die Gashähne zu, woraufhin das Zischen erstarb.

Und dann riss er endlich die Fenster auf.

TAG SECHS

33.

Nahezu alles fügte sich am Tag von Teresa Fiadeiros Trauerfeier.

Alles, bis auf zwei Dinge.

Eines davon war Nélson Figos erfolgreiche Flucht.

Er hatte den Fahrer eines Wagens mit Waffengewalt gezwungen, ihn bis dicht an die spanische Grenze zu fahren, genauer gesagt bis zu einem Waldstück am Grenzfluss Guadiana. Dort hatte er den Mann ausgesetzt und war Richtung Spanien davongefahren. Bei dem Mann handelte es sich um einen Beamten der GNR samt Dienstfahrzeug.

Hier verlor sich Figos Spur. Möglicherweise war er in Spanien untergetaucht, um seine Flucht nach Angola von dort aus zu organisieren. Davon ging Carlos aus. Graciana hingegen glaubte, er würde nicht so lange warten, sondern sich mit gefälschten Papieren über eine Fähre nach Tanger durchschlagen oder sich an der Küste von einem Komplizen an Bord eines Schnellboots nehmen und über die Straße von Gibraltar transportieren lassen.

Nur Leander Lost kam die Geschichte merkwürdig vor. »Warum ausgerechnet einen Polizisten zur Geisel nehmen?«, fragte er.

Carlos Esteves deutete ein Achselzucken an: »Ist das wichtig?«

»Vielleicht. Ich bin mir noch nicht im Klaren.«

»In Spanien hätte sich ein Polizist nicht so leicht überrumpeln lassen«, meinte Miguel Duarte mit dumpfer Stimme. Er trug eine hellbraune, nach innen gepolsterte Nasenschiene, die den frisch begradigten Nasenrücken schützte.

»Nélson Figo ist noch hier«, sagte Leander. »Er ist noch hier und er will es zu Ende bringen. Senhora Flores sollte umgehend nach Lissabon gebracht werden.«

»Wir fliegen morgen früh«, sagte Carlos.

Sie saßen im Antonio in Moncarapacho, und Carlos warf Rúbia ein Lächeln zu, das diese kurz erwiderte. Sie hatten Flores Yola noch gestern Abend bei den Rosados in Fuseta untergebracht. Kein Hotel, kein offizieller Name und rundherum ein Netz aus Nachbarn, Freunden, Bekannten, durch das Graciana über das Auftauchen eines Fremden mehr oder minder sofort informiert worden wäre. Die Virgílo Inglês No. 5 war ein unauffälliger und sicherer Hort.

Zé Cancelo saß in der Gefängnisklinik und verweigerte jegliche Aussage. Über sich selbst, Nélson Figo, den jungen Mann, den er ermordet hatte, und vor allem über seine Auftraggeber.

In seiner Darstellung waren die Linos Zufallsopfer, die er für reich gehalten hatte. Die Entführung sei ein tragischer Irrtum gewesen und von dem Plan einer Vergiftung Yolas wisse er nichts.

Es war offensichtlich, dass er lieber einem hohen Strafmaß der portugiesischen Justiz entgegensah, als die Karten auf den Tisch zu legen und zu kooperieren.

»Warum weint er so sehr?«, hatte Leander Lost noch am Vorabend gefragt, als man Pedro Lino mit seiner Frau und seiner Tochter auf einem Parkplatz kurz vor Lagos unter strengen Sicherheitsvorkehrungen wieder zusammengeführt hatte und der Mann seine Tränen nicht mehr zurückhalten konnte.

In enger Umarmung standen sie reglos da – nur die Körper von Pedro und seiner Frau vibrierten, weil die Illusion der selbstverständlichen Existenz des jeweils anderen der Gewissheit gewichen war, wie zerbrechlich und unwahrscheinlich jeder gemeinsame Moment in diesem Leben war. Und dass sie sich als vom Glück geküsst betrachten konnten, einander zu haben.

»Das sind Freudentränen«, hatte Graciana mit belegter

Stimme gesagt und sich unauffällig über die Augen gewischt. »Er weint vor Glück, Senhor Lost.«

Auch Carlos hatte bei diesem Anblick für ein paar Augenblicke vergessen, von seinem Hähnchen-mit-Mayo-und-Gemüse-Wrap abzubeißen.

Die Linos würden noch heute in einen vierzehntägigen Urlaub auf Madeira fliegen, wo sie von zwei Experten für die Wiedereingliederung von Geiseln in den Alltag betreut werden sollten, um unter anderem posttraumatischen Belastungsreaktionen zuvorzukommen.

Das andere Ding, das sich nicht fügte, war, dass Leander noch im António zwei Wochen Soforturlaub beantragt hatte.

»Zwei Wochen? Sofort? Ist was passiert?«, hatte Graciana gefragt.

Der Alemão schüttelte den Kopf: »Nein. Ich gehe mit Eva Fiadeiro nach Coimbra, wir fliegen morgen. Wir wollen versuchen, Eltern zu werden.«

Leander entnahm den beiden starrenden Gesichtern ein Gefühlsspektrum zwischen Fassungslosigkeit und purer Überforderung.

»Keine Sorge«, sagte er deshalb, »wenn es nicht gleich funktioniert, nehme ich noch mal Urlaub. Wir sind beide gesund, es kann nur eine Frage der Anzahl der Versuche sein.«

Die beiden sahen erst sich an, dann ihn, dann wieder sich. Und schwiegen. Und sahen aus, als würden sie sehr intensiv über seine Worte nachdenken.

»Ich glaube, ich weiß, was Sie bewegt«, fügte er deshalb hinzu. »Entweder werde ich mich in den Norden Portugals versetzen lassen oder … oder Eva kommt nach ihrer Habilitation hier nach Fuseta.«

»Weiß Soraia das?«, fragte Graciana Rosado ihn. Und etwas, was sonst immer in ihrer Stimme mitschwang – Leander nannte das *Die Sonne kitzelt von innen* – fehlte jetzt. Ein warmer Unterton, vertraut und zugewandt, der auf unerklärliche Weise abhandengekommen war. Und mit einem Mal klaffte da etwas zwischen Graciana und ihm.

»Nein.«

Seine Vorgesetzte nickte, als habe sie mit dieser Antwort gerechnet.

»Sollte sie?«

»Ist das Ihr Ernst?«, mischte Carlos sich ein, seine Augenbrauen waren so nah zusammengezogen, dass sie beinahe eine durchgehende Linie bildeten. »Sie kennen sich doch gar nicht, Eva und Sie.«

»Sie ist Aspergerin. Wie ich. Wir beide würden einen NT in einem Eheversuch vermutlich in den Wahnsinn treiben.«

»NT?«

»Einen neurotypischen Menschen. So wie Sie, Senhor Esteves oder Senhora Graciana. Normale Menschen mit Antennen für Empathie und mit emotionaler Intelligenz. Oder wie Soraia.«

»Es wäre fair, wenn Sie ihr das sagen«, ließ Graciana ihn wissen.

»Aber … es ist meine Privatangelegenheit.«

»Nein«, sagte Graciana entschieden.

»Nein?«

»Nein. In dem Augenblick, in dem Sie den Lebenslauf zweier Menschen alleine entscheiden, ist das nicht mehr Ihre Privatangelegenheit, sondern die Privatangelegenheit zweier Menschen. Und es ist fair, wenn der andere erfährt, dass man für ihn mitentscheidet.«

»Aber ich entscheide nicht für Ihre Schwester.«

»Doch, das tun Sie.«

»Aber Soraia hat überhaupt nichts damit zu tun.«

»Ja? Denken Sie das?«

»Ich wüsste nicht, was.«

»Und was, Senhor Lost, was ist, wenn meine Schwester Sie liebt?«

Ihre dunkelbraunen Augen nagelten ihn auf seinem Platz im António fest.

»Mich?«

»Ja. Sie.«

»Aber …«

Dann passierte etwas, was ihm nie unterlief – oder höchst, höchst selten: Ihm fehlten die Worte. Allerdings konnte Leander sofort analysieren, wieso.

Weil die Prämisse seiner bisherigen Betrachtungen infrage gestellt wurde.

Was ist, wenn meine Schwester Sie liebt?

Eine Option, die er in seine Überlegungen nicht miteinbezogen hatte. Ihn *lieben?* Einen Asperger?

Das war so abwegig, als würde jemand behaupten, die Schwerkraft habe plötzlich ausgesetzt. Der Gedanke erschien ihm absurd.

War er je geliebt worden? Außer natürlich von seiner Mutter, deren innige Verbundenheit mit ihm im Wesentlichen das Resultat eines evolutionären Programms war? Liebte nicht jede Mutter ihr Kind nur dafür, dass es existierte?

Nachdem Leander sich einen kurzen gedanklichen Überblick über seine bisherigen Beziehungen zum anderen Geschlecht gemacht hatte, war er sich sicher: nein. Da war Interesse gewesen, punktuell auch Wertschätzung, aber eine innige Verbundenheit, mehr noch, ein Bejahen seiner ganzen Person ohne Wenn und Aber, ab jetzt für immer, mit Haut und Haaren, bedingungslos mit ihm alt werden zu wollen, das war ihm nie begegnet.

Oder hatte er es nur nie erkannt?

Tauchte Soraia etwa nicht in der Villa Elias auf, um im Zuge ihres Putzfimmels dort alles auf Vordermann zu bringen, sondern weil das nur ein Vorwand war, um seine Nähe zu suchen? Und wenn sie zusammen kochten oder Ausflüge unternahmen, war es da nie primär um das Essen gegangen und die Landschaft, sondern … um ihn?

Ihm wurde beinahe schlecht bei der schieren Anzahl der Begegnungen mit Soraia, die es unter diesem Aspekt neu zu bewerten galt.

Und dieses Gefühl nahm nicht etwa ab, sondern zu, als Leander sich vorstellte, sie habe alles das nur getan, um in seiner Nähe zu sein.

Aber letztlich war es undenkbar, dass Soraia die Gesamtheit seiner Defizite in Kauf nahm, um den Rest ihres Lebens mit ihm zu verbringen. Und wenn: Sie würde damit schnurstracks in ihr Unglück rennen. Und da er sie schätzte, nicht müde wurde, ihre Grübchen zu betrachten und den Geruch ihrer Haut zu atmen und sie zu den ganz wenigen gehörte, deren Berührung ihn nicht erstarren ließ (und die er, genau betrachtet, mochte), durfte er das keinesfalls zulassen.

»Dann ist es das Beste, was ich für sie tun kann«, antwortete Leander deshalb Soraias Schwester. »Nach Coimbra zu gehen. Ich betrachte mich nicht als vollständigen, zugehörigen Menschen. Ich bin ein wandelnder Mangel. Und, das ist das Schlimme, ich werde es niemals ändern können. Bis zu meinem Lebensende nicht. Nie. Und deshalb kann ich in puncto Lebensgemeinschaft für einen NT niemals eine sinnvolle Wahl sein.«

»Sie sind kein Mangel, Sie … Sie sind eine Bereicherung, Sie Idiota«, brach es aus Carlos Esteves heraus, der nie geglaubt hätte, dass ihm das mal über die Lippen käme. Und bevor er ein *zumindest meistens* nachschieben konnte, um seine Aussage zu schmälern und sich weniger nackt zu fühlen, schenkte Graciana ihm ein dankbares Lächeln, ihn so gesehen haben zu dürfen. So nackt.

Die Zusammenführung von Lob und beleidigender Kritik in einem einzigen Satz durch Carlos Esteves hatte Leander durchaus beschäftigt. Was ihn aber nicht hatte schlafen lassen, war Soraia.

Er hatte sich lange in seinem Bett in der Villa Elias hin und her gewälzt und tief in sich hineingehorcht, weil ihm die Sache keine Ruhe ließ.

Rational betrachtet hatte er alles bedacht, analysiert und beleuchtet. Ja, dass Soraia sich tatsächlich zu ihm hingezogen fühlte, konnte er nicht ausschließen. Auch wenn ihm ein Rätsel bleiben sollte, wieso, aber darum ging es im Augenblick nicht. Die Frage, die ihm den Schlaf raubte, war, wie es in ihm aussah.

Wenn er mit Eva Fiadeiro nach Coimbra gehen sollte, um dort ein neues Kapitel in seinem Leben aufzuschlagen. Um eine Familie zu gründen. Was wäre dann? Würde Soraia ihm fehlen? Würde er sie vermissen? Mehr vermissen als einen Menschen, mit dem er gerne Zeit verbrachte?

Und da er darauf auch morgens um drei noch keine Antwort gefunden hatte, stand er auf und ging vom Zirpen der Grillen begleitet splitternackt hinunter zum Pool, der wie ein dunkles Stück Moor vor ihm lag und in dem sich der Sternenhimmel spiegelte.

Leander sprang hinein und ließ sich mit ausgebreiteten Armen und Beinen in die Dunkelheit sinken, ließ sich von der Schwärze umfangen, während das Leuchten der Sterne über ihm verblasste und er schließlich am Boden des Pools eins wurde mit dem Nichts, das sich mit einer vollkommenen Stille verband.

Und genau dort erwartete ihn die Antwort: Ja, mit Soraia war die Sonne auf der Haut immer etwas wärmer, die Augenblicke immer die entscheidende Spur tiefer und – ganz entscheidend – an ihrer Seite war er frei. So frei, wie ein Mensch sein konnte.

Soraia hatte mehr Verständnis als Graciana oder Carlos für Leanders Entscheidung, und das, obwohl es sie am meisten betraf. Noch in der Nacht hatte ihre Schwester ihr auf der Terrasse bei einem späten Glas Wein von Leanders Plänen erzählt. Und war dann vom Schlaf überrascht worden. Mitten auf dem Gartenstuhl, das Weinglas umklammert.

Soraia hatte ihr eine Decke übergelegt, vorsichtig die Schuhe abgestreift und dann das Glas sanft entwunden.

Im Kerzenschein des Windlichts, das offenbar auch zwei Geckos zum Bleiben einlud, die kopfüber an der Decke der überdachten Terrasse hingen, betrachtete sie Gracianas entspanntes Gesicht, jede kleine Falte, jede Kontur, der Schwung der Lippen, die feine Nase.

TAG SIEBEN

34.

Der 20. Mai 2017 war wolkenfrei, und als wolle dieser Tag Leander Lost den Abschied besonders schwer machen, wartete der Himmel über der Algarve mit einem besonders opulenten Azur auf. Es war nahezu windstill, als Soraia Rosado mit ihrem betagten R4 zum Flughafen nach Faro fuhr.

Es war kein Masochismus, der sie dorthin trieb, sondern die Sorge davor, sich später unzählige Male vorzuwerfen, es nicht getan zu haben.

Sie setzte sich in das Café direkt gegenüber den Personenkontrollen und wartete.

Zuerst kamen Carlos und ihre Schwester in Begleitung von Flores Yola, die sie nach Lissabon begleiten würden. Soraia sah, wie Graciana und Carlos die Angolanerin in die Mitte nahmen und sich immer wieder nach allen Seiten umsahen, bis ihr Handgepäck kontrolliert worden war und sie in den Abflugbereich durchgelassen wurden und sich ihren Blicken entzogen.

Wenig später tauchten Leander und Eva Fiadeiro auf. Die Anzeigetafel verriet, dass ihre Maschine nach Porto nur zehn Minuten nach derjenigen nach Lissabon abheben würde.

Als die beiden vorbeiliefen, versetzte es Soraia einen kleinen Stich, dass Leander, der einmal in ihre Richtung zu blicken schien, sie nicht bemerkte oder erkannte. Oder nicht erkennen wollte.

Jedenfalls drehte er sich weg und passierte mit Eva Fiadeiro ebenfalls den Kontrollbereich. Und entschwand damit wohl aus ihrem Leben.

Während er mit Eva Fiadeiro in den Abflugbereich wechselte, schaute Leander durch die transparente Wand noch einmal zurück in die Halle des Flughafens und entdeckte Soraia Rosado, die an dem Tisch eines Cafés saß. Er winkte ihr ausgiebig – allerdings, ohne von ihr bemerkt zu werden.

»Wem winkst du?«, fragte Eva.

»Der Schwester von SubInspektorin Rosado.«

»Was macht die hier?«

»Ich nehme an, sie hat sich von ihrer Schwester verabschiedet. Die fliegt mit Flores Yola nach Lissabon.«

Der Abflugbereich des Flughafens bestand aus einer sehr großen Halle, in der sich Bistros, Bars, Boutiquen, Duty-Free-Shops und Wartebereiche mit bequemen Sitzbänken und auch -liegen abwechselten. Dabei bildeten die Geschäfte linker Hand eine durchgehende Fassade. Der Rest war mitten in der Halle platziert worden, sodass der Gesamteindruck an einen riesigen Markt erinnerte, durch den die Reisenden flanierten, einkauften und sich die Zeit vertrieben.

Wie Leander anhand der digitalen Monitore sehen konnte, die über Abflüge des Tages samt Abflugzeit und Gate informierten, ging Flug TAP 1924 pünktlich nach Lissabon, das Boarding sollte in einer Viertelstunde stattfinden.

Eva und er setzten sich nebeneinander auf eine der gepolsterten Sitzbänke. Sie zückte aus ihrem kleinen Reiserucksack, in dem sie auch die fünf Walnüsse beherbergte, ihr Sudoku-Buch. Leander, der sich gedanklich an der Lösung der gesuchten Ziffern beteiligte, realisierte, wie seine Gedanken sich von den Zahlenreihen entfernten und sich das Bild von der im Café sitzenden Soraia in den Vordergrund schob. Wenn sie sich von Graciana verabschiedet hatte, wieso hatte sie dann nicht schon den Rückweg nach Fuseta angetreten?

Gegenüber saß eine kleine portugiesische Familie: Vater, Mutter, Sohn und Tochter. Die Tochter war noch sehr klein und weinte. Die Mutter lächelte das Mädchen an und sprach leise auf es ein und wischte ihm sanft die Tränen weg und machte dann ein ungeheuer überraschtes Gesicht. Eine nicht schwer zu entschlüsselnde Mimikkombination. Sie deutete hinaus in den Himmel, und Leander dachte, sie würde ihre Tochter mit einem startenden oder landenden Flugzeug ablenken wollen.

»Hast du das gesehen, Maria?«

Das Kind wandte sich um und schaute in die Richtung, in die die Mutter deutete.

»Da in der Wolke?«

Tatsächlich hatte sich eine einsame Wolke in den Himmel verirrt, was es Leander (wie wohl auch Maria) erleichterte, die Wolke zu identifizieren, auf die die Frau sich bezog.

»Was denn?«, fragte das Kind.

Genau das fragte Leander sich auch.

»Ich glaube, da war ein Engel.«

Dem Kind klappte vor Erstaunen die Kinnlade runter.

»Wo?«, hauchte es.

Auch das eine Frage, die ganz in Leanders Sinne war.

»Siehst du das kleine Loch links in der Wolke?«

»Ja.«

»Das war eben noch nicht da, da ist er durchgeflogen.«

Ein Engel, dachte Leander, wirklich? Das wäre ja eine handfeste Sensation.

»Vielleicht kommt er ja noch mal zurück.«

Die Mutter hob ihre Tochter auf ihren Schoß, legte ihre Wange sanft auf Marias und so schauten sie zusammen zu der Wolke (wie Leander).

»Vielleicht ist er uns ja auch vorausgeflogen und wir können ihn heute Abend noch mal sehen.«

Und dann begann sie, Maria etwas über Engel zu erzählen, ihre gefiederten Flügel, die unterschiedlichen Engel, die es gab, ihre Namen, ihre Fähigkeiten, ihre …

»Unverantwortlich«, hörte Leander neben sich und erfasste jetzt erst, dass Eva Fiadeiro das Sudoku beiseitegelegt hatte und der kleinen Unterhaltung ebenfalls gefolgt war. »Wie kann man einen gutgläubigen Kopf nur mit so einem Unsinn füllen? Das würd ich nie machen.«

»Wir könnten das gar nicht«, stellte Leander nachdenklich fest.

»Ja. Ein Glück.«

»Sehr geehrte Reisende und Mitarbeiter«, erscholl eine Durchsage, »wir bitten um Ihre Aufmerksamkeit für eine dringende Durchsage: Aus technischen Gründen sind zurzeit keine Flugabfertigungen möglich. Bitte verlassen Sie den Wartebereich und kehren Sie zurück in die Ankunftshalle.

Alle Abflüge entfallen auf unbestimmte Zeit. Ankommende Flüge werden auf andere Flughäfen umgeleitet. Unsere Mitarbeiter in der Ankunftshalle informieren Sie darüber im Einzelnen. Wir möchten Sie nun bitten, den Wartebereich umgehend auf dem Weg zu verlassen, auf dem Sie gekommen sind – über den Kontrollbereich.

Bitte bewahren Sie Ruhe. Wir versuchen, den Flugbetrieb so schnell wie möglich wieder aufzunehmen.«

Ein kollektives Raunen und Seufzen ertönte. Sofort entstand Unruhe und die Reisenden umringten Flughafenmitarbeiter oder nahmen ihr Handgepäck und gingen kopfschüttelnd und fluchend zurück. Mitarbeiter in den Läden tauschten irritierte Blicke. Auf den Anzeigetafeln wurde die Spalte der Abflugzeiten in jeder Zeile durch ein Wort ersetzt: *canceled.*

Da entdeckte Leander Lost seine Kollegen und Flores Yola. Sie standen keine zwanzig Meter weiter zusammen mit einem Mitarbeiter des Sicherheitspersonals, der an seiner Uniform als solcher zu erkennen war.

Während Graciana gerade ihren Dienstauswies vorzeigte, wimmelte Carlos Esteves – der sich mit einem neuen Jackett herausgeputzt hatte – Passagiere ab, die ebenfalls mit dem Mann sprechen wollten.

Eva Fiadeiro hatte das Sudoku-Buch wieder verstaut und den Rucksack geschlossen. Sie stand auf.

»Sollen wir warten oder lieber in ein Hotel gehen?«, fragte sie.

»Warte bitte einen Augenblick«, bat Leander und ging zu seinen Kollegen hinüber, wo der Sicherheitsmann jetzt seinen Weg fortsetzte.

Die Mienen von Graciana und Carlos waren ernst. Sie sahen nach allen Seiten, auch zu den Gängen und Fluren im ersten Stock.

»Es ist eine Bombendrohung«, ließ Graciana ihn leise wissen, »sie räumen alles und haben eine Staffel Sprengstoffspürhunde und ein Entschärfungskommando angefordert. Die Bombe soll sich irgendwo hier in dem Wartebereich befinden.«

»Aber bei der Durchsage wurde davon nichts erwähnt«, sagte Leander.

Carlos seufzte: »Die technischen Gründe, die behauptet worden sind, waren nur ein Vorwand, Senhor Lost, damit keine Massenpanik ausbricht. Wenn die Leute Bombe hören, rennen sie sich am Ende gegenseitig tot.«

»Das ist er!«, sagte Leander sofort. »Nélson Figo.«

Die drei sahen ihn überrascht an.

»Wie kommen Sie darauf?«

»Durch den Polizisten. Etwas hat die ganze Zeit nicht gestimmt. Warum hat Nélson Figo ausgerechnet einen Polizisten überwältigt und sich auch noch von ihm fahren lassen?«

»Vielleicht, weil es zufällig das erste Auto war, das ihm begegnet ist«, meinte Carlos Esteves, schüttelte dann aber auch gleich den Kopf, »nein, Sie haben recht, das Risiko war groß, einen bewaffneten Polizisten zu entführen. Er muss einen guten Grund dafür gehabt haben.«

»Ja. Und der Grund ist, dass der ihn zweifelsfrei erkennen

würde. Figo ist zur Fahndung ausgeschrieben. Dem Kollegen in dem Streifenwagen blieb während der Fahrt genug Zeit, um sich Figo anzusehen. Anders gesagt: um festzustellen, dass er den gesuchten Flüchtigen im Auto hat. Nélson Figo konnte mit großer Wahrscheinlichkeit davon ausgehen, dass wir der Aussage eines Polizisten viel größeren Glauben schenken als der eines zivilen Fahrzeugbesitzers, der Figo vermutlich gar nicht genau erkannt hätte.«

»Und die Folge ist«, schloss Graciana, die Leanders Gedankengang begriffen hatte, »dass wir Figo als entweder nach Spanien oder schon übers Meer nach Nordafrika geflüchtet betrachtet haben.«

»Ja. Er hat uns in Sicherheit gewiegt. Dabei war es sein Plan, unbehelligt zurückzukehren.«

Langsam und stetig lichtete sich die Menschenmenge um sie herum, die mehr und mehr zu den Ausgängen strömte. Und obwohl es einige dabei sehr eilig hatten, verlief die Räumung des Bereichs überwiegend ruhig.

»Aber seine Umkehr macht nur Sinn, wenn er weiß, dass ich noch am Leben bin«, schaltete Flores Yola sich ein.

»Das stimmt allerdings«, sagte Carlos Esteves.

»Ja, das ist richtig«, gab Leander zu, »aber wir wissen inzwischen, wie umsichtig Nélson Figo vorgeht. Er weiß zwar, dass Sie in die Klinik gefahren worden sind, aber die Bestätigung Ihres Todes hat er nicht. Auch wenn ein Ärzteteam gegen eine Vergiftung mit Rizin machtlos ist. Und wir wissen auch, dass er mit verschiedenen Identitäten und dazugehörigen Papieren ausgestattet ist, die einer Sicherheitsüberprüfung problemlos standhalten. Es ist durchaus vorstellbar, dass er mit solchen Papieren in der Klinik aufgetaucht ist und sich persönlich versichern wollte. Heute Morgen, beispielsweise.

Und zwar, weil er von Zé Cancelo nichts mehr gehört hat. Ich bin mir sicher, dass Cancelo ihm, auf welchem Kanal auch immer, von der Ermordung der Geiseln und seiner Abreise berichtet hätte. Dass Nélson Figo diese Nachricht nicht erreicht hat, hat ihn offensichtlich alarmiert.

Aber unabhängig davon, ob er hier ist und hinter der Bombendrohung steckt oder nicht, haben wir nichts zu verlieren, wenn wir jetzt so handeln, als wäre er da.«

Graciana und Carlos nickten. Dagegen war in der Tat nichts einzuwenden.

»Und was will er dann mit der Bombendrohung bewirken?«

»Dass der Wartebereich geräumt wird«, antwortete Leander.

»Schon klar. Aber: Was ist sein Plan?«

»Er will«, so Flores Yola, »dass wir den Bereich hier verlassen und in die Ankunftshalle zurückgehen. Dort gibt es den Zugang über die Handgepäckkontrolle, da passen maximal drei Leute gleichzeitig durch. Wie bei einem Flaschenhals.«

Graciana nickte: »Das macht Sinn, ja. Er könnte dort warten. Wie bei Teresa. Mitten in der Menschenmenge. Da könnte er sich Ihnen und uns vermutlich fast unbemerkt nähern.«

»Aber er könnte wohl kaum mehr fliehen«, wandte Carlos ein.

»Meinen Sie«, merkte Flores Yola an, »Nélson Figo würde in Luanda nach meiner Rede vor den Parlamentariern in Lissabon noch ein schönes Leben haben?«

Wieder ertönte die Durchsage des Sprechers.

Der Flughafen in Faro leitete Sicherheits- und Zollpersonal und auch bestimmte Reisende, meist VIPs, durch einen gesonderten Gang, der an den üblichen Sicherheitsbereichen vorbeiführte. Eine lange Schleuse. An beiden Enden von bewaffnetem Personal bewacht.

Graciana wies sich bei dem Mann an jener Sicherheitstür aus, hinter der der Gang Richtung Wartebereich begann: »Sub-Inspektor Graciana Rosado von der Polícia Judiciária Faro. Das sind die Sub-Inspektoren Esteves und Lost. Wir haben eine gefährdete Person in unserer Obhut, Senhora Yola, und müssen davon ausgehen, dass die Bombendrohung dazu genutzt wird, uns zurück in die Ankunftshalle zu schleusen. Das müssen wir unbedingt umgehen.«

Der Mann sah sich ihren Ausweis sehr genau an und musterte die anderen. »Ich brauche alle Ihre Ausweise, bitte.«

Es vergingen gute fünf Minuten, in denen er auch den anderen Dokumenten dieselbe Aufmerksamkeit schenkte wie Gracianas Dienstausweis und er sie anschließend per Funk ankündigte, bevor er ihnen den Durchlass gewährte.

Carlos Esteves ging voran, es folgten Leander Lost und Flores Yola, Graciana Rosado bildete das Schlusslicht.

Der Flur war lang und eintönig und fensterlos. Er beschrieb nur einmal eine Biegung, um dann vor einer Tür zu enden, die das Pendant zu jener bildete, vor der sie sich hatten ausweisen müssen.

Sie stoppten und hörten das mechanische Klacken des Schließmechanismus, bevor die Tür aufschwang und sie ein Polizist in Uniform erwartete.

»Wir sind …«, begann Carlos.

Der Polizist schoss ihm aus nächster Nähe viermal in die Brust und Carlos stürzte getroffen zu Boden.

»Zurück!«

Graciana riss Flores Yola hinter sich und schubste sie zurück.

Das war also der Plan gewesen. Figo hatte darauf gesetzt, dass sie die Bombendrohung als Teil seines Planes begreifen würden und ihn auf diese Weise durchkreuzen wollten.

Leander zog seine Dienstwaffe, aber er war zu langsam, weil Nélson Figo seine schon schussbereit in der Hand liegen hatte. Der legte mit der Bobcat genau an. Und feuerte.

Die Kugel verfehlte Leander – aber sie traf wie vorgesehen die flüchtende Flores Yola von hinten in den Unterarm und riss sie von den Beinen.

Der nächste Schuss kam aus dem Nichts.

Figos Körper erstarrte, der Griff um die Bobcat wurde schlaff, die Pistole polterte zu Boden. Und dann kippte der Mann mit fassungslosem Staunen nach vorne und gab den Blick frei auf den am Boden liegenden Carlos, der von hinten auf ihn gefeuert hatte – in seinem neuen Kevlar-Jackett.

Graciana, ebenfalls die Waffe in der Hand, sicherte Leander Lost, der sich neben Figo hockte und ihn auf den Rücken drehte. Aber von dem Mann ging keine Gefahr mehr aus. Er war tot.

»Carlos?« Gracianas Stimme war etwas zu hoch und bebte in Sorge.

»Gut«, keuchte der und setzte sich unter Schmerzen gegen die Wand, wo er die Waffe ablegte und sich dort unter das Jackett griff, wo die vier verformten und gestauchten Projektile feststeckten.

Leander Lost sah zu ihm und wartete, bis Carlos Esteves den Blick erwiderte. »Da ist was, was ich Ihnen auch noch sagen wollte, Senhor Esteves: Sie sind auch eine Bereicherung, Sie Kretin.«

Den Kretin hatte Leander Lost sich zurechtgelegt, weil er Esteves' etwas ungelenkes Kompliment auf vornehme Weise variierte.

Mit genau einer Stunde Verspätung nahm der Flughafen Faro seine Arbeit wieder auf. Für die geräumten Maschinen wurde ein erneutes, schnelles Boarding durchgeführt. In der Ankunftshalle hatten sich lange Schlangen vor den Schaltern gebildet. Davon abgesehen war vor einer Stunde auch noch ein Notarztteam durch die Halle gestürmt, angeführt von Polizisten mit Maschinenpistolen. Was genau passiert war, erfuhr man allerdings nicht.

Soraia saß immer noch in dem Café und trank ihren dritten Bica.

Soeben ging das vertraute Klackern durch die »Departure«-Anzeigetafel, die Plätze wurden neu gemischt. Kommende Abflüge rückten auf. Und diejenigen, die sich jetzt schon in der

Luft befanden, verschwanden von der Anzeigetafel. Ganz oben stand der Flug der portugiesischen TAP nach Porto. Soeben abgehoben.

Als der Kellner einen Blick über die Tische warf, gab Soraia ihm ein Zeichen. Sie suchte in ihrer Handtasche nach der Brieftasche, als jemand zu ihr trat. Sie blickte auf: Leander.

Im ersten Augenblick war sie viel zu perplex, um zu realisieren, dass er vor ihr stand – und sich nicht auf dem Sitzplatz neben Eva Fiadeiro auf dem Flug nach Porto befand.

»Deine Maschine hat gerade abgehoben.«

»Evas. Ich bleibe hier.«

Soraia erhob sich. Wenn sie sich etwas strecken würde, könnte sie ihn küssen. Im Augenblick starrte sie nur auf seinen Kehlkopf.

»Wolltest du nicht Vater werden?«

»Ja.«

»Und warum bist du dann nicht an Bord dieses Flugzeugs?«

»Weil ich … weil … ein Kind das Ergebnis von Liebe sein sollte.«

»Und du sie nicht liebst.«

»Ja.«

»Das tut mir leid, Leander.«

»Das muss es nicht … ich will kein Vater mehr werden.«

»Aber … warum denn nicht?«

»Weil es dabei nicht um mich geht, sondern um das Kind. Um seine bestmöglichen Chancen. Und dafür braucht man den bestmöglichen Vater, und der werde ich nie sein können. Denn ich bin begrenzt, und das werde ich auch immer sein. Ein Kind hat einen besseren Vater verdient.«

»Leander, andere Menschen sind viel begrenzter als du.«

Und dann stellte sich Soraia Rosado auf die Zehenspitzen und drückte ihre Lippen sanft auf seine.

Und dann erwiderte er ihren Kuss.

Bei Eva hatte er die Berührung empfunden, den Kontakt der

Lippen, aber mit Soraia war es anders. Der Kuss erzeugte in ihm ein schönes Gefühl: als wäre er ganz leicht, eine Feder, als würde er ganz sanft durch die Luft schweben und ihm jede Richtung gefallen, in die der Wind ihn tragen würde. Genau so, wie Toninho gesagt hatte.

EPILOG

Flores Yola hielt am Montag, dem 22. Mai 2017, ihre Rede vor dem Wirtschaftsausschuss und dem Auswärtigen Ausschuss des portugiesischen Parlaments in Lissabon.

Drei Monate später trat Präsident José Eduardo dos Santos nicht mehr zur Wahl zum angolanischen Präsidenten an.

Verteidigungsminister João Manuel Gonçalves Lourenço wurde am 26. September 2017 zum neuen Präsidenten vereidigt. Er hatte im Vorfeld angekündigt, die Korruption im Land zu bekämpfen. Die internationale Presse sah in ihm allerdings einhellig eine Marionette des Dos-Santos-Clans.

Nach zwei Monaten im Amt entließ er die amtierenden Chefs der Polizei und des Geheimdiensts, die Präsident José Eduardo dos Santos noch vor der Wahl implementiert hatte. Ebenso traf es jene Herren in Schlüsselpositionen der angolanischen Zentralbank und der Diamantenindustrie.

Der Firma Semba Comunicação ließ Lourenço den lukrativen Auftrag entziehen, den zweiten Kanal des Staatsfernsehens zu betreiben. Die Firma gehört Welwitschea dos Santos und José Paulino dos Santos, weitere Kinder des frisch zurückgetretenen Präsidenten.

Im November 2017 tauchte José Filameno, ebenfalls ein Sohn von dos Santos und Leiter des fünf Milliarden Dollar schweren

Staatsfonds, der dem Wohlergehen des angolanischen Volkes dienen soll und in der Schweiz verwaltet wird, in den »Paradise Papers« auf.

João Lourenço entließ Isabel dos Santos als Chefin des staatlichen Ölkonzerns Sonangol fristlos noch im November 2017.

DANK

… an Heidi und Jens Röver für das Gegenlesen und vor allem für Zaras Vorspeise, die ich auf ihrer Terrasse an einem lauen Sommerabend 2017 genießen durfte.

… an Su Herczog für ihre Anmerkungen in puncto portugiesischer Lebensweise und korrekter Schreibweise – und den Streifzügen durch Lagos' Gastronomie; samt Entenmuscheln.

… an Christoph Höver, der in Fuseta lebt und immer dann, wenn das Internet an seine Grenzen stößt und ich recht knapp vor der Abgabe des Manuskripts stehe, einen Trumpf aus dem Ärmel zieht und mir mit Informationen aus der Patsche hilft.

… an Dr. Reimar Daniel Vogt, meinen persönlichen Senhor Léxico der Medizin.

… an Dr. Stephanie Kratz, der besten Lektorin der westlichen Hemisphäre – wer was Gegenteiliges sagt, lügt auch bei anderer Gelegenheit.

… an meine Frau Ira, die immer dann den rettenden Einfall hat (von Evas Walnüssen bis zum Showdown), wenn ich ihn am dringendsten benötige. Magie vermutlich.

… an Dire Straits, Brooke Fraser, Leonard Cohen, Charlie Cunningham, Midnight Oil und Hans Zimmer, die Leander und mich durch viele Nächte getragen haben.

Asperg und Fuseta, Dezember 2017
Gil Ribeiro
alias Holger Karsten Schmidt